SUSAN STOKES-CHAPMAN

Susan Stokes-Chapman est une autrice anglaise passionnée de mythologie. Elle vit dans le nord-ouest du pays de Galles, où elle enseigne la littérature. *Pandore*, son premier roman paru en Angleterre en 2022 et publié en France aux éditions Michel Lafon, est devenu le best-seller n° 1 du *Sunday Times* et a été sélectionné pour le Lucy Cavendish Fiction Prize et le Bath Novel Award 2020.

PANDORE

SUSAN STOKES-CHAPMAN

PANDORE

Traduit de l'anglais (Grande-Bretagne)
par Christine Auché

Michel LAFON

Titre original :
PANDORA

Première publication par Harvill Secker, 2022
Illustrations : pie © Bridgeman Images ;
décoration © Bridgeman Images ;
Vase grec © Getty Images

ISBN : 978-2-266-32130-3
Dépôt légal : septembre 2023

À J.

Mais celui qui un jour s'embarque,
trop certainement rencontre
Un Ciel maussade, de noirs Orages, et des Vents furieux,
Des Soucis, des Craintes et des Tourments,
planant sur la Côte
Et des Épaves et des Misérables perdus par leur Folie.

Samuel GARTH

Dédicace à Richard, comte de Burlington
Dans la traduction anglaise de *L'Art d'aimer* d'Ovide (1709)

Samson, îles Scilly
Décembre 1798

Il n'avait pas pris en compte le poids. Le froid, il l'a anticipé, la lente poussée verticale de l'eau, il l'a considérée aussi. L'obscurité ? La lanterne fait plutôt bien son office, et sa mémoire compense son manque de vision. Mais le poids… c'est une autre affaire.

La lanterne en soi est gérable. Elle est accrochée à son poignet par une grosse ficelle, ce qui lui permet de bouger les deux mains, mais elle lui tire sur le bras de manière pénible, et l'eau salée le pique là où la ficelle a déjà commencé à frotter contre sa peau. Les cordes passées sous chacune de ses aisselles – l'une pour récupérer le butin, l'autre pour le remonter, lui – sont encombrantes, mais elles l'aident à équilibrer son corps durant la descente. Les poids de lestage, malgré leur volume, sont aussi supportables.

Le problème, c'est le harnais. Du fer-blanc résistant. Bombé et large au niveau de la tête, alors que, plus bas, il serre son torse comme un corset impitoyable. Sur le pont, il ne paraissait pas si lourd. Au-dessous de la surface, par contre, la combinaison de cuir trop contraignante, l'ossature cerclée de fer qui le comprime méchamment, le tout avec la pression de l'eau et les courants de l'hiver… Il exigera plus d'argent une fois le travail terminé.

Pour l'instant, la chance a été de son côté cette nuit. Le berceau du ciel noir d'encre est étoilé, la lune, pleine et grasse. Pendant l'orage, il a repéré avec soin les environs – le navire avait finalement succombé sur les hauts-fonds de deux petites îles, séparées par un isthme et parsemées de ruines en pierre. Au clair de lune, ces ruines brillaient d'une lumière blanche, comme une balise guidant leur petit voilier, et, en dépit des bourrasques de décembre, le flanc tribord du navire est encore visible au-dessus des vagues. Non, l'épave n'était pas difficile à trouver.

Alors pourquoi a-t-il l'impression d'avoir été conduit jusqu'ici ?

Par bonheur, le navire repose à faible profondeur. Il ne s'est jamais servi de cet équipement auparavant et ne s'aventurera pas plus bas que nécessaire. À six mètres au-dessous de la surface. C'est sans danger à ce niveau, se dit-il. De plus, il sait exactement où aller. Ce qu'il cherche a été caché en lieu sûr selon des instructions précises à l'intérieur de la proue tribord, à l'écart des autres marchandises entassées dans la cale, mais avec l'orage le bateau s'est désintégré ; il espère que la chance va continuer à lui sourire, que la caisse n'a pas trop dérivé le long des fonds marins, que personne d'autre n'a réussi à la récupérer.

L'eau glacée lui transperce les jambes et les bras de mille aiguilles. Protégé à l'intérieur du lourd scaphandre, il descend plus bas, haletant sous l'effort, le goût âcre du métal dans la bouche. Les tuyaux d'air reliant le harnais à la surface sont longs, et il les imagine se tendant dans son sillage comme une corde de pendu. Il tient la lanterne devant lui, regarde à travers la lunette bombée, soulagé d'apercevoir l'ombre de la carcasse du bateau. Il continue donc à descendre en cherchant, les yeux plissés dans l'obscurité. Il croit entendre un son au-dessous de lui, quelque chose de bas et de plaintif. Il incline la tête, sent ses oreilles se déboucher, et poursuit sa descente.

Ses pieds se posent sur le fond. Dessous, du sable traître. Il penche la tête et tente de regarder vers le bas. Mais prudemment. On l'a prévenu : un mouvement trop soudain, et l'eau s'infiltrera. Doucement, oui. Doucement. Voilà. Le coin de quelque chose. De la pointe du pied, il repousse le sol pour rejoindre le courant. Puis il s'enfonce de nouveau et touche le fond de la mer, levant sa lanterne à hauteur d'yeux. À moins de deux mètres de ce qui reste de l'épave, il distingue tout juste les contours sombres d'une caisse. Le sang lui palpite bruyamment aux oreilles. C'est ça, il en est sûr. Il avance lentement, met une jambe devant lui, puis l'autre, traînant des pieds dans l'eau. Il sursaute quand quelque chose lui effleure les tibias, et, en baissant sa lanterne, il observe les algues qui dansent autour de ses mollets.

La caisse est en équilibre précaire sur un gros rocher. Il se rapproche avec précaution, lève encore une fois la lanterne. Le X qu'il a peint sur le côté lorsque le navire a quitté Palerme est bien visible, même dans cette profonde pénombre aquatique. L'espace d'un instant, il s'émerveille que tout ait été si facile, mais la lumière de la lanterne vacille et baisse avant de se remettre à briller de plus belle, et il comprend que ce n'est pas le moment de traîner.

Après avoir détaché la ficelle de son poignet, il coince la lanterne entre deux débris d'épave pour empêcher le courant de l'entraîner vers le haut et entreprend laborieusement d'attacher la caisse. Il doit faire attention – il n'a pas droit à l'erreur – et, apparemment, ce rocher est une bénédiction, car sans lui il aurait eu toutes les peines du monde à soulever la caisse et à l'arracher aux fonds marins. Pendant qu'il travaille, de petits poissons lui tournent autour à toute allure. À un moment, il s'arrête, se concentre pour écouter ce qu'il perçoit à travers les plaques métalliques. Quelqu'un qui chante ? Non, c'est le mal des profondeurs, forcément. Ne lui a-t-on pas dit que rester sous l'eau trop longtemps peut être fatal ?

Mais si rapidement ?

Il travaille vite à présent, aussi vite que possible avec cet équipement qui l'alourdit. Il enroule quatre fois la corde autour de la caisse et, malgré ses doigts raides de froid, serre si fort les nœuds qu'il faudra la couper pour les défaire. Dès qu'il est satisfait de son ouvrage, il tire dessus un grand coup – une fois, deux fois – pour envoyer un signal à la surface. La corde tressaute, se relâche, se raidit. Et puis il regarde triomphalement la caisse remonter dans un tourbillon de sable. Il entend le grondement étouffé du bois, la lente poussée de l'eau agitée, et, si discrètement qu'il croit l'avoir imaginé, le quasi-murmure doux et obsédant d'un soupir de femme.

PREMIÈRE PARTIE

« L'esprit est à soi-même sa propre demeure,
il peut faire en soi un ciel de l'enfer,
un enfer du ciel. »

John Milton
Le Paradis perdu (1667), traduction de Chateaubriand

Londres, janvier 1799

CHAPITRE UN

Dora Blake est courbée sur son bureau depuis l'aube. Le tabouret sur lequel elle est perchée est trop haut, mais elle s'est habituée à sa taille inconfortable. De temps en temps, elle pose ses tenailles, enlève ses lunettes et se pince l'arête du nez. Souvent, elle masse les points de crispation de son cou, étire son dos jusqu'à sentir sa colonne vertébrale craquer agréablement.

Orientée au nord, cette pièce du grenier offre peu de lumière. De frustration, Dora a transporté son bureau et son tabouret sous la petite fenêtre, car c'est un travail complexe auquel son unique bougie n'est pas adaptée. Elle cherche une position plus confortable sur son siège dur, remet ses lunettes et se concentre encore une fois sur sa tâche en s'efforçant d'ignorer le froid. La fenêtre est ouverte au maximum en dépit de l'air glacé de la nouvelle année. À tout moment, elle s'attend à voir Hermès revenir avec un nouveau trésor, quelque chose qui couronnera sa dernière création, et elle a ouvert avec empressement la porte de sa cage, éparpillant sous le perchoir les restes du petit déjeuner qu'elle a volés pour récompenser l'oiseau de ce qu'elle espère être une chasse matinale fructueuse.

Elle se mordille la lèvre inférieure, incline les pinces contre son pouce.

Reproduire une cannetille était ambitieux de sa part, mais Dora est avant tout une optimiste. Certains pourraient qualifier cet optimisme de simple ténacité, cependant elle a l'impression que son ambition est justifiée. Elle sait – elle en est *persuadée* – qu'elle a du talent. Elle est intimement convaincue qu'un jour il sera reconnu, et que ses créations seront portées dans toute la ville. Peut-être, songe Dora, dont la commissure des lèvres tressaille alors qu'elle ajuste un fil de fer particulièrement fin, dans toute l'Europe. Mais ensuite, elle secoue la tête, essaie de rattraper ses rêves de gloire partis se nicher là-haut, dans les poutres vermoulues, et de se concentrer. Pas question de se laisser distraire et de gâcher des heures de travail au moindre obstacle.

Dora coupe un autre morceau de fil de fer du rouleau accroché à un clou au mur.

La beauté de la cannetille, c'est qu'elle imite une fine dentelle. Elle a vu des parures exposées chez Rundell & Bridge et s'est émerveillée de leurs motifs élaborés : un collier, des boucles d'oreilles, un bracelet, une broche et une tiare auraient représenté des mois de travail. Dora a brièvement envisagé de créer la paire de boucles d'oreilles assortie à partir de son carnet de croquis, avant d'admettre à contrecœur qu'elle ferait meilleur usage de son temps ailleurs. Après tout, ce collier n'est qu'un exemple, un moyen de démontrer son savoir-faire.

« Voilà ! » s'exclame-t-elle en coupant le fil de fer superflu à l'aide de cisailles à manche fin. Le fermoir l'a agacée toute la matinée de s'être avéré aussi sacrément compliqué mais, maintenant qu'il est terminé, il vaut bien ce lever matinal dans le noir, ces douleurs lombaires, ce séant engourdi. Elle pose son outil, souffle sur ses mains et les frotte vigoureusement pour les réchauffer au moment même où une bourrasque noire et blanche descend des toits dans un croassement furtif.

Dora se rencogne dans son siège et sourit.

« Bonjour, mon cœur. »

La pie entre par la fenêtre comme une flèche et va se poser en douceur sur le lit. La petite bourse en cuir que sa maîtresse lui a cousue se balance autour de son cou, qui ploie – elle pèse son poids.

Hermès a trouvé quelque chose.

« Viens donc, lance Dora en refermant soigneusement la fenêtre pour se protéger du froid hivernal. Montre-moi ce que tu as rapporté. »

Hermès jacasse, baisse la tête. La cordelette de la bourse se détend, et l'oiseau recule en sautillant, puis libère son bec d'une secousse. La bourse choit, et Dora tend la main pour l'attraper avant de vider son contenu sur l'édredon usé, surexcitée.

Un morceau de poterie brisé, une perle en métal, une épingle en acier. Elle pourra tous les utiliser d'une manière ou d'une autre ; Hermès ne la déçoit jamais. Mais son attention est attirée par un autre objet posé sur le lit. Elle le prend et le porte à la lumière.

« *Ach nai*[1], souffle Dora. Oui, Hermès, c'est parfait. »

Entre ses doigts, elle tient un galet en verre bleu, ovale et plat, de la taille d'un petit œuf. Au milieu de la

1. « Oh oui ! », en grec. *(Toutes les notes sont de la traductrice.)*

grisaille des toits de la ville, il brille d'un éclat pâle, d'un bleu presque laiteux. Dans les motifs de cannetille, les améthystes sont les pierres de prédilection ; leur riche teinte violette ressort vivement sur l'or, accentuant l'intensité de son jaune. Mais c'est l'aigue-marine que Dora préfère. Elle lui rappelle les ciels de Méditerranée, la chaleur de l'enfance. Ce morceau de verre lisse fera très bien l'affaire. Elle referme sa main dessus, sent la douceur de sa surface contre sa paume. Elle fait un geste en direction de la pie. En clignant d'un œil noir, l'oiseau saute sur son poing.

« Je crois que ça mérite un bon petit déjeuner, pas toi ? »

Dora guide Hermès jusqu'à l'intérieur de sa cage. Son bec racle la base en bois tandis qu'il picore les croûtes de pain qu'elle lui a laissées un peu plus tôt. Elle caresse avec douceur ses plumes soyeuses, admire leur brillance arc-en-ciel.

« Là, mon trésor, chantonne-t-elle. Tu dois être fatigué. C'est mieux comme ça, non ? »

Désormais absorbé par son repas, Hermès l'ignore, et Dora retourne à son bureau. Elle baisse les yeux vers le collier, contemple son œuvre.

Elle doit l'avouer, elle n'est pas tout à fait satisfaite. Le motif qu'elle avait si magnifiquement couché sur le papier ne rend pas bien une fois réalisé. Les spirales d'or torsadé prévues ne sont qu'un simple fil de fer gris tordu en anneaux miniatures. Et les minuscules perles brillantes, de simples morceaux de porcelaine grossièrement taillés.

Toutefois, Dora ne s'est jamais attendue à ce qu'il égale son dessin. Elle ne dispose pas des bons outils et des bons matériaux, ni de la formation adéquate. En revanche, c'est un début ; la preuve qu'il y a de la beauté dans son travail, car, en dépit de ces matières premières rudimentaires, les formes qu'elle a façonnées ont de l'élégance. Non, Dora n'est pas satisfaite, mais elle est contente. Elle espère que cela suffira. Avec ce galet en guise de pièce maîtresse, certainement…

On entend un *bang*, le tintement lointain d'une cloche.

« Dora ! »

La voix qui l'appelle trois étages plus bas est dure, sévère, et impatiente. Dans sa cage, Hermès jacasse avec irritation.

« Dora ! aboie de nouveau la voix. Descends t'occuper de la boutique, j'ai une affaire urgente à régler aux docks. »

Cette déclaration est suivie du bruit sourd d'une porte qu'on ferme, puis d'une seconde, plus loin. Et de silence.

Dora soupire, recouvre le collier d'un linge, pose ses lunettes à côté. Elle va devoir ajouter le galet de verre plus tard, quand son oncle se sera retiré pour se coucher. C'est avec regret qu'elle l'appuie contre le chandelier, où il se balance brièvement avant de s'immobiliser.

Blake's Emporium, le magasin d'antiquités exotiques d'Hezekiah Blake, se démarque du café et de la mercerie qui l'encadrent. Il dispose d'une grande vitrine en arc de cercle, gênante pour les passants qui ressentent souvent le besoin irrépressible de s'arrêter du seul fait de sa taille. Mais ils sont nombreux à rester dans la rue – ces temps-ci, peu d'entre eux s'attardent quand ils se rendent compte que la vitrine au cadre décrépi ne contient rien de plus exotique qu'une armoire du siècle précédent et le tableau d'un paysage rappelant du Gainsborough. Jadis florissant, l'établissement n'abrite plus que des contrefaçons et des curiosités poussiéreuses sans réel attrait pour le public, ni *a fortiori* pour un collectionneur averti. Dora ne comprend pas pourquoi son oncle a ressenti le besoin de l'appeler en bas ; il se pourrait fort bien qu'elle passe toute la matinée sans voir un seul client.

Du temps de son père, l'activité battait son plein. Même si elle n'était qu'une enfant durant ces années dorées, elle se souvient du genre de clientèle qui fréquentait alors Blake's. Des vicomtes affluaient à Ludgate Street pour demander que leurs maisons de ville de Berkeley Square soient décorées dans un style rappelant les beautés du Grand Tour[1]. Des hommes qui réussissaient dans leur profession commandaient parfois une pièce de choix pour leur boutique. Des collectionneurs privés payaient grassement Elijah, son père, et son épouse pour aller déterrer des ruines à l'étranger. Mais maintenant ?

Dora referme derrière elle la porte qui sépare les pièces de vie de l'étage réservé à la boutique. Le tintement de la cloche salue joyeusement le battant qui se referme en coulissant, mais elle se garde de dire un seul mot. Quand Lottie Norris ne la surveille pas de près avec ses yeux de fouine, la maudite cloche installée par Hezekiah est plutôt efficace pour limiter ses allées et venues.

1. Voyage traditionnel autour de l'Europe effectué vers vingt et un ans par les jeunes gens mâles aisés aux XVIIe et XVIIIe siècles afin de s'instruire en matière d'architecture et d'antiquités.

Son châle étroitement serré autour des épaules, Dora se poste au beau milieu de la boutique. Elle est remplie à craquer de meubles, d'affreux articles placés au hasard les uns contre les autres, et de bibliothèques bourrées de volumes qui ont l'air de n'avoir guère plus de dix ans. De lourds buffets sont posés côte à côte, encombrés de médiocres babioles étalées sur leurs surfaces non cirées. Et pourtant, malgré le désordre, il y a toujours un large passage qui serpente entre les marchandises, car tout au bout de la boutique se trouvent les grandes portes conduisant au sous-sol.

Le sanctuaire privé d'Hezekiah.

Le sous-sol a jadis été le domaine de ses parents – leur bureau, l'endroit où ils cartographiaient les fouilles et restauraient les objets cassés du stock. Mais lorsqu'Hezekiah avait déménagé de ses locaux exigus à Soho pour prendre possession des lieux, il les avait entièrement remaniés, effaçant toute trace du père et de la mère de Dora jusqu'à ce qu'elle n'en garde plus que des souvenirs fugaces. Chez Blake's Emporium, rien n'est comme avant; les affaires ont périclité, et la réputation du commerce avec.

Dora tourne la page du registre (seulement deux transactions la veille) et gribouille la date dans la marge.

Ils réalisent bien des ventes. Au cours du mois, l'argent rentre petit à petit, lentement mais sûrement, telle de l'eau qui dégouline de leur toit percé. Mais chaque vente est basée sur des mensonges, une mise en scène. Hezekiah attache toutes sortes d'histoires fantastiques à ses objets. Ici, un coffre en bois aurait servi à un esclavagiste à faire venir deux enfants depuis les Amériques en 1504 (alors qu'il a été fabriqué juste une semaine auparavant par un menuisier de Deptford) ; là, une paire de chandeliers ouvragés aurait jadis appartenu à Thomas Culpeper (en réalité fournie par un forgeron de Cheapside). Un jour, Hezekiah a vendu à un tenancier de bordel un divan en velours vert, prétendant qu'il avait appartenu à un comte français durant la guerre de Trente Ans et échappé à l'incendie du « plus splendide » de ses *châteaux**[1] (le comte étant en fait une veuve désespérée qui avait cédé le divan à Hezekiah pour trois guinées afin de payer les dettes de son mari). Il avait même meublé les étages supérieurs d'un lieu de rencontre pour homosexuels avec six paravents japonais de l'époque Heian (peints par ses soins au sous-sol). Si ses clients remettaient en cause l'authenticité de ces articles, il y a belle lurette qu'Hezekiah aurait senti le sol froid et dur de l'Old Bailey, la Haute Cour criminelle, sous ses genoux. Les clients n'en font rien. Ils manquent définitivement d'envergure, de jugement en matière d'art et d'antiquités. Les faux, Dora l'a découvert au fil des ans, ne sont pas inhabituels dans le cercle des amateurs d'antiquités. En effet, nombreux sont ceux qui ont les moyens de commander des copies d'objets vus au British Museum ou admirés à l'étranger. Mais Hezekiah… Hezekiah n'admet pas sa tromperie, et c'est là le danger. Dora connaît les punitions réservées à ce genre de supercheries – une lourde amende, une mise au pilori, ou des mois de prison. L'estomac de Dora se soulève à cette idée. Bien sûr, elle aurait pu dénoncer Hezekiah, seulement elle dépend de lui – son oncle, la boutique, c'est tout ce qu'elle a – et,

1. Les termes en italique suivis d'un astérisque sont en français dans le texte.

jusqu'à ce qu'elle soit capable de tracer sa propre route en ce monde, Dora doit rester, doit regarder le commerce sombrer année après année, et le nom de Blake devenir sans valeur, tomber dans l'oubli.

Elle doit concéder que tout le stock n'est pas contrefait. Les babioles accumulées par Hezekiah au fil des ans (et qu'elle utilise en catimini comme matières premières de temps à autre) fournissent un petit revenu stable – boutons de verre, pipes en terre, minuscules papillons suspendus dans du verre soufflé, petits soldats de plomb, soucoupes en porcelaine, miniatures peintes… Dora jette un nouveau coup d'œil au registre. Oui, ils réalisent des ventes. Mais l'argent qui rentre suffit à peine à payer les gages de Lottie et à tous les nourrir, même si Dora ignore, ou préfère ignorer, où Hezekiah trouve les subsides nécessaires pour financer ses petites vanités. C'est déjà suffisant qu'il ait souillé le gagne-pain que son père a laissé derrière lui. C'est déjà suffisant que le bâtiment tombe en ruines, et qu'il ne reste presque rien pour payer les réparations. Si l'endroit lui appartenait… Elle chasse cette pensée mélancolique de sa tête, passe le bout du doigt le long du comptoir, constatant avec une moue dégoûtée qu'il devient noir. Lottie ne nettoie-t-elle donc jamais ?

Comme par hasard, la cloche se remet à tinter, et Dora se retourne pour apercevoir cette femme d'un certain âge qui passe sa tête dans la porte entrebâillée.

« Vous êtes levée, maîtresse. Vous prendrez un petit déjeuner ? Ou vous êtes-vous déjà servie ? »

Dora dévisage la gouvernante d'Hezekiah – une personne trapue à la bouche molle, flanquée de petits yeux et de cheveux couleur paille – avec mépris. À première vue, son rôle lui va comme un gant, mais Lottie Norris est aussi loin d'exceller dans la sphère domestique que l'oncle de Dora de maîtriser l'athlétisme. Non, vraiment, Dora trouve Lottie à la fois trop paresseuse, trop entêtée et, pareille au goudron sur l'aile d'une mouette, nuisible, tenace et sournoise.

« Je n'ai pas faim. »

Sauf que, *en fait*, Dora a faim. Elle a avalé son pain trois heures plus tôt, et pourtant, elle sait que, si elle en demande davantage, Lottie mettra un point d'honneur à signaler à Hezekiah qu'elle a volé dans le garde-manger, et Dora n'a aucune patience pour ses sermons hypocrites.

La gouvernante entre dans la boutique, la toise en haussant les sourcils.

« Pas faim ? Vous n'avez presque rien mangé hier soir, au dîner. »

Ignorant cette remarque, Dora choisit de lever le bout de son doigt pour montrer qu'il est noir.

« Vous ne devriez pas être en train de faire le ménage ? »

Lottie fronce les sourcils. « Ici ?

— Où d'autre, à votre avis ? »

La gouvernante réplique d'un ton moqueur, agitant un bras dodu en l'air comme un éventail. « C'est une boutique d'antiquités, non ? Elles sont censées être poussiéreuses. C'est ce qui fait leur charme. »

Au ton de Lottie, Dora détourne la tête avec une expression désapprobatrice. La gouvernante l'a toujours traitée ainsi, comme si elle n'était elle-même rien de plus qu'une domestique et non, en réalité, la fille de deux antiquaires renommés et la nièce de l'actuel propriétaire. Derrière le comptoir, Dora remet en place le registre, puis entreprend de tailler son crayon très fin, ravalant les paroles amères qu'elle a sur le bout de la langue ; Lottie Norris ne vaut pas l'oxygène qu'il faudrait consommer pour la réprimander et, si elle le faisait, ce serait en vain.

« Vous êtes sûre que vous ne voulez rien ?

— Certaine, répond sèchement Dora.

— Comme vous voudrez. »

La porte commence à se refermer. Dora abaisse son crayon.

« Lottie ? » La porte s'immobilise. « Qu'est-ce qu'il y avait de si important aux docks pour que mon oncle me demande de surveiller la boutique ? »

La gouvernante hésite, plisse son nez court. « Comment je le saurais ? » dit-elle, mais, tandis que la porte se referme derrière elle dans un infernal tintement de cloche, Dora pense que Lottie le sait fort bien.

CHAPITRE DEUX

Creed Lane grouille de monde, telle une plaie ouverte fourmillante de vers.

On dirait que la circulation a débordé de la gueule nauséeuse de Ludgate Street pour se déverser dans les rues avoisinantes avec la férocité d'une rivière sortie de son lit. Les odeurs si uniques à la ville semblent encore plus puissantes dans un espace aussi restreint – suie et légumes pourris, poisson plus très frais. Hezekiah Blake garde un mouchoir fermement plaqué sur son nez et sa bouche. Lorsqu'il émerge enfin sur la colline plus tranquille de Puddle Dock Hill, il force autant l'allure que sa corpulence le lui permet.

La lettre – désormais froissée par de trop nombreuses lectures – est arrivée deux semaines auparavant, et, bien qu'il ait anticipé le temps nécessaire à un si long voyage, Hezekiah s'était attendu à ce que les Coombe arrivent plus tôt ; sa patience s'amenuise dangereusement.

Ralentissant, il baisse son mouchoir et tente de reprendre sa respiration. Sa silhouette trapue trahit son penchant pour l'oisiveté, bien que, à cinquante-deux ans, il trouve cela tout à fait normal dans la mesure où un homme qui exerce ce métier depuis si longtemps comme lui doit assurément pouvoir profiter des fruits de son labeur. Hezekiah tire sur sa perruque, ajuste le bord de son chapeau le plus neuf, lisse de la main le gilet de mousseline tendu sur sa bedaine rebondie. C'est vrai, il regrette de ne pas avoir davantage la possibilité de se faire plaisir – tous ces luxes qui pourraient lui appartenir ! – mais bientôt, pense-t-il avec un sourire, bientôt, il sera libre de se faire plaisir autant qu'il veut. Il y a douze longues années qu'il souffre en attendant son heure. Très bientôt, son attente sera terminée.

Alors qu'il s'approche de Puddle Dock, Hezekiah porte encore une fois son mouchoir à son visage. Il a recours à ce quai en particulier pour toutes ses transactions les plus discutables. Ici, la puanteur de la saleté est à son comble. Comme cet endroit sert essentiellement de décharge aux rues de Londres, les marchandises qui arrivent ont moins de chance d'être surveillées. Il remercie le Ciel que cette transaction-là ait lieu au cœur de l'hiver le plus rigoureux car, en été, les effluves de merde se transforment en vapeur qui monte et s'infiltre dans tout ce qu'elle touche : les poils des narines et les cils, les vêtements qu'il a sur le dos, les cargaisons, petites et grandes. La dernière chose qu'il souhaite, c'est que cet article des plus précieux soit contaminé par cette puanteur. Non, songe-t-il, voilà qui n'irait pas du tout.

Ce dock est aussi petit et étroit que possible, coincé entre deux imposants bâtiments aux fenêtres condamnées. Hezekiah doit raser les murs crasseux pour dépasser le tumulte des dockers ; il tente sans succès d'ignorer les hommes de l'équipe de nuit qui vident leurs chariots d'excréments, le *floc floc* désagréable des bassines pleines à ras bord qui cognent les pavés. Son talon dérape sur quelque chose de gluant (dont Hezekiah se refuse à envisager la nature), et il fonce tête baissée dans le dos d'un Chinois chargé d'une bassine dont l'abject contenu menace de déborder lors de leur collision. Tandis qu'il tend la main pour reprendre l'équilibre en s'appuyant contre le mur, Hezekiah foudroie l'homme du regard, offusqué, mais celui-ci ne fournit aucune excuse, aucun signe qu'il a même enregistré sa présence, et s'éloigne avant qu'Hezekiah puisse émettre le moindre commentaire. Respirant profondément à travers le coton, les yeux pleins de larmes, il continue à descendre d'un pas vacillant la rampe inclinée menant au bord du fleuve. Le contremaître chargé de superviser l'acheminement des excréments de la nuit en partance sur le fleuve lui tourne le dos, et il doit crier pour couvrir le vacarme et se faire entendre.

« Mr. Tibb, s'il vous plaît ! Mr. Tibb ! »

Jonas Tibb tourne à moitié la tête pour voir qui l'appelle, puis regarde de nouveau les barges, et, tout en gesticulant en direction de la Tamise, dit quelque chose qu'Hezekiah n'entend pas. Le contremaître se retourne alors pour de bon, remonte les marches des docks jusqu'à la berge inclinée où Hezekiah l'attend avec impatience.

« Encore vous, Mr. Blake ? » Tibb passe ses pouces sales dans la ceinture de son pantalon, jette un nouveau coup d'œil au fleuve. Le temps – bien que froid – est resté sec et lumineux ; l'eau est aussi calme qu'une mare aux canards, aussi lisse que du verre. « Je vous ai dit hier qu'il n'y avait pas de nouvelles. Ça n'a pas changé depuis que le soleil s'est couché hier soir et levé ce matin. »

Les épaules d'Hezekiah s'affaissent. Il sent monter dans son ventre les prémices de l'agacement, le coup brutal d'une nouvelle déception. En voyant son expression, Tibb soupire, enlève sa casquette en laine, et frotte son crâne chauve.

« Monsieur, vous avez déjà dit que vos hommes ne prendraient pas le chemin le plus court, par la route. Il y a presque huit cents kilomètres entre Samson et ici, et avec les marées d'hiver, il faut toujours s'attendre à un jour ou deux de retard. Pourquoi continuez-vous à venir ici alors que je vous ai promis de vous prévenir ? »

D'habitude, Hezekiah ne tolérerait pas ce genre de propos. Après tout, il est un commerçant respectable qui ne prêterait d'ordinaire pas attention à cet homme, mais Jonas Tibb n'a jamais voulu savoir pourquoi Hezekiah tenait à effectuer cette transaction ainsi, et le contremaître s'est toujours montré d'une discrétion sans faille.

« Sacrebleu, Tibb. Vous ne savez rien de ce que cette cargaison représente. J'ai payé une somme rondelette pour la récupérer. »

Une dépense, pense-t-il à présent, mal à l'aise, qui va sérieusement peser sur sa bourse.

Tibb esquisse ce qui ressemble à un haussement d'épaules avant de paraître se raviser. Ses yeux gris larmoyants se plissent en un demi-sourire.

« Je suis sûr que les Coombe ne vous laisseront pas tomber. Ils ne l'ont encore jamais fait, hein ? »

Le visage d'Hezekiah s'éclaire. « Non, en effet, jamais. »

Tibb hoche brièvement la tête, remet son couvre-chef, et Hezekiah grogne, agacé d'avoir manifesté de la faiblesse devant un homme de basse naissance.

« Eh bien, dans ce cas, dit-il, je suis impatient d'avoir de vos nouvelles le moment venu. Je m'attends à ce que vous m'envoyiez un mot dès que vous verrez que ce bateau arrive, compris ?

— Oui, monsieur.

— Parfait. »

Sur ce, Hezekiah – ayant remis son mouchoir *in situ* – effectue en sens inverse le déplaisant trajet et remonte Puddle Dock Hill en traversant le cloaque exigu de Creed Lane jusqu'à retrouver l'effervescence de Ludgate Street, mais, en dépit des promesses du contremaître, il a l'esprit confus et l'humeur très chagrine.

Où sont-ils *donc* ? Où est sa cargaison, ce trésor qu'il désire tant ? Peut-être s'est-il passé quelque chose – une embuscade, ou peut-être les Coombe se sont-ils enfuis avec – ou – et, à cette pensée, Hezekiah éclate d'un rire rauque qui pousse une laitière à le regarder bizarrement en inclinant sa palanche – elle a *sombré* ! Non, cette idée est trop affreuse, trop ironique et drôle pour qu'il l'envisage. Vite, pense-t-il. Vite ! Il doit trouver quelque chose pour calmer son agitation.

L'attention d'Hezekiah est attirée par les vitrines des boutiques, ses yeux voyageant en tous sens comme des boules de billard au moment du break. Une nouvelle tabatière ? Non, il en a déjà deux. Une autre perruque ? Il touche l'agréable ondulation près de son oreille, la texture soyeuse des cheveux humains choisis avec soin. Une épingle de cravate, peut-être ? Mais alors, son regard se pose sur autre chose et il sourit, ressent la montée familière du désir, la satisfaction de savoir qu'un objet lui est si parfaitement destiné. Il pénètre dans la boutique et, une fois qu'il a fait valoir son crédit, l'achat est effectué en quelques instants.

De retour dans la rue, Hezekiah tapote sa poitrine, la paume appuyée sur le petit paquet qui repose confortablement dans la poche intérieure de son manteau, puis, avec un large sourire, il ajuste son couvre-chef et reprend sa route.

CHAPITRE TROIS

Le dîner est un moment pénible. À la différence du reste de la maison, la petite salle à manger avec son riche papier peint marron et son joyeux feu de bois est chaude et accueillante, et ce serait un endroit plutôt agréable où s'asseoir si Dora était en meilleure compagnie. Mais la conversation de salon n'a jamais été le fort des Blake, surtout ces dernières semaines. Noël est passé sans qu'on y trouve un quelconque amusement, car l'humeur d'Hezekiah, sombre et rebelle, a rendu l'expérience pour le moins éprouvante. Cette humeur a persisté – événement semble-t-il sans précédent – après le Nouvel An, et Dora s'est efforcée avec diligence d'éviter les paroles acérées de son oncle, l'irritation qui paraît irradier de lui comme le brouillard de la Tamise. Elle enroule ses doigts autour de sa serviette de table. Elle préférerait mille fois passer la soirée dans sa chambre humide et balayée de courants d'air à fixer le galet de verre sur son collier avec Hermès pour seule compagnie. D'ailleurs, elle a avec lui des discussions bien plus gratifiantes qu'avec quiconque, et ce n'est qu'un oiseau.

Pensive, Dora observe son oncle. Hezekiah est distrait, plus qu'à l'accoutumée, parce qu'il mange lentement et qu'il garde les yeux rivés sur l'imposante carte du monde accrochée au mur derrière elle en caressant d'un air absent sa cicatrice, une fine ligne blanche qui lui descend le long de la joue. Il tousse et s'agite, tapote son verre de vin du pouce, produisant un *cling cling cling* exaspérant à mesure que la soirée s'éternise. De temps en temps, son autre main caresse la rutilante montre de gousset pendue à son gilet, et dont la chaîne miroite à la lueur des bougies.

La sixième fois qu'il tend la main vers la montre, Dora la détaille en tentant de se rappeler où elle l'a déjà vue. Appartenait-elle à son père ? Non, elle s'en souviendrait. Une nouvelle acquisition, alors, conclut la jeune femme, mais elle tient sa langue. La dernière fois qu'elle a demandé à Hezekiah comment il pouvait s'offrir de telles babioles, sa peau a pris une alarmante teinte rouge, et il l'a réprimandée si fort qu'elle en a eu des tintements d'oreille jusqu'au lendemain matin. Quand celui-ci se remet à tousser, effort qui fait dangereusement trembloter le morceau de mouton sur sa fourchette, Dora décide qu'elle n'y tient plus.

« Vous êtes malade, mon oncle ? »

Hezekiah sursaute, la regarde en face pour la première fois de la journée. Ses yeux trahissent un instant une nervosité sans précédent, qu'il dissimule très vite.

« Quelle idée. » Il enfourne sa fourchette, mâche bouche ouverte à la manière d'une vache. Dora contemple avec dégoût la viande trop cuite qui tourne sur sa langue. Une goutte de sauce lui atterrit sur le menton. « Je réfléchissais à la future boutique. Je me disais… »

Dora se redresse sur son siège. Va-t-il *enfin* lui parler de gérer la boutique avec elle ? Parce qu'elle a des idées, tant d'idées formidables ! D'abord, elle se débarrasserait des invendus et les remplacerait par de bons articles authentiques obtenus grâce aux anciens contacts de son père. Ensuite, elle gagnerait assez d'argent pour engager des hommes qui entreprendraient des fouilles à l'étranger, et des artistes et des graveurs pour cataloguer leurs découvertes. Ils pourraient figurer à nouveau dans l'annuaire de Christie's, fournir un sanctuaire aux érudits et aux collectionneurs privés, abriter un petit musée, une bibliothèque miniature. Peut-être – pour ce qui est des aspects les plus frivoles du métier – exaucer les lubies des aristocrates en matière de soirées à thème. Rendre à la boutique sa gloire passée. Prendre un nouveau départ.

« Oui ? »

Hezekiah avale sa nourriture, prend une longue lampée de vin.

« Maintenant que nous avons commencé une nouvelle année, je me dis que c'est le moment de vendre. Je me suis lassé du commerce. On peut prendre bien plus de plaisir ailleurs, et après tout, il y a de bien meilleurs moyens d'investir mon argent. »

Sa voix est détachée, presque froide, et Dora dévisage son oncle de l'autre côté de la table. « Vous vendriez la boutique de Père ? »

Il la fixe calmement.

« Ce n'est pas sa boutique. Elle m'est revenue naturellement à sa mort. L'enseigne dit-elle Elijah, ou Hezekiah ?

— Vous ne pouvez pas la vendre, murmure-t-elle. Vous ne pouvez tout simplement pas. »

Il écarte sa question d'un mouvement du bras, comme s'il chassait une mouche.

« Les temps changent. Les antiquités ne sont plus *à la mode**. Le produit de la vente suffirait à financer l'achat d'un lieu de qualité dans une partie plus réputée de la ville. Ce serait un changement agréable pour moi. » Il s'essuie le coin des lèvres avec une serviette. « Le bâtiment partirait pour un bon prix, de même que son contenu, j'en suis sûr. »

Dora se sent totalement paralysée. *Vendre* la boutique ? La maison de son enfance ?

Elle aspire une goulée d'air, affolée.

« Honte à vous, mon oncle, d'envisager une chose pareille.

— Allons, Dora, la boutique n'est plus ce qu'elle a jadis été…

— Et la faute à qui ? »

Les narines d'Hezekiah frémissent, mais il ignore également cette remarque.

« J'aurais cru que tu serais contente de changer de décor, de trouver un cadre, euh, plus *libérateur*. Ce n'est pas ce que tu souhaites ?

— Vous savez ce que je souhaite.

— Oh, oui, persifle-t-il. Tes petits croquis. Tu ferais bien mieux de trouver quelqu'un pour t'acheter ce genre de bijoux plutôt que d'essayer de les fabriquer toi-même. »

Dora pose ses couverts. « Et où donc les porterais-je, mon oncle ?

— Eh bien, voyons… » Hezekiah hésite, part d'un petit rire chargé de sous-entendus qu'elle ne parvient pas tout à fait à déchiffrer. « Qui sait où la bonne fortune pourrait nous mener ? Tu ne souhaites pas rester ici pour toujours, n'est-ce pas ? »

Elle repousse son assiette, car elle a perdu tout appétit – il n'est jamais énorme avec la médiocre cuisine de Lottie.

« Je préfère penser à des projets plus pratiques qu'à des vues de l'esprit, mon oncle.

— Et dessiner des bijoux est-il un projet pratique ou une vue de l'esprit ? » Dora détourne les yeux. « C'est bien ce que je pensais », ajoute Hezekiah avec une expression encore plus méprisante. « Aucun orfèvre n'acceptera une modéliste de sexe féminin – tu le sais bien, je te l'ai répété assez souvent, mais tu refuses de m'écouter. Tu gâches les carnets de croquis que je t'achète. Tu te rends compte du prix du papier ? »

À ce moment-là, Lottie entre pour débarrasser. Et c'est tant mieux, parce que Dora est au bord des larmes. Pendant que la gouvernante fait glisser l'assiette de son maître sur la table, Dora baisse la tête. Pas question de leur offrir le spectacle de son chagrin.

« Je ne veux pas travailler pour un orfèvre.

— Quoi donc ? »

Dora a parlé trop bas, elle le sait. Elle s'arme de courage, lève la tête pour regarder son oncle en face pardessus la table.

« Je ne veux pas travailler pour un orfèvre, répète-t-elle. Je veux ouvrir mon propre établissement, et ne rendre de comptes à personne. »

Hezekiah la toise un moment. Lottie aussi, assiette vide en main ; une goutte de sauce menace de s'échapper sur le sol.

« Tu as l'intention de fabriquer des bijoux toi-même ? »

La voix de son oncle est désormais teintée d'amusement, et ses moqueries colorent les joues de Dora.

« Je souhaite devenir une *artiste* de renom, et qu'un bijoutier exécute les prototypes pour moi. Mr. Clements, l'ami de Mère, peut-être. »

Il y a quelques secondes de silence. Dora ne s'était pas attendue à ce qu'Hezekiah soutienne cette idée – ce serait trop demander – mais, à mesure que les lèvres de son oncle ridiculisent son projet d'un rire cruel et désarticulé auquel se joignent les gloussements nasaux de Lottie Norris, sa poitrine se contracte de colère.

« Oh, doux Jésus, s'exclame Hezekiah avec un soupir en s'essuyant le coin des yeux de ses pouces dodus, je ne me suis jamais autant amusé depuis des semaines. Elle a l'art de faire des plaisanteries, n'est-ce pas, Lottie ! »

Dora broie sa serviette dans son poing en concentrant toute sa frustration sur le tissu amidonné. « Je vous assure, monsieur, répond-elle d'une voix tendue, que je suis tout à fait sérieuse.

— Et la plaisanterie est bien là, croasse Hezekiah. Des projets pratiques, en effet ! Tu n'as ni l'éducation ni le capital requis. Aucune personne saine d'esprit ne prendrait au sérieux une orpheline singulière à moitié étrangère telle que toi. Tu serais la risée de tous et mise au ban de la profession avant même d'avoir commencé. » Il se rencogne dans son siège d'un air plus grave. « Je t'accorde que tu as les talents créatifs de ta mère. Sauf que, comme ta mère, tu les surestimes bien trop. Elle était convaincue qu'elle et ton père, mon propre cher frère, paix à son âme, arriveraient à faire fortune en vendant des antiquités, et seraient reconnus dans le monde entier pour leurs trouvailles les plus, hum, uniques. Mais regarde un peu où son ambition les a menés… »

Dora garde le silence. La négligence de son oncle à son égard, même si elle a été douloureuse les premières années, elle y est habituée. Ses accès de colère, elle s'en accommode. En revanche, ce mépris cruel… *cela*, c'est nouveau, et tout simplement plus que Dora ne peut supporter. Elle prend une profonde inspiration qui lui arrache les poumons, s'apprête à repousser sa chaise quand Hezekiah lève la main.

« Assieds-toi. Nous n'avons pas encore terminé. »

Moi, si. Dora a ces mots sur le bout de la langue, ils refusent de disparaître, alors qu'elle obéit, mais elle fixe d'un air mauvais son assiette abandonnée, récitant intérieurement l'alphabet grec pour se calmer :

Alpha, bêta, gamma, delta…

« Lottie, entend-elle dire Hezekiah, tu veux bien apporter le thé ? »

La gouvernante n'est que minauderies et révérences. Lorsque la porte se referme d'un coup sur sa personne, Dora sent Hezekiah se retourner vers elle, et la gratifier d'un rire sans joie.

« Je peux au moins admirer tes aspirations, aussi ambitieuses et peu réalistes qu'elles soient. Continue à dessiner, s'il le faut. Cela t'occupera ces prochains mois. Je te fournirai même encore du papier. »

Quelque chose dans sa voix. Le front de Dora se plisse. Elle lève les yeux.

« Mon oncle ? »

Hezekiah est occupé à caresser paresseusement sa cicatrice.

« Tu es devenue un beau brin de fille durant cette année. Tu ressembles tant à ta mère… » Une bûche craque dans le feu. « Tu as vingt et un ans maintenant », ajoute-t-il en appuyant tout son poids sur ses coudes. « Une femme. Tu es bien trop vieille pour partager encore mon toit. »

Dora reste quelque temps silencieuse tandis qu'elle digère ce qu'implique cette déclaration. Elle déglutit péniblement. « Vous avez l'intention de vous débarrasser de moi. »

Il écarte les mains. « N'as-tu pas aussi l'intention de te débarrasser de moi ? »

Elle hésite, impossible de contester ce point.

« Où voudriez-vous que j'aille ? » demande-t-elle plutôt, mais Hezekiah se contente de hausser les épaules. De sourire.

Une boule dure se loge dans l'estomac de Dora et se retourne. Elle ignore la signification de ce sourire, mais elle connaît suffisamment bien son oncle pour savoir qu'il ne peut en ressortir rien de bon.

Derrière elle, la porte s'ouvre à la volée. Dora se rappelle comment respirer, et Lottie pose le plateau du thé sur le buffet en faisant s'entrechoquer la fine porcelaine.

« Voilà, monsieur, dit-elle d'un ton trop enjoué. Et j'ai apporté les prunes confites que vous avez commandées, fraîches de ce matin. »

Lottie brandit une boîte hexagonale.

« Proposes-en une à Dora, Lottie. »

La gouvernante hésite, étrécit ses yeux, mais obéit à Hezekiah, et Dora contemple la boîte et les gâteries nichées à l'intérieur. Son regard se pose avec méfiance sur son oncle qui l'observe, mains jointes sous le menton.

« Qu'est-ce que c'est ? »

Son ton est soupçonneux. Elle ne peut pas s'en empêcher.

« Des prunes confites, comme l'a dit Lottie. Une délicieuse gâterie. »

Lottie agite la boîte sous le nez de Dora, qui hume l'odeur du sucre. Hésite.

« Allez, l'encourage Hezekiah. Prends-en une, pour voir. »

À contrecœur, Dora sélectionne une prune de la rangée du dessus, mord dedans, ses dents s'enfoncent dans la sphère gélatineuse, et durant un bref instant elle savoure cette agréable offrande inattendue. Les saveurs explosent sur sa langue – vanille, épices, un soupçon d'orange et de noix –, très différentes de tout ce à quoi elle a goûté au cours de sa vie, mais, à ce moment-là, elle surprend Hezekiah qui l'observe à l'autre bout de la table. Il dévisage sa nièce comme il ne l'a encore jamais fait.

Pareil à un chat qui surveille un oiseau innocent. Affamé, calculateur.

CHAPITRE QUATRE

Depuis une étroite banquette nichée dans une petite alcôve sous une fenêtre, Edward Lawrence regarde janvier jouer sa cruelle partition amère. La matinée est aussi froide qu'une pierre tombale et le vent se déchaîne avec frénésie, arrosant d'averses de glace cinglantes la terrasse de Somerset House. Les sycomores qui bordent l'allée solennelle ploient sous le vent, des nids d'oiseau vides s'accrochent désespérément à leurs branches nues comme un mendiant s'accroche à son pain. L'eau de la fontaine est gelée, les trottoirs dangereusement glissants, et, au-delà du balcon, les barges se balancent avec fureur sur la Tamise.

Depuis combien de temps attend-il, Edward ne saurait le dire. Tout au bout du long corridor – au-dessus des imposantes portes derrière lesquelles se décide son destin – il y a une pendule, mais qui a besoin d'être remontée. Les épaules du jeune homme lui font mal à force d'être restées voûtées dans ce lieu exigu ; la banquette est d'une dureté inconfortable. Il se ronge par intermittence un ongle cassé depuis son arrivée, a déjà compté deux fois les fresques au plafond. Il a récité le mantra de la Société – *Non extinguetur* – à de trop nombreuses reprises pour les compter. *Ne s'éteindra pas*. Bon. Peut-être attend-il depuis une heure. Peut-être n'attend-il que depuis quelques minutes.

Sur ses genoux, une copie du rapport qu'il a présenté au comité. La reliure est simple, le papier, le moins cher qu'on puisse trouver, mais il y a travaillé avec amour, c'est la réalisation dont il est le plus fier en vingt-six ans d'existence, et ce qu'Edward espère être son ticket d'entrée à la Société des Antiquaires. Une *Estude du monument au berger de Shugborough Hall*. Tout dépend du vote – le Papier Bleu – un minimum de cinq voix.

Quand les portes s'ouvrent enfin, Edward se lève, son *Estude* serrée contre la poitrine. Cornelius Ashmole, son plus vieil (et seul) ami, se dirige vers lui, le parquet craque sous ses pas décidés. Edward hasarde un sourire plein d'espoir, mais, à l'expression de Cornelius, il comprend que les nouvelles ne sont pas bonnes. Lorsqu'il arrive à son niveau, son ami lui adresse un petit signe de tête négatif navré.

« Seulement deux voix. »

Découragé, Edward se renfonce sur la banquette bordant la fenêtre, son *Estude* désormais vaguement calée entre les jambes.

« Mon troisième essai, Cornelius. J'ai été si minutieux…

— Tu connais les méthodes de Gough. Je t'avais prévenu. Il fallait quelque chose d'un peu moins énigmatique, de plus centré sur l'érudition en matière d'antiquités.

— Quand les faits ne sont pas là, Cornelius, il ne reste parfois que les conjectures ! » Edward lève ses papiers, les brandit à la figure de son ami. « J'ai cru que ce serait suffisant. Vraiment. Les détails dans lesquels je suis rentré. Mes dessins…

— "Amateur" est le mot qu'ils ont employé, j'en ai peur, répond Cornelius avec une grimace. Ils ont été mal habitués par les gens comme Stukeley. Si ça peut te consoler, ils ont dit que ton travail était très prometteur. Que la précision de tes descriptions était vraiment très impressionnante.

— Pff. »

Cornelius, qui est particulièrement grand, s'accroupit.

« Nombreux sont ceux, poursuit-il, qui ne sont admis au sein de la Société que bien plus tard. Certains même seulement quand ils sont presque décrépits. »

Edward lui jette un regard noir. « Tu crois que ça me console ? » Et puis : « Tu as trente ans, *toi* !

— Mais, *moi*, j'ai connu les joies du Grand Tour. J'ai passé mon été à profaner des tombes italiennes, et à mon retour, j'ai pu consacrer à loisir tout mon temps à des sujets érudits. Par ailleurs, mon père siège au conseil. » Devant l'expression dépitée d'Edward, il pose une main rassurante sur l'épaule de son cadet. « Je n'ai pas l'intention de t'étaler ma chance au visage, mais il est de notoriété publique que ce genre de détail fait toute la différence. Pense à quel point tu seras content d'avoir obtenu le statut de membre grâce à ton seul mérite. Sans prendre aucun raccourci, par pure force de caractère. »

Néanmoins, Edward secoue la tête. « C'est tellement plus facile pour ceux qui ont de l'argent d'arriver à leurs fins que pour ceux qui n'en ont pas.

— Voilà que tu deviens mélodramatique.

— Facile à dire pour quelqu'un qui a toujours été riche. »

Comme Cornelius ne sait que répondre, tous deux partagent un moment de silence, écoutent le vent qui fouette brusquement la vitre. Au bout d'un moment, Cornelius donne un coup de coude dans le genou de son ami.

« Tu te souviens quand nous étions enfants et que je me suis vanté d'être capable de faire l'aller et retour à la nage jusqu'à la Folie sans m'arrêter ? »

Edward sourit à ce souvenir. « Tu es arrivé à mi-chemin avant de te mettre à te débattre dans les roseaux et de frôler la noyade.

— Et toi, tu es resté assis dans le canot à côté de moi en me disant de continuer, de ne pas abandonner, même si nous savions tous les deux que j'avais été un fieffé imbécile d'essayer. »

Il en avait toujours été ainsi entre eux ; l'un soutenait l'autre sans meilleur motif que parce que cela lui plaisait, mais ces deux-là étaient aussi différents que le feu et l'eau. Cornelius était aussi riche qu'Edward était pauvre, aussi lettré qu'il était ignorant, aussi brun qu'il était blond. Edward était aussi réservé que Cornelius était audacieux, aussi petit que son ami était grand, et aussi malchanceux que Cornelius était béni des dieux. Quel duo ils formaient à l'époque, quel duo ils forment encore aujourd'hui, et ce souvenir les fait rire, même si le rire d'Edward est sensiblement plus discret. Le sourire de Cornelius faiblit, puis s'efface. Ils retombent encore une fois momentanément dans le silence.

« Je suis vraiment désolé, Edward. Je ne sais pas quoi dire d'autre.

— Il n'y a rien *à dire*.

— À part… n'abandonne pas. Bien que j'imagine que ce genre de platitude ne fasse que te frustrer à ce stade.

— Tu imagines bien. »

Une pause. « *Il faut* que tu persévères. Je te soutiendrai de mon mieux, peu importe ce que ça coûtera, et ce dont tu as besoin. Tu le sais.

— Même si je suis un fieffé imbécile d'essayer ?

— Même, oui. »

Edward ne dit rien ; dans son état d'amertume, les paroles de Cornelius sonnent creux. Combien d'argent son ami a-t-il déjà dépensé pour l'aider ? Combien de temps hors de l'atelier de reliure lui a-t-il autorisé ? Cette pensée le frustre, le remplit de honte, et il se lève, passe une main dans ses cheveux.

« Il faut que j'y aille. »

Cornelius se lève à son tour. « Le travail peut attendre, tu sais.

— Je ne peux pas. C'est juste… » Edward soupire, dodeline de la tête, sentant l'humiliation l'envahir, aussi brûlante que du fer rouge. « Il faut que j'y aille. »

Il se détourne, bat en retraite à la hâte dans le hall pour traverser l'antichambre, Cornelius sur ses talons. En haut de la vaste cage d'escalier, ce dernier cesse de s'obstiner à le suivre, et, en descendant, Edward sent le regard apitoyé de son ami dans son dos, pareil à des coups de poignard. Pressé d'en être libéré, il force l'allure, passe en trombe les portes principales de Somerset House pour se retrouver en plein vent et se réfugier dans les rues encombrées de Londres, dans le flot réconfortant de leur circulation.

Son *Estude* s'enroule sur elle-même à cause des bourrasques. Edward contemple brièvement l'idée de s'en débarrasser dans le caniveau le plus proche, mais son amour pour cette chose l'emporte, et il enfouit les papiers sous son manteau, croise les bras, les serre sur sa poitrine à la manière d'un bouclier. Il descend le Strand d'un pas lourd, tête baissée, menton comprimé par les replis de son écharpe. Il s'efforce de garder l'esprit vide pour l'instant, se concentrant plutôt sur l'acte de mettre un pied devant l'autre. Lorsqu'il passe sous la large arche de Temple Bar, il est content de laisser derrière lui l'agitation du Strand.

À présent aussi las de la mauvaise nouvelle qu'il vient d'apprendre que de batailler face au vent, il se glisse dans un café à quelques rues de Fleet Street, non par envie du riche arôme du café (il préférerait nettement se perdre dans un bon gros verre de bière) mais pour se réchauffer ; ses orteils se sont changés en glaçons, et il est sincèrement surpris qu'ils ne soient pas tombés ; ce sera un miracle s'il ne retrouve pas leur extrémité charnue au fond de ses bottes quand il les retirera plus tard dans la chaleur de son meublé.

Edward enlève l'écharpe protégeant son cou, repère un coin accueillant près du feu, commande une tasse de café. Son *Estude*, il la garde cachée sous son manteau. Il boit une précautionneuse gorgée de liquide mais, comme c'est trop chaud, il entoure la tasse de ses mains et se contente de respirer l'odeur réconfortante d'épices aromatiques, fixe la grille de la cheminée sans la voir.

Tout ce temps, perdu. Une fois de plus.

Il ne s'était pas attendu à réussir au premier essai – un rapport détaillant ses réflexions sur une liste de publications qu'il avait lues (empruntées à Cornelius et au père de ce dernier) ; les études les plus anciennes de

Monmouth et Lambarde, Stow et Camden, les travaux plus récents de Wanley, Stukeley et Gough. Sa connaissance du latin, quoique insuffisante sur certains points, était correcte, et son intérêt dans ce domaine évident, mais non – son éducation avait des lacunes, il manquait de connaissances ; il n'avait pas d'idées originales. Edward s'était donc orienté vers d'autres sujets de recherche, avait choisi de concentrer ses efforts sur les gisants des églises de Londres, puisqu'il y avait tant de ces fichues statues. Il avait nourri de grands espoirs quant à cette seconde tentative. Néanmoins, la réponse qui lui était revenue expliquait que, même si son travail était remarquablement bien écrit, il était encore une fois clair qu'il n'apportait rien de nouveau, et il avait donc opté pour une autre approche.

Durant leur enfance, Edward et Cornelius avaient souvent exploré la campagne autour de Sandbourne, le siège de la maison Ashmole à la campagne. Le domaine voisin de Shugborough Hall – à moins de dix kilomètres de là, cinq par la rivière – était souvent une source d'aventures pour eux. Edward se souvenait de la façon dont, un jour, ils s'étaient introduits dans le parc et avaient découvert un monument caché dans la forêt. C'était une chose spectaculaire, une grande arche imposante ornée de deux têtes sculptées qui saillaient sur la pierre telles deux sévères sentinelles. À l'intérieur, un panneau rectangulaire représentait quatre personnages en relief, massés autour d'une crypte. Une copie d'un tableau de Poussin, Edward l'apprendrait plus tard, quoique avec quelques modifications : un sarcophage supplémentaire, une inscription qui se référait à l'« Arcadie ». Et pourtant, ce qui l'avait totalement fasciné, même enfant, c'étaient les huit lettres gravées sur l'étendue de pierre vierge, en dessous de la sculpture proprement dite : O U O S V A V V, au-dessus et entre les lettres D et M. Sur les tombes romaines, les lettres « D M » sont en général les initiales de *Dis Manibus*, ce qui signifie « lieu consacré aux dieux mânes ». Sauf qu'il ne s'agissait pas d'une tombe romaine. Un code, alors. Quel spécimen parfait à choisir comme sujet d'étude ; quel meilleur moyen de gagner son entrée dans cette Société dont il convoitait l'accès depuis des années ? Et donc, armé d'une lettre d'introduction de Cornelius, et la bourse lestée d'une coquette somme, Edward avait obtenu la permission d'habiter sur place et d'accéder au domaine à sa guise.

Il avait envisagé toutes sortes de théories : une lettre d'amour codée à une épouse défunte, l'acronyme d'une tournure latine, ou de simples gravures ajoutées après la construction du monument représentant les initiales de l'actuel propriétaire – un certain Mr. George Adams – son épouse et leurs parents (bien que Mr. Adams refuse tout commentaire sur la question). Edward s'était demandé si ces lettres ne pouvaient pas renvoyer aux coordonnées d'un trésor enfoui sous la mer, étant donné l'histoire navale du domaine de Shugborough.

Il lui avait fallu quatre mois pour terminer ses recherches, qui explicitaient ces différentes théories, et deux mois de plus pour les compiler. À part Josiah Wedgwood, personne n'avait guère pris la peine de s'intéresser au sujet, et encore, c'était plus de dix ans auparavant, en laissant peu de traces écrites dignes de ce nom. Et bien que les dessins d'Edward soient – ainsi que Cornelius les avait sombrement critiqués – l'œuvre d'un

« amateur », son travail écrit surpassait de loin toutes les études du monument qui la précédaient. Pour cette seule raison, le jeune homme avait été certain de son succès.

Sauf que cela n'avait pas suffi. *Pas suffi.*

« Allons, mon garçon, ça ne peut pas être si grave, si ? »

Edward lève les yeux pour voir qui a interrompu sa rêverie. Dans un fauteuil en face de lui est assis un vieux monsieur vêtu d'un costume en laine peignée usé, aux cheveux et à la barbe d'une longueur peu en vogue. Sans en avoir complètement l'intention, Edward laisse échapper un rire amer et lève sa tasse de café en secouant la tête. Il prend une gorgée et grimace. Il est froid. Depuis combien de temps est-il assis là, hébété ?

L'homme lève deux doigts, fait signe à une soubrette. « Un autre pot, s'il vous plaît », et, à destination d'Edward : « Vous voulez bien vous joindre à moi ?

— Je ne suis guère en état de tenir compagnie à quiconque.

— Balivernes, j'insiste. »

Edward hésite, cède. Il n'avait pas l'intention d'être grossier, mais la déception l'a rendu âpre. Son interlocuteur, songe-t-il, veut simplement se montrer bienveillant.

« Merci, monsieur. »

Le pot de café est dûment apporté. Le vieil homme verse le liquide.

« Alors, reprend-il, pourquoi avez-vous l'air si dépité ? »

Sa voix énergique dément son âge. Qui est probablement de soixante-dix, quatre-vingts ans ? Edward l'observe, partagé. Doit-il se confier à un étranger ? Mais il a à peine formulé cette pensée qu'il se sent obligé d'envoyer sa prudence par-dessus les moulins ; cela n'a plus guère d'importance.

« Ma troisième et dernière candidature à la Société des Antiquaires a été rejetée », explique-t-il. Edward ouvre son manteau, pose violemment l'*Estude* sur la table entre eux. Elle tombe avec un bruit sourd, ses papiers voltigent. « Voilà. Mon dernier échec. »

Les yeux du vieil homme – d'une nuance saisissante de bleu, note Edward – suivent les pleins et les déliés de la ronde anglaise[1]. Il hausse les sourcils. « Ah oui ? C'est peut-être un revers, mais certainement pas la fin du monde ? Pourquoi avez-vous dit "dernier" ?

— Parce que je ne peux pas me consacrer à une quatrième tentative.

— Qu'est-ce qui vous en empêche ?

— L'argent, monsieur. Et le temps.

— Ah. »

Il y a une pause. Edward sent qu'il doit en dire plus. « Je travaille comme relieur. C'est un gagne-pain modeste et il ne me passionne pas. Il ne me fait pas palpiter. » Il secoue la tête, entend l'autoapitoiement dans sa voix, mais maintenant qu'il a commencé il ne peut pas s'arrêter. « J'ai grandi sur les terres d'un manoir, j'ai passé mon enfance à en creuser le sol, à collectionner des babioles. Mon ami et moi avons fait des excavations dans les bois pendant des heures en prétendant que nous étions de grands explorateurs dans la veine de Christophe Colomb ou de Raleigh. »

1. Style d'écriture manuscrite et calligraphique originaire d'Angleterre.

Le monsieur acquiesce sagement. « Et que s'est-il passé ?

— Mon ami a été envoyé à Oxford, et moi, à Londres et à l'atelier de reliure. »

Edward se dépêche d'avaler une gorgée de café avant que ce souvenir se fasse trop prégnant. Il repose la tasse sur sa soucoupe. Le monsieur l'observe en silence. Au bout d'un moment, Edward ajoute : « Mon ami me conseille de continuer.

— Je suivrais son conseil si j'étais vous.

— Il dit ça par charité », lance Edward d'un ton méprisant. Il a beau être reconnaissant envers Cornelius, il ne peut pas supporter de devoir ainsi s'appuyer sur quelqu'un d'autre. Il a l'impression d'être diminué en tant qu'homme, de redevenir un gamin immature, d'être encore le fils du palefrenier.

Le vieil homme incline la tête, semblant considérer cette réponse amère. « S'il le fait avec plaisir, pourquoi dédaigner une telle proposition ? Beaucoup vendraient leur âme au diable pour avoir un tel bienfaiteur.

— Je sais, c'est juste…

— Un coup dur pour votre fierté.

— Oui. »

Une autre pause, un silence soudain. Comme si l'activité du café était suspendue dans les airs.

Un coup dur pour votre fierté. Edward est conscient de ressentir un immense soulagement de voir cette vérité révélée au grand jour, mais ne se sent pas mieux pour autant. Oh, quel imbécile il a été de se comporter en enfant capricieux ! Il faut qu'il s'excuse auprès de Cornelius, qu'il répare le mal qui a été fait. Un tel comportement ne sied guère à une personne de qualité, et encore moins à un membre de la *Société*. Il espère que Cornelius ne lui tiendra pas rigueur de ce moment d'égarement.

Le café se remet à respirer. Le vieil homme regarde Edward comme s'il venait d'entendre chacune de ses pensées. Edward rougit, affiche un sourire honteux.

« Vous m'en trouvez bien humilié, monsieur. Pardonnez ma mauvaise humeur. J'ai simplement eu de trop grandes attentes.

— Puis-je vous faire une suggestion ?

— Certainement. »

L'homme prend une gorgée de son café, sa bouche ridée se plisse autour du bord de la tasse. Il se lèche les lèvres, repose le récipient sur la table avec un soin particulier. Puis il se penche en avant, comme s'il allait divulguer un secret bien gardé.

« Sur Ludgate Street, il y a une boutique. Elle appartenait à un couple intrépide du nom de Blake. Antiquaires de profession, ils gagnaient leur vie en fouillant des tombes dans le Sud-Est de l'Europe, en particulier en Grèce. Je comprends que les goûts en matière d'antiquités tendent désormais davantage vers les découvertes britanniques, mais il y a de l'argent dans l'ancien monde, c'est encore un sujet de curiosité. Ce couple est mort depuis longtemps, je suis au regret de vous le dire, depuis douze ou treize ans maintenant, et la boutique… n'est plus ce qu'elle était jadis. Le frère d'Elijah, Hezekiah… – et, à ce moment-là, la bouche du vieil homme se tord – l'a presque conduite à la ruine, mais vous aurez peut-être la chance de converser avec la fille.

— La fille ?

— Pandora Blake. Elle n'avait que huit ans quand ses parents sont décédés, mais elle les accompagnait sur chaque fouille, elle a le goût du terrain. L'oncle – un cartographe à l'origine – s'est occupé de l'enfant après leur mort, il s'est installé dans la boutique, et a gardé la petite. Si elle ressemble un tant soit peu à ses parents, elle se révélera tout à fait exceptionnelle.

— Vous les connaissez bien, donc ? »

Son compagnon hésite. « C'est mon travail de connaître les gens du métier.

— Alors, vous êtes un collectionneur ?

— En quelque sorte, oui. »

Il n'ajoute rien de plus. Il y a un blanc, un blanc durant lequel un client pénètre dans le café, apportant avec lui l'air froid et piquant de Fleet Street, et, à présent, Edward n'est pas sûr de la marche à suivre pour en savoir plus. Ils gardent tous les deux le silence. Le vieil homme lève sa tasse. Elle a laissé un rond humide.

« Comment sont-ils morts ? » finit par demander Edward.

L'autre reprend une gorgée de café. « Une tragédie. Ils déterraient une ruine grecque. Les murs se sont effondrés. Ils ont été enterrés vivants.

— Et Pandora ?

— Elle a été sauvée, Dieu merci. »

Edward secoue la tête. « Affreux.

— En effet. »

Les cloches de l'église du Temple sonnent l'heure. Sans doute signalent-elles qu'il est temps de partir, pense Edward, qui fouille dans la poche de son manteau, y échangeant son *Estude* contre une pièce.

« Je vous suis très reconnaissant, monsieur. Votre bienveillance… »

Le vieil homme lui fait signe que ce n'est rien. « Pas de quoi, » dit-il d'un ton léger, comme si ce n'était vraiment rien et non, ainsi qu'Edward le pense, une intervention à point nommé. « Tout le plaisir était pour moi. »

Lorsque Edward se met debout, le vieux monsieur lève vers lui ses yeux bleu clair et perçants : tout un monde à eux seuls. Il lui tend la main.

« Peut-être nous reverrons-nous, Mr. Lawrence ?

— Oui », répond Edward en la serrant. Sa peau a la consistance du papier, d'un gant usé, mais sa poignée de mains est étonnamment ferme. « Oui, peut-être. »

C'est seulement plus tard dans la soirée – alors que ses bottes et ses chaussettes sèchent devant le feu – qu'Edward se rend compte qu'il n'a jamais demandé son nom à ce monsieur, que celui-ci ne s'est pas présenté, et surtout, qu'il n'a jamais mentionné le sien.

CHAPITRE CINQ

Hezekiah l'a encore laissée s'occuper de la boutique, l'arrivée d'un garçon sale porteur d'une lettre l'ayant conduit à partir dans une hâte absolue ; son oncle a bondi de la table sans finir son petit déjeuner et filé comme un lapin avant qu'elle ait eu le temps de réagir. En jetant un coup d'œil à la pendule – huit heures vingt –, Dora s'était demandé ce qu'Hezekiah pouvait bien avoir à faire d'aussi urgent de bon matin avec un garçon qui empestait si horriblement quelque chose qu'elle n'avait aucune envie de nommer.

Dans la boutique, elle se perche sur un tabouret (moins inconfortable que celui du grenier), balançant les jambes pour tromper son ennui. Elle a beau savoir que les occupations ne manquent pas – si Lottie refuse de s'en charger, autant qu'elle fasse elle-même la poussière –, elle n'arrive pas vraiment à s'y mettre, car son esprit est aussi paisible qu'une mer démontée. Son carnet de croquis et son réticule sont sous le comptoir, à portée de main pour qu'elle puisse s'échapper dès que possible au retour d'Hezekiah.

Aujourd'hui est le jour où tout va changer.

Le modèle en cannetille est terminé. Tout ce qu'il lui faudra, c'est un « oui », une reconnaissance que son travail est digne de se transformer en magnifiques pièces destinées aux membres de la haute société. Il suffirait de commencer par un seul article – juste un – vendu à une femme de qualité. Une lady, peut-être une baronne. Ou alors une duchesse. Bien sûr, pense-t-elle, les chances qu'une personne si haut placée dans la hiérarchie sociale apprécie ses créations sont faibles mais, avec chaque vente, Dora gagnerait un peu de valeur, la possibilité d'obtenir d'autres commandes. Tout partirait de là. Elle obtiendrait son indépendance. Elle serait libre.

Et la boutique ? murmure une petite voix dans sa tête. *Que va-t-elle devenir sans toi ?*

La jambe de Dora s'immobilise. Cette boutique est tout ce qu'elle a jamais connu. C'est sa maison. L'abandonner lui briserait purement et simplement le cœur. Et si Hezekiah *devait* vendre, l'héritage de ses parents – ce qu'il en reste – serait aussi mort qu'eux. Bien que ces murs soient vermoulus et leurs solives, désormais aussi fragiles que des feuilles desséchées, ils constituent une véritable carte de sa personne, le souvenir de ce qui a jadis été.

Elle repense à un Noël passé là, aux marchands et aux clients qui s'étaient joints à eux pour porter un toast à cette période festive, célébrer une année de transactions réussies. Blake's Emporium était très chaleureux et accueillant alors, son plancher en chêne, brillant d'avoir été poli, les poutres dépourvues de toiles d'araignées, et Dora se souvient d'avoir été fascinée par la lueur chatoyante des bougies qui se reflétait sur les vitres propres et intactes. Son père la portait haut sur sa hanche, et, même si elle ne comprenait pas réellement les conversations, il s'efforçait de l'inclure quand il parlait de l'expansion de leur commerce, de cargaisons à destination de l'Est de l'Inde, de nouveaux lots à vendre chez Christie's. Hezekiah était censé faire honneur à ces souvenirs. S'il est capable d'abandonner sa loyauté aussi facilement, songe Dora, alors que va-t-il advenir d'elle lorsque le moment de vendre sera venu ? Elle repense à ce qu'il lui a dit au dîner… *Tu es bien trop vieille pour partager encore mon toit.*

Dora déglutit péniblement. Depuis le tout début, Hezekiah l'a traitée comme une nuisance. À part le catéchisme, son oncle ne voyait pas le moindre intérêt à poursuivre l'éducation classique que les parents de sa nièce avaient commencée – quand elle lui avait demandé de lui apprendre le commerce des antiquités, il avait ri, annonçant qu'elle n'avait aucun besoin de s'encombrer l'esprit avec des choses pareilles, même s'il n'hésitait jamais à l'utiliser en la mettant derrière le comptoir. Et donc, tout ce que sait Dora est basé sur des souvenirs, une observation attentive. Sans Hezekiah, où irait-elle ?

Malgré sa négligence, il ne s'est jamais montré à proprement parler méchant à son égard – après tout, il lui achète ses carnets de croquis – mais, entre eux, ce n'est pas le grand amour. Quand il avait ramené Lottie avec lui à la maison un soir, elle avait pensé que leurs rapports changeraient peut-être. Dora songe au moment où elle a vu pour la première fois cette femme debout dans l'étroite cage d'escalier menant à leurs appartements (moins de six mois après la mort de ses parents), à la façon dont Hezekiah avait annoncé que Lottie venait vivre avec eux. Elle avait supposé que cette personne – peinturlurée de fard à joues peu seyant – allait lui servir de mère, qu'Hezekiah la traiterait en conséquence avec un peu plus de chaleur, mais elle avait été cruellement déçue. Sans tarder, Dora avait dû quitter sa confortable chambre à coucher au deuxième étage pour le grenier triste et froid. Et elle s'était sentie encore plus seule.

Où irait-elle, en effet. À cette pensée, un étau glacé vient comprimer sa cage thoracique. Elle n'a pas de famille à part Hezekiah. Ses grands-parents paternels sont morts depuis longtemps, sa mère a été élevée dans un orphelinat en Grèce. Jusqu'à ce qu'elle soit capable de subvenir à ses propres besoins, elle ne peut pas partir, elle ne peut pas se libérer de lui. Ses seules options – l'hospice, la rue, ou les bordels –, eh bien, ce ne sont pas du tout des options.

Les bordels.

Mal à l'aise, Dora repense à la manière dont Hezekiah l'a dévisagée. *J'aurais cru que tu serais contente de changer de décor. De trouver un cadre plus libérateur.* Il ne pensait certainement pas à… ?

Ses ruminations macabres sont interrompues par le tintement de la cloche. Le regard de Dora file vers l'avant de la boutique, mais non, ce n'est pas un client, juste Lottie qui vient de franchir le seuil.

« Maîtresse. »

Dora fait la moue, rectifie vainement la position du registre vide devant elle. Lottie croise les bras sur sa poitrine et la toise d'un air calculateur.

« Vous êtes toute pâle. Pourquoi n'allez-vous pas faire un tour à pied ? Je peux m'occuper de la boutique. » La gouvernante hésite. « Une heure ou deux suffiront. »

Dubitative, Dora scrute le visage rond de Lottie. « Vous ? »

Lottie hausse les sourcils. « Pourquoi pas ? »

Une curieuse requête. Lottie n'a jamais proposé de surveiller la boutique auparavant, pas plus qu'elle ne s'est souciée de la santé de la jeune femme. Mais ces brefs interludes de liberté sont précieux, et Dora attrape son carnet de croquis sur le comptoir.

Elle n'a pas besoin de se le faire dire deux fois.

Au coin nord-ouest du cimetière de la cathédrale St. Paul se trouve Clements & Co., bijoutier et orfèvre à la réputation des plus éminentes. On y accède par quatre marches étroites et raides, et de sa main libre – l'autre serrant l'imposant carnet de croquis relié de cuir – Dora s'accroche à la rambarde en fer forgé, prenant soin de ne pas trouer ses jupes en les descendant.

Elle tire la sonnette, attend qu'un valet de pied au visage luisant la laisse entrer. À l'intérieur, il fait chaud, et, après l'air putride des rues, l'odeur agréable des bougies à la cire d'abeille est plaisante à respirer.

Les murs sont couverts du sol au plafond d'armoires vitrées ornées de décorations sculptées et dorées, remplies à ras bord de pièces lumineuses et rutilantes. Les armoires les plus proches de l'entrée abritent les articles les plus communs : robustes gobelets, grands plats de service, couverts en métal argenté aux manches en ivoire sculptés de chiens de chasse et de sangliers. Sans nul doute des objets d'une certaine qualité, mais ce sont les plus proches du comptoir qui font palpiter le cœur de Dora.

Colliers, boucles d'oreilles, bagues. Rubis, saphirs, émeraudes et diamants. Verre opalin, perles de rocaille, un plateau de céramique diaprée Wedgwood. Broches papillons, bijoux arlequins. Et là, droit devant elle, une nouveauté, tout simplement trop splendide pour être gardée sous clé.

Sur un coussin d'un bleu profond trône une tiare. Motif en filigrane, agrémenté de diamants ronds et de diamants poires taillés en rose avec au centre une fleur dont les pétales bondissent hors du pistil comme les rayons du soleil. Dora incline la tête, se met sur la pointe des pieds, tente de l'observer sous un autre angle. Dessus argenté, arrière en alliage. À mesure qu'elle bouge, les diamants étincellent et dansent. Ils sont vraiment exquis. Dora appuie son visage contre la vitre. En regardant avec la plus grande attention, elle distingue son reflet dans chacune de leurs minuscules facettes.

« Magnifique, murmure-t-elle.

— Magnifique, en effet. »

Mr. Clements émerge de l'arrière-boutique, chargé d'un plateau de bagues. Cet homme mince à lunettes et à l'épaisse tignasse brune entremêlée de gris sévèrement attachée par un ruban rappelle à Dora une loutre studieuse. Il porte toujours des couleurs aux nuances terreuses, noue sa cravate trop serrée, donne l'impression d'être rentré dans son habit avec un chausse-pied. C'est l'un des rares messieurs du cercle d'amis de ses parents avec lesquels elle a réussi à rester en contact régulier, et grâce à qui sa passion pour la joaillerie s'est épanouie.

Une année en particulier, Helen, la mère de Dora, l'avait emmenée chez Clements & Co. toutes les semaines pour admirer leurs articles, et, autour d'un thé accompagné de gourmandises, le bijoutier avait expliqué à Helen – dans le but de documenter les trouvailles de celle-ci – la différence entre pierres précieuses et strass, le meilleur endroit où trouver des turquoises, l'origine des opales. Pendant que sa mère et lui devisaient, Mr. Clements donnait à Dora une boîte de perles pour qu'elle s'amuse. C'était lui qui avait appris à la jeune fille à accrocher un fermoir et à courber un fil de fer, qui lui avait offert son propre nécessaire de pinces et de cisailles.

Tous les bijoux que sa mère possédait avaient été fabriqués par Mr. Clements. Dora caresse doucement la broche en camée à son cou, seule pièce qui reste de la collection d'Helen – Hezekiah a vendu les autres avant même qu'elle s'aperçoive de leur disparition. Mr. Clements a façonné le camée à partir d'un coquillage nommé casque cornu qu'elle avait trouvé sur la plage de Paphos. Simple mais élégant, il reproduit le profil majestueux d'une femme coiffée d'une couronne de raisins qui lui retombe sur l'épaule. Helen laissait toujours sa fille jouer avec cette broche avant d'aller dormir ; Dora la tournait et la retournait dans ses petites mains, admirant le travail de gravure, la fraîcheur du camée dans ses paumes. Elle la portait le jour de sa mort.

« Mr. Clements.

— Miss Blake. Comment allez-vous, ma chère ?

— Bien, monsieur. » Elle brandit son carnet de croquis à deux mains. « J'ai apporté d'autres dessins. »

Le bijoutier abaisse le plateau de bagues. Dora croit voir un air contraint passer sur son visage, mais il s'est penché sous le comptoir, troquant son plateau pour un carré de velours noir, et, lorsqu'il la regarde de nouveau, son expression est ouverte, affable.

« Montrez-les-moi, dans ce cas. »

Dora pose son carnet de croquis sur la surface vitrée et ouvre son réticule. Avec beaucoup de soin, elle sort ses dessins un par un. Trois paires de boucles d'oreilles – des pendants, des torpilles et des boules – respectivement composées de fil de fer et de petites perles, de bois sculpté, et d'une bille. Un bracelet en faux pinchbeck[1] et grenats, fabriqué à partir de dentelle et de perles de verre, deux broches dans le style du verre de Vauxhall réalisées à partir d'éclats de miroir, un collier en ruban noué orné de boutons de porcelaine qu'elle a peints pour imiter l'agate.

Elle garde le collier en cannetille pour la fin. À la lumière dorée des bougies, elle voit à quel point le galet de verre bleu est mis en valeur par son nouvel arrangement. Dora a passé deux nuits à trimer sur ce pendentif, deux nuits à se briser le dos, perchée sur son haut tabouret inconfortable, mais elle ressent une fierté démesurée à son sujet. Avec un soin minutieux, elle est parvenue à forcer le fil de fer à former vingt petits fleurons en spirale, du même nombre de chaque côté. Il a l'air élégant, majestueux. À ce jour, c'est son meilleur ouvrage.

---

1. Alliage jaune durable de cuivre et de zinc portant le nom de son inventeur, un horloger anglais.

À mesure que Dora les lui propose, l'orfèvre retourne chaque pièce dans tous les sens, en examine les détails en plissant les yeux par-dessus ses lunettes, les repose avec précaution sur le velours, *tergiverse*. Elle est ravie qu'il soit aussi fasciné, mais elle n'a pas encore fini.

« Je sais, dit-elle en ouvrant son carnet, ce sont de grossiers prototypes en comparaison de ce qui serait produit dans votre boutique. Mais d'après mes croquis, vous voyez ce que j'ai essayé d'accomplir. Tenez, ajoute-t-elle en se tournant vers la cannetille. Or et aigue-marine. Ce serait joli soit tel quel, soit en strass, tant que la couleur est adaptée… » Comme Mr. Clements ne répond pas, elle se dépêche de poursuivre. « Je serais enchantée d'être guidée par votre expertise, bien sûr. Ajoutez des améliorations, si vous le souhaitez. Des fleurs conviendraient, des plumes aussi, peut-être, si vous deviez alléger le…

— Miss Blake », l'arrête-t-il, les mots s'échappant de sa bouche en un profond soupir.

L'estomac de Dora se contracte. Les pages s'envolent de ses doigts.

« Ils ne vous plaisent pas.

— Ce n'est pas la question. Ma chère… » Il marque une pause, gêné. « Comment l'expliquer avec délicatesse ? Je vous reçois en souvenir de vos parents, paix à leur âme. Mais… » Mr. Clements s'efforce de sourire gentiment. « Si vos dessins sont, je dois l'avouer, plutôt charmants en soi, je ne peux pas les qualifier d'autre chose.

— Mais… » Dora s'interrompt, découragée. Retente sa chance. « Vous m'aviez promis. »

Mr. Clements enlève ses lunettes, les pose sur le comptoir d'un geste précis. « Je n'ai rien promis. J'ai juste dit que je les *envisagerais* pour ma collection. »

Dora le fixe. Puis, très lentement, elle appuie les mains sur le comptoir et se penche vers lui.

« Mr. Clements. Vous m'avez suggéré de vous montrer un portfolio de dessins et de créer quelques prototypes pour en démontrer la viabilité. Vous n'avez peut-être pas expressément assuré que vous les prendriez, mais si vous ne pensiez pas que mes dessins avaient une quelconque valeur, si vous les considériez juste comme des projets *charmants* ou de simples petits travaux féminins, alors pourquoi dire de telles choses et me donner de faux espoirs ? »

Le bijoutier lève les mains en un geste qui se veut apaisant, mais Dora ne parvient pas à réprimer sa déception et sa frustration.

« Vous m'avez fait perdre mon temps, Mr. Clements. Et vous avez perdu le vôtre. »

L'orfèvre lâche un autre soupir. « Miss Blake, Dora. Je n'avais pas l'intention de vous offenser. Ces dessins… – il les désigne de la main, étalés sur le velours, s'attarde sur la pierre bleu pâle du collier en cannetille – sont vraiment très char…

— Mr. Clements, si vous qualifiez encore mon travail de charmant…

— Ravissants, alors.

— Ce n'est pas la même chose ? »

Il pince les lèvres. « Vous faites preuve d'une grande habileté, je vous l'accorde. Ce que vous avez accompli avec les matériaux les plus grossiers est stupéfiant.

Cependant, ils n'ont rien d'*unique*, et rien ne distingue votre travail de celui des hommes que j'emploie déjà. De nos jours, les modes passent aussi vite que des rhumes, et ces croquis que vous m'avez donnés… Eh bien, ils ne feront pas l'affaire, c'est tout. En ce moment, on murmure que le style grec est en vogue, mais le mois prochain, ce sera peut-être le style oriental. Je suis désolé, miss Blake, ma réponse est non. »

Dora bat des paupières. « Grec ? »

Mr. Clements semble s'affaisser en se rendant compte de son erreur. « Ou… i… ii. » Il étire ce mot sur trois syllabes.

« Et si je vous montrais quelque chose de ce style-*là* ?

— Miss Blake…

— S'il vous plaît, monsieur, laissez-moi parler. Vous connaissez mon ascendance, la spécialité de mes parents. Si je préparais de nouveaux croquis à vous soumettre, il n'y aurait certainement aucun mal à cela ? Juste une petite sélection, et si, ensuite, vous ne les aimez toujours pas, je cesserai mes efforts. Vous ne pouvez pas être cruel au point de me voler ma dernière chance de faire mes preuves ?

— Je… » Le bijoutier a beau prendre un air peiné, Dora le voit hésiter et abat sa dernière carte. Elle touche le camée sur sa gorge.

« *Se iketévo*[1]. S'il vous plaît. Pour ma mère. »

Il y a un blanc. Dora sent le sang battre dans ses oreilles. Mr. Clements pousse un nouveau soupir.

« Miss Blake, vous êtes vraiment entêtée. » Le visage de l'orfèvre se radoucit. Il secoue la tête, vaincu.

1. « Je vous en supplie », en grec.

« Très bien. Mais je ne vous promets rien, l'avertit-il. *Rien*, c'est clair ?

— Tout à fait », répond-elle en attrapant son carnet de croquis qu'elle referme d'un coup sec. « Par contre, je vous promets *une chose*, monsieur, que vous ne serez pas déçu. »

CHAPITRE SIX

Au même moment, Hezekiah explose de colère. Conduits par leur aîné, les trois frères Coombe (jusqu'à présent toujours si obéissants pourvu qu'il y ait de l'argent à la clé) refusent de se séparer de son trésor tant désiré, qui se trouve là – d'une proximité si alléchante qu'il pourrait le toucher – ficelé sur un chariot auquel est attelé un cheval prêt à le ramener chez lui. Enfin, prêt, si Matthew Coombe ne faisait pas d'histoires.

« Vous savez à quel point c'est important pour moi, explique Hezekiah, pour le moins incapable de s'empêcher de prendre un ton pleurnichard. Après tout ce temps, je ne me laisserai pas mettre de bâtons dans les roues. Je l'ai déjà perdu deux fois, et vous allez encore m'en priver ? »

Matthew danse lourdement d'un pied sur l'autre, ses bottes écrasant le sable boueux de Puddle Dock, mais ne répond pas, et la gorge d'Hezekiah devient brûlante ; il est obligé de desserrer sa cravate. « *Pas question* que vous le gardiez pour vous, *pas question…* »

« Nous ne le voulons pas pour nous », intervient Samuel, le plus jeune des trois.

Hezekiah n'en croit pas ses oreilles. « Vous êtes en train de dire que vous avez un autre acheteur ? »

Comment *osent*-ils trahir sa confiance ?

« Non, monsieur, ce n'est pas ça. »

Et là, c'en est vraiment trop. Il serre les poings, perdant le peu de retenue qu'il était parvenu à conserver.

« *Alors à quoi jouez-vous, bon sang ?* »

Son accès d'humeur fait renâcler le cheval, dont l'haleine s'élève en volutes dans l'air vif du matin, et Hezekiah sent les veines saillir sur ses tempes. Il doit être passablement cramoisi, car Matthew ne bronche que maintenant.

« Il est maudit. »

Hezekiah le dévisage. Il ne s'y attendait pas. La bizarrerie de cette déclaration atténue un peu sa colère. « Quel ramassis de balivernes.

— Je vous le dis, il a quelque chose qui ne va pas. Il ne devrait pas être ici. »

Matthew se gratte le poignet. Hezekiah note avec dégoût la tache rougeâtre sur le revers de sa manche.

« Balivernes, répète Hezekiah. Vous êtes affaiblis par le manque de sommeil, c'est tout.

— On manque de sommeil, c'est sûr. On n'a pas fermé l'œil depuis qu'on l'a amené ici. »

Et de fait, les frères paraissent fatigués – leurs bouches sont pincées comme des poires séchées, leur peau paraît aussi grise que du limon, sauf qu'Hezekiah n'en a cure car il est conscient d'avoir un public. Le dock s'est immobilisé ; Tibb et ses ouvriers se sont rassemblés en un petit demi-cercle, les hommes de l'équipe des déchets de nuit s'appuient sur leurs pelles fumantes, captivés. Il regarde deux d'entre eux – l'un est le même Chinois que la dernière fois, Hezekiah en est à peu près sûr – échanger un commentaire en riant sous cape. Mortifié au possible, il s'approche furtivement de Matthew et pose sa main sur l'avant-bras robuste de l'homme. Il sent une odeur brute de peau non lavée, des effluves puissants de poisson et d'algues mélangés à la puanteur toxique des excréments et de la pourriture montant de la Tamise, et doit mobiliser tout son sang-froid pour ne pas vomir sur ses chaussures.

« Bon, écoutez, siffle-t-il. Je ne vais pas vous laisser tout me gâcher.

— Ce ne sera pas nous qui gâcherons quoi que ce soit. Ce sera cette chose. »

Derrière lui, Samuel acquiesce.

« C'est pas normal. Ça non…

— Je le répète, ce sont des balivernes.

— Monsieur, ce qu'a fait cette chose… Le pauvre Charlie n'a pas dit un mot depuis des jours…

— Assez, Coombe, ou vos frères et vous, vous n'aurez rien.

— Non, Mr. Blake, riposte Matthew, désormais inflexible. Nous voulons plus d'argent. Les efforts qu'il nous a fallu pour le récupérer, et le trajet pour l'amener ici. Le danger auquel vous m'avez exposé en premier lieu. À mon avis, ça vaut deux fois ce qu'on avait convenu.

— Vous n'aurez rien de tel, lâche Hezekiah d'une voix méprisante, avant de se rendre compte qu'il est en train de perdre du terrain. Le prix que j'ai stipulé est plus qu'approprié.

— Alors on va charger ce fichu machin, le ramener en mer et le balancer par-dessus bord, là où est sa place. »

Mais, au moment où Matthew commence à se détourner, Hezekiah lui serre plus fort le bras.

« Non ! S'il vous plaît, je… »

Sa bouche s'assèche, son regard voyage fébrilement de gauche à droite. Il ne peut pas le perdre maintenant, il ne peut pas. Les frères Coombe l'observent de leurs yeux enfoncés. Hezekiah grimace, desserre sa pression.

« Je vous paierai la somme convenue maintenant, et le reste une fois que j'aurai conclu ma propre affaire. Je ne peux pas vous payer plus tôt. »

Un tic musculaire parcourt la mâchoire de Matthew. Les trois frères échangent un coup d'œil, un signe de tête.

« Très bien », dit l'aîné. Il a un brusque geste du menton en direction de ses cadets, qui se hissent sur la charrette. « Mais si nous ne sommes pas payés d'ici la fin du mois, vous pouvez vous attendre à ce qu'on tambourine à votre porte. »

Hezekiah se hérisse. « Vous pensez que ma parole ne suffit pas ? Je vous ai déjà laissés tomber ?

— Non, concède Matthew en saisissant les rênes du cheval. Mais vous n'avez encore jamais été confronté à une situation pareille non plus. »

CHAPITRE SEPT

Encore une fois, elle doit attendre son heure. Souffrir un peu plus longtemps sous le toit d'Hezekiah. Mais Dora est une créature têtue, et son imagination est déjà à l'œuvre.

Soit, ses créations ne sont pas à la mode. Peu importe, songe-t-elle en dépassant le chemin qui mène à St. Paul. Dans quelques années, elles le redeviendront, et elle s'assurera que ses bijoux soient disponibles à la vente d'ici là. Malgré tout, elle n'est pas stupide. Elle sait que l'orfèvre cherche juste à gagner du temps. Elle sait qu'il lui opposera sûrement un nouveau refus. Cela dit, qui est mieux placé qu'elle pour dessiner de tels bijoux ? Sa mère était grecque. Dora a passé son enfance en immersion dans des sites archéologiques grecs. Elle a cela dans le sang.

Agáli – agáli gínetai i agourída méli.

« Lentement, lentement, le raisin amer se transforme en miel », marmonne-t-elle entre ses dents.

Il a besoin de temps pour grossir ou se bonifier.

Tous les matins après le petit déjeuner et avant que ses parents partent en fouilles, sa mère lui apprenait l'alphabet grec, les proverbes et les histoires anciennes de sa patrie. Soyez patients, signifiait le proverbe. Mais n'y a-t-il pas suffisamment longtemps qu'elle est patiente ?

Lorsque Dora émerge à nouveau dans l'effervescence de Ludgate Street, elle traverse tout à droite, là où la chaussée est la plus large, pour éviter la trajectoire des voitures à cheval qui arrivent, le va-et-vient suffocant des foules londoniennes. Le gel de la nuit précédente a déposé une fine couche de verglas sur les routes ; marcher ici nécessite une certaine habileté, une aptitude à poser ses pieds juste où il faut, à incliner son corps pour se faufiler au milieu de la masse des autres, et le passage glissant rend cet exercice traître. Elle est à mi-chemin entre la boutique d'un papetier et celle d'un tailleur quand les cloches de St. Paul sonnent onze heures et que, devant elle, retentit un fracas des plus assourdissants. Le hennissement d'un cheval transperce les airs.

Dora réussit à traverser en jouant des coudes la foule qui grossit, résolue à garder la tête baissée, car les accidents de ce genre sont fréquents et, pour la plupart, abominables – indignes des cauchemars que leur vue peut provoquer – mais, à ce moment-là, elle entend l'inimitable cri perçant de Lottie Norris. Dora relève la tête à temps pour apercevoir la gouvernante qui sort comme une flèche de la boutique dans un tourbillon de jupes. Elle relève les siennes et se risque à courir.

Devant la boutique, un chariot s'est renversé. Bien que couché sur un côté, le cheval semble indemne. En revanche, sous son flanc… La jambe d'Hezekiah est coincée, et il hurle sa détresse de manière particulièrement spectaculaire. Debout à côté de lui, trois hommes que Dora ne reconnaît pas forment un demi-cercle disgracieux. L'un d'eux tord une casquette élimée entre ses mains.

« Vous voyez ! s'exclame-t-il. Vous voyez ? Il sème la folie ! »

Dora les détaille. Des hommes massifs, musclés, tous pourvus de la même chevelure cuivrée, des mêmes yeux pâles veinés de rouge et tous en mauvaise santé, suppose-t-elle d'après leurs visages gris. En se rapprochant, elle sent sur eux la puanteur saumâtre de la mer.

« Cette satanée bête a glissé sur la glace, rien de plus ! » Hezekiah crache désormais presque plus qu'il ne parle. « Il a fichu en l'air mon trésor. Que quelqu'un l'abatte ! Cette créature infernale va me le payer, je vous le dis.

— Allons, allons, susurre Lottie à côté de lui, sa main serrée dans la sienne. Peut-être qu'il n'y a pas de dégâts…

— Bien sûr que si, coupe Hezekiah, qui tente en vain d'extirper sa jambe de sous le cheval. Comment pourrait-il en être autrement ? Matthew, dites-moi comment ça se présente. »

Sa curiosité piquée au vif, Dora rejoint le plus massif des hommes à l'arrière du chariot. L'une de ses roues tourne sur son axe, le plateau lui-même est en miettes, quant à son chargement… Sur les pavés, enserrée d'une épaisse corde, une caisse en bois des plus volumineuses. Le bois est déformé sur les coins, ses planches, émaillées de vert-de-gris. Des mollusques s'y accrochent fermement. Une croix rudimentaire a été peinte en travers de l'un des panneaux. Lentement, l'homme contourne la caisse. Dora remarque qu'une partie du bois d'un des coins est tombée, laissant un trou sombre et dentelé, et l'homme fait un pas en avant, appuie son visage tout contre. Il y a un blanc, le bavardage impatient des spectateurs.

« *Alors* ? » Hezekiah appuie son considérable poids sur ses coudes. « J'ai raison, n'est-ce pas ? grogne-t-il. Il est cassé, complètement fichu. La faute à ce cheval de malheur ! » Il brandit le poing en direction de la jument qui s'écarte de lui avec un léger hennissement.

Dans sa colère, Hezekiah n'a pas remarqué le regard que les trois hommes – des frères, décide Dora – ont échangé. Néanmoins, elle a tout vu. Ce regard n'exprimait pas le choc, la perplexité. Non, c'était un regard résigné, comme s'ils s'étaient attendus à ce qui se passe, comme s'ils l'avaient su depuis le début…

Celui qu'on appelle Matthew s'éclaircit la gorge. « Intact, monsieur. J'en suis sûr. »

Hezekiah éclate d'un rire tonitruant et pose une main sur le visage de Lottie, lui plantant un baiser humide sur la joue. « La chance est avec moi, en fin de compte ! Maintenant, que quelqu'un me libère de cet animal. »

De gros efforts s'ensuivent, on tire, on pousse. Hezekiah se lève, retirant de sa cuisse avec une grimace un clou rouillé dont l'extrémité luit de rouge.

« Regardez-moi ça ! » s'écrie-t-il en jetant le clou sur la chaussée, où il atterrit avec un petit *ping*. Il s'appuie sur Lottie pour qu'elle le soutienne, et la gouvernante plie sous son poids sans avoir l'air de s'en offusquer.

Un vieil homme aux longs cheveux blancs se détache de la foule, offre son bras à Hezekiah. « Allons, monsieur, laissez-moi vous aider à rentrer. Vous pouvez marcher, j'imagine ?

— Oui, bien que ce soit un miracle ! Vous avez vu ? J'aurais pu avoir la jambe cassée.

— En effet, vous auriez pu, murmure l'homme. Mais, comme vous dites, la chance semble être de votre côté. Ce n'est qu'une petite blessure. On y va ? »

Hezekiah prend le bras tendu, puis, le vieil homme d'un côté et Lottie de l'autre, gagne la boutique en boitant. Sur le seuil, il tourne la tête pour s'adresser aux trois rouquins :

« Emmenez-le au sous-sol. Je vais demander à Lottie de déverrouiller la porte. »

De sous sa chemise, Hezekiah sort une chaîne au bout de laquelle se balance une petite clé métallique. Dora est incapable de tenir sa langue plus longtemps.

« Je peux vous aider ? »

Hezekiah sursaute. La chaîne oscille au bout de ses doigts. Il est clair qu'il n'avait pas remarqué sa présence.

« Dora. » Il jette un regard en coulisse à Lottie, baissant la voix d'un ton. « Elle était censée être sortie. »

Lottie piétine sous le poids de son employeur. « En effet. »

C'est donc pour *cette raison* que Lottie voulait se débarrasser d'elle !

« Mon oncle, reprend Dora, à bout de patience. Qu'est-ce que c'est que cette chose ? Qu'avez-vous acheté ? », et elle voit presque les pensées d'Hezekiah bondir comme des poissons dans une nasse.

« Rentre, ordonne-t-il sèchement.

— Pourquoi ? »

Le visage d'Hezekiah est empreint de panique mais, avant que Dora puisse l'interroger plus avant, l'homme aux cheveux blancs intervient en sa faveur.

« Miss Blake, votre oncle souffre, et il fait froid dans la rue. Peut-être, dit-il en indiquant d'un petit signe de tête la foule qui enfle, serait-il préférable de continuer cette conversation à l'intérieur ? »

Dora ouvre la bouche, puis la referme, privée du loisir de faire une seconde tentative, car Hezekiah – qui refuse désormais de la regarder – est entraîné dans la boutique. Derrière elle, on entend un grognement, un bruit de bois qui craque. Dora se retourne pour regarder les trois hommes soulever la caisse ensemble.

Elle s'écarte pour les laisser passer, les yeux réduits à deux fentes.

CHAPITRE HUIT

C'est l'attention au détail qu'il aime, la concentration qu'elle nécessite. Cela l'aide à oublier.

L'atelier de reliure est caché tout au bout de Russell Street, à l'endroit où cette rue bifurque en un virage serré sur Drury Lane, et la salle de travail privée d'Edward donne sur la ruelle juste derrière la boutique. Sa minuscule fenêtre est placée haut dans le mur, ce qui lui fournit peu de lumière pour son ouvrage, mais ainsi il n'est pas dérangé par les gens qui frappent au carreau, les inconnus qui regardent impoliment à l'intérieur. Quand il travaille, il remplit donc la pièce de bougies. Dépense que le contremaître, Tobias Fingle, trouve totalement superflue.

Et c'est vrai, Edward l'admet. Il pourrait se débrouiller avec deux fois moins de bougies ; les motifs qu'il imprime sur le cuir ne sont pas obtenus grâce à la délicatesse de ses doigts mais au moyen de simples tampons – tout ce qu'il a besoin de faire, c'est de les appliquer au bon endroit.

Seulement Edward n'aime pas la pénombre.

Néanmoins, Fingle comprend. Il tient sa langue. Edward et lui sont les deux seuls ouvriers présents depuis les débuts de l'atelier, les deux seuls qui sachent comment c'était avant. Avant, quand on n'avait pas le temps de se reposer, pas le temps de respirer. Pas le temps de récupérer.

Edward appuie le filet sur le cuir de veau, applique le disque en métal brûlant sur la reliure, laissant une double ligne bien nette sur la tranche. Son rôle est réservé aux derniers stades de la production d'un livre. Sa tâche consiste à imprimer les couvertures des ouvrages une fois que leurs pages ont été cousues, à en marquer le cuir de motifs et de rainures délicats. C'est un travail facile, qui demande simplement d'avoir la main sûre, le souci du détail. Peut-être est-il un artiste « amateur », mais un amateur qui produit de magnifiques couvertures… Dans ce domaine, il pourrait surpasser n'importe quel artisan du métier. Carrow s'en est assuré.

Les dents serrées, Edward soulève le filet, le met de côté. Il prend une petite palette[1] sur le réchaud niché dans un coin qui sert à chauffer les outils. Il retourne la palette pour vérifier le motif – du lierre en spirale, des fuseaux en filigrane – et s'applique aux détails des bordures.

Se concentrer. Oublier.

Grâce à Cornelius, Edward est désormais libre d'agir à sa guise ici. Il aurait pu partir, bien sûr. Mais, comme il l'a demandé à Cornelius quand celui-ci le lui a suggéré, que pourrait-il bien faire ? Où pourrait-il aller ?

1. Outil de dorure gravé à sa base qui sert à décorer les dos des livres.

À la différence de son ami qui a de l'argent à dépenser et de la liberté à revendre, il est obligé de gagner sa vie. Il n'a pas été formé à autre chose. Et donc, Edward est resté, pour faire ce qu'il a appris à faire le mieux, dans un confortable quasi-silence à l'intérieur d'une pièce remplie de bougies brillantes qui empêchent l'obscurité d'entrer.

Étrange, pense-t-il, que, dans un lieu qu'il a jadis craint, il se sente désormais complètement en sécurité.

Les autres ouvriers, bien sûr, n'en savent rien. Cornelius les a engagés au moment où il a repris l'endroit, du sang neuf venu du Staffordshire, des campagnards envoyés à la ville pour exercer leur métier, comme Edward l'avait un jour été. Sauf qu'ils lui en veulent, il le sait. Ils lui en veulent de ce qu'ils considèrent comme ses privilèges, la protection qu'il reçoit des caisses des Ashmole. Ils lui en veulent de ses fréquentes absences, dont ils ignorent la raison. Après son séjour à Shugborough, ils n'en ont pas cru leurs yeux quand Edward a été réintégré dans l'arrière-boutique comme si de rien n'était.

Ils tiennent aussi leurs langues. Ils sont trop grassement payés pour dire quoi que ce soit (Cornelius a toujours été bien trop généreux avec son argent), et Fingle s'arrange pour qu'ils gardent le silence, il s'y emploie bigrement, mais Edward n'attache guère d'importance à leurs opinions. Pour lui, l'atelier de reliure est juste un arrêt temporaire, un lieu où il attend son heure. Être accepté au sein de la Société est tout ce qui compte à ses yeux. Ce serait son sauf-conduit pour voyager à travers le monde, consacrer son temps à faire ce qu'il aime

– quel fantastique privilège que d'être *payé* à se plonger dans ses études, voir et toucher pour de bon ces choses au sujet desquelles il a passé tant d'années à lire livre sur livre…

Quelqu'un frappe. Edward écarte la palette du cuir, lève les yeux vers la porte. De l'autre côté des vitres en verre dépoli, il distingue une silhouette tordue qu'il reconnaît comme celle de Fingle. Il baisse de nouveau le regard, fait pivoter le livre d'un quart de tour, presse la palette sur le cuir de veau.

La porte s'ouvre. Fingle s'appuie sur la poignée, les yeux plissés à la lueur de la bougie.

« On va à la taverne une fois qu'on aura fermé pour la journée. Vous voulez vous joindre à nous ? »

Fingle demande toujours. Edward répond toujours de la même façon.

« Non, merci », dit-il sans lever la tête, mais son habituelle réponse dédaigneuse ne semble pas réussir à le débarrasser de l'homme ; Fingle est toujours en train de rôder devant la porte.

« La vie, ce n'est pas uniquement rester enfermé derrière un bureau, vous savez. Je me disais qu'on pourrait peut-être fêter la nouvelle année, prendre un nouveau départ. »

À cette déclaration, Edward lève les yeux. Dans la lumière tamisée de l'embrasure de la porte, on dirait que Fingle essaie de sourire gentiment. Edward se force à lui rendre son sourire.

« Je vais voir Mr. Ashmole ce soir. »

Fingle hésite, paraît sur le point de dire quelque chose, puis se ravise. Il reprend plutôt : « Vous êtes sûr ? Les gars avaient envie de manger un bout, aussi. Ce serait dommage que vous ne veniez pas. » Edward se remet à ses impressions. « Ça m'étonnerait que je leur manque beaucoup.

— À moi, peut-être un peu. En souvenir… – il s'interrompt – en souvenir du bon vieux temps. Je crois que ça vous ferait du bien. »

Au lieu de répondre, Edward se concentre sur ses motifs. Une volute de fumée s'enroule vers le plafond tandis que le métal brûlant s'enfonce dans le cuir. Il a toujours aimé cette odeur.

Fingle s'attarde encore un peu avant de refermer la porte, laissant Edward en paix.

Edward continue son travail.

Lorsque les cloches de St. Paul sonnent finalement cinq heures, au loin, il remballe ses affaires, éteint le réchaud, souffle les bougies. Pendant qu'il s'échappe, il sent les yeux des autres sur lui, pareils à des moucherons. Il baisse la tête, passe devant eux sans un mot.

La maison de ville d'Ashmole à Mayfair est parfaitement à l'image de son propriétaire : lumineuse, chaleureuse et tout à fait ostentatoire. Cornelius – même en cravate dénouée, en chemise à moitié boutonnée et en chaussettes – offre un tableau royal, et il salue Edward d'une ferme poignée de main, les beaux aplats de son visage empreints d'une expression affectueuse.

« Je m'inquiétais pour toi, dit-il alors qu'Edward le suit dans la bibliothèque. J'étais prêt à venir dans ton meublé hier soir, mais j'ai plus ou moins senti que tu avais besoin d'être seul.

— J'ai failli venir te voir, seulement le temps a changé. » Edward a pris un ton d'excuse. « Cornelius, je… »

Cornelius lève la main, lui lance un regard faussement réprobateur. « Non, non. Je comprends très bien.

— Je sais que oui, reprend Edward, honteux, mais je voudrais m'excuser malgré tout. J'ai été un fieffé imbécile et je me suis comporté comme un enfant colérique. Je suis désolé, Cornelius. »

Son ami sourit, sautille jusqu'au buffet avec une grâce qui conduit Edward à se sentir terriblement déplacé.

« Ne t'excuse jamais auprès de moi, c'est inutile. » Cornelius lui verse un gobelet de brandy qu'il lui tend, accompagné d'un petit bol de noix. Quand Edward le prend et qu'il les regarde, elles lui rappellent de minuscules vertèbres ridées. Cornelius se jette dans un fauteuil, l'invite d'un geste à s'installer dans celui d'en face, près du feu. « Tu as le droit, à l'occasion, d'avoir tes moments de chagrin. »

Edward grimace en s'enfonçant dans le cuir opulent. « Tu fais bien trop de concessions pour moi. »

Cornelius lève son verre posé sur le guéridon à côté de lui, sourit doucement par-dessus le bord. « Peut-être. Mais je ne te les reproche pas.

— Il arrivera un moment, tu sais, où tu ne pourras plus me protéger. En réalité, je suis à peu près sûr que ce moment est déjà arrivé, et qu'il est passé. Tu en as déjà fait pour moi bien plus que tu n'aurais dû. » Edward soupire, tourne et retourne son verre dans sa main, et les yeux de son ami s'étrécissent ; à la lueur du feu, ses pupilles paraissent presque noires.

« N'y pense pas trop.

— Mais…

— Écoute, ne te mets pas martel en tête. Tu vas gâcher ma surprise.

— Une surprise ? »

Le visage de Cornelius retrouve une fois de plus son sourire décontracté, et, sur le guéridon à côté de lui, il attrape une petite boîte noire. Il se penche par-dessus le tapis – une peau de tigre, à la magnifique tête encore intacte – et lui tend la boîte. Sa chemise bâille au niveau du cou, révélant une poitrine lisse et dure. Edward lui prend l'objet des mains.

« Qu'est-ce que tu as encore fait ?

— Ne pose pas de questions », réplique Cornelius en se rencognant dans son siège. Il attrape une noix dans son propre bol et la porte à sa bouche, puis la mord en exhibant ses dents. « Contente-toi de l'ouvrir. »

Edward s'exécute en secouant la tête d'un air résigné, car Cornelius est coutumier de ce genre d'attention – quand il ne lui a pas fourré de l'argent dans les poches en secret, il envoie des petits plats de Mrs. Howe à son meublé, ou bien…

Edward expire un grand coup.

« Cornelius, vraiment. »

Dans la boîte, sur un lit de soie crème, repose une paire de boutons de manchettes. De forme circulaire, en or (Edward n'a pas besoin de vérifier si ses conclusions sont exactes, Cornelius ne choisirait rien d'autre), serties d'une émeraude toute simple au milieu. De la taille d'un bouton. Discrets, mais élégants, ces bijoux brillent comme de petits yeux.

« Ils te plaisent ? » s'enquiert Cornelius d'une voix douce.

— Eh bien, oui, naturellement, mais…

— Arrête, l'interrompt-il d'un ton désormais sec. Je voulais te réconforter. »

Edward a envie de gronder son ami, mais Cornelius ne le regarde pas, examinant plutôt une noix entre l'index et le pouce. D'après son expression, Edward sait que discuter ne servira pas à grand-chose, et qu'un « merci » sera simplement écarté d'un geste comme un nourrisson ennuyeux.

Cornelius. Si un jour, il s'était qualifié d'ange gardien d'Edward avec un rire ironique, ce terme n'est pas loin de la réalité. Sans lui, Edward ne serait pas assis là aujourd'hui. De la charité, pense-t-il encore une fois, avant de ravaler ce mot qui lui laisse tout de même un goût amer dans la bouche. S'en libérera-t-il jamais ?

« Après t'avoir quitté hier, j'ai rencontré un monsieur dans un café, poursuit-il pour changer de sujet en refermant la boîte des boutons de manchettes, qu'il pose avec soin sur le guéridon à côté de sa chaise. Il m'a suggéré quelque chose. »

Cornelius abandonne l'examen de la noix pour lever les yeux. « Oh ? »

Edward prend une gorgée prudente de brandy. Le goût, fort, presque chaud, râpeux dans sa gorge, lui procure un léger frisson. « Que sais-tu de la famille Blake ?

— Qui ça ?

— Les Blake, continue-t-il, penché en avant sur son siège. Elijah Blake et sa femme tenaient un commerce d'antiquités sur Ludgate Street il y a douze ans et quelques. »

Cornelius se moque. « Oh, Edward, il y a douze ans, nous étions… » Il s'interrompt, semble se reprendre, détourne le regard. « Hum, comment pourrais-je décemment connaître l'existence d'une personne issue d'une époque aussi lointaine ?

— Mais tu as certainement entendu parler d'eux depuis ? C'étaient des antiquaires réputés, morts tragiquement, semble-t-il, au cours d'une fouille. Qui ont laissé une boutique tenue par le frère d'Elijah, Hezekiah, je crois que c'est son nom. »

Cornelius fronce les sourcils en contemplant sa boisson, mais ses traits ont revêtu une expression qu'Edward connaît bien. Une petite ligne s'est formée entre ses sourcils, et il frotte sa lèvre inférieure contre le bord de son verre de brandy. Quelque chose a touché une corde sensible.

« Ils étaient spécialisés en antiquités grecques », ajoute Edward, plein d'espoir.

Cornelius acquiesce lentement. « Maintenant que tu le dis, ça me paraît familier. *Blake*… J'ai entendu mentionner une artiste – Helen, je crois que c'était son nom – que William Hamilton employait de temps à autre pour exécuter des croquis de sa collection de vases grecs quand Tischbein n'était pas disponible. » Cornelius prend une lampée de brandy, la fait tournoyer dans sa bouche avant de l'avaler. « Peut-être que c'est la même personne. Pourquoi d'ailleurs ?

— Eh bien, en fait, voilà le problème. Ce monsieur… – ici, Edward marque une pause en rougissant – m'a demandé pourquoi j'étais si morose. Je lui ai expliqué ce qui s'était passé, et il m'a conseillé d'aller voir leur fille,

Pandora Blake, dans la boutique d'antiquités de Ludgate Street. Il a sous-entendu que j'y trouverais peut-être ce que je cherchais, un sujet que la *Société* considérerait favorablement. »

Cornelius le dévisage. « Oh, par pitié, Edward, tu vas vraiment miser sur une histoire qu'un parfait inconnu t'a racontée dans un café ? »

Le feu crache bruyamment comme pour imiter la colère de son maître. Edward se hérisse. Il ne peut pas s'en empêcher.

« Je sais que ça a l'air fou, mais il y avait quelque chose chez cet homme. Je ne peux pas l'expliquer.

— Tu ne peux pas te fier aux conseils d'inconnus.

— Toujours aussi cynique.

— Enfin, vraiment ! »

Cornelius balance sa jambe par-dessus l'accoudoir de son fauteuil, oriente ses pieds en chaussettes vers la cheminée, fléchit son gros orteil. Dans cet état de relaxation, à moitié déshabillé, avec sa boucle noire qui lui retombe en travers du front, il rappelle à Edward un tableau de la Renaissance, un véritable Michel-Ange. Cornelius agite son verre dans sa direction.

« Un homme que tu ne connais pas te dit d'aller demander conseil à une fille dont les parents morts étaient spécialisés en poteries grecques. Tu sais que la Société ne s'intéresse plus à l'art méditerranéen. Gough a déclaré sans équivoque qu'elle doit concentrer ses efforts sur l'histoire britannique. L'ancien monde a suscité un intérêt exagéré.

— Pourtant, il n'est pas sans mérite.

— Bien sûr que non, réplique Cornelius, le front plissé, mais…

— On doit tenir compte des ruines romaines exhumées à Pompéi, tout de même.

— Oui, sauf qu'il y a eu des résultats substantiels là-bas. La Société avait peu de chances de passer à côté d'une découverte aussi monumentale que *celle-là*.

— Cornelius, reprend patiemment Edward, j'espère que cette fille aura peut-être quelque chose de valeur, quelque chose qui vaut la peine d'être étudié. »

En guise de réponse, son ami pousse un grognement. « Les objets grecs, ce n'est pas ce qu'ils veulent, Edward ! Si tu fais ça, tu t'exposes à un autre échec.

— Si toutefois je décide de faire quoi que ce soit en ce sens. Je ne lui en ai pas encore parlé.

— Mais tu en as l'intention, *non* ?

— J'ai l'impression que maintenant qu'on m'a mis cette idée en tête, je n'ai guère d'alternative. »

Pour ce qui est peut-être la centième fois aujourd'hui, Edward songe à sa rencontre avec le vieil homme, aux circonstances fortuites dans lesquelles il l'a croisé. Et se demande par quel miracle il connaissait son nom…

Cornelius pousse un bruyant soupir, bascule de nouveau ses jambes pour les placer pile de chaque côté de la tête du tigre.

« Je crois que c'est une erreur, l'avertit-il. Ton raisonnement se fonde entièrement sur une rencontre due au hasard. Concentre-toi sur autre chose, un sujet concret, pour l'amour du Ciel. »

Edward repose son verre sur la table avec un *clang* prononcé. « Je refuse de croire que cette rencontre était le fruit du hasard. »

Il entend l'intonation déterminée de sa voix et, l'espace d'un instant, il se sent coupable, comme s'il avait parlé mal à propos – mais le visage de Cornelius s'est radouci à présent, et s'il secoue la tête, c'est de résignation et non de frustration.

« Tu as toujours été un rêveur. Je ne vais pas tenter de t'en empêcher, que le Ciel m'en garde. »

Lorsqu'il prend une longue goulée de brandy, sa pomme d'Adam bouge distinctement le long de sa gorge. Le regard dont il enveloppe Edward est affectueux, quoique aussi teinté d'un sentiment que celui-ci ne parvient pas à identifier. « Je souhaite seulement t'éviter une déception. Une de plus.

— Je sais ce que je fais », rétorque Edward d'un ton placide, et l'espace d'un moment aveuglant il le croit, se sent inexplicablement sûr de lui-même. Mais Cornelius pose son verre entre ses genoux, s'humecte la lèvre inférieure du bout de la langue.

« Parfois, Edward, je n'en suis pas vraiment certain. »

CHAPITRE NEUF

Il s'est mis à neiger. Au-delà des toits, l'horizon londonien est parsemé de blanc, et les mouettes crient leurs doléances aux nuages. Dans sa chambre au grenier, Dora est au lit, enfouie dans un cocon de couvertures, les genoux repliés sous elle. Elle étire les doigts pour lutter contre le froid, ajuste la prise sur son crayon. Pendant qu'elle dessine, Hermès sautille sur la tête de lit, désœuvré, ses griffes tapotant le bois à toute allure. La flamme de la bougie vacille sous la légère brise filtrant par le cadre de la fenêtre qui a grand besoin d'être réparé, envoyant des ombres danser au plafond. Abandonnés sur le plancher gisent les vestiges des précédents essais de Dora, des feuilles de papier froissées en boules compactes qui tiennent parfaitement au creux de son poing.

Elle n'arrive pas à se concentrer.

Ses efforts actuels se déclinent en une série de gribouillages disposés sur la page comme s'ils avaient été dessinés par un enfant. Un méandre grec[1] dont les lignes anguleuses trouent le papier là où elle a appuyé trop fort

1. *Maiandros* : motif très ancien répandu en Grèce sur les tapisseries, les bijoux, les emblèmes ou même les drapeaux.

avec son crayon. Délicats éventails aux feuilles en forme de plumes. Vagues qui se répètent. Serpents qui se tordent. Mandalas floraux. Tous rappellent les formes grecques, mais aucun de ses dessins ne parvient complètement à capturer les images qui peuplent son imagination. Chaque croquis contient en lui la frustration de Dora, les souvenirs à moitié formés qu'elle n'aurait pas dû oublier.

Elle soupire. Un dessin de ce genre aurait dû lui venir facilement, être une seconde nature, sauf que, ce soir, elle n'arrive tout simplement pas à s'appliquer. Son esprit persiste à s'aventurer jusqu'aux entrailles du sous-sol qui renferme le mystérieux chargement d'Hezekiah.

La maison grince sur ses solives dans un souffle.

Son oncle n'était pas là pour dîner. Lottie a apporté à Dora une soupière au contenu aqueux avant de se glisser hors de la pièce sans avoir prononcé un seul mot, et Dora n'a vu aucune trace de l'un comme de l'autre de toute la soirée.

Pourquoi Lottie serait-elle mieux placée pour connaître les projets d'Hezekiah que sa propre nièce, qui en est exclue ? Qu'y a-t-il dans cette caisse ? Qui étaient ces hommes qui l'ont apportée ? Et pourquoi Hezekiah a-t-il eu l'air si paniqué quand Dora l'a questionné ?

Peut-être pourrait-elle crocheter la serrure du sous-sol…

Oh, mais à quoi bon spéculer ? Quel intérêt ? Arrête, se dit-elle, tu ne vas réussir qu'à te rendre folle.

Elle s'efforce d'invoquer des souvenirs du site archéologique de Délos. Dora était très jeune alors – pas plus de cinq ans, elle en est sûre – mais elle se rappelle un après-midi en particulier où son père avait passé des heures à déterrer une mosaïque. Elle était restée assise à côté de lui pendant qu'il enlevait la poussière à coups de brosse, fascinée par les formes révélées au-dessous : feuillages compliqués, vagues ondulantes, triangles en escalier. Elle se souvient comment il lui avait décrit – d'une voix puissante et chaude à son oreille – les motifs de rosette, les palmettes tourbillonnantes. N'y avait-il pas aussi une tête de taureau, entourée de feuillages ?

Ça ne va pas. Dora arrache la feuille avec un grognement. Tout ce qu'elle a réussi à produire dans les cinq minutes précédentes, c'est une vigne vierge débordant au coin d'une page. Elle froisse le papier en boule, le jette par terre pour qu'il aille rejoindre ses prédécesseurs déjà éparpillés sur le sol. Aucun de ses gribouillages ne se prêterait à un collier, une paire de boucles d'oreilles, ou à un quelconque bijou susceptible d'être porté par un membre de la haute société.

« Oh, Hermès », soupire-t-elle. La pie bavarde, vole jusqu'à ses genoux. Dora tend le bras, lui caresse la tête du dos de la main. Hermès la picore doucement. « Peut-être que je suis folle. Que vais-je faire ? »

Même si Dora sait qu'il ne peut pas la comprendre, l'oiseau a incliné sa tête, et ses yeux noirs la regardent avec une telle intensité qu'elle est certaine que si. Mais ensuite, la pie déplie ses ailes, se met à fureter avec son bec entre ses plumes, et la jeune femme retombe sur ses oreillers. Elle tapote son crayon sur ses lèvres. Il est évident qu'elle ne trouvera aucune inspiration enfermée là-haut dans sa chambre. Elle tente de se souvenir si la boutique contient un quelconque objet susceptible de lui en fournir. N'y avait-il pas une armoire cachée tout au fond, abritant des fragments de ces vieilles mosaïques ?

Deux oiseaux…

« Viens, Hermès, dit-elle d'un ton décidé, extirpant ses jambes de l'enchevêtrement de couvertures et délogeant l'oiseau de ses genoux. Partons explorer. »

Dora enfile des chaussettes de laine, s'emmitoufle dans le vieux *banyan*[1] de son père. Elle saisit la bougie, se tape brièvement sur l'épaule. Avec un jacassement discret, Hermès vient s'y percher ; ses griffes acérées froncent la soie matelassée, ajoutent de nouveaux trous à ceux qu'il a déjà percés. Dora soulève le loquet de la porte de sa chambre, retenant sa respiration, car elle redoute un grincement. Qui ne vient pas. Elle expire profondément.

Les quatre volées de marches requièrent de l'attention. Elle les descend sur la pointe des pieds, elle a mémorisé leurs craquements, leurs points faibles, l'arc de bois pourri. En bas, Dora se mord la lèvre. La cloche. Dans l'obscurité de la cage d'escalier, elle réfléchit à une méthode pour la neutraliser. Impatienté par son immobilité, Hermès émet un autre petit jacassement.

« *Isychia*[2] ! » Dora lui appuie sur le bec avec l'index et le pouce. La bougie vacille sur son bougeoir. « Ne me laisse pas tomber maintenant. »

En réponse au murmure suppliant de sa maîtresse, la pie secoue la tête, ébouriffe ses plumes contre les cheveux de celle-ci. Dora le lâche, observe la porte avec un froncement de sourcils appuyé.

Tout ce qu'elle peut faire, c'est essayer.

Posant sa paume à plat sur le bois, elle pousse très doucement pour ouvrir la lourde porte, qui cède avec un

1. Robe de chambre.
2. « Silence ! » en grec.

craquement sourd. Dora fait la grimace, tente d'évaluer la distance entre le battant et la cloche. Sûrement pas grand-chose. Au bout d'un moment, elle entend la porte toucher le métal, le raclement métallique du clapet contre le bord, et cesse de pousser avant que la cloche émette un autre son. Elle considère l'ouverture qu'elle a ménagée.

Juste assez large pour s'y faufiler.

C'est étrange comme ce qui est familier semble différent dans le noir.

Dehors, la neige forme des monticules duveteux sur l'appui de la fenêtre. Les sons étouffés et joyeux du café s'insinuent à travers le verre mince. La lumière qui filtre par la fenêtre ne réussit qu'à changer les hautes armoires en silhouettes, et Dora cligne des yeux dans la semi-obscurité, son bras qui tient la chandelle tendu devant elle. Elle distingue tout juste les bols chinois contrefaits de la dynastie Chang sur les étagères.

Commençons par le commencement.

L'armoire qu'elle a en tête se trouve tout au fond de la boutique, et elle se fraie un chemin jusque-là de mémoire, remerciant le Ciel qu'Hezekiah ait laissé un passage suffisamment large pour atteindre le mur du fond.

Malgré tout, elle doit avancer avec précaution. La bougie ne produit qu'une faible flamme, et, bien que ses yeux se soient habitués à la pénombre, les meubles qui s'élèvent de chaque côté d'elle bloquent la lumière de la rue. Elle tend une main devant elle, comptant ses pas :

Énas, dýo, tría, téssera…

Le bout de ses doigts heurte du bois. Elle tourne à droite.

Októ, ennéa, déka.

Maintenant qu'elle s'est enfoncée dans la pièce, la lumière devient plus dense. Ce n'est qu'en atteignant la fraîcheur de la quinzième marche blanchie à la chaux qu'elle sait qu'elle est arrivée aux portes du sous-sol. Encore à droite, pense-t-elle, mais elle hésite un instant. Hezekiah est-il là-dedans ? Elle prête l'oreille, n'entend rien.

Se forçant à ne pas céder à la tentation, elle continue prudemment en direction de l'arrière-boutique. Le voilà : un petit meuble de rangement trapu aux pieds griffus, niché dans le coin le plus éloigné, qui atteint à peine le haut de ses cuisses. Elle se souvient d'avoir joué devant pendant que ses parents informaient leurs clients de leurs récentes fouilles, ses portes à cassettes grandes ouvertes, ses trésors jonchant le sol. Dora pose la bougie sur le plateau usé et non ciré du meuble. Sur son épaule, Hermès sautille.

Elle tombe à genoux. Les portes sont grippées. Elle pose sa paume contre la charnière pour garder l'équilibre et, quand elle les ouvre d'un coup, la bougie tremblote dangereusement au-dessus d'elle. Ses yeux volent vers la flamme, alarmés.

Ne tombe pas, s'il te plaît, ne tombe pas.

La flamme se stabilise. Hermès gazouille. Dora laisse échapper un soupir de soulagement.

L'intérieur du meuble est moins spacieux que dans ses souvenirs, il n'y a guère de place en fin de compte, et les objets qu'il contient semblent avoir été fourrés dedans sans cérémonie. Elle les en sort avec soin. Une tasse en cuivre cabossée, un cadran solaire de poche, une série de cuillères en étain, une pipe… Elle lève celle-ci plus près de son visage, examine le motif, les yeux plissés. Un cœur estampé. Sans intérêt. Elle tend de nouveau la main à l'intérieur, en extirpe une tabatière, une figurine de vieille femme à l'imposante perruque, deux chandeliers assortis en cuivre. Tout au fond, ses doigts effleurent quelque chose de petit, froid et dur. Elle l'attrape, le sort, l'incline devant la flamme de la bougie.

Dora contemple un long moment l'objet. Elle avait complètement oublié son existence.

Dans sa main, elle tient une inhabituelle clé en or, à peu près de la taille de son pouce – désormais ternie par le temps et le manque d'utilisation –, ornée de jolis filigranes. Son anneau comprend un disque ovale mobile en jais. Sur le disque, un motif en relief. Un visage barbu.

Dora se souvient vaguement d'avoir joué avec cette clé quand elle était petite, sans autre raison sinon qu'elle aimait en faire pivoter le disque, encore et encore. Avait-elle jamais découvert ce qu'elle ouvrait ? Elle ne se le rappelle pas. Dora recommence à tendre la main vers le fond du meuble, se demande si la clé n'accompagnerait pas une boîte à trésors, bien qu'elle n'en ait aucun souvenir, mais rien de tel ne se cache dans les entrailles de l'armoire. Elle réexamine la clé, se mord la lèvre. Peut-elle s'en servir ? Bien sûr, elle est splendide, mais les détails du motif n'ont aucun rapport avec les dessins grecs qu'elle cherche. Elle ne lui sera pas utile maintenant, c'est certain. Avec un haussement d'épaules, Dora la met de côté, puis fouille dans quelques pochons qui ne contiennent rien d'autre que des morceaux de cuir et de satin inutilisables.

Finalement, elle renonce. Pas de mosaïques. Pas de fragments de poterie, pas de pièces. Elle était sûre de trouver un petit buste d'Athéna dont le nez et le plumeau du casque étaient ébréchés. Mais non, il n'y a rien. Rien d'utilisable. Dora ravale sa déception. Les objets dont elle se souvenait avaient beau être cassés ou en mauvais état, au moins, ils étaient authentiques. Quelqu'un en aurait voulu. Ils ont dû être vendus.

Bon. Il ne reste donc qu'un endroit, sa seconde proie de la nuit.

Le sous-sol.

Dora n'y est jamais descendue, n'est jamais allée au-delà de ses portes, n'a même jamais mis un pied en haut des marches. Elle n'en avait pas besoin, même du temps de ses parents ; c'était leur espace privé, et on lui avait appris à le respecter. Au moment de leur mort, elle était trop jeune pour faire l'inventaire de tout ce qu'ils laissaient – Hezekiah s'en était chargé – et, une fois que le sous-sol avait été débarrassé et que son oncle l'avait réclamé pour y installer son bureau et son atelier, Dora n'avait jamais ressenti le besoin de remettre ce fait en question… jusqu'à aujourd'hui. Car, ce soir, une caisse contenant de la marchandise qu'il ne souhaite pas qu'elle voie y est stockée. Et s'il y a de la marchandise qu'il ne souhaite pas qu'elle voie, que garde-t-il d'autre là-dedans ? Que lui cache-t-il d'autre ?

Dora replace sans bruit les objets dans le placard. Elle ramasse la bougie, se retourne, revient sur ses pas.

Les imposantes portes du sous-sol se dressent devant elle. Sur son épaule, Hermès se hérisse.

Dora observe le cadenas, tente d'évaluer à quel point il serait facile à crocheter. Mais, au moment précis où elle tend la main vers lui, un son calme et plaintif se fait entendre. La main de la jeune femme s'immobilise en plein vol. Elle écarquille les yeux tandis qu'Hermès recroqueville ses griffes sur la doublure de sa robe de chambre. Un autre son retentit alors, un son beaucoup plus familier, et, mi-soulagée, mi-dépitée, Dora laisse retomber son bras.

La voix d'Hezekiah monte de l'escalier par bribes. Dora colle son oreille contre la porte. Il marmonne tout seul, comme il le fait si souvent lorsqu'il se confine au sous-sol. Elle jette un nouveau coup d'œil au cadenas. Il bâille un peu au niveau du loquet, la chaîne est enroulée autour d'une seule poignée de la porte, et non des deux. Bien sûr que son oncle est en bas ; elle aurait dû s'en douter. Et Lottie aussi, si elle en croit ce qu'elle entend.

Bon, très bien. Son aventure de cette nuit est terminée. Elle bat en retraite et commence à remonter lentement jusqu'au grenier sur la pointe des pieds. À mi-chemin – alors qu'elle tente de masquer un faux pas dans l'escalier –, elle entend un ronflement qui sort de la chambre de la gouvernante. Son ancienne chambre. Lottie est donc bien au lit après tout.

Sourcils froncés, Dora continue à monter. Et lorsqu'elle se glisse dans son propre lit et tire les couvertures jusqu'à son menton, elle se demande comment son oncle a pu produire un son aussi semblable à celui d'une femme qui pleure.

CHAPITRE DIX

Elle ne s'ouvre pas.

Par Dieu, il a essayé – des heures durant, semble-t-il, il a essayé – mais la chose reste hermétiquement close. Il pourrait la forcer, bien sûr, mais alors, la seconde partie de son plan aura échoué, et l'ensemble de cette entreprise n'aura servi à rien. Les *années* qu'il aura perdues, cette fois ! L'argent qu'il aura perdu ! Non, il ne peut pas supporter cette idée.

C'était censé être sa planche de salut. L'ultime solution.

Hezekiah plisse sévèrement le front. Sa jambe palpite de douleur.

Il passe un doigt sur le sceau. Il doit y avoir un mécanisme, une ruse infâme qu'il n'a pas encore découverts. Il marmonne distraitement, tapote les côtés avec les jointures de ses doigts, cherche une faiblesse dans sa structure, un moyen d'entrer…

CHAPITRE ONZE

En dépit des réserves de Cornelius, Edward décide de rendre visite au commerce des Blake afin d'assouvir à tout le moins sa curiosité.

La neige tombée la nuit précédente s'est déjà transformée en gadoue : les flocons tachés d'ocre ont formé des stries humides le long de la route, là où les calèches sont passées. Cependant, l'air est aussi acéré que la lame d'un couteau, et Edward relève son col sur sa nuque, rentrant le menton dans son écharpe. Lorsqu'il atteint le haut de Ludgate Street, ses doigts sont engourdis.

Il ne met guère de temps à repérer la boutique – sa vitrine en saillie envahit le trottoir – et marque une pause pour l'examiner. La peinture blanche du châssis des fenêtres à panneaux s'écaille, une des vitres est fêlée. L'enseigne au-dessus de la boutique est délavée, l'espacement entre chaque mot pas tout à fait proportionnel à sa taille. Edward plisse les yeux. Ah, oui. « Hezekiah » a été inséré sans élégance entre le bord de la planche et « Blake ». Au-dessous, les contours à moitié effacés du mot « Elijah » transparaissent encore. Le monsieur aux cheveux blancs avait raison, la boutique n'est clairement plus ce qu'elle a été.

Une bourrade soudaine à l'épaule déséquilibre Edward, qui doit se raccrocher à l'appui de fenêtre pour ne pas tomber. « Tu vas dégager d'là, hein ? » aboie une voix bourrue, et il se frotte l'épaule, prêt à répondre à l'homme qui l'a bousculé.

« Je vous demande pardon… » commence-t-il, mais il ne s'adresse désormais plus qu'à une foule étrange et mouvante, où chaque corps ressemble beaucoup à ses congénères.

« Il faut rester en mouvement, par ici », lance une autre voix, celle-là infiniment plus douce. Edward fait volte-face pour découvrir une jeune femme appuyée sur l'encadrement de la porte de la boutique. « En restant immobile, vous ne parviendrez qu'à vous faire renverser. »

Il la fixe.

Ce doit être Pandora Blake… et elle ne ressemble à rien de ce qu'il ait jamais vu. Grande – le sommet de sa tête arrive parfaitement au niveau du nez de cette personne –, la peau d'une teinte un peu plus claire que les noix que Cornelius et lui ont dégustées la veille au soir. Sa robe est simple, d'un bleu pratique, et – bien qu'Edward soit peu au courant de la mode féminine – elle semble démodée de plusieurs années. Une paire de lunettes guère flatteuses encadre ses yeux, dont, dans l'ombre de la porte, il ne peut distinguer la couleur. Ses cheveux sont aussi sombres que de la mélasse, ramassés au sommet de son crâne ; un ruban rose discipline quelques boucles rebelles. Bizarrement, une pie est perchée sur son épaule. L'oiseau le contemple de ses petits yeux ronds qui ont l'air de connaître parfaitement son identité et la raison de sa présence.

Il a fixé si longtemps cette jeune femme que son sourire s'est évanoui et qu'elle danse d'un pied sur l'autre. La pie bavarde. Edward dodeline de la tête pour retrouver l'usage de la parole.

« Oui, oui, vous avez raison, bien sûr… » et il sent ses joues rosir. « Je n'avais pas l'intention de…

— Je peux vous aider, monsieur ? »

Edward tente de reprendre contenance. « Oui ! Oui, en effet. » Il désigne la boutique d'un geste. « Je cherche… »

Mais elle acquiesce, recule déjà, et, clignant bêtement des yeux devant le vide qu'elle a laissé, il ne peut que la suivre.

Le temps que ses yeux se soient habitués à l'obscurité du magasin, la jeune femme est debout derrière un petit comptoir niché dans un coin encombré, et un homme corpulent au gilet trop serré s'approche de lui en boitant, lui tendant une main robuste.

« Hezekiah Blake, cher monsieur », dit ce dernier en lui serrant la main avec une telle force qu'il sent un tendon se tordre à son poignet. Celle de l'homme est moite, et, lorsqu'il la lâche, Edward essuie subrepticement la sienne sur le fond de son pantalon. « Mais vous avez les doigts passablement gelés ! Dora, va chercher Lottie, s'il te plaît, et nous allons offrir à notre invité un agréable bouillon chaud.

— Vraiment, monsieur, ce n'est pas nécessaire…

— Sottises, sottises, s'exclame Mr. Blake en le guidant vers deux chaises dorées ouvragées recouvertes de velours vert. J'insiste. J'aime m'assurer que mes clients se sentent tout à fait chez eux ici. Vous ne voyez pas d'inconvénient à ce que nous nous asseyions ? » Il gesticule en direction de sa jambe droite. « Un petit accident hier.

— Rien de grave ? »

Le tintement d'une cloche se fait entendre et, derrière le comptoir, une porte oscille à l'endroit où Pandora – non, Dora, comme l'a appelée Mr. Blake – a disparu.

Mr. Blake grimace légèrement en se laissant aller sur le coussin de sa chaise. « Juste une égratignure », dit-il en désignant de nouveau sa cuisse. « Elle guérira bientôt. Mais c'est douloureux, voyez-vous.

— Bien sûr. »

Le gros homme le dévisage. Edward le dévisage en retour. Une fine cicatrice d'un blanc crayeux lui descend sur une joue, tranchant avec sa chair rougie.

« Eh bien, Mr…

— Lawrence.

— Lawrence. Que puis-je dénicher pour vous ? » Devant l'hésitation d'Edward, Mr. Blake écarte le bras en désignant l'intérieur de la boutique. « Comme vous le voyez, nous avons de nombreux trésors ici. Peut-être souhaitez-vous faire un tour ? »

Edward, qui ne peut complètement se résoudre à être grossier, se retrouve en train d'acquiescer.

« Excellent, excellent. Mais vous attendrez le retour de ma nièce avant de commencer ? Oui, oui, asseyez-vous là. Inutile de vous fatiguer. »

Il y a un blanc. Quelque part, le tic-tac de plusieurs horloges retentit en décalé. Edward se force à sourire.

« Il y a longtemps que votre commerce existe ?

— Oh, répond Mr. Blake, comme si ce n'était rien, en rectifiant la position de sa manche, de nombreuses années. » Il le répète. « C'est une affaire de famille, voyez-vous. Vous connaissez le métier ? »

Edward se demande un bref instant s'il doit être honnête, mais quelque chose chez cet homme lui souffle qu'il vaut mieux le tromper, si bien qu'il réplique : « Non, monsieur, pas du tout.

— Ah ! » L'homme plus âgé sourit, se penche vers lui d'un air de conspirateur. Edward détecte un léger arôme de café dans le sillage de son haleine fétide. « Mon cher frère défunt m'a laissé la boutique. J'ai consacré mon existence à m'assurer que son éminente réputation reste aussi impeccable qu'à son époque. »

Pompeux. Une pointe de vanité.

« En effet », approuve Edward, mal à l'aise. Ils retombent tous deux dans le silence. Les horloges ronronnent dans leurs boîtiers tandis que Mr. Blake l'observe avec intensité, pareil à un renard qui évalue la faiblesse de sa proie. Quand miss Blake revient, Edward est à deux doigts de tourner les talons.

Miss Blake lui tend une petite tasse. Elle lui jette un coup d'œil, puis détourne la tête, comme si elle se sentait coupable. Il saisit à deux mains la tasse qui lui réchauffe les doigts sur-le-champ, le sang lui picotant agréablement les veines.

« Merci. »

Miss Blake opine. La pie perchée sur son épaule jacasse.

« Dora… » La voix de Mr. Blake prend une inflexion lasse tandis qu'il adresse à Edward un regard hésitant.

« Dois-tu persister à amener cette saleté d'oiseau dans la boutique ? Tu sais que je n'aime pas que tu le fasses. »

Edward remarque le tic qui agite la joue de Dora et la soupçonne de le savoir parfaitement. Il souffle sur son bouillon fumant.

« Il ne fait aucun mal, mon oncle. Mais…, réplique-t-elle alors que Mr. Blake est sur le point d'objecter, je vais le reléguer sur un perchoir, en lieu sûr, si vous préférez.

— Bien… » Il semble se contraindre à sourire, et Dora pose l'oiseau sur une haute étagère derrière le comptoir, où il entreprend immédiatement de faire sa toilette. Mr. Blake lorgne la pie avec dégoût. « Je suppose que là-haut, je pourrais le faire passer pour de la marchandise empaillée. Peut-être même le vendre ! Mr. Lawrence, pourrais-je vous persuader de l'acheter ? » Et Mr. Blake rit à gorge déployée de son trait d'humour malvenu, d'un rire sonore et intrusif qui conduit Edward à s'agiter sur son siège, mal à l'aise. Les yeux de miss Blake s'étrécissent. Edward prend une gorgée de bouillon.

Il est riche. Trop salé.

Son hilarité dissipée, l'antiquaire concentre de nouveau son attention sur son client, le regarde lécher la graisse qu'il a sur les lèvres. « Ça va mieux ?

— Bien mieux, monsieur, ment-il.

— Eh bien, Mr. Lawrence, je vais vous laisser boire votre bouillon et jeter un coup d'œil à la boutique. » Mr. Blake appuie un doigt sur son nez, plissant ses yeux injectés de sang en souriant de ce qu'il doit considérer comme un air jovial, mais qui évoque presque à Edward celui d'un prédateur. « Je vous surveillerai avec attention, monsieur, prêt à vous apporter mon aide. »

Sur ce, il se lève, puis va se poster derrière le comptoir en s'appuyant sur sa jambe valide. Pendant qu'Edward termine avec diligence sa petite tasse de bouillon – le liquide a déjà commencé à s'agglomérer au fond –, il essaie de ne pas observer la façon dont miss Blake, voûtée sur un morceau de papier qu'elle marque au crayon, semble s'écarter de son oncle qui s'approche bien trop près de son épaule. À la place, Edward focalise son attention sur les armoires qui montent jusqu'au plafond piqueté de taches d'humidité. Il pose la tasse sur le sol poussiéreux et se lève.

D'après les commentaires du monsieur aux cheveux blancs, il ne s'attend pas à trouver un quelconque objet de valeur ici. Néanmoins, il n'est pas préparé à ce qu'il voit. Edward n'est pas un novice ; son enfance à Sandbourne – en dépit de son absence d'éducation formelle – lui a permis d'acquérir assez de connaissances pour distinguer, depuis un très jeune âge, ce qui est une véritable antiquité de ce qui ne l'est pas. Sa formation d'autodidacte acquise grâce à la générosité des Ashmole l'a doté d'un œil avisé de collectionneur, et il peut affirmer sans l'ombre d'un doute que Blake's Emporium, le magasin d'antiquités exotiques d'Hezekiah, ne contient pas un seul article qui puisse passer avec fiabilité pour authentique.

Le premier meuble à étagères est rempli d'objets orientaux. Edward examine une assiette, note le mélange de cerisiers en fleur japonais et de dragons chinois qui ne seraient pas associés s'il s'agissait d'une vraie. Un petit bol en céramique. Il le prend, le retourne. Le bol est censé dater de la dynastie Ming, mais les marques indiquant le règne ont clairement été effectuées par quelqu'un qui connaît peu ou pas la calligraphie chinoise. Le symbole « Da », par exemple. Il représente un homme debout pourvu de bras et de jambes, sauf que la jambe ne devrait pas débuter au-dessus du bras comme ici. Cornelius – qui est spécialisé en art oriental – en serait livide de dégoût. Du coin de l'œil, Edward voit Mr. Blake faire mine de s'approcher de lui, et repose très vite le bol sur l'étagère.

Mr. Blake reprend sa position au comptoir.

Edward continue sa visite.

Le meuble suivant contient une collection de babioles et de verrerie dépareillée qu'on pourrait aisément trouver languissant dans le panier d'un colporteur qui vend sa camelote devant Newgate[1]. Edward s'arrête pour lire une petite étiquette cartonnée – *Curiosités des années 1500* – et a toutes les peines du monde à ne pas ricaner.

Il traverse jusqu'aux armoires situées de l'autre côté, parcourt lentement deux fois la travée de haut en bas, s'émerveillant de la camelote entassée sur chaque étagère. Cornelius aurait le plus grand mal à contenir sa colère. D'ailleurs, il ne se fatiguerait même pas à essayer. Si la Société a un jour besoin de quelqu'un pour écrire un rapport sur les contrefaçons dans le commerce des antiquités, pense ironiquement Edward, tout ce que la personne devra faire, ce sera de passer un après-midi ici, et elle sera admise dans ses rangs, haut la main et en un clin d'œil. Finalement, Edward s'arrête devant un meuble rempli de fripes d'homme, se penche pour regar-

1. La Porte Neuve, l'une des sept portes historiques de la cité de Londres, située au coin de Newgate Street et d'Old Bailey.

der une épingle de cravate à l'aspect grossier exposée au premier plan sur une planche recouverte de soie noire.

Manifestement incapable de contenir plus longtemps son impatience, Mr. Blake fond sur lui comme la misère sur le monde.

« Ah, une véritable merveille, celle-ci ! Des perles et du cuivre… – il la sort à la hâte de la vitrine, s'apprête à l'examiner de près – datant de la période Stuart si je me souviens bien. » Mr. Blake la présente à Edward à la manière d'un calice. « Dix shillings, pour vous. »

Edward tourne l'épingle de cravate entre ses mains, la soupèse, sent la grossièreté de la perle. Une fabrication récente, sans doute réalisée en moins d'une heure.

« Je ne crois pas, dit-il en se détournant déjà, mais Mr. Blake pose une main lourde sur son épaule et la serre.

— Les perles sont particulièrement en vogue en ce moment. J'ai entendu dire que le Prince les apprécie beaucoup. S'il vous plaît, monsieur, réfléchissez. Huit shillings, peut-être ? »

Edward essaie de ne pas se tortiller sous son étreinte. L'espace d'un instant, il est catapulté dans une autre pièce, vers la main cruelle et inflexible d'un autre, ce qui l'oblige à chasser ce pénible souvenir en clignant des yeux.

« Ce n'est pas… commence-t-il, mais Mr. Blake agite un doigt.

— Des factures à payer, voyez-vous, explique-t-il d'un ton faussement jovial. Je ne peux pas laisser partir cette jolie petite chose pour moins de cinq shillings. Vous êtes en train de me dépouiller, monsieur ! »

Edward sait fort bien que ce qu'il a sous les yeux n'est pas une perle – du verre trempé, s'il ne fait pas erreur – et que la tige n'est même pas en cuivre, mais en acier peint pour y ressembler. Non, cet objet est loin de valoir la somme que Mr. Blake en demande, seulement son souvenir importun l'a distrait, il hésite trop longtemps, et on ne sait trop comment, tout à coup, il se retrouve debout devant le comptoir, à se séparer d'une journée de gages, Mr. Blake recompte les pièces dans sa main, sa nièce enveloppe avec le plus grand soin l'épingle de cravate dans un carré de tissu, sans qu'il soit tout à fait sûr de ce qui vient de se passer.

« Dites-moi, s'exclame soudain Mr. Blake en fixant les poignets du jeune homme. Quels magnifiques boutons de manchettes vous portez. Puis-je vous demander où vous les avez achetés ? »

Les mains délicates de miss Blake s'immobilisent. Edward jette un regard en coulisse à son visage, qui reste aussi impavide que de la porcelaine.

« Je… » Edward hésite, contemple brièvement ses nouveaux disques en or incrustés d'émeraudes. « C'était un cadeau. Acheté chez un orfèvre de Soho, je crois.

— Savez-vous lequel, par hasard ? »

Secouant presque imperceptiblement la tête, miss Blake se remet à envelopper le paquet. Edward hausse les épaules. « Chez Romilly, j'imagine. » La boutique préférée de Cornelius.

La lèvre supérieure de Mr. Blake tremblote. En dépit de l'air frais de la boutique, un peu de sueur luisante perle au-dessus de sa bouche en cœur.

« Merci, Mr. Lawrence », dit-il. Il empoche les pièces d'Edward, le gratifie d'un sourire plein de dents pareilles à des pierres tombales. « Je vous en sais gré. » Puis, à sa nièce : « Tu ne vois pas d'objection à surveiller la boutique, n'est-ce pas, ma chère ? » Sans attendre sa réponse, il fourre ses bras grassouillets dans les manches de son manteau. « Mr. Lawrence, peut-être pouvez-vous m'accompagner ? »

Edward se racle la gorge, se force à sourire. Pas question qu'il se laisse pousser hors de la boutique ; il doit parler à Pandora Blake, seul à seul.

« Je ne peux pas, je regrette.

— Quel dommage. Peu importe. » Il tend de nouveau la main à Edward, qui s'efforce de ne pas grimacer, car celle de l'homme est devenue encore plus moite, si toutefois c'est possible. « C'était un plaisir de faire affaire avec vous, monsieur.

— Tout à fait. »

Cependant, la réponse d'Edward se perd, car Mr. Blake a déjà franchi le seuil en boitant, les pans de son manteau battant à tout vent. Il laisse la porte ouverte osciller et miss Blake soupire, sort de derrière le comptoir pour aller la refermer. Lorsqu'elle se retourne, elle entrelace ses doigts – nerveusement, songe-t-il – et lui adresse un sourire crispé.

« Je suis désolée, Mr. Lawrence.

— Désolée ? »

Elle reprend son poste derrière le comptoir. « J'ai bien peur que vous n'ayez été dupé, comme tous ceux qui s'aventurent à franchir ces portes. » Elle lui tend l'épingle de cravate à présent emballée, et Edward la prend, la tient vaguement devant lui.

« J'en suis bien conscient. »

Elle hoche la tête. « Je m'en doutais. Vous avez tout examiné avec bien trop d'attention.

— Oui. » Comme elle ne dit rien d'autre, Edward ajoute : « Mais pourquoi prendre la peine de me l'expliquer ? Vous souhaitez certainement en tirer profit – ce n'est pas aussi votre commerce ? »

Quelque chose passe en un éclair dans ses yeux – de la couleur du caramel épicé, il le voit très bien à présent –, et l'estomac d'Edward a un petit soubresaut.

« Je ne sais pas pourquoi. Par culpabilité, peut-être. Et, non. Le commerce ne m'appartient pas. »

Un jacassement aigu les fait tous deux sursauter. Il avait complètement oublié la pie, là-haut sur son perchoir. Miss Blake lève la main au rythme de deux mots qu'elle prononce doucement – *Éla edó*[1], pense-t-il, du grec, peut-être ? – et, dans un tourbillon d'ailes arc-en-ciel, l'oiseau vole jusqu'à sa maîtresse. Avec un petit sourire, miss Blake installe la pie sur son épaule, où celle-ci s'empresse de fixer Edward comme dans la rue. Le jeune homme resserre sa pression sur le paquet. Il se racle encore une fois la gorge, s'efforce d'ignorer le regard insistant de l'oiseau.

« Je dois vous faire une confession, miss Blake.

— Oh ?

— Je suis venu ici aujourd'hui pour vous voir. »

Les doigts qui caressaient la poitrine blanche de la pie s'interrompent. « Moi ? »

Ses yeux se plissent de confusion, et Edward lui tend la main, désireux de la mettre à l'aise.

La pie fond sur lui.

---

1. « Viens ici. »

Le calme de la boutique est brisé par un lourd battement d'ailes et une série de jacassements aigus et saccadés. L'épingle de cravate tombe par terre, Edward pousse un cri alors que miss Blake hoquette, enveloppe de ses mains l'oiseau qui bat des ailes.

« Hermès, non ! *Arrête* ! »

Edward bat en retraite jusqu'à la chaise surchargée de dorures. La tasse de bouillon vide, renversée, roule sur le sol. Il suce le V charnu entre son pouce et son index, goûte le sang chaud et métallique sur sa langue.

« Oh, Mr. Lawrence, je suis vraiment désolée ! » Miss Blake se précipite vers lui, un paquet de tissu d'emballage à la main. Edward se risque à lever les yeux, voit que le volatile a été relégué sur la bibliothèque. Dora s'assied sur l'autre chaise, lui prend la main sans rien lui demander. D'une poigne douce, mais ferme, elle examine sa blessure, sa tête à la chevelure sombre penchée sur la main d'Edward, et, en dépit de cette coupure qui le pique, il trouve bien plus intéressantes les boucles au sommet de son crâne, la lourde tresse foncée et brillante.

« C'est juste une égratignure, murmure-t-il.

— Mais non », rétorque-t-elle en bougeant la tête pour mieux voir.

L'« égratignure » en question ressemble bien plus à une petite blessure triangulaire qu'Edward contemple en clignant des paupières, surpris. En effet, l'oiseau lui a arraché un morceau de peau.

Miss Blake soupire, appuie fermement le tissu sur la plaie. « Ça ne vous fait pas mal ? » s'enquiert-elle, et quand Edward fait non de la tête – parce que, bizarrement, il n'a vraiment pas plus mal que s'il s'agissait d'une égratignure – elle l'imite. « Ça viendra, dans une heure ou deux. Croyez-moi, je sais de quoi je parle. » Elle incline la main qui tient la sienne. Sur son poignet, une cicatrice en forme de croissant de lune. « J'ai commis l'erreur d'essayer de nettoyer sa cage alors qu'il était encore dedans. » Miss Blake sourit, d'un sourire redevenu ironique. « Hermès est une créature très protectrice. S'il croit que quelque chose lui appartient, il le gardera jalousement. »

Elle relâche sa pression, réexamine la blessure. « Je vais la bander maintenant, avant que le saignement s'aggrave. »

Edward observe miss Blake lui bander bien serré la main avec un morceau de tissu. « C'est curieux, dit-il, que vous soyez protégée par un oiseau.

— Ce n'est pas si étrange. »

La jeune femme termine son œuvre avec un nœud, lui lâche la main. L'espace d'un instant, il se sent plutôt perdu.

« Je l'ai trouvé sur le toit, de l'autre côté de la fenêtre de ma chambre il y a environ quatre ans maintenant. Tombé du nid, je crois. Au début, je l'ai laissé là en pensant que ses parents viendraient peut-être le chercher, mais ils ne l'ont jamais fait, et, ma foi, je n'ai pas eu le cœur d'abandonner cette petite chose sans défense. Alors je l'ai recueillie, je l'ai soignée moi-même. Les pies sont malignes. Elles se souviennent de ceux qui sont gentils avec elles. »

Ils contemplent tous deux un moment le volatile, désormais en équilibre sur une serre en nettoyant l'autre. Puis miss Blake se retourne vers lui.

« Maintenant, monsieur, reprend-elle. De quel sujet souhaitiez-vous vous entretenir avec moi ? »

CHAPITRE DOUZE

Dora a écouté le plaidoyer de Mr. Lawrence – car c'est sans nul doute ce dont il s'agit – en silence et non sans sympathie. Cet homme pâle aux cheveux blonds la regarde désormais anxieusement en attendant sa réponse, et elle est de tout cœur avec lui – comprenant totalement ce que cela signifie de vouloir une chose qui semble contrecarrée à chaque étape – et c'est pourquoi elle est attristée de prononcer les mots « Je ne peux pas vous aider ».

Le visage de Mr. Lawrence s'affaisse. « Vous ne pouvez pas ? »

Dora se lève, balaie l'espace d'un geste du bras qui exprime à l'évidence son dégoût. « Regardez, monsieur, où nous sommes. Regardez… – et, à ce moment-là, elle désigne l'épingle de cravate enveloppée de tissu, toujours abandonnée sur le sol – la babiole pour laquelle vous avez dépensé votre argent durement gagné. Vous savez aussi bien que moi que cette boutique ne vend que des contrefaçons et de simples fripes. »

Mr. Lawrence l'observe depuis son siège. « Je ne peux pas le nier. Mais je crois que vous devez avoir ici quelque chose qui servirait ma cause. Vous ne m'auriez pas été recommandée, sinon.

— Recommandée ?

— On m'a dit de venir ici. Vous parler.

— Qui ça ?

— Un monsieur que j'ai rencontré dans un café. Il avait l'air de vous connaître…

— Eh bien – Dora hausse les épaules –, mes parents étaient très populaires ; leur réputation dépassait celle de beaucoup de leurs collègues. Cela dit, il y a de nombreuses années que Blake's Emporium n'a pas vendu d'articles de valeur historique, et certainement aucun qui soit d'origine méditerranéenne. Tous ceux que mes parents ont trouvés sont partis. » Dora ferme les yeux sous le coup de la frustration et de la douleur qui reviennent en force. Lorsqu'elle les rouvre, elle distingue Mr. Lawrence à travers un océan de taches noires. « Moi aussi, je convoite un objet de valeur ici. La nuit dernière encore, j'ai essayé de retrouver quelques-unes des anciennes marchandises de mon père, et j'ai été amèrement déçue.

— Pourquoi les vouliez-vous ? »

Dora hésite. « Vous devez promettre de ne pas vous moquer de moi. »

Mr. Lawrence se lève. « Miss Blake, je ne pourrais pas. Je m'en garderais bien après vous avoir exposé ma propre triste situation. »

Derrière le comptoir, Hermès babille. Dora soupire, se frotte le front jusqu'à ce que les taches derrière ses yeux aient disparu.

« Je suis conceptrice de bijoux. Enfin, je l'espère. » Elle marque une pause pour l'examiner, ne trouvant qu'un visage bienveillant et des yeux honnêtes. « Ces derniers mois, j'ai élaboré un portfolio de dessins dans l'espoir d'ouvrir un jour mon propre établissement. L'orfèvre auquel je les destinais a refusé sous prétexte que les motifs grecs sont désormais à la mode. J'ai pensé…

— Vous avez pensé que vous pourriez utiliser les articles ramenés par vos parents comme source d'inspiration.

— Oui. » Dora écarte les mains. « Sauf que j'ai regardé. Et que je n'ai rien trouvé. »

Mr. Lawrence fait un pas en avant. « Alors il n'y a vraiment rien ? Rien du tout ? J'étais si sûr…

— Votre monsieur a dû faire erreur. Comme je vous l'ai dit, Mr. Lawrence, vous voyez à quoi vous avez affaire ici, le peu d'objets de valeur que nous possédons. » Elle gesticule. « Vous avez vu le genre d'homme qu'est mon oncle et… il ne me reste plus qu'une carte à abattre.

— C'est-à-dire ? »

Cette question la fait réfléchir. Elle fixe un moment Mr. Lawrence, l'expression solennelle de son visage bien rasé. Doit-elle le mettre au courant ? Doit-elle parler ? Elle ne sent pas en lui quelqu'un de malhonnête. Non, en effet, elle le voit comme une sorte d'âme sœur, un rêveur à son image – c'est la raison qui l'a poussée à lui révéler la façon dont Hezekiah l'a berné – et donc, se sentant soudain téméraire, Dora désigne le sous-sol.

« Derrière ces portes se trouve l'atelier de mon oncle. Je ne suis pas sûre de ce qu'il y garde, mais j'en suis venue à soupçonner qu'il y en a davantage que ce que je croyais à l'origine. Il pourrait y avoir quelque chose en bas.

— Et si ce n'est pas le cas ? »

Derrière elle, Hermès bavarde sur son perchoir.

« Alors il faudra que je trouve une autre idée. »

Mr. Lawrence jette un coup d'œil en direction du sous-sol. « Les portes sont verrouillées, remarque-t-il après avoir observé le cadenas. Vous avez la clé ?

— Non. Mon oncle n'en détient qu'une seule. Par contre, j'ai un plan.

— Oh ? »

Et maintenant, maintenant elle en a trop dit. Où a-t-elle la tête, à se confier ainsi à un homme qu'elle connaît depuis à peine une heure ?

« Mr. Lawrence, reprend Dora en durcissant sa voix, qui devient glaciale. Vous m'avez déjà pris beaucoup trop de temps. Je suis très occupée. »

Il tique, pas de son changement de ton, elle le sait, mais de ce mensonge éhonté. Dora le voit embrasser du regard la boutique vide, la poussière qui recouvre les étagères, et elle rougit.

« S'il vous plaît, monsieur. Il vaut mieux que vous partiez. Mon oncle… »

Mr. Lawrence la dévisage un instant. La déception qu'elle lit dans ses yeux lui retourne l'estomac.

« Très bien, finit-il par lâcher. Je ferai ce que vous demandez. Mais… » Il fouille dans son gilet, en sort une petite carte rectangulaire. Elle baisse les yeux pour l'étudier.

ATELIER DE RELIURE ASHMOLE
N° 6 Russell Street
Près du marché de Covent Garden.

Ces mots sont encadrés d'un superbe motif en filigrane intercalé de livres dessinés avec habileté. À une époque, Blake's Emporium possédait de telles cartes de visite.

« Si vous trouvez quelque chose, dit-il, si vous pensez pouvoir m'aider, je vous supplie de venir me voir. Je me débrouillerai pour vous rendre la pareille. Je peux forcément faire quelque chose pour vous venir en aide.

— J'en doute, Mr. Lawrence. »

Il lui adresse un petit sourire. « Qu'est-ce que le doute, sinon un fait pas encore confirmé ? »

Dora est incapable de répondre. Elle enveloppe la carte de sa main ; ses coins lui rentrent dans la paume. Leurs regards se croisent. Ensuite, il récupère l'épingle de cravate par terre et disparaît dans l'effervescence de la rue, tandis que la cloche sonne un adieu métallique.

Plus tard dans la soirée, alors qu'Hezekiah porte de nouveaux boutons de manchettes qui ressemblent furieusement à ceux de Mr. Lawrence à ceci près que les pierres des siens sont bleues au lieu d'être vertes, Dora commence à tendre son piège. Son plan ne nécessite que du gin, et deux personnes prêtes à succomber à sa folie.

À la table du dîner, elle surveille son oncle derrière l'éventail de ses cils. Il n'a pas mentionné la caisse, a même tenté de prétendre qu'il n'y avait rien d'anormal, essayé de l'amadouer avec ses compliments malveillants qui n'ont réussi qu'à la mettre en colère.

« Quels jolis motifs, lui a-t-il murmuré un peu plus tôt à l'oreille dans la boutique pendant que Mr. Lawrence évaluait les objets contrefaits sur ses étagères et que Dora faisait des croquis de lauriers sur un morceau de papier. Tu as réellement hérité du talent de ta mère pour le dessin. »

Hezekiah sait qu'elle a des soupçons au sujet de la caisse. Elle s'en doute à la façon dont il l'observe quand il ne pense pas être vu. Ses yeux s'agitent, sa langue humecte ses lèvres. Il est clair d'après sa manière de la prendre avec des pincettes qu'Hezekiah se demande pourquoi elle ne l'interroge pas là-dessus, mais Dora n'a aucune patience pour jouer au chat et à la souris. Ces dernières années, elle lui a trop souvent posé des questions pour ne recevoir que des réparties en demi-teinte ou des mensonges éhontés. Pourquoi vendre des faux alors que ses parents n'en faisaient rien ? Comment a-t-il su les fabriquer ? Et pourquoi ne pas dépenser l'argent de ses ventes pour réparer la boutique au lieu de s'acheter des fripes ? Jamais elle n'a reçu une réponse franche. Non, elle doit découvrir la vérité par un autre moyen.

La solution lui est venue sans mal.

L'une de ses premières créations de broches nécessitait un motif en double. Dora avait grossièrement sculpté le premier dans un petit morceau de bois mais, faute d'avoir l'énergie pour un deuxième, elle avait confectionné un moule en cire. Le même principe s'applique ici. Tout ce dont elle a besoin, c'est de la clé qui pend au cou d'Hezekiah.

Toutefois, il va lui être difficile d'y accéder, même avec du gin…

Hezekiah change lourdement de position sur son siège, cognant son assiette avec son coude. Dora le regarde étendre sa jambe sous la table, frotter le coussinet charnu de sa cuisse.

« Elle vous fait mal, mon oncle ?

— Bien sûr que oui », répond-il d'un ton coupant. Son front brille. Sa perruque glisse. « La douleur ne faiblit pas.

— Mais ce n'est sûrement qu'une égratignure ? réplique-t-elle avec une patience feinte. Un peu de repos vous fera du bien. »

Hezekiah laisse échapper un rire bref, pareil à un soufflet qui expire de l'air. « Me reposer ! Je ne peux pas me reposer, Dora. »

Ses paroles portent en elles l'écho du désespoir. Un bref silence s'installe entre eux, durant lequel Dora prend une décision. Elle abandonne sa caille non assaisonnée (encore une tentative de Lottie pour préparer un dîner de choix qui a mal tourné), et se lève de table. Au prix d'un effort considérable, elle se force à s'approcher du côté où est assis son oncle et à s'installer sur la chaise la plus proche. Il l'observe, les yeux plissés de surprise. Elle pose une main sur la table, près de celle de son oncle, s'efforçant de jouer la nièce dévouée et attentionnée.

« Bien sûr que si, dit-elle doucement d'un ton apaisant. Reposez-vous, mon oncle. Gardez le lit un jour ou deux. N'êtes-vous pas le maître ici ? Je peux surveiller la boutique. Je m'en occupe assez souvent, n'est-ce pas ? »

Les yeux d'Hezekiah larmoient à la lueur de la chandelle. Il hésite, paraît au bord d'une déclaration d'importance, mais change alors encore de position sur son siège, puis pose une main moite sur celle de sa nièce, qu'il tapote gauchement. Dora doit faire d'énormes efforts pour ne pas tressaillir.

« Je crois que peut-être, dit-elle d'une voix enjôleuse, un peu de gin vous aiderait. En avons-nous ? »

Ils en ont, elle s'en est assurée pendant que Lottie allait chercher des haricots au café d'à côté. Trois bouteilles, cachées derrière un gros sac de grain.

« Quelle excellente idée. Pourquoi ne sonnes-tu pas la cloche ? »

Dora traverse la pièce sans demander son reste.

Hezekiah ne tarde pas à succomber aux effets du genièvre, car Lottie – il a insisté pour la convier à se joindre à eux – a rendu l'exercice bien trop facile. La gouvernante lui remplit constamment son verre, si bien que Dora n'a pas grand-chose à faire sinon attendre.

« La douleur a-t-elle diminué, mon oncle ? »

Dora prend soin de parler à voix basse, une caresse innocente. Si proche de lui qu'elle distingue le réseau de veinules rouges qui colonisent son nez.

« Oui, dit-il, même si je suis sûr que je me sentirais bien mieux si Lottie m'administrait ses massages calmants… »

Lottie – dont les paupières se ferment déjà – se ragaillardit à ces mots, appuyant un pied chaussé de bas sur la jambe d'Hezekiah pour la frotter légèrement avec ses orteils. Hezekiah pousse un profond soupir. À ce moment-là, à travers les brumes de l'alcool, la gouvernante coule tout de même à Dora un regard méfiant. « Pourquoi vous êtes là, maîtresse ?

— Pourquoi pas ? contre-attaque Dora en serrant très fort le pied de son verre. Je suis sa nièce, j'ai davantage le droit d'être assise à sa table que vous, après tout. »

L'espace d'un instant, Lottie a l'air choqué, presque blessé, et Dora se sent un brin coupable pour ce qui était, elle le sait, une remarque d'une méchanceté inhabituelle. Cependant, les mâchoires de Lottie se contractent, une lueur méprisante envahit son regard, et la culpabilité de Dora s'évapore aussi vite qu'elle est venue.

« Allons, allons, Dora, intervient Hezekiah, le visage rose, la voix dénuée de sa colère habituelle. Inutile de parler ainsi. Vous aussi, Lottie. Ne pouvons-nous pas tous apprécier de prendre un petit verre ensemble en paix ? »

Lottie fait la moue. « Je veux juste savoir ce qu'elle a en tête. » Les mots lui viennent lentement. « Elle n'a jamais bu avec nous avant. Pourquoi maintenant ? »

Dora hausse les sourcils. « Peut-être que j'avais envie d'essayer ?

— Pas très plausible. Vous n'avez quasiment rien bu.

— Comment pourrais-je étant donné que vous en avez sifflé l'essentiel ? »

À cette pique, Lottie ne répond rien, se ressert d'une main peu sûre un autre verre de gin. Dora vérifie la bouteille. Au tiers vide. Combien de temps doit-elle encore attendre ? Elle cache sa frustration en tendant de nouveau son verre.

« Je n'ai pas le droit de changer d'attitude et de passer un peu de temps avec mon oncle ? »

Lottie pousse un grognement, mais remplit le verre de sa maîtresse. Le gin déborde sur les doigts de Dora.

« Votre attitude ne change pas, Pandora Blake. Elle reste aussi prétentieuse que celle de votre mère.

— Qu'est-ce que vous en savez, *vous* ?

— Arrêtez, toutes les deux », bredouille Hezekiah, qui lève un bras apaisant. Il cherche son verre à tâtons, le glisse vers la gouvernante. Lottie le remplit à ras bord, et il l'avale cul sec avant de le lui tendre encore une fois.

À la mention de sa mère, Dora ressent une douleur sourde et familière au creux de l'estomac. Elle ne boit pas – elle n'en a jamais eu l'occasion – et elle est consciente que, au bout de quelques gorgées seulement, le gin a déjà commencé à agir, la rend plus bravache, raison pour laquelle elle demande : « Comment était-elle, ma mère ? »

Hezekiah cligne des yeux, le regard trouble. « Tu t'en souviens sûrement ? »

Dora hésite. Cela fait si longtemps. Elle avait huit ans quand ses parents sont morts, et maintenant, à vingt et un printemps, ses souvenirs d'enfance sont fragmentés, entrevus comme si elle observait de biais les morceaux d'un miroir brisé. Elle se rappelle sa vie à Londres – les réunions d'affaires que son père organisait à Noël, les visites hebdomadaires à Mr. Clements avec sa mère qui avaient tant compté. Et puis la Grèce, où elle se souvient d'avoir appris l'alphabet et les chiffres grecs tous les matins, et, juste avant d'aller dormir, lorsqu'Helen lui racontait son amour de l'Histoire et des mythes de ce pays. Elle se souvient d'avoir contemplé le sommet des montagnes, de la façon dont ses parents lui avaient tous deux enseigné comment reconnaître Orion, le Centaure et Lyra, la Grande et la Petite Ourse.

Dora avale sa salive. Elle se rappelle le site de fouilles ce jour fatidique, l'homme qui l'a sortie des décombres, qui lui a plus tard rendu le camée de sa mère, aux bords sculptés incrustés de terre. Ces fragments-là, ce sont les plus gros. Mais les plus petits… ceux-là sont plus fugitifs, plus difficiles à appréhender. Elle se souvient de pique-niques *al fresco* au crépuscule, du rire de ses parents tandis qu'ils marchaient le long des plaines recuites de soleil, main dans la main. Elle se souvient de la broche en camée, et, plus récemment, de la clé. Si elle a du mal à se représenter le visage de son père, celui de sa mère est plus vivace : teint olivâtre, yeux qui dansent, sourire prompt et facile. Elle sentait, songe Dora, la fleur d'oranger.

« Je me souviens de certaines choses, dit-elle doucement. Mais je ne la connaissais qu'en tant que mère, pas en tant que femme. Pas en tant qu'amie, comme elle le serait un jour devenue. »

Elle ne peut pas empêcher sa voix d'être mélancolique. Lottie renifle dans son verre, exaspérée.

Hezekiah pousse un profond soupir léthargique. « Ta mère était la femme la plus séduisante que j'aie jamais connue. Si délicate. Si accomplie. Elle savait dessiner, elle savait chanter. Et pourtant, elle n'hésitait pas à porter une culotte pour aller batifoler dans la boue quand ça l'arrangeait… »

La voix de son oncle faiblit, s'éteint. Hezekiah contemple un long moment l'imposante carte accrochée au mur, et Dora se demande quel souvenir il est en train de désosser. Mais alors, Lottie se racle la gorge, délace le haut de son corsage, se met à s'éventer avec la perruque abandonnée d'Hezekiah, dont l'attention se porte immédiatement sur les courbes dodues et crémeuses des seins de la gouvernante qui émergent de leur corset, provocantes.

« Pourquoi penser à elle quand je suis là, *moi* », murmure Lottie, avant de se remettre à frotter la cheville d'Hezekiah avec ses orteils dans leurs bas.

La relation entre Lottie Norris et son oncle n'a jamais été un secret. Dora n'a pas mis longtemps à comprendre où Hezekiah l'avait trouvée – Lottie vivait à peine avec eux depuis une semaine qu'il était déjà apparent qu'elle ne savait ni cuisiner ni faire le ménage. Ces tâches ne lui venaient pas naturellement. Elle les avait apprises au fil des ans. Non, Dora sait quelle profession exerçait Lottie auparavant, mais jusqu'à présent elle n'a jamais eu à en voir la preuve et, avec une grimace, elle détourne le regard. Dora est assise si près d'Hezekiah qu'elle entend le moment où il commence à avoir le souffle court. Du coin de l'œil, elle voit Lottie soulever l'ourlet de sa jupe. Hezekiah tend la main vers elle, et Lottie glousse tandis qu'il l'attire sur ses genoux.

« Vous avez bien trop chaud », lui chuchote Lottie à l'oreille, pendant que ses doigts titillent sa cravate. Elle se tortille, attrape le gin, remplit son verre et celui d'Hezekiah à ras bord.

Dora revérifie la bouteille. Il en reste la moitié.

Très lentement, elle éloigne un peu son siège. Le couple ne remarque rien. Lottie incline son verre, laisse le gin dégouliner sur sa poitrine. Hezekiah renverse la tête en arrière. La gouvernante s'esclaffe.

Si elle reste tout à fait immobile et silencieuse, pense Dora, ils oublieront sa présence.

Son attention se déporte sur une haute armoire étroite au coin de la pièce. Une petite mappemonde est posée sur une étagère derrière la porte vitrée du meuble. Hezekiah l'a apportée – tout comme la carte accrochée au mur – quand il a emménagé dans les appartements de ses parents, la plaçant d'abord sur une table octogonale dans le couloir. Dora était fascinée par la surface ocre et grêlée du globe, ses détails compliqués qui distinguaient la terre de la mer, et elle avait coutume de la faire tourner follement sur son axe jusqu'à ce qu'Hezekiah la surprenne et lui interdise à jamais d'y toucher. C'est à ce moment-là que l'objet avait été relégué dans ce meuble, en sécurité, loin de ses « mains baladeuses ».

On entend un soupir, un grognement. Dora ferme les yeux, s'applique à ignorer ce qu'elle ne peut pourtant pas ignorer, se concentre sur sa respiration, compte à l'envers à partir de cent. Finalement, juste au moment où elle se dit qu'elle ne peut plus le supporter, elle entend le *clang* sourd d'un verre vide qui tombe sur le tapis. Dora rouvre les yeux. Ceux d'Hezekiah ont commencé à se fermer. Lottie dort, la tête appuyée sur la poitrine de son maître. Hezekiah lève son verre d'une main tremblante.

« Vous n'êtes pas encore fatigué, mon oncle ? » s'enquiert suavement Dora. Il grogne, tourne la tête pour la regarder, puis la dévisage comme s'il ne la connaissait ni d'Ève ni d'Adam.

« Tu as toujours été difficile. »

Sa respiration ébouriffe l'une des boucles de Lottie.

« Difficile ? »

Il s'humecte les lèvres. « Pourquoi ne m'as-tu pas écouté ? Tout ce que tu avais à faire, c'était d'écouter… »

Après quoi le menton d'Hezekiah retombe sur sa poitrine, et, au grand soulagement de sa nièce, il se met à ronfler.

Enfin. C'est fait.

Dora se lève de sa chaise en chancelant. Elle tangue légèrement sur ses pieds, et, écœurée de la scène dont elle vient d'être témoin, attrape la bouteille de gin à présent presque vide, qu'elle termine en quatre grandes goulées.

Ses yeux larmoient. Elle tousse dans sa main.

Au travail.

Elle observe la tête de Lottie qui repose sur la poitrine d'Hezekiah, se demande jusqu'où descend la chaîne, si elle va déranger la gouvernante en la dégageant. Grâce à Lottie, la cravate d'Hezekiah est lâche maintenant, et, craintivement, Dora glisse ses doigts entre la soie et la peau glissante de sueur. Elle introduit profondément sa main dans les plis du cou de son oncle, appuyant ses doigts dans ses creux charnus. Lorsqu'elle rencontre sa toison drue, elle ferme les yeux de dégoût. Hezekiah renifle, tourne le visage, mais alors, elle ose bouger ses doigts et sent les maillons épais de la chaîne sous ses ongles. Elle commence à tirer.

La chaîne vient avec lenteur, mais elle vient, et le crissement de ses maillons sur la chair d'Hezekiah lui semble bien trop bruyant. Lottie remue, s'immobilise de nouveau. Et puis, une fois que Dora a dégagé la chaîne, elle entame le processus pénible de la tordre jusqu'à pouvoir tenir la clé dans la paume de sa main. Une clé toute simple : petite, en cuivre, tachée par la sueur d'Hezekiah jusqu'à en avoir pris une teinte sombre, sale et irrégulière. Avec précaution, Dora l'appuie sur le dossier de la chaise, où elle se balance lentement et régulièrement comme un pendule.

De sa poche, elle tire une boîte à amadou peu profonde. Puis, une par une, elle enlève les bougies de leurs chandeliers, verse la cire fondue dans son moule de fortune jusqu'à en avoir assez pour prendre une empreinte. Dora se mord la lèvre. La cire refroidit déjà. Il faut qu'elle se dépêche.

Avec le plus grand soin, elle appuie la clé dans la cire. Elle presse, compte jusqu'à vingt. Quand elle la lâche, la clé se détache avec un *crac*.

Dora glisse la clé sous la chemise d'Hezekiah pour la remettre en place, arrange minutieusement la cravate autour de son cou. Elle serre la boîte contre sa poitrine. Après quoi, aussi silencieusement que possible, elle s'éclipse de la pièce, suivie le long des escaliers par les ronflements d'Hezekiah et de Lottie.

CHAPITRE TREIZE

Quand Dora a enfin l'occasion de quitter la boutique, la lumière commence déjà à faiblir. Même si elle concède que c'était sa faute – Hezekiah et Lottie n'ont pas émergé de l'ivresse du gin jusqu'à ce que les cloches de l'église sonnent les douze coups de midi –, l'impatience qui lui rongeait les entrailles rendait l'attente encore plus pénible. Elle a servi trois clients, épousseté les étagères, balayé le plancher et réarrangé le contenu du cabinet de curiosités. Une ou deux fois, elle s'est aventurée du côté des portes du sous-sol, a pris le cadenas dans le creux de sa main, vainement tiré sur la chaîne. Quand Hezekiah finit par entrer en boitant dans la boutique près de trois heures plus tard, la perruque de travers, Dora se précipite vers la porte en se hâtant d'inventer une excuse.

Il y a plus de trois kilomètres jusqu'à Piccadilly où se trouve le serrurier Bramah & Co., mais son impatience lui donne des ailes. Joseph Bramah, une autre des anciennes connaissances de ses parents, est celui qui a installé le coffre-fort au sous-sol. Dora se souvient vaguement du serrurier et de ses parents assis à la table de la salle à manger, des feuilles de papier couvertes de petites lignes et de chiffres éparpillées entre eux, et de comment – en voyant le produit fini transporté à travers Blake's Emporium après une de ses visites hebdomadaires à Mr. Clements – Dora avait songé qu'on faisait tout un plat de quelque chose d'aussi complètement ordinaire.

À présent, alors qu'elle passe devant la haute église de St. Mary, à deux pas du Strand, elle pense plutôt à Mr. Lawrence.

Bel homme malgré sa petite taille, la mise soignée, des vêtements à la coupe moderne. Des airs de gentilhomme, songe Dora, sans pourtant sembler en être un. Non qu'il ait des manières de *roturier*, mais il y a quelque chose chez lui qui ne rentre pas tout à fait dans le moule. Et son âge… Elle en arrive à la conclusion qu'il ne doit pas être très loin du sien, bien que quelque chose dans son maintien, quelque chose de hanté dans ses yeux, le fasse paraître beaucoup, beaucoup plus vieux.

Lawrence, pense-t-elle. Un nom anglais. Mais sa voix avait des inflexions peu familières, une tendance au cockney qu'elle ne parvient pas à situer. Une façon d'accentuer les G en parlant, plutôt chaleureuse.

Vous avez certainement ici quelque chose qui servirait ma cause.

Si seulement c'était le cas. Et malgré tout, peut-être qu'elle a ce qu'il lui faut.

Elle s'interroge sur cette Société des Antiquaires qu'il souhaite rejoindre, et se demande si ses parents – à défaut de sa mère, au moins son père – en étaient membres. Dora n'en a aucun souvenir. Cela dit, elle imagine très bien quel privilège ce serait d'être admis dans leurs rangs. Ce sont des membres tels que ceux-là qui apporteraient de la crédibilité à la boutique, si seulement Hezekiah traitait l'héritage de ses parents avec le respect qu'il mérite.

Dora est si perdue dans ses pensées qu'elle dépasse l'échoppe du serrurier sans la voir. C'est seulement lorsque le hennissement d'un cheval fend l'air qu'elle sursaute, plisse les yeux à la lueur du crépuscule qui tombe, et s'en aperçoit. Se sermonnant à mi-voix, elle rebrousse chemin, incline la tête sous le linteau bas de l'entrée de l'échoppe, pousse la porte.

L'intérieur est étroit et sombre, à peine éclairé de quelques bougies qui luisent dans leurs chandeliers. Tout au bout de la pièce, perché derrière un comptoir vitré sur un tabouret très similaire à celui sur lequel elle souffre au quotidien, se trouve un homme maigre qui lui rappelle une salamandre engoncée dans des vêtements de pasteur.

« J'aimerais parler à Mr. Bramah », dit-elle d'une voix suraiguë.

L'homme baisse sa plume, la dévisage de pied en cap avec une moue. « Vous avez rendez-vous ?

— Non, je… » Dora s'interrompt. Elle n'y avait pas pensé.

Il fait une nouvelle moue, reprend ses comptes. « Dans ce cas, j'ai bien peur que vous ne deviez en prendre un, lance-t-il sèchement. Revenez un autre jour.

— Je ne peux pas ! »

Le ton désespéré de Dora conduit l'homme à la toiser d'un air désapprobateur, la plume suspendue au-dessus de ses papiers. Une goutte bulbeuse d'encre noire menace de s'en échapper. Dora tente de reprendre contenance.

« Monsieur, s'il vous plaît. Si vous pouviez être assez aimable pour prévenir Mr. Bramah que la fille d'Elijah Blake, l'antiquaire, souhaite le voir au sujet d'une affaire des plus urgentes.

— Jeune fille, vous ne pouvez pas entrer au pas de charge dans un établissement réputé en exigeant quoi que ce soit.

— Je m'appelle Pandora Blake. S'il vous plaît. Mentionnez le nom de Blake, et Mr. Bramah me recevra à coup sûr. S'il vous plaît. »

Elle le dévisage par-dessus le comptoir. Il soutient son regard sans broncher. Lorsqu'il est clair que Dora n'a pas l'intention de bouger tant qu'elle n'aura pas obtenu gain de cause, l'homme soupire, pose la plume dont l'encre s'échappe rapidement avant de s'étaler sur le papier comme une fleur qui se déplie au soleil.

« Oh, très bien. »

Il glisse du tabouret, disparaît derrière un rideau dans l'arrière-boutique. Dora entend marmonner, les murmures sifflants d'une délibération. Elle tapote avec impatience le comptoir de ses doigts. Il y a un moment de silence, suivi d'un bruit de pas qui s'approchent ; quelqu'un écarte en grand le rideau sombre sur sa tringle dans un fracas d'anneaux métalliques. Un homme en émerge.

« Miss… Blake ? »

Mr. Bramah est un monsieur de haute taille à la mise soignée (à part le tablier maculé d'huile qui lui ceint les reins) et à la chevelure gris fer, bien qu'elle ait jadis été, Dora s'en souvient, du même noir que celui des ailes d'Hermès. Il cligne des yeux comme une chouette en observant Dora à la lueur orange de la bougie, attendant visiblement qu'elle prenne la parole. L'assistant revêche remonte sur son perchoir, pince les lèvres devant la tache d'encre et lui jette un regard furibond.

« Mr. Bramah, lance Dora, dont les joues froides sont envahies de rouge. Il y a de nombreuses années, mon père Elijah Blake vous a commandé un coffre-fort. J'avais beau être juste une enfant, je me le rappelle très bien. Comme vous êtes spécialisé dans les serrures, j'avais espéré… »

Elle ne finit pas sa phrase. Elle ignore comment formuler sa requête en mots clairs et précis. Le fait de s'entendre bredouiller la rend honteuse, mal à l'aise.

La bouche de Mr. Bramah tressaute. Il semble avoir pitié d'elle car il répond : « Un petit coffre-fort ignifugé, à peine assez grand pour qu'un homme adulte y tienne debout. Prévu pour des papiers, des registres. Serrure cylindrique standard, avec goupille et glissière en acier, verrouillage automatique. Oui, je me souviens bien de cette commande. » Il marque une pause, reprend sa respiration. « Un travail complexe. Clés noir et or. J'ai mis un an à le terminer. Le décès de vos parents, miss Blake, a été un énorme choc. Une grande honte. Mais comment puis-je vous aider à présent ? »

Dora sort la boîte à amadou remplie de cire. Elle est consternée de s'apercevoir que ses mains tremblent.

« J'espérais que vous pourriez me fournir une clé. » Notant que Mr. Bramah fronce les sourcils devant sa requête, elle se dépêche de continuer. « Je comprends bien que ce procédé n'est guère orthodoxe, seulement c'est très urgent. Même si je n'ai que cette empreinte pour vous servir de base, elle devrait faire l'affaire ? »

Il prend la boîte, la retourne en tous sens. À côté de lui, son assistant secoue la tête comme pour se lamenter des caprices des femmes.

« Eh bien, commente Mr. Bramah. Ce moule est suffisamment profond. C'est une clé simple, d'après ce que je vois. Je ne peux pas garantir que ce sera parfait, mais les lignes m'ont l'air assez précises… » Il pose la boîte à amadou sur le comptoir. « Je peux vous la préparer d'ici demain s…

— Pardonnez-moi, monsieur, mais j'en ai besoin aujourd'hui, à l'instant. »

Dora sait que sa demande n'est pas raisonnable. Faire ainsi irruption dans une boutique en exigeant un service immédiat est arrogant, discourtois, seulement la pensée est fichée dans sa tête maintenant, et elle veut – non, elle doit – savoir ce qui se cache dans le sous-sol, si bien qu'elle place une bourse joufflue sur le comptoir, essayant de ne pas frémir au souvenir de la manière dont elle l'a subtilisée dans la poche de son oncle le matin même. Elle n'a jamais supporté la malhonnêteté. Toutefois, elle refoule ce souvenir, qui vient se coaguler dans son ventre. Où a-t-il obtenu cette bourse, après tout ?

Mr. Bramah fixe un moment Dora avant de faire glisser la bourse sur le verre du comptoir. Il en desserre les cordons, jette un coup d'œil. Hésite.

« Peu orthodoxe est bien le mot qui convient, n'est-ce pas, miss Blake ? Et vous avez attendu très tard dans la journée pour venir… » Dora ne peut que lui lancer en retour un regard suppliant. Mr. Bramah ramasse la boîte. « J'en ai pour une heure », lui annonce-t-il.

Elle soupire de soulagement, joint les mains. « Je vais attendre. »

Dora est assise sur le lit, tout habillée. Hermès est perché sur l'appui de la fenêtre. La lueur de la lune découpe sa silhouette sur le plancher, et, si ce n'était la petite brise filtrant à travers l'encadrement vermoulu de la fenêtre qui ébouriffe ses plumes soyeuses, Dora croirait presque que l'oiseau est une ombre chinoise derrière un écran.

Elle n'est pas sûre de savoir combien de temps elle a attendu qu'Hezekiah et Lottie se retirent pour aller au lit. Au dîner, elle a prétexté une migraine pour monter dans sa chambre, s'est forcée à rester sur le lit pour que le plancher ne craque pas sous ses incessantes allées et venues. Son carnet de croquis gît à côté d'elle, grand ouvert et vide, et son crayon est abandonné sur les draps. Entre ses doigts, Dora retourne inlassablement la nouvelle clé – de l'anneau aux dents, de l'anneau aux dents – en faisant méthodiquement tournoyer le cuivre, qui porte aux jointures de ses doigts des coups sourds et indolores.

Dehors, il s'est mis à pleuvoir, des têtes d'épingles sur la vitre. Ce bruit est un réconfort, et l'impatience de Dora – aussi corrosive que du sel – quelque peu atténuée par ce crépitement. Néanmoins, elle ne peut pas s'empêcher de penser à ce qui attend peut-être sous la boutique, ce que sa nouvelle clé pourrait déverrouiller. Des objets d'origine grecque, espère-t-elle, pour inspirer ses créations. Mais savoir ce que contient la caisse, ce que son oncle pourrait cacher d'autre… C'est ce qui la hante maintenant.

Enfin, elle entend les marches craquer, les gloussements de Lottie, le murmure bas de la voix d'Hezekiah dans les escaliers, le bruit sourd d'une porte contre son battant. Dora se redresse à moitié sur ses coudes et sent le tremblement d'excitation dans sa poitrine, mais, quand les ressorts du lit entament leurs abominables grincements, elle grommelle, appuie très fort la clé dans sa paume. Un cri aigu, un gémissement, un grognement. En vain, Dora essaie de se boucher les oreilles, et, fermant les yeux, elle se tourne sur le côté, ramène ses genoux sur sa poitrine en attendant que cela cesse.

Ces ébats durent plus longtemps que prévu. Leur accouplement marque une pause – l'un d'entre eux a supplié de pouvoir se reposer, ou bien ils ont simplement recommencé – et, quand ils arrêtent enfin leurs cabrioles intimes, Dora se sent épuisée, nauséeuse, comme si quelqu'un lui avait vidé l'estomac pour le remplir de vers grouillants.

Elle décompte une minute. Puis une autre, et encore une autre. Au bout de dix, elle se glisse hors du lit, marche sur la pointe des pieds jusqu'à la porte. Sur le palier exigu, elle écoute, tendant l'oreille dans le noir jusqu'à l'étage du dessous. Et puis elle l'entend : le ronflement caractéristique de Lottie qui monte de la chambre à coucher d'Hezekiah. Lorsque son oncle l'imite quelques instants plus tard, Dora retourne à la hâte jusqu'à son lit, saisit son carnet de croquis, le bout de chandelle sur son chandelier. Hermès s'envole de son perchoir près de la fenêtre pour s'installer sur son épaule, lui mordille légèrement l'oreille. Ses plumes sont froides contre sa joue.

Dora ne perd pas de temps. Elle a beau prendre ses précautions, son impatience déborde, et ralentir est au-dessus de ses forces. Elle descend l'étroit escalier, sautant les marches traîtresses. Arrivée en bas, elle entrouvre tout doucement la porte comme la nuit précédente, la garde cette fois-ci ouverte avec un grotesque poisson en fer forgé qu'Hezekiah a déniché chez un marchand du Strand. Et ce n'est qu'une fois debout devant les doubles portes du sous-sol qu'elle s'aperçoit qu'elle frissonne. Elle pose son carnet de croquis et sa bougie par terre.

« Bon, alors, murmure-t-elle à Hermès. On regarde si ça marche ? »

Avec une précaution infinie, elle tend la main vers le cadenas, le prend au creux de sa paume. Il est frais au toucher, et, sa lèvre inférieure pressée entre ses dents, elle glisse la clé dans la serrure. S'il vous plaît, pense-t-elle, s'il vous plaît, faites que ça rentre, et elle manque de pousser un cri quand la clé tourne facilement, sans un bruit.

Le cadenas cède avec un clic étouffé, la chaîne fait *tchic tchic* dans les anneaux en commençant à se détacher. Dora l'enveloppe de sa main, guide sa chute silencieuse jusqu'au sol, pose le cadenas à côté. Hermès tire sur une mèche de ses cheveux.

Dora reste un long moment immobile. Maintenant qu'on y est, maintenant que plus rien ne lui barre la route, elle se sent inexplicablement effrayée par ce qu'elle pourrait trouver. Et pourtant… Son envie impérieuse d'ouvrir d'un grand coup les portes du sous-sol est aussi instinctive que sa respiration. Avec le plus grand soin, elle les pousse.

Elles ne craquent pas ; Dora laisse échapper la respiration qu'elle retenait en un long souffle silencieux.

Ramassant la bougie et le carnet par terre, elle pose un pied sur la première marche.

Elle n'y voit rien. C'est comme si elle avait devant elle un bac d'encre, insondable, plus noir que noir. Instantanément, ses cheveux se dressent sur sa nuque ; elle sent un filet d'air froid lui caresser la joue tel un soupir. Sur son épaule, les griffes d'Hermès s'enfoncent vivement dans sa peau à travers sa robe. Ce pincement la fait grimacer.

« Hermès, arrête, chuchote-t-elle, et, à sa grande surprise, l'oiseau lui répond par un sifflement. Hermès, qu'est-ce que… »

Soudain, l'oiseau s'engouffre dans le sous-sol, et le bruit de ses ailes fait sursauter sa maîtresse. D'instinct, elle met sa main en coupe sur la chandelle, protège la flamme des ailes battantes.

« Hermès, lance-t-elle tout bas d'une voix qui siffle elle aussi. Où es-tu ? »

Mais aucun jacassement ne lui répond, aucun babil. À la place, elle entend un bizarre bourdonnement sourd.

Dora hésite en haut des marches, clignant des yeux à l'aveugle dans le noir.

« *Hermès ?* »

Toujours rien. Toujours rien qui provienne d'un oiseau en tout cas, et, avec un soupir, Dora brandit le chandelier devant elle, puis abaisse très lentement son pied sur la marche du dessous, qui craque sous ses orteils. Au fil de la descente, ses yeux s'adaptent peu à peu, et elle distingue avec soulagement les doigts osseux d'un candélabre posé au-dessus d'une petite caisse au bas des marches.

Dora laisse son carnet sur la caisse, allume les hautes bougies piliers avec son bout de chandelle. La pièce s'éclaire un moment, la lumière vacillant sur elle-même avant de se stabiliser en une lueur ocre veloutée. Pendant que ses yeux s'y habituent, Dora fixe la scène, bouche bée.

Le sous-sol est plus spacieux qu'elle ne s'y attendait. De profondes bibliothèques occupent un mur, remplies d'une profusion d'articles qu'elle ne parvient pas à distinguer dans l'obscurité. D'autres caisses sont entassées contre le mur du fond, débordant de paille. Derrière elle, au-delà de l'escalier en bois, le sous-sol s'étend encore, et Dora se demande ce que dissimule sa pénombre. Dans un coin, le coffre-fort Bramah dont la serrure noir et or étincelle à la faible lumière. Sur l'autre mur, des étagères contenant chacune une imposante collection de parchemins roulés bien serré. Au-dessous, un bureau, auquel sont appuyées quatre parois de caisses. Elle plisse les yeux, note la présence de vert-de-gris, les mollusques accrochés au bois tacheté. Sur la chaise placée derrière le bureau, Hermès vient se percher, agité, les yeux pareils à des perles de jais. Et là, là au milieu de la pièce, il y a un vase, qui ne ressemble à rien qu'elle ait encore jamais vu.

Le vase est haut et large, extrêmement volumineux, il atteindrait sa poitrine si elle se tenait à côté. Il a une forme flûtée, sa base étroite s'élargit au milieu, se resserrant ensuite au niveau du col. Son couvercle bombé possède deux poignées en forme de serpents. À la lueur dorée des bougies, sa couleur est terreuse. Et sur les côtés… Même à distance, Dora aperçoit le réseau d'images qui y sont gravées. Hypnotisée, elle fait un pas en avant, et les flammes de la bougie plongent.

Pandora.

C'est un murmure, un soupir plaintif. Hermès jacasse, bat des ailes. Dora halète, se retourne brutalement, craignant que son oncle ou Lottie ne soient debout en haut des marches, craignant de s'être fait pincer.

Mais il n'y a rien. Il n'y a personne.

La lumière des bougies s'intensifie.

Très lentement, Dora se retourne de nouveau, son regard déconcerté se pose sur le vase. L'air semble crépiter, plein d'une énergie débordante qui lui réchauffe les oreilles, lui chatouille les clavicules.

Certainement pas, pense-t-elle. Elle est fatiguée, c'est tout.

Hermès l'a entendu aussi.

Dora avale sa salive. C'est impossible. Elle se reprend et traverse le sous-sol.

Elle contemple le vase. La pression de sa main sur le candélabre s'accentue – mais, au-delà de son malaise, elle ressent de l'excitation, parce que, sculpté dans le couvercle, elle distingue une série de figures grecques remarquables, Zeus tout-puissant, Prométhée le traître, Héphaïstos l'estropié, la belle Athéna, et elle sourit.

Sa source d'inspiration, elle l'a trouvée. Elle tend sa main libre.

Il y a un soupir soudain, un bourdonnement, un frisson. Qui ne provient pas de derrière elle, mais de devant, de l'intérieur du vase, et Dora entend tout à la fois son appel de sirène, son plaidoyer ténébreux. C'est le souffle calme du vent, le chuchotement des vagues, la musique du chagrin, et elle ne peut pas s'en empêcher, elle ne peut pas résister.

Dora soulève le couvercle.

DEUXIÈME PARTIE

Avant ce jour, des générations d'hommes
vivaient sur terre.
Exemptes de maux, de rude travail et des maladies cruelles
que la vieillesse apporte aux hommes.
En effet, par affliction, les mortels vieillissent vite.
Et cette femme, levant le couvercle d'un grand vase, qu'elle tenait
dans ses mains, répandit les misères affreuses sur les hommes.
Seule l'Espérance resta... Dans le vase, arrêtée sur les bords,
et elle ne s'envola point, car Pandore avait refermé le couvercle,
par ordre de Zeus tempétueux qui amasse les nuées.

HÉSIODE, *Les Travaux et les Jours*.
Traduction française de Leconte de Lisle (1869).

CHAPITRE QUATORZE

Un sifflement d'air s'échappe. Dora hoquette et laisse tomber le couvercle, l'écho de sa chute résonne sourdement contre les murs. L'odeur de terre moisie est chaude et puissante. Elle lui rappelle des tombes sombres, des salles qui sentent le renfermé – à la fois familières et étranges – dont elle garde un souvenir aussi fragmenté que s'il avait été filtré à travers une passoire.

Mais aucune voix. Rien qui explique le murmure de son nom, les autres sons entendus avant et après. La pièce est redevenue totalement silencieuse.

Dora a une bouffée de déception. À quoi s'attendait-elle ? Que voulait-elle qu'il arrive ?

« Stupide », marmonne-t-elle, tandis qu'Hermès pousse un jacassement bas comme pour lui répondre, tête inclinée en signe d'assentiment.

En équilibre sur la pointe des pieds, elle lève le candélabre, jette un coup d'œil par-dessus le bord du vase. Elle a l'intention de voir s'il y a quelque chose à l'intérieur, mais il est trop haut, elle ne distingue rien. À défaut, elle lève une main pour la passer le long du rebord interne. La paroi est rugueuse au toucher, et, dans le silence du sous-sol, la terre cuite grêlée crisse bruyamment au contact du coussinet moelleux de sa paume.

Sur le dossier de la chaise, Hermès commence à s'agiter. Il bavarde, ébouriffe ses plumes. Puis l'oiseau déploie ses ailes et fonce vers le sol, où il se met à picorer le couvercle, fourrageant comme s'il était en quête de nourriture. Dora l'observe, note avec un vague intérêt que le couvercle n'est pas cassé. Pas même fêlé. Elle hausse les épaules, concentre de nouveau son attention sur le vase.

Les gravures, note-t-elle, sont des plus spectaculaires. Une série d'images qui courent de bas en haut du vase, l'enveloppant toutes pour former une seule image fluide, séparée par des frises en méandre et un motif grec qu'elle a tenté, sans succès, de reproduire dans ses croquis. Elle se penche pour étudier, en plissant les yeux, la scène qui occupe le haut de la jarre.

Zeus, roi des dieux de l'Olympe, est assis sur son trône, majestueux. À ses pieds, une profusion de fruits, de vin et de miel. Dora entreprend lentement de faire le tour du vase. Un village d'hommes. Certains paraissent prostrés, comme malades ou morts. Un autre personnage masculin – Prométhée, cette fois – porteur d'une tige de fenouil enflammée. Encore le village. Sur ce tableau, les hommes sont à la verticale, célébrant un événement autour d'un feu rugissant. Retour sur Zeus. Le grand dieu lève le poing devant un Prométhée impénitent.

Dora est désormais revenue au point de départ. Elle regarde la scène suivante.

On y voit encore Prométhée et Zeus qui voyagent jusqu'aux contreforts d'une montagne. Là, Prométhée est attaché à un rocher. Et là, deux aigles se perchent sur la poitrine du Titan. Les aigles seuls, à présent, transformés en vautours. Qui le dévorent, encore et encore.

La scène du dessous représente Zeus en compagnie d'un autre homme affairé autour d'un four : le forgeron de l'Olympe, Héphaïstos. Dora effectue un autre tour de vase, note la transformation de l'argile rebelle en femme à qui on donne le souffle de la vie. Et enfin, la dernière scène, celle de la déesse Athéna bénissant sa nouvelle création de tous les magnifiques cadeaux qu'offre le monde.

Dora connaît l'histoire, bien sûr. Sa mère lui a maintes fois récité la légende quand elle était enfant au cours du cérémonial réconfortant du coucher. Ce vase dépeint la création de son homonyme – la première femme mortelle – dont la curiosité a déchaîné les péchés de l'humanité dans le ciel tel un fléau.

« La boîte de Pandore. »

Sa voix n'est qu'un murmure, mais, aux confins du sous-sol, ces mots paraissent bizarrement plus forts et résonnent sur les murs, presque comme s'ils possédaient un pouvoir propre, et tout à coup Hermès semble dépassé ; Dora entend la pie émettre un cri strident, ses griffes érafler brusquement le sol en pierre ; elle se retourne juste à temps pour la voir s'enfuir à tire-d'aile vers le haut des marches et passer la porte, ses plumes noires et blanches projetant une ombre floue qui se détache dans la lumière tamisée de la boutique.

Dora suit fixement des yeux l'oiseau. Jamais Hermès n'a eu un comportement aussi étrange. Son attaque de Mr. Lawrence était sa façon de la protéger, elle le sait. Cette fois-ci, son comportement est plus difficile à interpréter. Elle soupire, secoue la tête. Elle le retrouvera dans sa cage, sans nul doute, sa petite tête blottie aux creux de son aile, profondément endormi. Elle ira vérifier plus tard. Mais d'abord…

Dora pose le candélabre par terre, s'assied en tailleur devant la jarre. Elle soulève son couvercle, le retourne entre ses mains. C'est un objet lourd pourvu d'une profonde rainure qui fait le tour de sa face interne. La bordure décorative est constituée d'un élégant motif répétitif d'ouroboros – un serpent qui se mord la queue – symbole de l'éternité. Autrement, rien de particulier. Rien, en tout cas, qui ait pu fasciner Hermès aussi longtemps.

Avec un petit haussement d'épaules, Dora pose le couvercle face contre terre près de la base du vase. Après quoi, le bout de ses doigts fourmillant déjà, elle attrape son carnet et commence à dessiner.

Plus tard dans la matinée, alors que le soleil s'est levé avant de battre rapidement en retraite derrière une couche de nuages gris grésil, Dora émerge de sa chambre au grenier pour affronter la compagnie de son oncle. Hezekiah est déjà assis à la table du petit déjeuner, tendant une tasse en porcelaine à Lottie qui verse le thé depuis une théière fumante. Tous deux lèvent les yeux quand elle fait son entrée, et l'expression réservée qui, tel un liquide, s'est répandue sur leurs visages la convainc d'avoir interrompu une conversation qu'elle n'était pas censée entendre.

« Grasse matinée aujourd'hui », remarque Hezekiah en se rencognant dans son siège, et Dora – dont le cœur cogne furieusement contre sa cage thoracique – reste coite, tire sa chaise, s'installe. Lottie s'approche d'un pas nonchalant de l'autre côté de la table, pose sans ménagement la théière devant elle, puis se retourne aussitôt vers le buffet.

La jeune femme garde la tête baissée, incapable de poser un œil sur eux, craignant qu'en croisant son regard ils perçoivent sa duplicité et comprennent comme par miracle exactement ce qu'elle a fait.

« Tu es malade ? » s'enquiert à présent son oncle. Elle évite de le regarder, s'appliquant plutôt à verser son thé. « Je n'ai pas beaucoup dormi la nuit dernière. »

Et après tout, c'est la vérité. Lorsqu'elle est enfin retournée se coucher, il était plus de trois heures du matin.

Hezekiah grogne. Devant le buffet, Lottie ôte le couvercle d'une terrine. Immédiatement, l'arôme du poisson séché envahit la pièce. Dora avale sa salive en réprimant un début de haut-le-cœur. La gouvernante sert Hezekiah en premier avant de poser sans cérémonie l'assiette de Dora devant elle, et celle-ci contemple dans le blanc de leurs yeux aveugles deux harengs aux écailles nageant dans du beurre fondu. Elle soulève la queue de l'un d'entre eux avec une des dents de sa fourchette avant de laisser retomber le poisson, qui cogne l'assiette dans un claquement humide.

« Merci, Lottie », dit-elle d'une voix blanche.

La gouvernante fait la moue, tendant ensuite un bol d'œufs de cane bouillis à Hezekiah qui y plonge une main dodue, en attrapant deux d'un coup. Lorsque Lottie offre le bol à Dora, cette dernière décline d'un signe de tête.

« Je vous laisse, alors, annonce la gouvernante en plaçant le bol au milieu de la table, et, dans la lumière crue du matin, les œufs ressemblent à des galets délavés. Je ferais mieux de m'y mettre. »

Hezekiah l'observe par-dessus son repas, serrant encore dans sa main un œuf duquel pend un morceau de coquille tire-bouchonné. « Tu te souviendras de changer les draps, n'est-ce pas, Lottie ? Prends mon plus joli édredon bleu. Celui qui est damassé. »

La réponse fuse : « Bien sûr, monsieur. » Lottie exécute une révérence avant de refermer la porte derrière elle.

Dora se concentre sur le poisson. Il y a bien une chose qu'elle doit admettre en ce qui concerne Lottie Norris, rien ne l'arrête dès qu'il s'agit de faire plaisir à Hezekiah. La gouvernante a beau être une médiocre cuisinière, alors que la boutique et la chambre de Dora sont négligées lors de sa tournée quotidienne, l'appartement est impeccable. Les moindres coins et recoins de l'escalier ont l'air aussi propres que si Hermès les avait nettoyés avec son bec.

Dora découpe son hareng : la chair argentée cède facilement – un peu trop facilement – sous son couteau. Comme en face d'elle Hezekiah mange à grand bruit, respirant fortement par le nez, Dora tente de se distraire en pensant au vase.

Il est authentique, elle en est certaine. Il doit valoir beaucoup d'argent, à n'en pas douter. Alors pourquoi ne pas l'exposer dans la boutique ? Qu'a-t-il de si spécial qui nécessite que son oncle le garde sous clé ?

Quelle est son histoire ?

Avant de regagner sa chambre, elle a jeté un rapide coup d'œil aux caisses entreposées par terre et à celles qu'elle a trouvées entassées sur les étagères – aussi choquée que ravie de découvrir que toutes contenaient des poteries de style grec. Ensuite, elle a fouillé le bureau, mais n'a trouvé que les registres du magasin. En fin de compte, les parchemins sur les rayonnages au-dessus n'étaient rien d'autre que des cartes ; souvenirs, a-t-elle supposé, des années d'Hezekiah en tant que cartographe. Finalement, elle a essayé d'ouvrir le coffre-fort Bramah, pour découvrir, à sa grande déception, que la clé ne rentrait pas dans la serrure, pas plus que – une fois qu'elle a eu l'idée de vérifier – la clé noir et or qu'elle avait précédemment trouvée dans une des armoires de la boutique.

Face à elle, Hezekiah émet désormais un son à mi-chemin entre le grognement et le grondement. Dora repose sa fourchette, le regarde grimacer.

« Comment va votre jambe, mon oncle ? »

Il hésite, paraît retourner une pensée dans sa tête.

« Comme toi, grogne-t-il, j'ai mal dormi. La blessure… elle se transforme en plaie. »

Dora cligne des yeux. « Dans ce cas, vous devriez envoyer chercher un médecin.

— Et payer une fortune pour qu'il ne fasse guère que m'examiner sous toutes les coutures ?

— Un apothicaire, alors. »

Il agite la main. « Tous des sorciers.

— Alors, je ne peux rien dire de plus, mon oncle.

— Ce serait préférable, Dora, si je peux me permettre. »

Il a pris un ton coupant ; Dora sait quand il ne faut pas insister. Sur ce, ils mangent en silence, à l'exception d'un ou deux bruits de succion occasionnels au moment où Hezekiah est obligé d'enlever l'arête de poisson qu'il a sur la langue.

Dora se force à finir un hareng, puis attrape sa tasse de thé, en prend une longue gorgée avant de faire tourbillonner le liquide dans sa bouche pour chasser le goût du sel. Elle vient juste de couper une tranche du second poisson quand Hezekiah lui demande : « As-tu vu ma bourse ? »

Dora se fige, la fourchette à mi-chemin des lèvres. Du beurre coagulé en dégouline avec un petit *tap tap* sur son assiette.

« Non, mon oncle. Où l'avez-vous vue pour la dernière fois ?

— Pff. Dans la poche de mon manteau. Le noir avec la doublure en satin. Elle y était l'autre jour. J'en suis sûr. »

Dora est contente de porter un col montant, qui dissimule la rougeur révélatrice de sa gorge. Elle secoue légèrement la tête, ce qui pourrait signifier n'importe quoi. Hezekiah mordille l'intérieur de sa joue. Dora termine d'approcher sa fourchette de sa bouche.

Il ne viendra pas à l'esprit de son oncle qu'elle puisse être responsable de la disparition de la bourse, songe-t-elle, pas dans la mesure où elle a n'a jamais touché à rien dans le passé. Il aurait été facile pour Hezekiah de l'avoir égarée, qu'elle y ait été mêlée ou non. Et puis, il *mérite* de la perdre, non ?

Elle mâche pensivement, fait naviguer une arête entre son incisive et sa langue.

Ses croquis du vase ne sont pas terminés, même en faisant preuve de beaucoup d'imagination. Elle n'est pas allée plus loin que la copie de la première scène – Zeus et le feu – que déjà ses doigts commençaient à être douloureux, ses lunettes à lui pincer le nez. Afin de s'assurer d'avoir suffisamment d'inspiration pour la création de ses bijoux, Dora sait qu'elle devra sans nul doute retourner plus d'une fois au sous-sol en catimini pour finir de le copier avant qu'Hezekiah la surprenne ou – pire – qu'il déplace le vase. Aura-t-elle aussi le temps d'explorer le reste des lieux, d'examiner en détail ces caisses remplies de paille ?

Elle mâchouille sa lèvre inférieure avec ses dents, tapote sa fourchette d'un ongle. Peut-être…

« Mon oncle ?

— Mmm ?

— Verriez-vous un inconvénient à ce que je sorte quelques heures ?

— Que tu sortes ? » La voix de son oncle est suraiguë. De sa main gauche, il fait rouler sur la table le deuxième œuf, dont la coquille se fendille sous la pression. « Pourquoi ? »

Dora a beau ne pas vouloir être surprise à supplier, une nuance plaintive s'est insinuée dans sa voix.

« Pour dessiner. Il fait si sombre et morne ici que j'aimerais bien m'échapper un peu.

— Comme nous tous. » Hezekiah la fixe longuement avant de se remettre à écaler son œuf. « Je suppose que je peux me passer de toi. Lottie pourra surveiller la boutique. »

Elle entend les mots qu'il ne prononce pas – *Je ne veux pas t'avoir dans les pattes* – et ses doigts se crispent sur son couvert. « Merci, mon oncle. »

Dora est étonnée de paraître aussi calme. Dans sa poitrine, son cœur se serre comme un poing.

CHAPITRE QUINZE

La carte de visite de l'atelier de reliure bien enfoncée au creux de sa paume, Dora traverse les pavés boueux de Russell Street, cherchant le numéro six dans la pénombre. Le temps qu'elle le trouve – tout au bout, là où la route bifurque brutalement sur Drury Lane –, l'ourlet de sa jupe est constellé de saletés.

Elle s'arrête pour étudier le bâtiment. En dépit de sa localisation (les boutiques situées sur d'étroites rues transversales sont invariablement de nature discutable), elle est d'une élégance étrange. Dora voit que la peinture est lisse et plutôt fraîche – brique rouge avec des bandeaux noirs, lettres dorées qui ne dépassent pas de l'enseigne, elles. Elle pense un instant à la devanture de Blake's Emporium. Il fut un temps où elle ressemblait beaucoup à celle-ci. Soignée. Beaucoup d'argent a été dépensé dans ce commerce, et sa qualité paraît tristement déplacée ; sa décoration est celle des boutiques de Fleet Street ou du Strand, et non d'ici, dans les rues pour vauriens de Covent Garden où prostituées et pickpockets sont aussi répandus que les puces.

Dora remet la carte de visite dans son réticule, serre plus fort son carnet de croquis. Elle ne s'attendait pas à revoir Mr. Lawrence si vite, ni à le revoir tout court, mais il se peut fort bien qu'ils se rendent mutuellement service ; la faculté évidente dont dispose le jeune homme à reconnaître les contrefaçons montre qu'il peut aussi *a contrario* reconnaître des objets de valeur. Les connaissances de Dora sont limitées à des souvenirs d'enfance, alors que lui... eh bien, il apporte son expérience d'érudit. C'est de cette expérience qu'elle a besoin.

Elle pousse la porte. L'intérieur est habité d'une chaleur qui sent le cuir mêlé d'une subtile touche de miel. Les comptoirs en acajou rutilent, et on retrouve les mêmes détails noir et or partout. Un tapis indien saisissant recouvre le sol de l'ensemble de la boutique. Un pan de mur est occupé par une bibliothèque qui court du sol au plafond, remplie de livres magnifiques dont les reliures en vachette brillent d'un éclat somptueux à la lueur des bougies. Une plante verte aux splendides feuilles pointues trône majestueusement dans un pot près du comptoir principal, et derrière se dressent des armoires vitrées remplies de gravures et de frontispices d'une grande précision.

Dora est incapable de s'empêcher de fixer ce qui l'entoure. Elle n'est encore jamais entrée dans un atelier de reliure, et n'est pas sûre d'avoir déjà vu d'endroit aussi charmant. La bijouterie de Mr. Clements... Eh bien, elle aimera toujours l'éclair des diamants blancs, le vert forêt des émeraudes, le bleu nuit des saphirs taillés, mais cette beauté-ci est tout à fait différente, opulente, richement décorée. Dora est toujours absorbée par ce spectacle, les yeux écarquillés, lorsqu'un homme à la peau sombre qu'elle n'avait pas remarqué sort de derrière l'un des comptoirs vitrés, une petite pile de livres dans les bras.

« Puis-je vous aider, miss ? »

Sa voix est suave, chaleureuse, porteuse d'une inflexion ou d'un accent qu'elle ne parvient pas à identifier.

« Oh, je… » Dora s'interrompt, désormais inexplicablement embarrassée. « Cette boutique est si… » Elle a un sourire timide. « Elle est… »

L'homme – grand, le visage très ridé, coiffé d'une perruque aux boucles parfaites quoique d'un gris ordinaire – incline la tête. « Je vous remercie, miss. Nous en sommes très fiers, ici, chez Ashmole.

— Vous êtes Mr. Ashmole ? »

Il cligne des yeux. « Le contremaître, Mr. Fingle.

— Je vois », répond Dora, bien qu'elle ne voie rien du tout.

Mr. Fingle demande de nouveau : « Puis-je vous aider ? »

Dora respire, tente d'insuffler un peu d'autorité à sa voix.

« Je suis ici pour voir Mr. Edward Lawrence. » Elle ressort la carte de visite de son réticule et la lui tend. « Une affaire à régler. » Mr. Fingle jette un coup d'œil à la carte, sans toutefois la lui prendre. Il ne peut pas, Dora s'en aperçoit en avisant les livres qu'il a dans les bras. Sa main hésite. « Est-il là ?

— Il est là, miss. » L'homme marque une pause, lui adresse un sourire perplexe mais bienveillant. « Si vous allez tout au fond – la porte aux panneaux de verre dépoli –, vous le trouverez.

— Oh, oui, très bien. Merci. »

Mr. Fingle hoche la tête, une seule fois. Elle ne sent pas de désapprobation chez lui. Non, il semble bien trop surpris, ce qui en soi est une surprise. Peut-être Mr. Lawrence ne reçoit-il pas de visiteurs ? Dora plie le genou en une révérence nerveuse et inutile, puis disparaît sous la porte voûtée que le contremaître a indiquée du menton.

Elle se retrouve dans un étroit couloir. Décidément moins somptueux, mais tout de même chaud et propre. Il est bordé de deux portes ouvertes, et, en le parcourant, Dora jette un coup d'œil à travers chacune.

Des ateliers, dans les deux cas, pourvus de longues tables placées au centre, bien que ces pièces paraissent avoir une fonction différente. L'une d'elles contient des feuilles de papier (certaines étalées sur les tables, d'autres pendues au plafond), des bobines de lin, quantité de pots et de pinceaux, de marteaux et d'outils en métal. Tout au bout, trois engins en bois dont Dora ne parvient pas à deviner l'utilité. La seconde pièce est remplie de rouleaux de cuir, d'autres outils en métal, et de ce que la jeune femme pense être une guillotine. Et les deux sont remplies de garçons et d'hommes en tablier qui se sont tous interrompus pour l'observer avec un mélange presque comique de stupeur et de curiosité. Se sentant rougir, elle continue jusqu'au bout du couloir, comprenant néanmoins, d'après le remue-ménage qu'elle entend derrière elle, qu'ils sont sortis sur le seuil pour la fixer.

Juste avant d'atteindre la porte aux panneaux de verre dépoli, Dora marque une pause. À sa gauche, le couloir bifurque brusquement. De l'obscurité, pas de fenêtres, aucun chandelier à proximité. Un bref instant, elle s'interroge sur ce qu'est cet espace sombre, avant de se reprendre et de frapper doucement à la porte avec les jointures de ses doigts.

Pas de réponse. Derrière la vitre, une vive lueur dorée. Elle croit voir Mr. Lawrence assis à son bureau, mais il n'a pas bougé. Elle frappe un peu plus fort, mais, une fois de plus, il n'y a pas de réponse.

Dora fronce les sourcils. « Mr. Lawrence ? C'est Dora Blake. »

Dans son dos, elle entend des murmures, de petits rires furtifs. Elle les ignore, car derrière la vitre elle détecte désormais du mouvement, quelqu'un qui s'approche à la hâte. La porte s'ouvre d'un grand coup sur Mr. Lawrence qui la dévisage, presque hors d'haleine. Sa cravate est partiellement dénouée, ses cheveux blond doré lui retombent sur le front. Une traînée brun-rouge scintille sur sa joue.

« Miss Blake ! »

L'espace d'un bref instant, il semble joyeux. Ensuite, il remarque le public derrière elle. Dora regarde par-dessus son épaule. Mr. Fingle se tient désormais devant les ouvriers, aussi curieux que les autres.

« Mr. Lawrence, j'ai bien peur, chuchote Dora d'un ton d'excuse, d'avoir causé un certain remue-ménage. »

Mr. Lawrence prend un air renfrogné qui ne lui va pas.

« S'il vous plaît, dit-il en la tirant doucement par le coude, entrez. »

Il referme la porte sur eux, et Dora cligne des yeux sous l'effet de la vive lumière ; la pièce est entièrement remplie de bougies. Mr. Lawrence se faufile devant elle, entreprend de ranger son bureau en catastrophe.

« Je ne vous attendais pas. Enfin, ajoute-t-il, troublé, en frottant la marque qu'il a sur la joue, j'espérais vous revoir, sans penser que ce serait si rapide.

— Moi non plus, réplique Dora. Oh, s'il vous plaît, ne rangez pas pour moi. »

Mr. Lawrence s'interrompt, deux outils de forme étrange à la main. La jeune femme prend un moment pour examiner la pièce, bien que ses yeux peinent à s'habituer à la lumière.

« Toutes ces bougies…

— Oui. »

On dirait alors qu'il disparaît en lui-même, et Dora regrette instinctivement ses paroles. Elle sourit pour détourner son attention.

« Je voulais vous montrer mon carnet de croquis. Je suis descendue au sous-sol, voyez-vous.

— Vous avez trouvé quelque chose ? »

La voix et l'expression de Mr. Lawrence sont pleins d'espoir.

« Peut-être bien. Seulement j'ai besoin de votre aide. »

Dora entend un frottement derrière elle, accompagné de murmures étouffés. Elle se concentre sur la porte, les ombres déformées derrière les panneaux de verre dépoli, les voix rieuses qui chuchotent.

Mr. Lawrence s'éclaircit la gorge.

« Allons-nous promener. »

Mr. Lawrence la guide à travers l'effervescence du marché de Covent Garden, la gardant un peu trop près de lui. Il prend certaines libertés, mais Dora ne semble pas s'en formaliser. Après tout, cette partie de Londres ne lui est guère familière. Le marché est un torrent de bruit et d'agitation, où elle trouverait difficile de se repérer – et *a fortiori* de ne pas se perdre – si elle était seule.

Ils dépassent un marchand de fruits au chapeau moucheté de terre ; un poissonnier vendant des anguilles frites et d'affreuses choses en gelée ; suivi d'un boulanger au visage rond et rouge blanchi de farine, qui transpire dans son tablier même par ce froid matin de janvier. Et puis il y a les marchands de rue, les femmes chargées de paniers, les vendeuses de fleurs, qui se bousculent tous pour trouver de la place au milieu des minuscules étals, des brouettes et des charrettes à ânes. L'odeur des légumes se mêle à la puanteur presque sucrée du crottin de cheval et de la paille humide, et, lorsqu'ils atteignent un vendeur de viande ambulant, Dora est obligée de se détourner car, bien que l'air soit aussi vif que le givre, des mouches encerclent une tête de cochon, l'une d'entre elles disparaissant même dans une oreille aux allures de chaussure mouillée abandonnée au soleil. De gros morceaux de chair rose luisent sur la table, un tableau de tendons à vif et de gras. À leur passage, le vendeur lève les yeux vers eux, les joues rougies. Une traînée de sang tache son tablier. Mr. Lawrence fait écran entre Dora et lui, entraîne celle-ci le long de King Street, puis sur New Street.

« Je suis désolé, s'excuse-t-il en lui offrant son bras. J'aurais dû trouver un itinéraire plus convenable.

— Peu importe. » Dora prend le bras de Mr. Lawrence, feignant la nonchalance, même si son estomac se soulève encore. « C'est une révélation, vraiment. » Et elle est sincère ; Dora n'a jamais eu besoin de se rendre au marché par elle-même – cette tâche a toujours été laissée à Lottie – et elle se découvre un soupçon de respect pour la gouvernante, en dépit de son aversion pour cette dernière.

Ils marchent côte à côte en silence. Dora dépasse Mr. Lawrence d'une tête. Elle baisse subrepticement les yeux vers lui.

« Mr. Fingle ne va pas vous en vouloir ?

— M'en vouloir ?

— D'être sorti. »

Un bref silence s'ensuit. Un muscle se contracte sur la mâchoire du jeune homme.

« Non.

— Je vois. » Un autre silence. C'est à l'évidence un sujet sensible. « Qui est Mr. Ashmole ? insiste-t-elle. Quand Mr. Fingle m'a saluée, j'ai d'abord cru que c'était lui, mais… »

Sa voix s'éteint, et cette fois Mr. Lawrence ne permet pas au silence de s'installer.

« Mr. Ashmole est mon ami. Il a acheté l'atelier de reliure il y a quelques années, quand je… » Il s'interrompt pour contourner une plaque de verglas, qu'il aide Dora à traverser. « Comme votre boutique, ce n'était pas le commerce que c'est aujourd'hui, bien que, dans ce cas précis, Cornelius l'ait généreusement restauré, et qu'il ait gardé Fingle parce qu'il connaissait tous ses rouages alors que lui, non… » On dirait que Mr. Lawrence parle sans reprendre son souffle, comme s'il avait peur des mots. Il se mord la lèvre inférieure. « Pardonnez-moi. » Il regarde désormais Dora avec un petit sourire qui lui paraît forcé. « L'histoire de l'atelier importe peu. Enfin, maintenant, j'y travaille, et je suis libre d'aller et venir à ma guise. Je suis ce qu'on appelle un finisseur. Je m'occupe de tous les livres aux ultimes stades de leur décoration.

— Est-ce pour cette raison que vous avez autant de bougies ? »

Il hésite. « Oui. » Une pause. « Ça aide. »

Dora sent ici un non-dit qu'il n'ose pas poursuivre, se gardant cette fois de tout commentaire. Ils continuent leur chemin.

« Où allons-nous ? s'enquiert-elle tandis qu'ils s'engagent l'un derrière l'autre dans une petite ruelle.

— Leicester Fields », répond-il d'une voix redevenue suave, comme la première fois qu'ils se sont rencontrés. Au sortir de la ruelle, Mr. Lawrence offre de nouveau son bras à Dora. « Je m'assieds souvent là pour mettre de l'ordre dans mes idées. Nous allons y arriver sous peu. »

Il les conduit bientôt dans un square verdoyant pourvu de tronçons de pelouse et de larges allées parsemées de bancs. Au milieu se dresse une impressionnante statue – George Ier à cheval –, et Mr. Lawrence est sur le point d'entraîner Dora au-delà du portail en fer forgé lorsqu'elle s'écarte de lui.

« Oh, attendez un peu ! »

Il s'arrête poliment tandis que Dora se précipite vers un buisson de houx qu'elle a vu dépasser des grilles d'une résidence privée. Elle lui tend son carnet de croquis. « Vous voulez bien ? »

Quoique perturbé, Mr. Lawrence le saisit.

« Les baies. » Dora rougit en sortant un mouchoir de son réticule « Pour Hermès. J'aime le gâter quand j'en ai l'occasion.

— La chair humaine ne lui suffit pas comme gâterie ?

— Oh, s'il vous plaît, non ! » Dora le regarde d'un air coupable, mais, en voyant le sourire ironique qui traverse son visage, elle se met elle aussi à sourire. « Il était plutôt paniqué hier soir, explique-t-elle en cueillant les minuscules baies rouges sur leurs tiges. J'espère que ces fruits l'amadoueront.

— Paniqué ? » demande-t-il.

Dora referme le mouchoir à présent plein, dont le coton est déjà légèrement taché de rose. « Oui. Asseyons-nous, que je vous explique. »

Mr. Lawrence la guide jusqu'à l'un des bancs du square. Elle noue le mouchoir en un paquet, le range avec soin dans son réticule. Le jeune homme attend qu'elle ait fini, mais Dora sent son impatience suspendue dans les airs entre eux telle l'arrivée d'un orage de pluie au printemps. Après avoir récupéré son carnet, elle prend une profonde inspiration.

« Comme je vous l'ai dit, mon oncle possède la seule clé du sous-sol. J'en ai fait fabriquer une copie dont je me suis servie la nuit dernière. »

Mr. Lawrence se penche en avant, son visage s'éclaire. « Et ?

— J'ai trouvé une profusion de caisses de poteries grecques. J'ai aussi trouvé un vase grec. Je les soupçonne tous d'être authentiques. Mais, ajoute Dora, en le regardant, cette fois-ci, je ne peux pas en être sûre. »

Mr. Lawrence hausse les sourcils. « Ah bon ?

— N'ayez pas l'air si surpris, Mr. Lawrence. Je sais quels articles sont contrefaits dans la boutique parce que je connais le genre d'endroit où mon oncle se les procure. Ce sont souvent ses propres créations. Mais je n'étais qu'une enfant quand mes parents sont morts. Je ne suis pas antiquaire ; je ne peux pas être *certaine* que le vase est authentique. Vous, par contre… »

L'expression du visage de Mr. Lawrence change, désormais totalement dénuée d'excitation. « Miss Blake, je ne peux être considéré comme rien d'autre qu'un relieur de livres pour l'instant.

— Je ne le crois pas, proteste-t-elle. Vous comprenez ce domaine certainement mieux que moi. Vous avez immédiatement vu que le contenu de la boutique de mon oncle n'était pas authentique. » Dora prend une autre bouffée d'air. « Mr. Lawrence, il y a des objets dans ce sous-sol que je soupçonne d'avoir de la valeur et, si c'est le cas, je ne saisis pas pourquoi mon oncle les garde cachés. Il n'y a pas d'explication logique. En revanche, vous pouvez me dire avec certitude si ceux qu'il y garde sont de véritables antiquités ou de la vulgaire camelote de colporteurs. »

Mr. Lawrence regarde de l'autre côté du square, pensif. « Oui, soupire-t-il. Peut-être. Toutefois, je dois l'avouer… Miss Blake, j'ai étudié les antiquités – si l'on peut dire – toute ma vie. Vous avez raison, je suis capable de reconnaître une contrefaçon, mais ma connaissance pure de certains sujets n'est pas du tout au niveau que je souhaite. Je ne peux pas *garantir* l'authenticité d'une pièce. Je crains de vous décevoir. »

Dora pose une main gantée hésitante sur son bras. Il tressaille, baisse les yeux dans sa direction comme s'il s'agissait de quelque chose d'anormal. Au moment même où il paraît sur le point de se radoucir, Dora replace sa main sur ses genoux.

« Vous devez comprendre, poursuit-elle doucement pour qu'il ne soupçonne pas à quel point elle compte sur son assentiment. J'ai besoin de finir ma copie du vase. C'est la source d'inspiration de mes futures créations. Je peux vous parler franchement, monsieur ? »

Mr. Lawrence la contemple avec un sourire en coin. « Ce n'est pas ce que vous faisiez déjà ? » Il a pris un ton légèrement malicieux, et Dora le fixe. Il se racle la gorge comme s'il la croyait en train de perdre patience, alors qu'en réalité elle s'émerveille de le trouver à ce point versatile ; une créature réservée et nerveuse à un moment, moqueuse et excitable le suivant.

« Bien sûr, dit-il d'une voix redevenue sérieuse. Continuez, s'il vous plaît. »

Dora pose ses mains à plat sur le carnet. « Mr. Lawrence, mon objectif principal est de réaliser des croquis très détaillés du vase afin de pouvoir reproduire les dessins sur des bijoux. J'ignore combien de temps je vais y avoir accès – à l'heure où nous parlons, Dieu sait ce que mon oncle en fait. Pour ce que j'en sais, il pourrait fort bien s'en être déjà débarrassé. Mon objectif est de passer toutes les nuits – une fois que lui et notre gouvernante sont allés se coucher – à le dessiner. Je n'ai pas le temps de fouiller les caisses aussi. Donc, voilà ce que je propose. »

Mr. Lawrence s'est à moitié retourné sur le banc. En dépit de son expression pensive, il est captivé, et Dora sait qu'elle l'a ferré.

« Pendant que je ferai mes croquis, vous devrez passer en revue tout ce que mon oncle garde dans le sous-sol, me dire si ce qu'il cache est authentique. Et naturellement, vous pourrez utiliser tout ce que vous trouverez là-bas – y compris le vase – pour vos propres recherches. » Dora touche son palais du bout de sa langue. « Je comprends bien que vous pourriez ne rien en retirer si aucun de ces objets ne se révèle avoir une quelconque valeur, mais vous m'avez demandé de l'aide. C'est tout ce que je peux vous offrir. »

Mr. Lawrence mordille l'intérieur de sa joue.

« Si je découvre que ces articles sont des faux, qu'avez-vous l'intention de faire de cette information ? »

Dora soupire. De l'autre côté de la pelouse, un chien aboie à la vue d'un écureuil, tirant sur la laisse que tient son maître, et elle observe la petite créature qui s'échappe sans demander son reste en grimpant sur un arbre avant de répondre.

« Si ces articles sont des faux, nous n'irons pas plus loin. Je ne ferai rien. »

Une pause. « Pardonnez-moi, miss Blake, mais pourquoi ? »

Dora tente de réprimer un rire amer. Elle n'y parvient pas tout à fait, et son compagnon la regarde avec surprise.

« Parce que, Mr. Lawrence, je ne *peux* rien faire. Je dépends entièrement de la générosité de mon oncle. Si je le dénonçais, je mettrais en péril mon propre gagne-pain en même temps que le sien, et jusqu'à ce que je dispose du moyen de me libérer de lui, je dois garder le silence. Peut-être, continue-t-elle, mon oncle les conserve-t-il simplement au sous-sol parce qu'il n'est pas encore prêt à les exposer dans la boutique. Si vous pouvez au moins confirmer que ce sont des faux, je le saurai, et j'aurai l'esprit tranquille. Mais… » Dora s'interrompt, se frotte l'arête du nez. « Je ne peux pas m'empêcher de penser qu'il y a autre chose. Il s'est comporté si bizarrement ces derniers temps. »

À côté d'elle, Mr. Lawrence inspire avec circonspection. « Et s'ils sont authentiques ?

— Je... »

Dora appuie ses doigts sur le carnet. Depuis que la boutique lui appartient, Hezekiah n'a pas vendu un seul article légitime à part ceux qui s'y trouvaient déjà quand elle lui est revenue. Et s'il l'a fait, elle n'en a certainement jamais eu vent. Si le vase est *bien* authentique, pourquoi est-il en sa possession ?

Peut-être existe-t-il une explication innocente. Son oncle a peut-être réellement l'intention de restaurer la boutique comme elle l'a toujours espéré. Mais non... N'a-t-il pas insinué qu'il pourrait vendre ? Dora est si occupée à s'inquiéter à ce sujet que, lorsque Mr. Lawrence reprend la parole, elle doit lui demander de répéter.

« Et s'il était déjà en train de les vendre ? »

Dora fronce les sourcils. « Que voulez-vous dire ? »

Mr. Lawrence change de position, ajuste sa cravate. « S'ils sont authentiques, poursuit-il prudemment, comme s'il avait peur de prononcer ces mots, alors, étant donné le comportement actuel de votre oncle, il est possible qu'il soit en train de les vendre au marché noir. »

L'espace d'un horrible moment, ces mots restent suspendus entre eux, et l'estomac de Dora se contracte alors qu'elle envisage cette possibilité. Non, elle n'avait pas pensé à *cette éventualité*, et elle se sent désespérément stupide de sa naïveté. Les contrefaçons, c'est une chose. Illégale, certes, mais sans conséquence pour ceux qui ne souhaitent pas s'en soucier. En revanche, si Hezekiah a fait de la contrebande pendant tout ce temps, et depuis la boutique, de surcroît… Voilà qui change la donne.

Pour lui.

Pour elle.

Dora porte sa main à sa gorge. Elle sent presque la corde se resserrer autour de son cou. Elle se retourne pour regarder Mr. Lawrence, qui l'observe d'un air compatissant.

« Miss Blake. Tout va bien ? »

Les mots lui manquent. Elle a envie de crier, de lui dire que son oncle ne s'abaisserait jamais à un tel trafic – pourquoi prendrait-il autant de risques ? – sauf que, maintenant que cette idée s'est insinuée dans son cerveau, Dora se rend compte qu'elle est impossible à ignorer.

« Il n'y a peut-être aucune raison de s'inquiéter, se hâte d'ajouter Mr. Lawrence. Je fais probablement erreur. Mais pour en être sûr, il faut que je les voie par moi-même.

— Alors vous viendrez ? »

Dora ne peut pas s'empêcher de laisser transparaître la peur dans sa voix. Elle est venue le trouver pleine d'espoir, n'a pensé qu'à ses créations de bijoux, son seul moyen de s'échapper. Et maintenant… maintenant, il semblerait que sa vie même dépende de la contribution de Mr. Lawrence. Si Hezekiah vend des biens volés et qu'il se fait pincer, alors elle sera passible de pendaison comme lui, car qui pourrait jamais croire qu'elle n'était pas au courant de ces transactions alors qu'elle vend elle-même en connaissance de cause des faux dans la boutique depuis des années ?

« Oui, dit-il doucement. Je viendrai.

— Vous viendrez ce soir ?

— Oui.

— Merci. »

Il lui sourit. Ses yeux, note Dora, sont gris.

« Puis-je… puis-je voir vos croquis, miss Blake ?

— Bien sûr. »

Au moins, c'est une distraction. Les doigts tremblants, elle ouvre le carnet, tourne les pages jusqu'aux dessins préliminaires du vase.

« Voilà, commence-t-elle en essayant d'être stoïque. Il s'agit d'une représentation scénique du mythe de Pandore. Ceci… – elle suit du doigt son croquis de Zeus et de Prométhée – dépeint les circonstances dans lesquelles l'homme a reçu le don du feu. » Elle désigne un autre dessin un peu plus bas sur la page. « Et voilà un bref aperçu du vase lui-même. Il m'arrive juste au-dessous des épaules. Vous pensez pouvoir le dater ? »

Leurs têtes sont penchées sur le carnet. Dora entend la respiration régulière du jeune homme, respire la riche odeur de cuir sur ses vêtements.

« Vos dessins… Ils sont extraordinaires. » Il lève la tête. Leurs visages sont si proches que leurs nez se touchent presque. « Vous avez un don. Si vous voyiez les miens… » La bouche de Mr. Lawrence se tord légèrement. « Eh bien, les miens ne leur arrivent pas à la cheville.

— Merci, Mr. Lawrence.

— C'est tout naturel, miss Blake. »

Ils restent muets quelque temps, se bornant à se regarder jusqu'à ce que Mr. Lawrence semble se reprendre et que Dora, rougissante, détourne les yeux. D'un commun accord, ils restent tous deux assis sur le banc. L'air glacial qui circule entre eux est pareil à un nouveau souffle.

« Et Hermès, alors ? » demande-t-il subitement. Ce changement de cap la fait cligner des yeux.

« Quoi, Hermès ?

— Vous avez dit qu'il était paniqué. »

Elle hésite. « C'était extrêmement étrange, tout à fait différent de son comportement habituel. Dès que j'ai introduit la clé dans la serrure, il a paru impatient, agité. Et lorsque je me suis mise à examiner le vase, il a juste… » En y réfléchissant, Dora ne comprend toujours pas le changement intervenu chez l'oiseau. Elle secoue la tête. « Eh bien, il s'est enfui du sous-sol à tire-d'aile comme s'il avait un chat à ses trousses. Mais quand je suis rentrée dans ma chambre, il était là, profondément endormi.

— Que c'est bizarre.

— Oui, plutôt.

— Et où est la clé à présent ?

— Dans mon bureau.

— Vous êtes sûre qu'elle est en sécurité ? »

Dora se remet à secouer la tête. « Mon oncle n'a pas mis un pied dans ma chambre depuis une éternité.

— Tout de même, reprend Mr. Lawrence en passant son pouce sur l'égratignure de sa main, l'empreinte en forme de ciseaux du rude baiser d'Hermès. Je resterais sur mes gardes, si j'étais vous. »

CHAPITRE SEIZE

Hezekiah se demande souvent pourquoi il est condamné à subir la pourriture et la saleté des entrailles putrides de Londres, pourquoi les vents de la chance insistent toujours pour lui faire défaut.

Il était promis à bien mieux que cela, bien mieux que de glisser sa bedaine corpulente ceinte de satin le long de ruelles sombres et humides qui sentent la pisse de rat et les hordes de miséreux non lavés. Il était promis à bien mieux qu'à zigzaguer entre des flaques de gadoue douteuses – ses pauvres chaussures ! – en se pinçant très fort le nez entre le pouce et l'index. *À bien, bien mieux*, et pourtant, il est là, contraint de quitter son travail (si se ronger les sangs au sujet de poteries antiques peut être considéré comme du travail) pour aller s'encanailler avec ce satané Matthew Coombe.

Quel culot, pense Hezekiah, le mot à peine lisible de ce voyou froissé dans son poing serré. D'exiger que *lui*, Hezekiah Blake, vienne à *l'autre*, un simple laquais de bas étage, un décérébré ! Tandis qu'il évite quelques caisses abandonnées débordant de poires moisies à la chair fendue – mouvement rendu d'autant plus difficile par sa jambe douloureuse –, il choisit d'ignorer que les frères Coombe ont le droit de recevoir leur argent, qu'il a promis une petite fortune pour cette opération (à eux, au moins) et qu'il n'a pas encore tenu sa promesse. Il choisit de ne pas penser que le poing de Matthew est presque aussi gros que sa tête et que cet homme pourrait quasiment lui briser le cou comme une brindille en moins de temps qu'il n'en faut pour cligner de ses yeux bleus laiteux. Non, songe Hezekiah tandis qu'il grimpe les marches pourries jusqu'à la mansarde des Coombe, il est au-dessus de ces pensées-là. C'est lui le maître ici, et il a de nombreux autres moyens d'arriver à ses fins.

La mansarde – une pièce au-dessus des docks de Pickle Herring Stairs sur la rive sud du fleuve – dégage une forte odeur de décomposition. Hezekiah fronce le nez lorsqu'il franchit le seuil et, quand son hôte lui laisse la porte ouverte, il ne parvient pas à décider s'il doit s'en réjouir ou non. La puanteur qui émane d'en bas ou celle qui émane de l'intérieur ; il n'y a guère de différence. Rien que de l'air fétide, des immondices. Il respire par la bouche, regrettant désespérément son lit et l'un des thés relaxants de Lottie.

« Vous avez intérêt à faire vite », lance Hezekiah d'un ton furieux en regardant autour de lui avec dégoût. Il note la petite cuisinière couverte de suie dans un coin, l'affreux secrétaire abîmé à côté, et fronce de plus belle le nez. « J'ai été obligé de laisser ma gouvernante surveiller la boutique. Ma nièce n'était pas encore rentrée. »

Il n'aurait pas dû laisser sortir Dora, songe-t-il. Il n'aime pas qu'elle aille là où il ne peut pas l'avoir à l'œil. Ce nouveau sentiment de liberté qui habite sa nièce l'inquiète. Mais l'en empêcher ne servira qu'à accentuer ses soupçons. Il va donc l'y autoriser. Pour l'instant.

Matthew Coombe s'assied sur l'une des trois chaises en bois disposées autour d'une table grossièrement fabriquée à partir d'une caisse retournée. Il entoure une tasse en fer-blanc de sa main. Hezekiah remarque que le poignet de Matthew est enveloppé d'un bandage épais. Derrière lui, un drap sale isole une partie de la pièce.

« Je ne crois pas que vous soyez bien placé pour parler ainsi, répond l'homme plus jeune en se renversant sur sa chaise de sorte que celle-ci se soulève à l'avant. Ça fait déjà une semaine. »

Hezekiah voudrait bien que Matthew lui propose de s'asseoir. Sa jambe le fait atrocement souffrir.

« On a du retard. Une… complication.

— Je me disais qu'il y en aurait peut-être. »

La voix de Matthew est dure. En dépit de ses bonnes intentions, Hezekiah sent ses joues brûler et, pour dissimuler son visage, il se détourne, s'approche en boitant de la petite fenêtre de guingois. De l'autre côté du fleuve, l'imposante Tour de Londres surveille les environs à travers la brume, sinistre.

« Le vase… il ne s'ouvre pas.

— Il ne s'ouvre pas ?

— C'est ce que j'ai dit, non ? »

Matthew s'éclaircit la gorge. Hezekiah se retourne vers lui une fois qu'il est sûr que ses joues sont plus fraîches, remarque que celles de Matthew sont pâles, moites d'aspect.

On entend un faible bruit de respiration de l'autre côté du drap.

Matthew examine la tasse, la retourne lentement entre ses doigts. « Je crois que ça vous intéressera de savoir, dit-il d'un ton posé, que j'ai gardé des traces de toutes les transactions que j'ai effectuées pour vous ces dernières années. » Il incline la tête vers le secrétaire derrière lui. « Je n'aurais aucun mal à vous dénoncer aux autorités concernées. »

La gorge d'Hezekiah devient sèche. Il ne croyait pas Matthew Coombe assez malin pour se montrer aussi prévoyant. Il ne croyait pas Matthew Coombe capable de penser tout court. Hezekiah recroqueville ses doigts dans ses paumes transpirantes.

« Vous me menacez ?

— Oui. »

Matthew pose la tasse. Hezekiah le dévisage. Lorsque cet homme lui a demandé – non, ordonné – de venir ici, il ne s'était pas attendu à subir des menaces. Il avait plutôt anticipé de pitoyables supplications faciles à circonvenir, et reste un moment sans voix.

« Si vous me dénoncez, Coombe, vous risquez la corde, vous aussi. » Hezekiah a empli sa voix de bravade, d'une confiance qu'il ne ressent pas, pour masquer son affreuse sensation d'avoir un nœud à l'estomac, mais Matthew se contente d'accueillir cette déclaration avec un rictus méprisant.

« Vous croyez que vous me faites peur ? Vous croyez vraiment qu'après tout ce que j'ai fait et vu, la menace de la corde a un quelconque pouvoir sur moi ? »

Il y a chez Matthew Coombe une désolation sauvage qu'Hezekiah ne lui a encore jamais connue. Il lui rappelle un loup qu'il a vu autrefois, en Italie, pris au piège entre les mâchoires métalliques du piège d'un chasseur.

Apparemment, l'animal avait cessé de lutter bien avant qu'Hezekiah, Elijah et Helen tombent sur lui. Il se souvient de l'expression du loup lorsque, devant les supplications d'Helen, son frère lui logea une balle dans la tête – les yeux écarquillés, féroce, et en même temps abattu, comme résigné à son destin. Le visage de Matthew a exactement la même.

« La perspective de la mort a sûrement du pouvoir sur tout le monde », murmure Hezekiah, désespéré.

Matthew aboie un rire dépourvu d'émotion. Il se lève de son siège. Les pieds de la chaise retombent sur le sol dans un bruit fracassant. Lentement, il commence à défaire le bandage de son poignet, et Hezekiah se colle au mur humide.

« Oui, c'est bien vrai. » Matthew traverse l'étroit espace qui les sépare en quelques secondes. « Vous pensez que ma mort va venir vite, ou lentement ? »

Les bandages se desserrent. À l'intérieur, une puanteur de pourriture. Tandis que le tissu se déroule, sa couleur change, passant d'un blanc amidonné au jaune, puis au vert, et, quand le pansement est complètement parti, Hezekiah doit faire un effort surhumain pour réprimer un haut-le-cœur. L'odeur est forte, elle laisse un goût putride sur la langue, fait larmoyer ses yeux. Il presse fermement une main sur son nez et sa bouche.

Le poignet de Matthew est une plaie ouverte, un ruban de chair pustuleuse à vif. Dans la faible lumière, elle brille d'un éclat mouillé, et, juste à l'endroit où la blessure dentelée s'ouvre, la chair est tachée de violet.

« Vous vous souvenez ce que je vous ai raconté sur comment j'ai récupéré votre précieuse cargaison, hein ?

J'ai dû descendre avec une lanterne, je l'ai gardée attachée à mon poignet à l'aide d'une ficelle. Une petite blessure, à peine une égratignure, et pourtant… » Matthew tourne son poignet, le regarde presque comme s'il examinait un objet totalement déconnecté de sa personne. « Dites-moi, Mr. Blake. Ça ne devrait pas avoir cicatrisé depuis le temps ? »

Hezekiah ne peut pas regarder. Il *ne peut pas*.

« S'il vous plaît », parvient-il à lâcher derrière sa main. Il tourne la tête. « Pour l'amour du Ciel, faites-la disparaître ! »

Matthew le fixe durant quelques longues secondes. Après quoi, il se baisse pour ramasser le bandage, enveloppe la blessure, mais l'odeur subsiste.

« Là, ricane-t-il. Vous pouvez regarder, maintenant. »

Avec difficulté, Hezekiah découvre sa bouche. Il jette un regard irrité à l'homme massif et, maintenant que cette vision horrible a disparu, il s'efforce d'insuffler un peu de vigueur dans sa voix.

« Il faut que vous fassiez venir un médecin », dit-il avant de s'arrêter net en se souvenant des paroles de Dora ce matin, qui lui a dit exactement la même chose, et de sa propre féroce réaction de refus.

Matthew laisse échapper un autre éclat de rire. « Si j'avais reçu mon paiement, je pourrais peut-être ! Si j'avais reçu mon paiement, un médecin pourrait bien faire toute la différence, s'exclame-t-il, debout près du drap à présent. Vous voulez voir autre chose ? »

Hezekiah ne veut rien voir d'autre. Il veut quitter ce sale trou à rats infesté de maladies et ne jamais revenir. Mais Matthew lui fait signe d'approcher, et il s'aperçoit que ses pieds avancent tout seuls sur les lattes du plancher qui craquent, tandis que sa poitrine se serre comme un étau.

« Qu'est-ce que c'est ? » s'enquiert-il d'une voix qui n'est plus qu'un murmure.

Le visage de Matthew se déforme. Sans mot dire, il se borne à saisir le drap à pleine main. D'un brusque mouvement du bras, il écarte le tissu rapiécé.

Sur un lit est étendu l'un des frères – Samuel, pense Hezekiah, qui avale sa salive. Le regard de Samuel est trouble, sa peau jaunie, luisante de sueur. Une croûte d'une substance blanchâtre s'est agglomérée aux coins de ses lèvres. Le troisième frère, Charles, est assis sur une chaise près du lit, contemplant le mur d'un regard vide.

« Que s'est-il passé ici ?

— Votre vase, voilà ce qui s'est passé.

— Ne soyez pas absurde !

— Et vous, ne soyez pas si naïf ! » Matthew pose une main robuste sur le bras d'Hezekiah. « Sam a commencé à avoir cette fièvre deux jours après la livraison du chargement. Charlie – il désigne alors d'un geste le frère assis sur sa chaise dans un état comateux – ne parle plus depuis le moment où on a ramené la caisse à la surface. Alors dites-moi, monsieur, si ce n'est pas votre précieux vase le responsable ? »

Le ton venimeux de sa voix est effrayant. Hezekiah contemple l'homme, incrédule.

« C'est un morceau de vaisselle », bredouille-t-il, mais Matthew Coombe n'en croit pas un mot, et sa pression sur le bras d'Hezekiah s'intensifie. Ce dernier pousse un cri de douleur.

« Regardez-les ! L'un est proche de la mort, l'autre est frappé de folie. Vous croyez que si Sam meurt, je vais être indulgent avec vous ? Vous croyez que si je perds ma main, je vais trouver un travail facilement ? Comment vais-je subvenir à nos besoins ? Comment vais-je m'occuper de Charlie ? C'est votre vase qui a fait ça.

— Mais non.

— Mais si.

— Vous avez attrapé quelque chose », tente Hezekiah à présent. Il tire sur son bras. Matthew le lâche, et Hezekiah recule d'un pas vacillant vers l'espace ouvert de la pièce. « Une quelconque maladie qui se transmet par les mers. À moins que vous n'ayez contracté quelque chose à la décharge. Peut-être est-ce héréditaire », ajoute-t-il avec une pointe de méchanceté. Maintenant qu'il est libéré de l'étreinte punitive de Matthew, il sent ses forces lui revenir, il a le courage de se montrer méprisant. « La maladie de la famille Coombe. Ou bien… » Hezekiah gesticule, désespéré à présent. « Regardez les conditions sordides dans lesquelles vous vivez, après tout. Pas étonnant que vous soyez tous si mal fichus. »

Quelque chose de sombre traverse le visage de Matthew. Immédiatement, la bravade d'Hezekiah s'évanouit. Il esquisse un autre pas vers la porte ouverte, et Matthew lâche le rideau de fortune ; le drap se remet en place, son ourlet en lambeaux léchant le plancher dans un murmure.

« Comment va votre jambe ? »

Hezekiah pâlit.

« Beaucoup mieux. »

Matthew laisse échapper un rire caustique. « Vous êtes un menteur. Je vois que vous boitez. Elle va se mettre à pourrir exactement de la même façon. » Il désigne son poignet, puis Hezekiah. « Vous avez attiré la maladie sur nous.

— C'est un *vase*. Un peu de poterie grecque, rien de plus.

— Alors comment expliquez-vous tout ça ?

— Coïncidence.

— La frontière entre coïncidence et hasard est mince », dit Matthew, et Hezekiah éclate d'un rire moqueur. Matthew le dévisage. « Pourquoi cette chose est-elle si importante pour vous ? » finit-il par demander.

Hezekiah détourne le regard.

« Ça ne vous regarde fichtrement pas.

— Je crois que nous venons d'établir que si. »

Hezekiah hésite. « Le vase… il m'appartenait. Il y a de nombreuses années. Je le récupère, c'est tout.

— Combien vaut-il ? » rétorque Matthew.

Hezekiah hésite de nouveau. « Une belle somme.

— Alors pourquoi ne pas l'avoir vendu ?

— Je vous l'ai dit, reprend Hezekiah d'un ton buté. Il ne s'ouvre pas.

— Il y a quelque chose à l'intérieur ? »

C'est épuisant, tous ces allers et retours. Hezekiah a le sentiment qu'il ne devrait pas être interrogé ainsi, comme un *criminel*. Mais plus vite il répondra, plus vite il pourra partir et, en réfléchissant à ces questions, il se rend compte qu'il lui est impossible de mentir.

« Oui, répond-il brièvement. Dès que j'aurai récupéré ce dont j'ai besoin, je vendrai. Par les canaux habituels. Mais je ne comprends pas pourquoi il ne s'ouvre pas, conclut-il, amer.

— Peut-être qu'il ne veut pas s'ouvrir.

— C'est. Un. Vase, crache Hezekiah.

— Il. Est. Maudit, riposte Matthew. Et je maintiens que vous dites n'importe quoi ! Il a un couvercle, qui s'ouvre. Il doit y avoir un mécanisme, un sceau, quelque chose qui m'échappe. Ce vase a déjà été ouvert auparavant, et on peut le rouvrir. Je sais que c'est possible. »

Un silence tendu s'ensuit. Dehors, le fleuve lèche le quai et, on ne sait trop comment, le clapotis furieux de l'eau sur les rives boueuses a un effet bizarrement apaisant.

« Je n'attendrai pas, *Hezekiah* », lance Matthew. Ce laquais ne s'est encore jamais adressé à lui en l'appelant par son prénom, et le son de celui-ci sur sa langue hérisse Hezekiah. « J'ai besoin d'un traitement pour mes frères. Pour moi. Je ne gagnerai pas assez en me contentant de faire des petits boulots pour y arriver. Notre bien-être est entre vos mains.

— Je… » Hezekiah s'essuie le visage avec sa paume. « Je vais vous envoyer Lottie, dans un premier temps. Elle sait des choses. Elle a la main guérisseuse. Et je vais trouver l'argent, vraiment.

— J'irai voir les autorités si vous ne tenez pas votre parole.

— Et *moi*, je *vais* vous donner l'argent. » Hezekiah, qui ne peut pas s'empêcher de prendre une voix pleurnicharde, se déteste de sa faiblesse. « Il me faut juste davantage de temps.

— Le temps, répond Matthew Coombe, c'est précisément ce que nous n'avons pas. »

CHAPITRE DIX-SEPT

Cornelius, note Edward, non sans une légère détresse, est déterminé à avoir une mauvaise opinion de Pandora Blake.

« Je ne lui fais tout simplement pas confiance, dit-il en découpant un haricot vert dans son assiette avec plus de férocité que nécessaire. Tu connais à peine cette fille, et pourtant, tu te mets à sa merci. Pour ce que j'en sais, elle pourrait être une arnaqueuse comme son oncle. »

Edward fronce les sourcils. « Je pense plutôt que c'est elle qui se met à ma merci. Si tu avais vu son visage quand j'ai suggéré d'éventuelles transactions au marché noir, tu saurais qu'elle n'est rien de tel. Honnêtement, ajoute Edward alors que son ami porte la fourchette de haricots verts à sa bouche, tu fais si peu confiance aux gens.

– Sauf à toi, répond Cornelius en brandissant sa fourchette dans sa direction comme un professeur qui manie une règle. J'ai toute confiance en toi. Ce sont tous les autres que je trouve déplorables. »

Edward soupire, secoue la tête. « Elle m'offre l'opportunité d'observer une importante collection d'antiquités.

D'écrire un article à partir de là. Et je ne peux pas m'empêcher de penser qu'il y a quelque chose d'utilisable là-dedans. Qu'est-ce que tu m'as dit l'autre jour ? Que tu me soutiendrais quoi que je choisisse de faire. »

L'espace d'un instant, Cornelius paraît désarçonné. Il finit par porter la fourchette à sa bouche, et son expression devient pensive pendant qu'il mâche.

« Je te soutiendrai, dit-il après avoir avalé. Bien sûr que je te soutiendrai. Mais tu as eu une idée si risquée de placer ainsi ton destin entre les mains d'une femme qui a elle-même concédé que tu pourrais ne rien en retirer du tout.

— Sauf qu'il y a une chance.

— Il y a aussi une chance que je me fasse renverser par un tandem, répond Cornelius d'un ton égal. Ce qui ne signifie pas que ça va arriver. »

En ouvrant la bouche pour rétorquer, Edward s'aperçoit qu'il est à court d'arguments. Il concentre plutôt son attention sur le gigot d'agneau baigné de sauce à la menthe dans son assiette. D'un air absent, il fait tourner une pomme de terre, observe les traînées graisseuses laissées par la sauce dans son sillage.

« Est-elle séduisante ? »

Edward lève les yeux.

« Comment ?

— Est-elle séduisante ? » répète son ami. Edward soutient son regard sans ciller.

« Est-elle… Pourquoi ? »

Cornelius l'observe par-dessus la table. Il a soigneusement posé ses couverts de chaque côté de son assiette. Son visage est fermé, comme Edward l'a rarement vu, et il s'en inquiète.

« Elle te plaît ? demande Cornelius cette fois, d'une voix basse et posée.

— Quel rapport avec le reste ?

— Un sacré rapport, je crois bien.

— Ah. Tu crois qu'elle m'a tourné la tête.

— Ce n'est pas le cas ? »

Edward hausse les épaules. « Elle est… » Il ne finit pas sa phrase, s'applique à mettre des mots sur Pandora Blake. Il pense à leur conversation, à la proximité de son corps quand ils étaient assis sur le banc, au léger parfum de lys qu'elle dégageait et qui le rendait peu sûr de lui, nerveux, presque ivre. Il pense à elle comme il l'a vue la première fois, debout devant la porte de Blake's Emporium, à ses vêtements démodés, à ses cheveux sombres en désordre maintenus en place par un ruban, à ses yeux magnifiques cachés derrière des lunettes ovales cerclées de métal. À sa façon d'être plus grande que lui, qui l'oblige à lever les yeux vers elle et ne l'aide guère à avoir confiance en lui.

« Elle ne ressemble vraiment à rien de ce que j'ai jamais vu », finit-il par dire.

Cornelius ricane. « Voilà qui ne répond pas à ma question.

— Tu penses qu'elle m'a fait tourner la tête. Mais je ne peux pas dire que ce soit vrai. »

Et à ce moment-là, Edward en est persuadé. Il ne prend pas la mesure de ses émotions en ce qui concerne miss Blake. C'est son manque d'expérience vis-à-vis du sexe faible, se dit-il, qui explique sa timidité, rien de plus. Il se penche en avant sur son siège – dont l'acajou craque sous son poids – et tente de convaincre son ami.

« Elle n'est pas séduisante au sens strict du terme. Elle n'a rien d'une Sarah Siddons[1]. Toutefois, il y a quelque chose chez elle, je l'admets. Ses yeux… »

Cornelius, désormais concentré sur son dîner, découpe maintenant son gigot d'agneau avec une vigueur accrue.

« Qu'est-ce qu'ils ont ?

— Pareils à du sirop au miel.

— Bruns, en gros. »

Edward le fixe. « Pourquoi fais-tu ta tête de mule à ce point ?

— Pas du tout. Je me contente d'énoncer des faits. »

Un silence. « Elle a un oiseau domestique », hasarde Edward, et au moins cette information a le mérite d'obliger Cornelius à s'interrompre.

« Non ! s'exclame celui-ci incrédule.

— Mais si.

— Est-ce une chouette ? Une Athéna vivante. Comme c'est européen de sa part.

— Pas une chouette. Une pie. »

Le visage de Cornelius se plisse de dégoût. « Des créatures dégoûtantes.

— Très propres, en réalité, riposte Edward, qui se souvient de la manière dont Hermès lissait ses plumes dans la boutique. Sauf qu'elle a un sale caractère. M'a bel et bien mordu, tu vois ? »

Edward lève la main, l'oriente de telle sorte que Cornelius distingue sa croûte par-dessus la table, le petit bleu qui s'est formé autour de la coupure.

---

1. Sarah Siddons (1755-1831), comédienne britannique connue pour ses rôles dans des tragédies.

« Je me demandais ce que c'était, commente-t-il, avant d'essuyer une goutte de sauce sur son menton. Tu devrais la montrer à un médecin. Ça grouille de maladies, ces oiseaux charognards.

— Tu es ridicule. Je ne sens presque rien.

— Je ne suis pas ridicule du tout. Mais..., ajoute Cornelius en jetant sa serviette sur son assiette désormais vide, je vois que tu commences à être sur la défensive. Ridicule, dis-tu ? Dans ce cas, si tu souhaites avoir une discussion sérieuse... – Cornelius le cloue sur place d'un regard évaluateur – que prévois-tu de faire si tu t'aperçois que le vase est authentique ?

— Ah, dit Edward, nous voilà au cœur du problème. Et c'est exactement ce dont je voulais discuter avec toi avant que tu partes sur ta tangente. »

L'un des sourcils de Cornelius s'arque bien haut. « Oh ?

— Je te serais reconnaissant si tu pouvais m'organiser un rendez-vous avec Gough.

— Pourquoi ? »

Edward hésite. Comment le formuler ? Dans le milieu des antiquaires, la seule mention du terme de « marché noir » suffit à mettre sur les nerfs les hommes les plus solides. Un sujet aussi sérieux ne peut pas être traité à la légère.

Il reprend sa respiration. « J'aimerais lui demander son avis, voir s'il est possible qu'Hezekiah Blake effectue des transactions en sous-main. » En face de lui, confirmant ses craintes, Cornelius se rencogne avec raideur dans son siège. « Je sais, poursuit-il devant l'attitude crispée de son ami, mais si j'en apprenais davantage sur la question, si je comprenais à quelles poursuites ce genre de crime donne lieu, comment on impute les responsabilités, alors… »

Il soupire, pose sa propre serviette à côté de son assiette. « Des transactions de cette nature sont l'œuvre de véritables scélérats. Vendre des faux sans l'admettre est une chose, mais ça ? Il paraît tellement improbable qu'il prenne des risques pareils ! Le vase et les autres objets pourraient être des articles authentiques obtenus par des moyens normaux, et, dans ce cas, il n'y a pas d'inquiétude à avoir. Je pourrai écrire mon article la conscience tranquille. Par contre, s'ils ne le sont pas, j'ai besoin de savoir quelle conduite adopter… sans impliquer miss Blake.

— Edward. » La voix de Cornelius est dure, mesurée. « Est-ce ton affaire si c'est une famille d'escrocs ? Prends ce dont tu as besoin, et disparais. »

Edward doit se refréner d'envoyer paître son ami.

« Ce n'est pas un comportement honorable, et tu le sais. » Cornelius pince les lèvres. Edward continue. « Même si le vase n'était qu'une contrefaçon sans valeur, aider miss Blake serait la bonne décision. Elle est prise au piège là-bas, dans cette boutique. Ses dessins, Cornelius… Oh, il faudrait que tu les voies. Tout à fait spectaculaires. Un niveau de détail ! Tu ne la traiterais pas d'amateur, *elle*.

— Je ne t'ai jamais traité d'amateur, répond doucement Cornelius.

— N'empêche que mes dessins le sont. »

Cornelius détourne le regard. « Où veux-tu en venir ?

— Je pourrais lui demander d'être mon assistante. Tu sais que mes croquis sont dramatiques – n'importe quel article que j'écrirais serait fichu en l'air si j'en incluais un seul. En revanche, miss Blake… *elle* pourrait encore m'aider quand j'aurai trouvé un nouveau projet, si celui-ci ne se révèle pas viable. »

Edward sent son pouls battre furieusement à ses poignets, l'obstination de son ami lui donne envie de le secouer. Bien qu'il ait toujours été reconnaissant envers Cornelius de sa protection, parfois, il lui trouve une dimension claustrophobique, comme si ce dernier avait peur qu'Edward ne se brise en mille morceaux s'il lui laissait trop de latitude.

Cornelius jure dans sa barbe.

« Tu es vraiment décidé, n'est-ce pas ? dit-il en regardant Edward à présent.

— Oui. »

Il soupire, se passe la main sur le menton. Lorsqu'il tente un sourire, Edward s'affaisse de soulagement.

« À quelle heure y vas-tu ?

— Nous avons prévu de nous retrouver à la boutique à minuit. D'y travailler pendant deux heures. Plus longtemps, ce ne serait pas sûr.

— Tu ne seras bon à rien demain, commente Cornelius d'une voix qui a repris un peu de chaleur.

— Peut-être, acquiesce Edward. Mais ça en vaudra la peine.

— Tu en es sûr ?

— Non. Mais je suis confiant, tout ira bien. Rien n'arrive sans raison. »

Cornelius hausse un sourcil. « C'est ce que tu ne cesses de dire, mon cher ami. »

Plus tard, lorsque le son grêle de l'horloge de son grand-père dans l'entrée retentit pour marquer l'arrivée du soir, Cornelius aide Edward à enfiler son manteau. Quand ses doigts s'attardent sur son col, il jette un regard interrogateur à son ami. La lèvre supérieure de Cornelius tremblote.

« Désolé, murmure-t-il. Une petite peluche. » Il éloigne sa main, se balance un moment sur ses talons. « J'imagine que tu ne me permettras pas de venir avec toi ? »

Edward secoue la tête. « Je ne lui ai pas demandé si quelqu'un d'autre pouvait m'accompagner. D'autre part, je crois que c'est sans doute suffisamment risqué étant donné les circonstances. Une personne qui s'introduit en catimini, c'est déjà un problème ; alors deux, puis trois…

— Oui. Oui.

— Je peux poser la question pour la prochaine fois ? »

Cornelius tend le bras devant lui afin de lui ouvrir la porte, et le parfum de son eau de Cologne – bois de santal – chatouille le nez d'Edward.

« Non, répond Cornelius d'un ton redevenu sec. Pas la peine. »

Edward sort dans la pénombre. L'air est vif, frais, le ciel mauve est clair. Il enfonce ses mains loin dans ses poches et expire profondément, observant le panache blanc de sa respiration, puis se retourne pour regarder son ami.

« Tu parleras à Gough, *n'est-ce pas* ?

— Oui. Mais je préférerais attendre que tu puisses confirmer l'état de la marchandise, quel que soit le verdict. Inutile de le mettre en rogne pour rien.

— Très bien. Bonne nuit, alors. » Cornelius lui jette un coup d'œil sans rien dire. Mais lorsque Edward atteint la marche du bas, il l'interpelle par son nom. Edward se retourne.

« Oui ?

— Fais attention. »

Puis la lourde porte en chêne se referme, et une légère brise brûle les joues d'Edward de son empreinte glacée.

CHAPITRE DIX-HUIT

Dora craignait qu'il ne soit en retard, mais Mr. Lawrence attend déjà à l'extérieur de la boutique quand elle déverrouille la porte. Il franchit le seuil en soufflant bruyamment de l'air sur ses mains, et, furtive, elle place un doigt devant ses lèvres. Il opine, le menton enfoui dans les plis de son écharpe, puis Dora referme avec soin la porte derrière lui, une main levée pour couvrir la cloche et l'empêcher de tinter.

Des bribes d'exclamations joyeuses en provenance du café tempèrent le calme obscur, des rires ivres qui pénètrent les murs dans un quasi-bourdonnement bas. Derrière la jeune femme, sur son perchoir, Hermès babille. Mr. Lawrence tressaille.

« Il ne vous fera pas de mal, Mr. Lawrence, murmure-t-elle, tandis que son compagnon lance à l'oiseau un regard méfiant.

— Vous en êtes tout à fait sûre ?

— Tout à fait sûre. »

Dora met un accent hésitant sur le mot « tout à fait », et Mr. Lawrence la fixe à présent avec insistance. En dépit de son appréhension de ce qu'ils pourraient trouver dans le sous-sol au-dessous d'eux – leur conversation précédente est encore gravée dans son esprit –, elle réussit à rire sous cape.

« On n'est jamais trop sûr. Allons, nous ne devrions pas nous attarder.

— Non », répond-il doucement, mais, au moment où elle se retourne pour le guider vers l'arrière de la boutique, Dora fronce les sourcils.

« Mr. Lawrence ? » Il semble agité, scrute la pièce autour de lui avec quelque chose qui évoque – si elle ne se trompe pas – l'effroi.

« Vous allez bien ? »

Il hésite, puis paraît se reprendre. « Il fait très sombre.

— Oh, j'ai appris à me repérer correctement. Il y a quinze marches jusqu'à…

— Nous ne pouvons pas allumer de bougie ? »

Dora le fixe dans la pénombre. « Je n'ose pas courir le risque d'en allumer une maintenant, pas tant que nous ne sommes pas en bas.

— Bien sûr. » Il a répondu d'un ton pincé.

« Tenez, prenez ma main. Je vais vous guider. »

La main d'Edward trouve la sienne presque immédiatement.

Il a peur du noir, pense-t-elle en l'entraînant à travers la boutique. Mais non, c'est idiot, décide-t-elle, d'avoir de telles frayeurs pour un homme adulte. Peut-être ressent-il simplement de l'appréhension. Après tout, ils risquent gros. Hezekiah et Lottie pourraient les surprendre à tout moment.

Elle lui lâche la main, lui passe le carnet de croquis, extrait de sa manche la clé qu'elle a fait faire. Avec un soin infini, elle déverrouille le cadenas, rassemble la chaîne entre ses doigts, avant de la poser par terre avec le cadenas. Elle se relève, désigne d'un geste l'armoire derrière lui.

« Pourriez-vous ? »

Il jette un coup d'œil, prend le candélabre qu'elle a indiqué sur le haut du meuble. Ensuite, Dora recule en levant un bras. « Hermès, appelle-t-elle à voix basse. *Éla edó.* » Puis : « Viens ici. »

La pie reste un long moment sans répondre. Elle incline la tête, sautille sur son perchoir. On dirait qu'elle va désobéir, mais alors, elle vole jusqu'à Dora, s'installe sur son épaule en pinçant la robe de sa maîtresse avec ses griffes.

Très lentement, Dora ouvre la porte du sous-sol. Un brusque courant d'air froid et stagnant.

« Faites attention, murmure-t-elle tandis que Mr. Lawrence lui rend le carnet. Il y a huit marches. Tenez bien la rampe. Je ne me le pardonnerais pas si quelqu'un se brisait la nuque par ma faute. Et si mon oncle nous entend, nos projets seront contrariés avant même d'avoir pu commencer. »

Néanmoins, à côté d'elle, Mr. Lawrence hésite en regardant fixement dans le noir.

« Mr. Lawrence ? l'encourage Dora. Voudriez-vous que je passe la première ?

— Je crois que je vais y arriver », finit-il par dire avant de descendre la première marche.

Oui. Il a peur du noir.

Une fois qu'il a commencé sa descente, elle referme les portes derrière elle. Dora l'entend arriver en bas – ses talons qui raclent la pierre – et sa main se resserre sur la rampe, dont les échardes en bois grossier pénètrent sa paume.

« À votre droite, il y a une boîte à amadou. Au-dessus d'une caisse. Est-ce que vous… ?

— Je l'ai. »

Un raclement, une étincelle, après quoi Dora distingue une braise rougeoyante entre les mains de Mr. Lawrence. Il allume la première bougie au moment même où elle atteint le bas des marches. Dora examine son visage, et, dans cette lumière tamisée, elle le trouve très pâle.

« Tenez. » Elle le laisse allumer la seconde bougie avant de lui prendre la première. « Je vais m'occuper des autres. »

Dora s'affaire avec les chandeliers, dépose doucement Hermès sur le dossier de la chaise. L'oiseau ébouriffe ses plumes, sautille sur le bois comme s'il s'agissait d'une corde raide. Quand Dora se retourne, elle découvre Mr. Lawrence courbé à quatre pattes, absorbé dans l'étude du vase. Lorsqu'il lève les yeux à son approche, le cœur de la jeune femme se met à cogner dangereusement dans la caverne de sa poitrine.

« Alors ? »

Mr. Lawrence se redresse. « Alors. » Il déroule l'écharpe qu'il porte autour du cou et retourne la laine entre ses mains, encore et encore, de nervosité ou d'excitation, Dora ne saurait le dire. « Il *paraît* authentique, c'est certain. Je vais probablement devoir faire une analyse du matériau pour m'en assurer. Sinon, je ne pourrai pas correctement le dater, ce qui m'obligera à regarder dessous.

— Pourquoi ? » s'enquiert Dora.

Mr. Lawrence a un petit sourire. Ses joues ont repris des couleurs.

« Les faussaires marquent souvent le dessous des poteries. Vos articles orientaux, dit-il en indiquant du menton l'étage supérieur, sont tous porteurs de poinçons qui sont invariablement incorrects, mais ils insistent pour en mettre, pensant que ça incite les acheteurs à croire l'objet authentique. Les poteries grecques, elles, sont rarement marquées. Un nombre assez restreint de vases athéniens portent la signature de l'artiste ou du potier. D'ailleurs, le peintre et le potier n'étaient pas toujours la même personne, même s'ils pouvaient l'être.

— Que voulez-vous dire ?

— Juste que certains potiers peignaient leurs produits, et que d'autres les envoyaient ailleurs pour la peinture. Par contre, les faussaires n'en tiennent pas compte. Ils marquent souvent le dessous des objets d'une signature qui n'est pas logique en matière de localisation, de style ou d'époque historique. Et ceci, ajoute Mr. Lawrence en gesticulant en direction du vase, est un pithos, c'est-à-dire pas n'importe quel vase. Ils sont beaucoup, beaucoup plus difficiles à reproduire du fait même de leur taille. Les faussaires ont rarement cette patience. »

Dora fronce les sourcils. Ce mot lui paraît familier, fantomatique. « Un pithos ? »

Quelques secondes plus tôt, Mr. Lawrence avait l'air plutôt animé, et il s'interrompt à présent, visiblement pris au dépourvu. « Un pithos, reprend-il d'un ton patient, est une très grosse jarre en terre que les Grecs utilisaient dans l'Antiquité pour contenir et stocker de grandes quantités de nourriture telle que les céréales, ou des liquides tels que le vin et l'huile. Vous l'ignoriez ? »

Dora pousse un soupir, traverse la pièce pour remettre la bougie qu'elle tenait sur le candélabre.

« Comme je vous l'ai expliqué, Mr. Lawrence, je ne suis pas une experte. Le peu de connaissances que j'ai provient de mes souvenirs d'enfance. Je suis entourée de contrefaçons dont je connais la nature uniquement parce que j'ai été témoin de la manière dont mon oncle gère la boutique. Je ne saurais pas ce qui différencie un vase d'un pithos plus que je ne... » Dora s'interrompt, en partie parce qu'elle n'arrive pas à trouver d'exemple, et en partie parce que Mr. Lawrence l'observe avec une certaine perplexité. « Je suis désolée de vous décevoir, monsieur », conclut-elle, sur la défensive.

Il fait un signe de dénégation. « Je ne suis pas déçu, dit-il doucement. Je l'avoue, je sais tout ça parce que j'ai beaucoup lu sur la question. Je suppose, ajoute-t-il avec une grimace ironique, que nous sommes tous les deux des amateurs, vous et moi.

— Vous en savez déjà bien plus que je ne pourrai jamais espérer en apprendre. »

Une pause.

« Cette idée vous attriste ? »

La question la surprend, ne serait-ce que parce qu'elle ne se pensait pas aussi transparente. Elle s'approche lentement du vase – le pithos – et pose une main sur son couvercle.

« Oui, admet-elle. Si mes parents étaient restés en vie, ils m'auraient tout enseigné. Mon oncle, qui connaît le métier, a choisi de ne pas me laisser accéder à ce savoir. Je n'en avais pas besoin, m'a-t-il dit. » Dora sent une chaleur furieuse lui envahir la gorge, appuie sa main contre l'argile. « J'aurais pu en faire tant pour cet endroit si on m'en avait laissé la chance. »

Il est tout près d'elle. L'écharpe qu'il tient lui pend des mains. Elle ose le regarder. Dans la lumière dorée de la bougie, elle distingue l'ombre des poils fins sur son menton anguleux.

« Je suis désolé », reprend Mr. Lawrence d'une voix douce, et Dora est justement en train de penser à quel point son regard est gentil quand sa main devient soudain très chaude. Avec un cri étouffé, elle la retire d'un coup sec, tandis qu'Hermès laisse échapper un jacassement aigu.

« Qu'y a-t-il ?

— Ma main ! Elle… »

Mais la chaleur est repartie aussi vite qu'elle est venue. Dora contemple d'abord sa main, puis le pithos.

« Le couvercle. On aurait dit qu'il était brûlant. »

Rapprochant ses sourcils, Mr. Lawrence tapote une ou deux fois le couvercle comme pour le tester, puis hausse les épaules et relève les yeux. « Je le trouve frais. »

Hésitante, Dora le touche à son tour. Il a tout à fait raison. Il *est* frais, aucune chaleur dedans. Pourtant, elle était si sûre…

Elle se secoue, se frotte avec lassitude les paupières avec les doigts. « Je m'imagine sûrement des choses. La fatigue, sans doute.

— Alors il faut que nous avancions, annonce Mr. Lawrence. Nous avons du pain sur la planche. »

Il commence par le pithos.

Un examen rudimentaire, car après tout – comme il l'a dit à Cornelius – Dora va le dessiner et, tout ce dont il a besoin, c'est d'établir des preuves. Il sort de la poche de son gilet un petit flacon en verre et un scalpel, gratte avec le plus grand soin quelques grains d'argile sous le bord du couvercle. Ensuite, il tente de regarder sous le pithos mais, même quand Dora en soulève un côté, c'est impossible.

« Trop lourd, grogne-t-il de déception. Et je n'ose pas passer ma main de force au cas où il basculerait. Enfin, peut-être que l'échantillon d'argile suffira. »

Après quoi, il prend des notes dans un petit carnet noir qu'il extrait de son autre poche. Mesures, signes distinctifs, une description des scènes à mesure que Dora les lui explique. Et puis il la laisse dessiner pendant qu'il s'attaque aux étagères. Elle note son hésitation momentanée avant de lui abandonner le candélabre, qu'il troque contre une bougie sur l'un des bougeoirs près du bureau. Il avance lentement, car Hermès le fixe d'un œil scrutateur.

« Il est en train de décider s'il doit vous faire confiance, explique-t-elle alors que Mr. Lawrence bat en retraite devant l'oiseau avec une méfiance absolue. Peut-être qu'au bout de quelques visites, il vous laissera le caresser.

— Je crois, reprend Mr. Lawrence en reculant à l'abri vers les étagères, que je préfère le garder à distance si vous n'y voyez pas d'inconvénient. »

Dora secoue la tête en souriant et reprend sa copie de la deuxième scène.

Elle commence par de simples esquisses, son crayon murmurant doucement sur la page ; une arche irrégulière pour la montagne, de légères spirales pour son sentier sinueux. Elle contourne le pithos avec lenteur, s'assurant que chaque élément de la scène est correctement placé, rajoute des ovales pour les aigles, les vautours, un triangle pour le rocher. Ensuite, elle retourne à sa position initiale par terre, ajuste ses lunettes, étrécissant les yeux tandis qu'elle étoffe peu à peu les silhouettes schématiques de Zeus et de Prométhée.

« Hum. »

Dora lève la tête. Mr. Lawrence, qui a posé quelques poteries grecques en demi-cercle à ses pieds, tapote son crayon contre ses dents.

« Il y a un ou deux faux, mais aussi un certain nombre de pièces authentiques. » Il désigne une paire de vases peu profonds près de son pied droit. « Même style, mais celui-là est très clairement une copie. Et mauvaise, de surcroît. » Il regarde Dora. « Peut-être un des essais ratés de votre oncle ?

— Peut-être. » Elle considère la collection à ses pieds. « Certains sont *bien* authentiques, alors ?

— Oui. Bon nombre d'entre eux, en réalité. »

L'estomac de Dora se contracte. « Et pouvez-vous les dater ?

— Ahh… » Mr. Lawrence s'accroupit en se remettant à tapoter le crayon contre ses dents. « Je crois. Beaucoup plus facile que pour le pithos, là-bas. » Il brandit un petit objet en forme de bol afin qu'elle l'examine. « Le pithos est en argile ordinaire, sans aucune peinture, simplement orné de gravures. *A priori* une pièce très ancienne, ou peut-être n'est-elle juste pas terminée. Par contre, celui-ci relève de ce qu'on appelle le "style à figures noires". De manière tout à fait évidente, les personnages sont peints en noir. Ce style n'est pas apparu avant le VIIe siècle avant Jésus-Christ. Celui-là », ajoute-t-il en pointant du doigt une pièce plus haute à sa gauche, « est exécuté selon la "technique du fond blanc". De nouveau, il est assez évident que les images sont peintes sur un fond blanc, et ce genre d'images n'est pas apparu avant 500 avant Jésus-Christ environ. » Mr. Lawrence repose le bol par terre où il racle sourdement la dalle de pierre. « Bien. Je peux au moins vous donner une idée générale. »

Dora place le carnet de croquis sur ses genoux. « Donc, résume-t-elle, résignée, alors que mon oncle vend des faux et des babioles là-haut, il garde de véritables antiquités dans un sous-sol pour… »

Elle ne parvient pas à terminer sa phrase. Pas à voix haute. Elle abaisse le crayon, se prend la tête dans les mains.

Il est entièrement possible qu'Hezekiah conserve ces antiquités-là dans l'intention de les vendre légalement à un moment ou à un autre. Toutefois, Dora connaît assez son oncle pour comprendre que, s'il peut faire passer des contrefaçons pour des articles authentiques sans le moindre scrupule, alors il est probable qu'il n'aura aucun scrupule non plus à vendre ces spécimens véritables en passant par des canaux plus discutables du moment qu'il est mieux rétribué.

Dora sait ce que « marché noir » signifie – elle en a appris assez des conversations surprises entre son père et ses ouvriers sur les sites archéologiques et des avertissements donnés à ses clients de la boutique, selon lesquels tout objet qui changeait de main ainsi avait été volé. Trafic illégal. Et si Hezekiah devait se faire prendre… ce ne serait passible que d'une seule punition.

Une punition très définitive.

« Miss Blake ? »

Dora soupire, relève la tête. « Pouvons-nous déterminer avec certitude où il se les est procurés ?

— Seulement s'il a gardé des traces écrites. »

Mr. Lawrence jette un coup d'œil au bureau. Hermès le contemple en inclinant la tête, ses yeux noirs étincelant à la lueur de la bougie.

« Ce bureau ne contient que les registres des ventes de la boutique, répond Dora à la question qu'il n'a pas formulée. Toutes celles qui sont honnêtes. J'ai déjà vérifié. » Mr. Lawrence lui lance un autre regard sombre, mais sans rien dire, et Dora soupire, consulte rapidement la montre de gousset attachée à sa ceinture par un ruban. « Vous feriez mieux de continuer. Il ne nous reste qu'une heure. »

Ils s'absorbent dans leur travail. Dora se force à chasser ses idées noires, à continuer à copier le pithos. Après tout, il représente son seul espoir d'évasion. Si elle ne peut pas vendre ses créations, alors…

Arrête, se chapitre-t-elle. N'y pense pas.

Dora étoffe les ombres de Prométhée et de Zeus, les détails de la montagne, les stratus, les sapins et les pins, les étourneaux en vol. L'espace d'un bref instant, elle est parcourue du même frisson que lorsqu'elle a ouvert les portes du sous-sol, un peu plus tôt. Elle serre plus fort son châle autour de ses épaules, enfonce le bout de son crayon dans sa joue.

Concentre-toi.

Les détails des gravures sont vraiment stupéfiants. Mais, songe Dora, certains éléments du pithos ne sont pas transposables dans un bijou. Elle focalise son attention sur les bordures en méandre, comprend à présent pourquoi ses tentatives précédentes ont échoué. Les lignes sont plus fines, les motifs plus espacés. En comparaison, ses dessins ressemblent à des gribouillis enfantins. Avec méthode, Dora reproduit les décorations sur le papier.

Edward est méthodique, lui aussi. Il examine chaque caisse sur l'étagère, prend des notes au sujet de chaque article, avant de le replacer dans la position exacte où il était avant d'être dérangé. Il se débrouille pour en passer en revue quatre de plus avant que Dora annonce encore l'heure.

« Deux heures moins sept minutes.

— Deux heures, c'est si peu de temps pour accomplir quoi que ce soit.

— Oui, répond-elle en refermant son carnet. Mais c'est tout ce que nous pouvons nous permettre. Combien vous en reste-t-il ? »

Edward ajuste la position d'une des caisses sur l'étagère, puis reprend son écharpe sur la rampe où il l'a pendue. « Deux caisses de plus sur cette étagère-ci, et deux étagères de plus au-dessus… » Il tourne la tête pour évaluer les autres. « Ces étagères en face, ces caisses par terre, là-bas. Et bien sûr, la mystérieuse chose qui se cache derrière les escaliers. »

Ils regardent ensemble par là. Vers la vaste étendue noire au-delà de la cage d'escalier.

Edward hésite. « Il fait vraiment très noir là-dedans. »

Dora est à deux doigts de lui demander pourquoi il a si peur de l'obscurité, mais quelque chose dans son expression l'en dissuade, et elle se contente d'ajouter : « Peut-être n'est-ce pas aussi profond que ça en a l'air.

— Peut-être. En tout cas, à l'étage, la boutique s'étend jusque-là.

— Nous pourrions prendre les bougies, aller voir…

— Une autre fois. »

Ces mots sonnent sèchement, trop sèchement, et Dora le fixe, mais il s'est déjà détourné, noue son écharpe. Une fois qu'il a fini, il désigne le coffre-fort Bramah près du bureau.

« Vous avez la clé ? »

Dora fait signe que non. « Mon oncle ne porte qu'une clé autour de son cou, et elle ne rentre pas dans cette serrure.

— S'il conserve des documents quelconques, poursuit Edward, ils seront dans ce coffre. Il doit garder la clé quelque part.

— Oui, forcément. Seulement vous n'avez pas idée de ce que j'ai dû faire pour obtenir la clé du sous-sol. »

Bien que Dora réussisse à réprimer un frisson à ce souvenir, Edward lui jette un regard interrogateur.

« Une autre fois, dit-elle, et la bouche du jeune homme tressaille lorsqu'il s'aperçoit qu'elle lui renvoie sa formule.

— *Touché**, miss Blake.

— *Touché*, en effet. »

CHAPITRE DIX-NEUF

Aujourd'hui, l'odeur de cuir brûlé irrite le nez d'Edward, les bougies lui piquent les yeux, et ses pieds s'agitent sans relâche sous la table. Il tente de se concentrer sur la bordure en filigrane de la finition, l'étroite bande de fines spirales de lierre tourbillonnantes. Retenant sa respiration, il serre les dents, mais, quand il sent que sa main se met à trembler, il reconnaît sa défaite et met de côté sa palette, se rencognant avec un grognement dans son siège au dossier rigide.

Voilà, songe Edward, pourquoi Cornelius le laisse passer du temps hors de l'atelier quand il commence à rédiger un article pour la Société. Edward n'est pas – n'a jamais été – quelqu'un qui jongle sans mal avec plusieurs tâches. Un seul projet à la fois, c'est sa devise, d'autant plus que son travail ici, à l'atelier de reliure, lui procure peu de plaisir. Comment peut-on s'attendre à ce qu'il excelle à quelque chose s'il ne peut pas se concentrer totalement dessus ?

Durant les cinq nuits précédentes, il a examiné une caisse de poteries grecques après l'autre dans le sous-sol de la boutique. La collection des Blake est magnifiquement conservée, d'un calibre qu'on ne peut guère trouver qu'au British Museum. Il est reconnaissant d'avoir l'occasion de manier des articles authentiques (et au moins les trois quarts de la collection paraissent l'être), pour établir une liste exhaustive de leurs signes distinctifs, de leur âge. Quant au fait qu'il s'agisse peut-être de biens volés..., il rend malheureusement la rédaction d'une étude les concernant presque intenable. Edward secoue la tête pour évacuer cette pensée. À cet instant précis, il n'a pas envie de se pencher sur ce genre de questions. Même si son instinct lui souffle le contraire, il nourrit encore l'espoir que la collection a été acquise légalement.

Il tapote le dessus de la table du bout de son index, pensant désormais au pithos. C'est vraiment une antiquité d'une beauté exceptionnelle. Les gravures qui l'ornent, en particulier, sont exquises. Il n'a jamais rien vu de tel, même dans ses livres de recherche. D'où vient-il ? se demande le jeune homme.

Cornelius a emporté l'échantillon de terre cuite à la Société pour le faire analyser, et, jusqu'à ce qu'il en ait reçu des nouvelles, Edward le trouvera diablement difficile à dater. Une supposition ne suffira pas. Dans la mesure où le pithos n'est pas peint, il pourrait provenir de n'importe quelle période de l'Antiquité grecque. Le seul détail dont il se souvient d'après ses lectures est que les scènes représentant les mythes – comme celles du pithos – ont typiquement été réalisées durant les époques archaïque et classique, mais il sait que ses connaissances ne sont qu'au mieux rudimentaires.

Lorsqu'il a annoncé à miss Blake qu'il avait beaucoup lu, c'était la vérité. Ce qu'il ne lui a pas dit, c'est qu'il n'a acquis ses connaissances qu'au cours des dernières années, durant les longues semaines douloureuses de son séjour chez le père de Cornelius. La façon dont il s'était jeté à corps perdu dans l'histoire de l'Antiquité ! Dont il s'était servi de ces connaissances pour effacer le souvenir de ce qui avait précédé. Le sous-sol obscur des Blake lui vient spontanément à l'esprit, et dans son sillage… Edward agrippe l'accoudoir de son siège, ferme les yeux pour chasser ce souvenir. Il reste assis là un long moment, tête appuyée sur le dossier, respire profondément comme on le lui a conseillé quand il était sur le point de se sentir un peu dépassé. Mais un coup retentit alors à la porte, et son estomac se noue.

« Mr. Lawrence ? »

Il contemple d'un air morne la silhouette déformée de Fingle à travers le verre dépoli. Pousse un gros soupir, se redresse sur son siège.

« Entrez. »

Il y a une pause, un tâtonnement sur la poignée, après quoi, le contremaître entre, la porte se referme derrière lui, et il observe Edward à la lumière des bougies.

« Je me demandais où vous en étiez de la commande Helmsley.

— Oui. » Edward désigne une pile de livres posée sur le petit meuble de rangement près de la porte. « Terminée hier.

— Formidable », répond Fingle qui les prend un par un en les retournant entre ses mains. « Ils sont magnifiques. » Il hésite. « Votre savoir-faire s'est considérablement amélioré au fil des ans.

— Eh bien. Je n'avais pas le choix, n'est-ce pas ? »

Fingle croise le regard dur d'Edward et détourne tout de suite les yeux. Il se racle la gorge, se frotte l'arête du nez avec son pouce.

« Qui était la jeune femme qui vous a rendu visite il y a quelques jours. »

C'est une question, mais délivrée sans l'intonation montante en fin de phrase et, même si Dora Blake n'est pas un sujet qu'il souhaite aborder avec Fingle, c'est une meilleure alternative, si bien qu'il tente d'adopter un ton plus gai et saisit ce changement de cap. Ce qui est arrivé, se rappelle Edward, n'était pas la faute de Fingle.

« Elle s'appelle Blake. Elle est venue me demander conseil sur certaines antiquités en sa possession.

— Oh. Je vois. Je pensais qu'elle était peut-être votre… »

Edward sait ce que Fingle a l'intention de dire, et le mot pas encore prononcé – *bonne amie* – lui procure une sensation de chaleur au niveau du cou.

« Je la connais à peine.

— Euh, voyons. Cela pourrait vous faire du bien. Étant donné…

— Étant donné quoi ? »

Fingle recommence à s'agiter. « Eh bien, voyons, répète-t-il d'un ton apaisant. Nous savons tous à quel point Mr. Ashmole et vous êtes proches. Cela vous ferait du bien de passer du temps avec quelqu'un d'autre pour changer. Quelqu'un de plus… Enfin, vous avez mené une vie si protégée. » Edward le dévisage. Fingle se racle de plus belle la gorge. « Ceci est arrivé pour vous il y a quelques instants. »

De son gilet, le contremaître sort une missive immaculée, et, tandis qu'il la lui passe au-dessus de la table, Edward sent sa gorge se serrer. Là, bien en évidence, il voit le sceau de la Société des Antiquaires.

Il s'empare de la lettre, brise la cire rouge, la déplie nerveusement et la fixe avec incrédulité.

« Un problème ? » s'enquiert Fingle alors qu'Edward se lève sans un mot, tendant la main derrière le contremaître pour attraper son manteau.

Mr. Richard Gough – le directeur en personne – l'a convoqué.

Arrivé à Somerset House, Edward se dirige à vive allure vers le bureau du directeur. Le *tap tap* de ses talons sur le parquet attire l'attention non désirée de deux vieux messieurs à lunettes qui lui jettent des regards agacés, comme s'il n'avait pas le droit de marcher d'un pas aussi décidé que bruyant à deux heures de l'après-midi en ce mercredi froid et morne.

Une fois en haut de l'escalier richement décoré, le jeune homme passe sous une large arche flanquée de chaque côté de deux monstrueuses amphores dorées. Il continue sur la droite – au lieu d'aller tout droit, car cet itinéraire le mènerait à la Société royale, qui partage son antichambre (au grand dam de Gough) avec la Société des Antiquaires – pour trouver Cornelius en train de l'attendre dans la grande salle de réunion.

« Qu'y a-t-il ? demande Edward en enlevant son manteau d'un mouvement d'épaules.

— Ne panique pas, l'avertit son ami avec un mélange d'amusement et de quelque chose d'autre, avant de lui prendre son vêtement et de le suspendre à un crochet non loin de là. Nous avons fait analyser cet échantillon d'argile, c'est tout. »

Edward le dévisage. « Et ?

— Les résultats sont… intéressants », termine Cornelius, qui, sous le regard interrogateur d'Edward, l'introduit dans le bureau de Gough.

Si la pièce n'est pas aussi vaste qu'il s'y attendait, en tout cas, elle est aussi grandiose. Un profond bureau recouvert de cuir occupe l'essentiel de l'espace exigu ; sur le bureau, une carafe remplie d'un liquide couleur bordeaux est disposée entre deux verres sur un plateau circulaire en argent ; à la gauche du bureau, une bibliothèque bourrée de publications de la Société dont la lecture de la seule tranche donne toujours un frisson à Edward – *Vetusta Monumenta* et *Archaeologia* – et, à droite, un petit feu crépite sous le manteau d'une étroite cheminée surmontée d'une carte médiévale des plus impressionnantes dans un cadre à dorures.

Gough en personne – un homme vieillissant à la silhouette trapue – est assis derrière le bureau. Il invite Edward à faire de même d'un signe de sa tête emperruquée.

« Mr. Lawrence. »

Edward s'installe dans le siège en face de lui, et, pendant que Cornelius se poste devant la bibliothèque, le directeur sort du tiroir de son bureau le flacon en verre contenant la poudre de terre cuite prélevée par le jeune homme sur le pithos. Avec le plus grand soin, Gough place l'objet entre eux, où il paraît petit et inoffensif, abandonné sur le cuir couleur pin.

« Dites-moi, Mr. Lawrence, où avez-vous trouvé ceci ? »

Edward entrelace ses doigts sur ses genoux. Conscient que Gough a la réputation d'être direct, qu'il a tendance à semer la terreur même chez les hommes les plus assurés, il lutte pour garder son calme.

« Par quelqu'un dont j'ai récemment fait la connaissance, monsieur. »

Un silence. Impatient.

« Et le nom de cette connaissance ? »

Edward se reprend. Il songe à miss Blake, au danger auquel il pourrait l'exposer s'il venait à répondre. Il jette un coup d'œil à Cornelius, puis se détourne.

« Je préférerais ne pas le dire, monsieur. »

À côté du directeur, Cornelius change de position.

« Vous préférez ne pas le dire, répète Gough tel un écho.

— C'est exact.

— Et pourquoi donc ? »

Les paumes d'Edward commencent à transpirer. Il doit choisir les mots qui vont suivre avec prudence.

« J'aimerais garder mes relations avec cet individu strictement confidentielles pour l'instant. » Quelques secondes plus tard, il ajoute : « C'est dans l'intérêt de cette personne, monsieur. »

Un tic apparaît sur le visage de Gough. Le vénérable directeur lève les yeux vers Cornelius. Ensuite, il joint les mains sous son menton et fixe calmement Edward.

« Mr. Lawrence, vous vous rendez compte, n'est-ce pas, que c'est vous qui êtes venu nous demander de l'aide.

— Bien sûr. Mais je me soucie de la famille en question, monsieur, et cette affaire nécessite une grande délicatesse. » Edward s'interrompt, se lèche les lèvres. Ose reprendre. « Je me rends également compte que mon avenir à la Société pèse dans la balance, et je préférerais avoir toute latitude pour agir. » Il s'interrompt de nouveau. « Selon Mr. Ashmole, l'analyse de l'argile a donné des résultats intéressants ? »

Il semblerait qu'il y ait un changement dans l'atmosphère, et le cœur d'Edward palpite dans la cage de sa poitrine quand il comprend la signification potentielle de ce changement. Il pense à miss Blake, puis à ses propres réserves. Ce serait si cruel, d'une cruauté absolue, que le pithos soit un objet exceptionnel, et qu'on finisse tout de même par découvrir qu'il a été acquis illégalement…

Gough observe Edward, tandis que le silence qui a enflé entre eux continue à s'étirer. Cornelius contemple ostensiblement le bout de ses bottes bien cirées. Edward se trémousse sur sa chaise.

« Qu'avez-vous trouvé, monsieur ? »

Gough s'éclaircit la gorge.

« L'objet en question. Puis-je au moins vous demander de me le décrire ? »

Malgré ses réticences à divulguer le rôle de miss Blake, Edward ne voit pas d'autre issue.

« C'est, explique-t-il, ou plutôt cela semble être un grand vase grec qui aurait pu contenir des denrées telles que du vin, des céréales ou de l'huile, connu dans la Grèce antique sous le nom de pithos.

— La terminologie m'est familière, Mr. Lawrence, commente le directeur avec un soupir impatient, et Edward sent ses joues s'empourprer.

— Oui, monsieur, bien sûr. »

Un autre silence.

« Eh bien, Mr. Lawrence, continuez. »

Edward baisse le menton. « Une représentation scénique décrivant la création des premiers mortels sur Terre est gravée sur le corps du vase. Plus particulièrement, l'histoire de la légende de Pandore. »

Gough tambourine sur le bureau avec ses doigts. « Vous voulez dire le *mythe* de la boîte de Pandore.

— Celui-là même.

— Et quel âge a ce vase, d'après vous ?

— Je ne *crois* pas qu'il ait un âge en particulier. En dehors des gravures, il n'existe en soi pas de signes distinctifs permettant de confirmer son époque. Il n'y a pas de traces de peinture – ni le noir, disons, d'une pièce du VIIe siècle, ni le rouge du IIIe. Comme le pithos était trop lourd pour que je le soulève, je n'ai pas pu vérifier si sa base comportait la marque d'un faussaire. »

Il hasarde un coup d'œil en direction de Cornelius. Son ami paraît, note-t-il, légèrement impressionné, et Edward a un sursaut de fierté.

« Vous voulez bien tenter de deviner ? reprend désormais Gough, si bien qu'Edward le regarde de nouveau.

— Je… » Il hausse les épaules. « Je ne préférerais pas, monsieur. »

Gough se penche en avant sur son siège, et l'espace entre ses sourcils touffus se plisse.

« Mr. Lawrence, la méthode que nous avons utilisée pour tester l'argile est toute nouvelle, et je dois donc insister sur son caractère encore en grande partie expérimental. Mais d'après mes scientifiques, l'argile contenue dans ce flacon est antérieure à notre histoire. En réalité, elle semble impossible à dater. »

Un mince filet de fumée émanant de la cheminée s'incurve dans la pièce.

Edward bat des paupières. « Impossible ?

— En effet.

— *Antérieure* à notre histoire ?

— C'est ce que j'ai dit, Mr. Lawrence.

— Enfin… c'est ridicule ! s'écrie Edward en dévisageant successivement Gough et Cornelius comme s'ils lui jouaient un tour pendable. Le vase ne présente aucune marque. Aucune fissure, aucune décoloration. Il est en parfait état.

— Et pourtant…

— Vous vous moquez de moi, monsieur ?

— Je vous assure que non. »

Edward est à deux doigts de sortir avec fracas. Comment osent-ils se rire ainsi de lui ? Et Cornelius, plus que quiconque ! Sa douleur, son désarroi sont écrasants, mais, alors qu'il fait mine de quitter son siège avec colère, Cornelius lève une main apaisante.

« Edward, ce n'est pas une plaisanterie. Nous sommes aussi incrédules que toi. »

Et Edward ne peut rien faire d'autre que les fixer, stupéfait.

Le bordeaux est versé comme il se doit. Edward reste avachi sur sa chaise, mentalement épuisé, son verre entre les mains.

« Non, marmonne-t-il encore et encore, non. Il doit y avoir erreur. Vous avez dit vous-même que la méthode est expérimentale.

— Exact. Mais l'analyse stratigraphique – la mesure du regroupement et de la corrélation des sédiments selon des critères pédogénétiques, explique Gough devant le manque de réactions de son interlocuteur, est une science très exacte, et mes scientifiques ont été des plus scrupuleux. Ils ont même testé le vase en le comparant à des échantillons de poteries plus récentes, dont on connaît déjà les dates, avec succès. Mes scientifiques, Mr. Lawrence, ont été formés directement par la Société royale, et ce sont des maîtres dans leur domaine. Non, répète Gough avec patience, je crois qu'il n'y a pas d'erreur ici. Cette *personne de votre connaissance*, comme vous dites, est en possession d'un artefact d'une importance historique significative.

— Mais... »

D'un geste, Gough lui intime le silence. « Si j'étais vous, je saisirais cette opportunité, Mr. Lawrence. Je suis sûr... – et à ce moment-là il gratifie Cornelius d'un coup d'œil bougon – que vous avez déjà été informé de ma tendance à refuser de m'intéresser à des antiquités qui ne proviennent pas de nos propres côtes. Nous avons ignoré trop longtemps nos trésors britanniques en faveur d'autres, plus exotiques et prestigieux. Malgré tout, le fait que cet objet... – Gough gesticule en direction du flacon – soit si incroyablement vieux nécessite une investigation. Nous n'avons à coup sûr rien de tel dans nos archives et je ne me souviens pas non plus qu'un objet datant de cette époque ait été étudié où que ce soit.

Puisque vous refusez de révéler vos sources, je vous permets de vous pencher sur la question. »

Edward en croit à peine ses oreilles. Maintenant que le choc commence à s'estomper, il ressent les premiers signes d'excitation, d'espoir. Pour la première fois depuis des années, la Société des Antiquaires l'autorise à suivre une piste qui semble avoir une véritable chance de réussir. Et pourtant…

Il repense au pithos, aux autres objets stockés dans le sous-sol de Blake's Emporium. Comment peut-il rédiger un rapport crédible dans la mesure où le pithos a été obtenu par des voies malhonnêtes ? Mais non. Non. Il doit, il *doit* tout simplement rester optimiste plutôt que d'imaginer le pire. Il y a encore une chance que l'oncle de miss Blake ait de bonnes raisons de garder le pithos et ces autres pièces plus modestes au sous-sol plutôt que dans la boutique. Il est encore possible qu'il se les soit procurés légalement. Cette éventualité *reste* possible. Edward prend une gorgée tremblante de son vin. Oh, si seulement il comprenait mieux le fonctionnement des transactions clandestines ! Il appuie le bout de ses doigts sur le verre taillé, essaie d'éviter le regard de Cornelius.

« Mr. Gough. Je voulais également vous interroger au sujet de…

— Oui ?

— Au sujet du marché noir, monsieur. »

Gough jette un nouveau coup d'œil à Cornelius, désormais raide comme un piquet, les mâchoires serrées. Le directeur pose son verre sur la table, se tourne une fois de plus vers Edward.

« Le marché noir, répète-t-il.

— Oui, monsieur.
— En effet. Pourquoi ?
— Je… »

Edward rougit. Il est en plein dilemme. Expliquer pourquoi, c'est admettre que le pithos pourrait – *pourrait* – être volé, et cette admission signifierait que Gough lui retirera peut-être tout bonnement sa permission d'écrire l'article. Il ouvre la bouche pour tenter de fournir une autre réponse, mais Gough se penche au-dessus de la table et lui demande d'un ton dur : « Voulez-vous dire que notre mystérieux pithos aurait des origines douteuses ? »

Des gouttelettes de transpiration se sont formées sur la lèvre supérieure d'Edward, et il les essuie rapidement. Cet homme ne laisse rien passer. Toute tromperie paraît impossible.

« Il existe une faible possibilité, avoue Edward d'un air impuissant.

— Je vois. »

Gough se renfonce dans son siège, reprend son verre de bordeaux, en boit lentement une gorgée.

Edward jure intérieurement. Il aurait mieux fait de se taire. Maintenant, il a gâché ses chances, pour de bon. Découragé, il commence à se lever.

« Je suis désolé, monsieur. Je n'aurais pas dû vous ennuyer avec cette affaire. Je…

— Rasseyez-vous, Mr. Lawrence. »

Edward s'interrompt à mi-chemin, lance un regard méfiant à Cornelius. Celui-ci opine. Perturbé, il s'enfonce de nouveau dans le siège en cuir qui craque.

« Vous dites qu'il y a une possibilité que les origines du pithos soient douteuses, ajoute à présent Gough.

Je dois donc supposer que vous n'avez pas de preuves concrètes ? »

Edward hésite. « Non, monsieur, juste des suspicions. Et encore…

— Sont-elles fondées ? »

Mal à l'aise, Edward pense à l'oncle de miss Blake, à la façon que cet aigrefin a eue de lui extorquer cinq shillings pour un objet qui en valait à peine un. Toutefois, il hésite.

« C'est possible.

— Hum. » Le vieil homme l'observe, note avec intérêt son hésitation. « Alors, Mr. Lawrence, je surveillerais cette affaire de près si j'étais vous.

— Monsieur ? »

Gough se racle la gorge et joint ses doigts charnus en coupe.

« Comme je vous l'ai dit, il s'agit d'un artefact d'une importance historique significative. L'ignorer serait une insulte à l'étude des antiquités. »

Edward le dévisage, troublé. « Vous souhaitez toujours que j'écrive cet article alors même que le pithos pourrait ne pas être crédible ?

— Oui.

— Mais la Société ne pourrait certainement pas accepter un tel article ? »

Le coin de la lèvre de Gough se soulève. « Peut-être, Mr. Lawrence, existe-t-il une autre piste à explorer. »

Cette conversation se révèle épuisante pour les sens d'Edward, qui soupire, se passe la main sur le visage.

« S'il vous plaît, monsieur, je vous supplie de parler clairement. Que proposez-vous ? »

Le directeur le contemple par-dessous ses sourcils sombres. « Vous avez tout à fait raison de penser que la Société ne peut pas s'aligner sur un article dont le sujet est un objet volé. D'un autre côté, s'il a été acquis par des moyens légaux, alors vous avez permission d'écrire votre étude et de nous la soumettre dans le cadre de votre candidature au statut de membre. » Ici, Gough marque une pause. « En revanche, si le pithos a été obtenu par des moyens malhonnêtes et que vous établissez comment, on peut dans ce cas débattre de la manière dont le commerce des antiquités fonctionne au sein de réseaux d'échange plus discutables. Un article sur ce sujet aurait une grande valeur pour notre communauté, car nous sommes ceux qui souffrent si cruellement des effets d'un tel commerce accablant. Il est certain que personne n'a jamais entrepris d'explorer cette question délicate auparavant. » Gough écarte les mains. « Mr. Lawrence, *voilà* donc ce que je propose. Je parierais que nous soumettre l'un ou l'autre de ces articles vous garantirait d'être accepté au sein de la Société. Vous y gagnez d'être admis, d'exercer une profession à laquelle vous avez toujours aspiré, et nous y gagnons une étude qui enrichirait notre bibliothèque. Je ne peux guère être plus clair. »

Edward en reste bouche bée.

Il avait juste l'intention de solliciter l'avis de Gough, de voir ce qu'il pensait de cette transaction, et de lui demander – sans être explicite – quelles conséquences elle pourrait avoir pour miss Blake en tant que tierce partie. S'il existe une possibilité qu'elle en souffre un tant soit peu, il n'a pas la moindre intention d'écrire d'article. Il adresse un regard implorant au vieil homme de l'autre côté du bureau.

« Mais comment suis-je censé écrire un tel article sans impliquer les diverses parties prenantes ? »

Gough ne prête pas attention à l'expression peinée d'Edward. « Ah oui. Les parties prenantes. Vous avez expliqué que vous vous inquiétiez pour cette famille, qu'il était dans son intérêt que vous gardiez le silence sur l'identité de ses membres ?

— Oui.

— Alors je dois vous demander pourquoi vous souhaitez protéger des gens qui font fi des obligations légales et morales de la profession d'antiquaire ? Des gens pareils ne méritent pas d'être protégés. »

La cravate d'Edward commence à lui coller à la gorge. Incapable de contenir son désespoir, il implore Cornelius du regard pour lui demander de l'aide, mais son ami l'ignore, fixant le sol avec une telle intensité que le plancher pourrait prendre feu si toutefois c'était possible.

« S'il vous plaît, monsieur. Mr. Gough. » Edward prend une profonde inspiration. « Si des transactions illégales ont bel et bien eu lieu – et je ne suis toujours pas totalement convaincu que ce soit le cas – alors je peux déclarer sans l'ombre d'un doute que l'une des parties est innocente. Je dois m'assurer que cette personne est en sécurité. J'ai besoin de connaître le fonctionnement de la profession, pour voir…

— Bien sûr que vous avez besoin de connaître son fonctionnement. Vous ne pouvez pas écrire un article sur le sujet autrement.

— Mais…

— Qu'en dites-vous, Mr. Lawrence ?

— Vous ne comprenez pas, entreprend Edward d'une voix faible. Voyez-vous...

— Soit vous acceptez, soit nous ne pourrons pas vous encourager davantage. Vous nous avez déjà soumis trois articles. Je doute fort que vous puissiez trouver un sujet plus marquant dans l'histoire de l'antiquité que ce pithos. S'il a été acheté légalement, alors il n'y a pas de problème. Dans le cas contraire... Eh bien. Que votre connaissance soit innocente ou non, je trouve décidément peu probable qu'on vous offre une autre chance de remporter le vote après cet épisode. Soit vous écrivez votre article, soit vous ne l'écrivez pas. À vous de décider. »

Edward avale sa salive.

Il n'a pas le choix. Il n'a vraiment pas le choix.

« Très bien, monsieur.

— Parfait », annonce Gough, triomphant. Il ouvre un tiroir du bureau, tire une élégante carte de visite de ses profondeurs. « Pour répondre à votre question concernant le fonctionnement de la profession, je vous suggère de vous rapprocher de William Hamilton. C'est une autorité en matière de poterie grecque, et il connaît quelque peu, d'après ce que je comprends, ces sujets plus délicats. Dites-lui que vous venez de ma part, et il n'aura pas d'objection à vous recevoir. En effet, il accueille n'importe quelle occasion de parler d'artefacts grecs avec un enthousiasme absolu. »

Gough lui tend la carte. Edward met un moment à se propulser hors de son siège pour la prendre. Les finitions de la carte sont de qualité, elle est dotée d'une bordure dorée en relief. Une adresse à Piccadilly. Il la glisse avec soin dans la poche intérieure de sa veste.

« Souvenez-vous que je ne tolérerai pas le moindre sentimentalisme comme dans votre article précédent. Des faits bruts et sans affect – c'est tout ce qui est reconnu ici. Et soyez très prudent, Mr. Lawrence, ajoute Gough d'une voix basse et posée. Non seulement vous avez découvert un objet d'une signification monumentale dans le domaine des antiquités, mais vous naviguerez aussi dans des eaux dangereuses s'il s'avère que le pithos a été obtenu illégalement. Des eaux très dangereuses, comprenez-vous ? »

L'entrevue semble désormais terminée. Edward se lève de son siège.

« Je comprends.

— Bien. J'attends des comptes rendus réguliers de votre part. Mr. Ashmole, conclut Mr. Gough en ouvrant un autre tiroir dont il tire une feuille de papier. Si vous voulez bien raccompagner Mr. Lawrence. »

Cornelius croise enfin le regard d'Edward par-dessus le bureau. « Oui, monsieur », dit-il en serrant les dents.

Hébété, Edward se penche en avant avec une petite courbette. « Merci, Mr. Gough, de m'avoir reçu. »

Cependant, le directeur ne lui prête plus la moindre attention. Edward a juste le temps de voir le vieil homme tremper sa plume dans un encrier avec la plus grande attention.

Ils ne sont qu'à deux pas de la porte du bureau de Gough quand Cornelius l'attrape fermement par le bras. À la pression de ses doigts, Edward sent l'agacement de son ami, qui a l'air de bouillir au-dessous de la surface comme de la vapeur.

« Quelle mouche t'a *piqué* ? siffle-t-il à l'oreille d'Edward en le raccompagnant dans l'escalier. Les risques que tu viens de prendre ! Tu sais que le simple fait de murmurer le mot "marché noir" est synonyme de trahison dans ces cercles-là. » Cornelius resserre sa pression sur son bras. « Je t'avais dit que je parlerais à Gough moi-même, j'avais prévu d'aborder le sujet au détour de la conversation pour qu'il ne se doute pas de ton implication.

— Je suis désolé, s'excuse misérablement Edward tandis qu'ils émergent de sous l'arche et s'arrêtent en haut des escaliers. J'avais seulement l'intention de lui demander des conseils. Ce n'est pas du tout ce que j'avais prévu ! »

Cornelius crache un juron, lui lâche le bras.

« Tu te rends compte du danger auquel tu t'exposes ? C'est ce que je voulais éviter. La contrebande, c'est un jeu mortel. Et tu es allé te fourrer tout droit dans la gueule du loup ! Si tu t'acoquines avec des criminels, tu peux fort bien te retrouver toi-même impliqué.

— Je…

— Je vais lui dire que tu ne peux pas accepter, le coupe Cornelius d'un ton désormais ardent. Je ferai appel à son sens de la décence. Je suis atterré qu'il ait même suggéré une chose pareille.

— Non, Cornelius, s'il te plaît. » Edward lève les yeux vers lui, note l'expression chagrinée du visage de son ami. « Réfléchis.

— Réfléchir à quoi ? »

Edward a honte de lui-même, il sait qu'il ne devrait pas avoir de pensées aussi égoïstes alors qu'il sait pertinemment ce que pourrait coûter cette affaire à miss Blake, mais…

« C'est ma chance, Cornelius. Gough n'a jamais montré une telle foi en moi auparavant. »

Ils se dévisagent. Et puis Cornelius laisse échapper un long soupir, passe une main dans sa chevelure sombre.

« Souviens-toi que tu ne connais miss Blake que depuis très peu de temps. Je n'ai pas confiance en cette femme, ce n'est un secret pour personne. Tu peux clamer son innocence à tout va, mais à quel point la connais-tu réellement ? Si tu admets que tu collabores avec la Société pour investiguer sur les origines du pithos, elle pourrait très bien devenir un danger pour toi. Tu ne peux pas prendre ce risque.

— Miss Blake est digne de confiance. Je le sais. »

Edward ne peut pas expliquer pourquoi il en est si convaincu. Il s'est toujours fié à ses instincts, et ses instincts lui soufflent que Pandora Blake est d'une trempe complètement différente de celle de son oncle. Elle est innocente. Il en est certain.

Un muscle se contracte sur la mâchoire de Cornelius. « Très bien. Mettons la réalité entre parenthèses un moment et admettons que ton illustre miss Blake soit *effectivement* irréprochable. Si elle découvrait que tu écris au sujet de l'implication de son oncle dans des transactions illégales, crois-tu vraiment qu'elle te laisserait approcher de la boutique ?

— Je… » Edward ferme les yeux. « Je ne l'inquiéterai pas avec ces questions-là. »

Le vif élan de culpabilité qui l'assaille est presque une douleur physique.

« *Edward.* »

Il rouvre les yeux pour découvrir que Cornelius l'observe en arquant un sourcil sombre.

« J'ignore si je dois être impressionné ou inquiet, dit-il sèchement. Ça ne te ressemble pas de jouer double jeu.

— Je sais.

— Que proposes-tu ? »

Edward reste un moment silencieux.

« Je ne suis pas encore prêt à croire que le pithos soit un objet de contrebande. Miss Blake m'a déjà offert l'opportunité d'utiliser dans mes études le pithos et tout ce que je pourrai trouver d'autre, je vais donc continuer dans cette veine jusqu'à preuve du contraire. Ainsi, je n'aurai rien à cacher.

— Et comment as-tu l'intention de déterminer s'il a bien été obtenu illégalement ? »

Edward hésite. « J'ai besoin de découvrir comment le pithos s'est retrouvé entre les mains de son oncle en premier lieu. Ensuite, je ne sais pas. Je vais écrire à Hamilton comme me l'a conseillé Gough. Il faut que je comprenne ce que tout ça implique pour miss Blake. Si elle devait en pâtir… » Il ne finit pas sa phrase. Quelque chose change dans le visage de Cornelius. « Je ne le permettrai pas. *Il faut* que je trouve un moyen de garder son nom en dehors de cette affaire tout en écrivant cet article pour Gough sans… »

Edward s'interrompt. Il ne parvient pas à dire la suite à voix haute. Mais il n'en a pas besoin.

« Sans que miss Blake s'en aperçoive.

— Oui. »

Une pause. Edward lève les yeux vers son ami pour constater que ses traits léonins se sont figés en un froncement de sourcils impitoyable.

« Je suis inquiet, je crois, murmure Cornelius. La duplicité ne te sied pas du tout. » Trop étranglé par la culpabilité, Edward est incapable de formuler une réponse, et Cornelius croise les bras. « Ce qui m'inquiète encore plus, c'est que tu es prêt à prendre autant de risques pour une femme que tu connais à peine. »

De nouveau, Edward est incapable de répondre. Non parce qu'il est d'accord avec Cornelius, mais parce qu'il ne l'est pas – s'il est prêt à prendre autant de risques, il le sait, c'est pour ses propres motifs égoïstes.

Et c'est pour cette raison qu'il baisse la tête avec une expression honteuse.

CHAPITRE VINGT

Lorsque Mr. Lawrence se présente ce soir-là aux abords des douze coups de minuit et par un brouillard qui indique essentiellement l'arrivée d'une humidité étouffante, ses yeux brillent d'un éclat inhabituel, comme si la fièvre s'était emparée de lui. Quand Dora lui pose la question, il presse sa main dans la sienne et se contente de dire : « Attendez. »

Toutefois, il est difficile d'attendre lorsqu'on se sait sur le point de découvrir quelque chose, et, le temps qu'ils aient déverrouillé le sous-sol, allumé les bougies et se soient tous deux installés en tailleur par terre – au-dessous du pithos qui les domine telle une sentinelle –, Dora est fébrile d'inquiétude.

« S'il vous plaît, Mr. Lawrence, vous me faites vraiment peur.

— Ce n'est pas mon intention, miss Blake. C'est juste…

— Oui ?

— Pardonnez-moi, je crains de vous alarmer. Il y a eu un développement. »

Dora perçoit quelque chose dans son attitude – pourquoi paraît-il si mal à l'aise ? – et elle le regarde se débattre pour former les mots sur sa langue.

« C'est l'échantillon d'argile, finit-il par lâcher. J'ai reçu les résultats aujourd'hui. »

Elle entrelace ses doigts pour les immobiliser. « C'est une contrefaçon, alors ? »

Mr. Lawrence hésite. « Tout à fait le contraire, apparemment. Miss Blake, il... » Il s'arrête, reprend doucement. « Ce pithos. On ne peut pas le dater. Les scientifiques de Gough prétendent qu'il est entièrement antérieur à l'Histoire. »

Il y a un instant de silence. Un crépitement bas – comme si l'air s'était déplacé et fendu – fait sursauter Dora et Mr. Lawrence en même temps. Un mouvement attire l'œil de la jeune femme ; l'une des bougies tremblote sur son bougeoir. Rien de plus, donc, qu'un courant d'air.

Elle inspire un grand coup, le regarde encore une fois.

« Allons, Mr. Lawrence, dit-elle, je sens une tendance à la taquinerie chez vous, mais voilà qui paraît un peu extrême, vous ne trouvez pas ? » Maintenant, Dora commence à se mettre en colère. « Surtout si on considère le pétrin dans lequel je me trouve. C'est une plaisanterie de mauvais goût, je présume, conclut-elle, et il lève immédiatement les mains, paume en avant, comme pour se défendre d'un tigre prêt à bondir.

— S'il vous plaît, miss Blake, je comprends votre incrédulité. Je n'y ai pas cru moi-même, au début. Mais la Société est digne de confiance. Je vous assure, je ne plaisante pas. Je le regrette presque. »

Dora le contemple longuement avant de lever les yeux vers le pithos. Depuis son perchoir sur le dos de la chaise, Hermès babille tout bas.

Cela se peut-il vraiment ? Dora tend le doigt, suit les motifs de la bordure en méandre du bas, leurs plumes élégantes, leurs yeux de paon au regard fixe, avec une sorte de ravissement effrayé.

« Mais, murmure-t-elle, comment est-ce possible ? »

Mr. Lawrence secoue la tête. « Je l'ignore. »

Sa stupéfaction devant une telle découverte est double. À lui seul, son âge est des plus stupéfiants. Mais… Dora est prise d'une profonde nausée, comme si quelqu'un l'avait secouée si fort que son estomac s'était détaché. Ce n'est pas ce qu'elle avait vainement espéré, un simple cas de transaction clandestine, de vendeur incompétent. Il est désormais clair que quelque chose de plus sinistre est en train de se jouer. Où diable son oncle aurait-il pu trouver un artefact aussi ancien ? Comment a-t-il seulement eu les moyens de se procurer une chose pareille – une chose aussi obscure et coûteuse – que celle-là ? Il n'y a qu'une explication, et Dora ferme les yeux, pense à son père, à sa mère, qui n'auraient jamais rien permis de tel. Au nom de Blake, rendu aussi noir et nocif que l'eau du caniveau.

Lorsque Dora reporte enfin son attention sur Mr. Lawrence, elle lit sur son visage une expression qu'elle n'arrive pas à déchiffrer. « Qu'y a-t-il ? » demande-t-elle.

Il met un moment à répondre et, quand il s'y décide, c'est d'un ton prudent, réfléchi.

« Vous avez dit vous-même que vous ne souhaitiez pas affronter votre oncle ?

— Je ne peux pas. »

Les mots se bloquent dans la gorge de Dora, qui doit faire un effort surhumain pour ne pas pleurer.

« Mais vous m'autoriserez tout de même à l'étudier.

— Je… »

Il souffle. « Miss Blake, c'est certainement l'un des seuls exemples de poterie au monde qui soit à la fois aussi ancien et malgré tout complètement intact. Ce serait très dommage de ne pas le cataloguer. L'âge de l'échantillon d'argile a été étudié, mais on peut pratiquer d'autres tests. Avec votre permission, nous aurons besoin de déterminer d'où vient cette argile, d'envisager quelle sorte de personnes ont pu la créer. Vous n'avez vraiment aucune idée du lieu où votre oncle s'est procuré le vase ? »

Elle ne comprend pas ses paroles, trop bouleversée, trop accablée par l'idée de la tromperie d'Hezekiah, l'importance historique du pithos qu'elle a sous les yeux. Et puis elle se rend compte que Mr. Lawrence attend sa réponse et secoue la tête, confuse.

« Absolument aucune. » Et ensuite. « Non, attendez. Trois hommes – des frères, je crois – l'ont apporté. Je suis tombée sur eux à l'arrivée de la caisse.

— Leurs noms ? »

Elle essaie de se souvenir si Hezekiah leur a parlé, mais sa mémoire est vide, semblable à un banc de brouillard aussi épais que celui du dehors. « Je ne me le rappelle pas.

— Alors, il faut que nous les trouvions, annonce Mr. Lawrence. Dans l'intervalle, je ne peux que souligner à quel point il est important que vous terminiez vos croquis. »

Elle se sent déchirée, sa tête bourdonne. « Pourquoi ? »

Mr. Lawrence se penche en avant, appuie ses coudes sur ses genoux. « Je comprends pourquoi *vous* souhaitez dessiner le pithos. Seulement… Miss Blake, j'ai eu une idée. » Dora attend la suite. Mr. Lawrence reprend sa respiration. « Vous m'avez donné l'opportunité de me servir du pithos et de tout ce que je trouverais ici pour mes études. Or si mes travaux écrits n'ont jamais posé de problème du point de vue *littéraire* – pardonnez mon arrogance –, même si leurs sujets n'ont jamais suscité beaucoup d'enthousiasme… » Il s'interrompt avec un soupçon d'amertume. « Mes dessins, par contre… Eh bien, j'ai peur que mes capacités artistiques ne laissent beaucoup à désirer. » Comme Dora ne répond pas, il se hâte de continuer. « Vos compétences en la matière sont des plus accomplies et surpassent tout ce que je pourrais produire de mon côté. Je pensais que nous pourrions peut-être nous entraider.

— Comment ? »

Il hésite. Très lentement, il tend la main pour prendre la sienne. Dora se laisse faire.

« Miss Blake. Dora, tente-t-il, et voyant qu'elle n'objecte pas – en fait, elle trouve le son de son prénom sur sa langue réconfortant – il poursuit, d'une voix malgré tout empreinte d'hésitation. Il y a encore une chance *réelle* que votre oncle ait obtenu ces articles en toute légalité, et que je puisse écrire un article crédible. Alors jusqu'à preuve du contraire, eh bien, si vous pouviez me fournir des croquis du pithos pour accompagner mon rapport, cela ferait toute la différence. Je pourrais aussi utiliser les autres objets contenus dans les caisses. Vos dessins ajouteraient une valeur certaine au rapport. Et…

– Mr. Lawrence esquisse un sourire timide – si l'étude avait du succès, je vous demanderais de devenir mon assistante sur tous les futurs projets de la Société. Mon assistante *rémunérée*. Vous seriez…

— Indépendante. Libre, complète Dora.

— Oui.

— Et mes bijoux ? Si je devais avoir du succès dans ce domaine ? »

Une pause. « Pourquoi ne pourriez-vous pas faire les deux ? »

Au cours du silence qui s'ensuit, Dora s'accorde le temps d'y réfléchir. On dirait un rêve, une chose aussi délicate que du verre filé.

Indépendante.

Libre.

En sécurité.

Sauf que. Un tel succès est-il plausible ? Et si ses aspirations à créer des bijoux et celles de Mr. Lawrence à devenir un érudit devaient s'effondrer, comme le bord d'une falaise dans la mer ? Elle s'imagine en train de se débattre dans le courant glacé, haletant pour reprendre sa respiration, de se noyer dans sa propre folie, sa propre malencontreuse illusion.

« S'il vous plaît, Mr. Lawrence, murmure Dora, vous devez comprendre. Cette boutique est tout ce que j'aie jamais connu. Elle appartenait à mes parents. J'avais espéré qu'un jour elle me reviendrait. Mais ensuite, mon oncle a ruiné ses chances, sa crédibilité. Et maintenant, je me dis… » Elle dodeline de la tête, se mord si fort la lèvre qu'elle craint de saigner. « Connaissez-vous la peine dont est passible le trafic au marché noir ? » Dora n'a pas besoin d'aller plus loin ; la réponse se lit clairement sur le visage d'Edward. « La possibilité que mon oncle soit en possession légale de ces objets est très faible. Ma subsistance dépend donc – en tous points – de mon succès. Si nous échouons dans nos deux entreprises, que vais-je devenir ? Que se passera-t-il ? *Vous*, vous avez l'atelier de reliure. Vous pouvez gagner votre vie, et honorablement. Mais si Hezekiah est démasqué, je serai condamnée comme sa complice. Ils me pendront. »

Le visage de Mr. Lawrence se fige. « Écoutez, reprend-il en se penchant en avant avec une expression sérieuse, urgente. Le directeur de la Société m'a conseillé – m'a en fait *ordonné* – de contacter un expert pour rassembler davantage d'informations sur le pithos. Ai-je votre permission ?

— Mr. Lawrence, je…

— Edward, s'il vous plaît.

— Edward, je… » Dora hésite, refait une tentative. « Si le pithos est aussi vieux que vous le dites, alors mon oncle doit avoir l'intention d'en tirer une fortune. Et s'il le vend, ni vous ni moi n'en bénéficierons. Le pithos sera perdu pour nous deux.

— C'est précisément pour cette raison que nous devons agir vite ! Apprendre tout ce que nous pouvons à son sujet. »

Elle ouvre la bouche, la referme aussitôt.

« Dora. » Mr. Lawrence – non, Edward – lui presse la main. Elle avait presque oublié qu'il la tenait. « Je sais que vous avez peur. Mais s'il vous plaît, laissez-moi enquêter là-dessus. Il se peut encore qu'il existe une explication innocente. Laissez-moi essayer. »

Essayer. Un mot plein de promesses. D'espoir. Et malgré tout… Dora secoue la tête, les rouages de son cerveau tournant à toute allure comme les roues d'un tandem. Dans un effort pour y mettre un terme, elle dégage sa main, se remet sur pied en vacillant.

« Vous avez davantage confiance en mon oncle que moi. Mais très bien. Je vous donne l'autorisation de continuer à passer en revue ces caisses, d'y prendre tout ce qui vous aidera dans vos études, et de mon côté, je vais continuer à dessiner le pithos, pour mes bijoux. Une fois que j'aurai fini, vous pourrez prendre mes croquis, et je vous souhaite bonne chance avec, vraiment. Cela dit, ne nous appesantissons pas sur des rêves qui ne deviendront peut-être jamais réalité. »

Edward se lève à son tour. « Je croirais entendre Cornelius. »

Dora ne répond pas. Elle traverse le sous-sol jusqu'au bureau pour récupérer le carnet là où elle l'a laissé à son arrivée. Hermès la regarde en clignant des yeux, déploie l'étendue monochrome de ses ailes. Très doucement, elle caresse sa tête délicate de l'arrière de ses doigts. Lorsqu'elle se retourne, Edward l'observe d'un air troublé.

« Qu'y a-t-il ? »

Il ouvre la bouche, la referme. Fait un signe de dénégation.

« Rien. Rien », répète-t-il avant d'enlever son manteau d'une secousse, de dérouler son écharpe et de s'approcher des étagères dont il commence à descendre les caisses, une à une.

CHAPITRE VINGT ET UN

Cher Monsieur,

Pardonnez-moi s'il vous plaît de vous écrire sans que nous ayons été présentés formellement, mais je souhaitais vous faire parvenir une missive avant d'apparaître sur le pas de votre porte.

C'est Mr. Richard Gough en personne, le directeur de la Société des Antiquaires, qui m'a conseillé de solliciter votre aide, car je suis récemment tombé sur un objet des plus extraordinaires qui vous intéressera sans aucun doute – un grand pithos, apparemment de conception grecque. En analysant un échantillon d'argile dudit pithos, la Société royale a découvert – à ma plus grande stupéfaction, qui sera, j'en suis certain, aussi la vôtre – que ce pithos ne peut être daté. En effet, il est si ancien qu'il semble n'y avoir aucune trace de quoi que ce soit de similaire dans l'Histoire telle que nous la connaissons.

Le propriétaire de cet objet souhaite rester anonyme pour le moment – lui et sa famille se trouvent dans une situation délicate à laquelle je compatis au plus haut point. Il semble possible que ce pithos – ainsi qu'une importante collection de poteries grecques – ait été obtenu illégalement. Je sollicite donc non seulement votre opinion, mais aussi votre assistance en tant qu'estimé collectionneur d'antiquités grecques.

Veuillez me pardonner pour le caractère vague de cette missive ; si vous pensez vous trouver en mesure d'évoquer cette affaire avec moi, j'espère pouvoir être plus disert, et vous divulguerai davantage de détails. Je joins à cette lettre la carte de visite de l'établissement où je travaille, et j'apprécierais vivement de pouvoir m'entretenir avec vous de cette affaire dans les meilleurs délais.

Avec mon plus grand respect
& ma gratitude, etc.
Edward Lawrence.

CHAPITRE VINGT-DEUX

Tous les jours, Hezekiah disparaît au sous-sol des heures d'affilée ; chaque fois, Dora l'observe tandis qu'il descend et remonte en boitant avec un sentiment nouveau pour elle, qui, bien que justifié, réussit à lui faire honte : la haine.

Jusqu'à présent, Dora n'a jamais connu qu'une sorte de ressentiment passager envers son oncle ; ressentiment pour son mépris flagrant de la réputation de ses parents, du nom de Blake. Néanmoins, les contrefaçons d'Hezekiah ne lui ont jamais nui directement. Il y a douze ans qu'il vend sa marchandise sans incidents, et elle est elle-même (comme elle s'en rend compte, mortifiée) devenue complaisante à son égard. Elle pensait avoir le temps. En revanche, découvrir qu'Hezekiah risque de manière éhontée non seulement sa peau à lui mais aussi la sienne… Peut-être n'y en a-t-il pas de preuve directe, mais, au regard des événements récents, comment douter de sa culpabilité ? C'est pour *cela* qu'Hezekiah ne se soucie pas de la propreté, de la réputation de la boutique, le gagne-pain qu'Elijah Blake – son propre frère – a laissé derrière lui, parce qu'il n'a pas réellement besoin de ses clients. Et donc, la haine qu'elle ressent désormais lui ronge le cœur tel un gros ver palpitant gorgé de ce ressentiment enfoui depuis si longtemps au tréfonds d'elle-même.

Dora l'a canalisée du mieux qu'elle pouvait. Durant les visites d'Hezekiah au sous-sol – quand, de temps en temps, elle entend le bruit furieux de ses pas qui l'arpentent –, elle a passé ses journées à dessiner derrière le comptoir avec une urgence renouvelée, interrompue par sept malheureux clients, dont quatre étaient de simples curieux et trois ont acheté tour à tour un vase Ming (l'une des dernières acquisitions d'Hezekiah), une figurine africaine (sculptée par le menuisier de Deptford) et une paire d'épingles à cheveux que même Dora n'avait encore jamais vue, dénichée, imagine-t-elle, dans l'un des paniers de curiosités poussiéreux de l'arrière-boutique.

Dans cet intervalle, Dora a produit cinq créations : trois colliers, un bracelet et une paire de boucles d'oreilles. Il n'y a, a-t-elle jugé, pas besoin de plus. Cette fois, elle ne s'embêtera pas à fabriquer d'échantillons, pas alors que les chances que Mr. Clements refuse de nouveau ses prototypes sont dangereusement élevées. Non, cette fois, Dora a choisi de faire preuve de discernement et de montrer des créations en nombre limité, mais d'une qualité qui surpasse de loin tout ce qu'elle a jamais dessiné. Derrière le comptoir, elle se concentre sur les dernières fioritures du croquis d'un ras-de-cou en or – dont le motif rappelle l'une des bordures du pithos –, inclinant selon un angle aigu sa plume contre son pouce afin d'exercer une pression correcte pour la torsion finale.

Du sous-sol montent un gémissement frustré, un coup sourd.

Dora repose son crayon. Même si Mr. Lawrence – Edward, comme elle se souvient qu'il faut l'appeler – a fait très attention de remettre tout en place, tel qu'il l'avait trouvé, elle a craint que son oncle ne remarque que les lieux avaient été dérangés. Mais Hezekiah ne lui a pas dit un mot. Non, en effet, les seuls sons qu'elle l'a entendu émettre étaient des jurons de frustration et des grognements de douleur.

Plus d'une semaine s'est écoulée depuis que Dora a invité Edward à examiner le contenu du sous-sol, et durant ce laps de temps l'état de la jambe de son oncle paraît s'être aggravé. Il marche désormais avec une claudication prononcée – il a accueilli sa suggestion d'utiliser une canne par un refus farouche –, et son attitude, toujours déplaisante, se résume désormais à une maussaderie tenace. Même Lottie a dû en subir les conséquences. La nuit précédente, Dora a entendu des éclats de voix dans la chambre d'Hezekiah. Un bruit de verre brisé. Les pleurs de la gouvernante.

Dora sait qu'elle devrait s'inquiéter. Elle sait qu'il faudrait appeler un docteur, car la légère odeur nauséabonde du pus a commencé à imprégner l'air chaque fois qu'Hezekiah passe en boitant.

Cependant.

Laisse-le souffrir, lui murmure une voix méchante à l'oreille. *C'est sa faute s'il en est là*, dit-elle.

Dora serre les poings. Le ver se tortille et mange tout son saoul.

Un autre cri provenant d'en bas, un autre coup sourd, comme si, de frustration, Hezekiah avait jeté un objet par terre.

Pourquoi passe-t-il autant de temps sous les escaliers ? Comment se fait-il que, chaque jour, il réapparaisse plus frustré que la veille ? Qu'est-ce qui l'agace autant ? conjecture-t-elle. Est-ce le pithos même ? Pour la centième fois au moins, elle se demande pourquoi son oncle ne l'a pas encore vendu. Un artefact d'une valeur aussi monumentale devrait certainement conduire des acheteurs corrompus à se battre pour le posséder.

« Oh, Père, Mère », murmure Dora. Elle appuie un coude sur le comptoir, pose son menton dans sa main et étudie avec une expression sinistre la boutique mal éclairée, les éclaboussures de pluie sur les vitres mouchetées.

« Que dois-je faire ? »

Dora se les représente, comme ils étaient jadis au moment de l'apogée de la boutique. En pensée, elle revoit son père disposer le stock – quelques nouvelles acquisitions en provenance de Venise et de Rome, de Naples ou d'Athènes – dans une vitrine si magnifiquement arrangée qu'elle obligeait les passants à s'arrêter pour la contempler. Elle revoit sa mère faire des croquis de publicités destinées à inciter les clients à passer le seuil de Blake's Emporium, en chantant tout bas une chanson folklorique grecque de sa voix douce et mélodieuse. Quelles étaient les paroles ? Dora a beau essayer de s'en souvenir, sa mémoire ne parvient pas à les invoquer. Ces fragments de miroir n'existent plus. Derrière elle, sur son perchoir, Hermès jacasse, et la jeune femme se tortille sur son tabouret pour se retourner.

« Alors, mon cœur, tu sais ce que je devrais faire, *toi* ? » La pie baisse vers elle ses yeux noirs et fixes. « Non ? Tu ne m'aides pas du tout. » Dora ramasse son croquis, incline la page vers le haut en direction de l'oiseau. « Et celui-ci ? Il te plaît ? »

Cette fois, Hermès penche la tête, et Dora sourit. Il lui plaît beaucoup à *elle*, elle serait ravie de porter un tel bijou. Mais une dame de qualité ?

C'est un large ras-de-cou, qui conviendrait à une morphologie plus enveloppée, porté juste au-dessus de la clavicule. La bordure que Dora a choisie d'après le pithos est le motif du paon, quoique embelli à sa manière. La base serait en or dix-huit carats, chaque plume de paon prévue pour être remplie d'émail couleur lapis-lazuli et séparée des autres par une pierre turquoise carrée d'où pendrait un camée avec une base en jais, et toutes reliées entre elles par une fine chaîne en or. Chaque motif en relief représenterait un talent octroyé à Pandore ; peinture, couture, tissage, musique, jardinage, thérapeutique. L'ensemble se répète sans discontinuer – à l'exception des camées – et Dora a dessiné le collier tel qu'il pourrait se placer autour du cou, ainsi que ses détails les plus précis. Huit croquis au total pour ce modèle, une proposition des plus impressionnantes que Mr. Clements ne pourra certainement pas refuser cette fois-ci.

La bouche de Dora se tord lorsqu'elle songe à la proposition d'Edward. Elle craint désormais qu'il perde son temps à cataloguer le contenu des caisses dans le vain espoir qu'elles aient été obtenues par des moyens légaux. Car Edward ne connaît pas son oncle, il ignore ce dont il est capable, et sans l'aide des trois frères

– sans affronter Hezekiah lui-même – il n'existe aucun moyen de le prouver. Malgré tout, elle apprécie la compagnie d'Edward. Dessiner au sous-sol est un travail solitaire. Mais s'il ne peut pas publier son article, si elle échoue encore à convaincre Mr. Clements…

Sa peur de la pendaison mise à part, il reste aussi la question de l'endroit où elle irait si Hezekiah vendait la boutique. Dora repense à ses paroles de ces dernières soirées, à leurs inquiétantes implications. *Un cadre plus libérateur.* Enfin, il n'en a pas reparlé. Peut-être a-t-elle mal compris.

La cloche tinte.

Lottie passe la porte en vacillant, la referme derrière elle avec un *bang* qui fait trembler à grand bruit la cloche sur son ressort. Hermès proteste par un jacassement aigu, ébouriffant ses plumes noires et blanches, et Dora referme le carnet de croquis. La gouvernante secoue l'ourlet trempé de sa cape à volants, garde les yeux rivés au sol. Dora repense à ses pleurs de la nuit précédente, l'étudie, mal à l'aise.

« Lottie, lui demande-t-elle prudemment, vous vous sentez bien ? » et, quand celle-ci daigne enfin lever la tête, Dora la dévisage, choquée.

Elle est très pâle, les yeux cerclés de noir comme si elle les avait frottés avec des doigts maculés de suie. Mais c'est sa lèvre gonflée et fendue qui pousse Dora à descendre de son tabouret et à lui tendre la main. Elle a beau ne pas aimer cette femme, Lottie ne mérite pas ça.

« Lottie, que vous a-t-il fait ?

— Rien, maîtresse. » Lottie ne croise pas le regard de Dora, refuse sa main tendue. « J'ai trébuché en allant me coucher hier soir. » Elle pose le panier qu'elle porte par terre. À l'intérieur, Dora aperçoit le bord d'un chiffon sale, taché de jaune rosâtre. « Votre oncle est déjà remonté ? » s'enquiert la gouvernante.

La brusquerie de sa voix est indéniable, et Dora a envie de la confronter à son mensonge éhonté, néanmoins le ton qu'elle emploie indique sans équivoque qu'elle ne dira pas un mot de plus sur le sujet.

« Non, pas encore, répond Dora.

— Alors je suppose que je devrais commencer à préparer le dîner. Savez-vous s'il a mangé ?

— Pas depuis le petit déjeuner, j'imagine.

— Dans ce cas, je vais lui apporter quelque chose. »

Avec une difficulté manifeste, elle récupère le panier, disparaît derrière la porte menant à leurs appartements.

Dora fixe le battant fermé.

Ainsi, son oncle est devenu violent. Cela n'a jamais semblé être le genre d'Hezekiah. Malgré sa tendance à se mettre promptement en colère, il était toujours apparu à Dora comme un homme qui soignait les apparences sans avoir un vrai caractère, plein de menaces, tout au plus. Alors que maintenant… Elle se demande à quel point Lottie Norris est impliquée, à quel point son oncle s'est confié à elle. Il est évident que la gouvernante en sait davantage que Dora, car Hezekiah lui permet d'accéder au sous-sol, mais peut-être, songe-t-elle, garde-t-il aussi des secrets vis-à-vis de Lottie.

Retournant à son tabouret dur, elle tapote son crayon sur son carnet et réfléchit.

Dora attend que la cloche de St. Paul sonne trois heures avant de demander d'un ton hésitant à Lottie de la remplacer, et, bien que la jeune femme ait anticipé une certaine résistance, la gouvernante n'y voit aucune objection. En fait, elle semble soulagée d'avoir l'occasion de se reposer.

Le brouillard s'est levé, laissant toutefois place à une pluie qui transforme l'air en une fine bruine ; Dora est à peine sortie depuis cinq minutes qu'elle a déjà le visage trempé. Une grosse goutte d'eau lui coule le long du nez en la chatouillant. Dora la frotte pour s'en débarrasser et rentre une boucle humide dans son bonnet.

Jamais elle n'a connu d'hiver aussi lugubre.

Elle marche vite, tête baissée, les bras croisés sur sa poitrine afin d'éviter que le châle qui protège le carnet de croquis ne s'ouvre dans la brise froide. La neige a fondu trois jours auparavant, la gadoue gelée aussi. Désormais, les rues sont glissantes de pluie, la boue s'écrase sous les pieds. Quand elle atteint le cimetière de St. Paul, Dora reste sur les pavés, évitant les bas-côtés herbeux et glissants.

Avant que le garde en livrée la laisse entrer dans l'établissement de Mr. Clements, Dora doit s'essuyer vigoureusement les pieds sur le paillasson en roseau. Elle attend à la faible lueur de la chandelle que le bijoutier en ait terminé avec un client. Lorsque le client en question (un monsieur âgé du nom de Finch, entend-elle malgré elle) s'écarte enfin – serrant fermement contre sa poitrine une caisse de gobelets en ivoire pour laquelle il a payé une somme obscène – et que Mr. Clements la remarque, il ne fait pas d'effort pour dissimuler son air de dépit résigné.

« Miss Blake, je…
— Vous ne m'attendiez pas de sitôt, je crois bien. »
L'orfèvre soupire. « Non, je crois bien que non.
— Mais je suis là, comme promis. »
Avant qu'il puisse objecter, Dora a déjà étalé son carnet de croquis ouvert sur le comptoir et tourné la première page.
« Vous m'avez signalé que les motifs grecs sont en vogue. J'ai préparé cinq créations à vous soumettre. D'abord, le bracelet. »
Un dessin qui rappelle le méandre, un élégant bandeau auquel Dora n'a pas pu s'empêcher d'ajouter sa patte.
« Les rosaces en diamant rompent les formes géométriques. À l'intérieur de chaque rosace, une petite améthyste, même si une émeraude ou un saphir fonctionneraient très bien aussi. Il sera en or, ajoute-t-elle, bien sûr. »
Mr. Clements ajuste ses lunettes sur l'arête de son nez. Dora tourne la page.
« Les boucles d'oreilles sont plus délicates. Les Grecs, comme je suis sûre que vous le savez… – et, à ce moment-là, elle baisse la tête par déférence pour le bijoutier – privilégiaient souvent les couronnes de lauriers. Ici, deux lauriers forment une créole où sont accrochées trois perles en forme de gouttes. Il me semble que les boucles d'oreilles lustres sont très en vogue en ce moment ? »
Mr. Clements hésite, acquiesce. Dora prend cette réaction pour un encouragement.
« Maintenant, les trois colliers, poursuit-elle, tandis que les pages de son carnet se froissent, voltigeant de

droite à gauche. Comme vous le voyez, malgré leurs motifs très différents, ils sont tous en harmonie avec le thème grec. »

L'orfèvre souffle d'une manière que Dora suppose admirative, et elle réprime un sourire, contemple la double page devant elle avec une étincelle de fierté. Il s'agit vraiment, pense-t-elle, de ses créations les plus accomplies jusqu'ici, davantage même que la cannetille.

« Pour celui-ci, je me suis inspirée du paysage méditerranéen. Il peut être réalisé en or ou en argent, même si ma préférence va à l'argent – qui fera magnifiquement ressortir les pierres, vous ne croyez pas ? »

C'est l'une de ses plus jolies pièces, et aussi sa préférée. Dora songe à la scène du pithos dont elle s'est inspirée, celle du voyage de Zeus et Prométhée jusqu'aux contreforts de la montagne. Un collier goutte délicat constitué de multiples pierres précieuses, aux couleurs alternées (topaze jaune pour le soleil, jade très pâle pour la montagne, agate bleue pour le ciel), et séparées par un unique étourneau en vol.

Le deuxième collier est plus chamarré que le premier, sans être aussi ostentatoire que le ras-de-cou à motif paon dessiné sur la page d'en face. Il est constitué d'une longue chaîne qui – si on la regarde de près – rappelle un ensemble de serpents entrelacés, séparés par des mailles plates et oblongues.

« La chaîne peut être fabriquée dans n'importe quel matériau. À mon avis, le pinchbeck serait ce qui fonctionnerait le mieux. Ce collier emprunte ses images au mont Olympe, au banquet des dieux. Tenez, explique Dora en désignant les détails plus fins de l'un des maillons, voici un élégant motif répétitif de raisins, voyez-vous ? Ces images pourraient être soit gravées sur les maillons, soit éventuellement fabriquées en ivoire et peintes, ou sculptées. »

Mr. Clements approuve d'un petit signe de tête. Dora se tourne vers sa dernière proposition, le ras-de-cou paon. Elle explique le motif, ce que représente chaque camée.

Le bijoutier se tapote le menton d'un doigt maigre. « Les matériaux ?

— Or, émail, turquoise. Jais et coquillage pour les pendants en camée, ou tout autre matériau qui permettrait d'obtenir le même résultat. De l'ébène, peut-être ? » Dora touche le camée de sa mère accroché à son cou. « Je ne suis pas aussi au fait de leur fabrication que vous. »

Mr. Clements est silencieux. Très lentement, il tend la main, tourne les pages d'avant en arrière, puis en sens inverse. Dora tente de lire son expression, mais elle est indéchiffrable, et elle presse ses doigts sur le comptoir vitré, s'efforçant de ne pas laisser transparaître son besoin, son désir de plaire.

Je *resterai* maîtresse de moi-même, pense-t-elle.

Finalement, l'orfèvre prend une grande inspiration.

« Ces dessins sont… Miss Blake, je suis stupéfait. Ils sont magnifiques. Vraiment. Ils le sont vraiment. »

Malgré tout, elle est revenue, cette inflexion dont Dora sait qu'elle contient les prémices d'un autre refus.

« Qu'est-ce qui ne va pas *cette fois*, monsieur ? Ils sont exquis. Vous le savez bien. »

Dora essaie de ne pas grimacer en entendant sa propre vanité, mais l'habileté de son travail et la beauté de ses dessins sont indéniables. Elle fixe Mr. Clements d'un regard égal, qu'il semble incapable d'affronter.

« Ils sont exquis, *en effet*. Celui-ci, en particulier, dit-il, et sa main plane sur le croquis du ras-de-cou paon. Seulement… Eh bien, la vérité, c'est que je ne peux pas garantir qu'ils se vendraient.

— Pourquoi ? Pourquoi, alors que vous êtes l'un des orfèvres les plus en vue de la ville, qui pourrait garantir la vente de n'importe quel article de cette boutique grâce à sa seule réputation ? »

C'est de la flatterie pure et simple, mais Dora n'a pas l'intention de lâcher prise si aisément. Elle sait ce qui est en jeu ici : son bonheur, sa liberté. Elle déglutit. Sa vie. Pas question qu'elle laisse Hezekiah l'entraîner dans sa chute.

« Vous n'avez pas entendu la nouvelle ? Votre oncle va certainement en ressentir les effets. »

À cette remarque, Dora se fige. « Monsieur ? »

Mr. Clements se redresse, la considérant à présent avec une expression qui frôle la pitié.

« Au début du mois, Pitt a introduit un impôt sur le revenu afin d'aider à financer notre effort de guerre contre les Français. Nombreux sont ceux qui rechignent à la dépense maintenant, et le crédit ne va pas être accordé aussi facilement que par le passé. Pour aggraver les choses, Napoléon a positionné ses armées en Égypte, ce qui barre notre accès à l'Inde. En ce moment, il est difficile ne serait-ce que de se procurer des matériaux, sans parler de vendre le produit fini. Peut-être que dans quelques mois… »

Dora ne peut pas s'en empêcher. Ses yeux se remplissent de larmes. « Quelques mois ? Mr. Clements, vous ne comprenez pas. Je… »

Mais alors, la cloche se met à tinter. Le bijoutier regarde derrière la jeune femme, vers la porte, et pâlit sur-le-champ, sa pomme d'Adam montant et descendant avec vigueur sous sa cravate.

« Ma chère lady Latimer ! » Mr. Lawrence regarde Dora par-dessus les demi-lunes de ses lunettes, réduit sa voix à un murmure sifflant. « Miss Blake, vous devez m'excuser. » Il pousse le carnet de croquis un peu plus loin sur le comptoir et étale frénétiquement des coussins de présentation en velours sur sa surface en verre avant que Dora puisse répondre quoi que ce soit.

« Clements ! Mon bijou est prêt, je suppose ? »

La voix ne traduit que pompe et audace. Dora se retourne pour voir qui les a si grossièrement interrompus.

Fixe la personne.

Une femme âgée s'approche du comptoir, si sanglée dans son corset que son ample poitrine ridée déborde presque des armatures. Sur sa tête (ou plutôt, au sommet d'une haute perruque blanche qui rappelle à Dora un gâteau à trois étages) est posé un chapeau surmonté d'une plume d'autruche. Quelques pas derrière elle se tient un homme grand et efféminé, habillé de pied en cap d'une livrée verte, qui croise très brièvement le regard de Dora avant de concentrer son attention droit devant lui, dans la posture d'un soldat attendant les ordres.

Tandis que la dame se présente au comptoir dans un tourbillon de mousseline et de fourrure et un nuage accablant de parfum à la lavande, Dora se poste un peu plus loin – sa colère momentanément oubliée – et s'emploie à ne pas se faire remarquer.

« J'espère que vous êtes prêt à m'impressionner, annonce lady Latimer à l'orfèvre, qui baisse la tête.

— Bien sûr », répond-il en sortant de sous le comptoir un coffret rouge, à l'évidence préparé pour cette visite. Tandis que Mr. Clements tente de l'ouvrir avec fébrilité, la femme tapote impatiemment ses doigts gantés.

« Et voilà, annonce-t-il. Comme demandé. »

La boîte s'ouvre. Le silence s'installe. Dora se tord le cou.

À l'intérieur de la boîte, une parure complète – collier, boucles d'oreilles, broche, tiare et second collier. Une splendide collection, à coup sûr, à base de diamants, d'émeraudes et de rubis à la française. L'une des propres créations de Mr. Clements, Dora reconnaît son style, et elle sent sa poitrine se contracter brutalement d'un mélange de satisfaction et de jalousie ; celles du bijoutier ne sont rien comparées aux siennes, alors que c'est lui qui en vit !

« Les pierres sont de la plus haute qualité, dit-il, et le détail des filigranes est d'une finesse remarquable, comme vous le voyez. La duchesse du Devonshire elle-même était très en faveur de…

— Vraiment, Clements. Je m'attendais à mieux. »

Le ton monocorde de la vieille dame exprime l'ennui. Le visage du bijoutier s'affaisse.

« Mieux, madame ? »

Une pause, un lourd mouvement de jupes.

« Savez-vous qui je suis ? réplique-t-elle d'une voix désormais chargée de mépris, sans toutefois attendre sa réponse. Je suis une femme qui aspire à l'ostentation, à provoquer l'excitation chez ses amies les plus chères et l'envie chez celles qui ne le sont pas. J'ai besoin d'être celle dont on parle, la belle du bal. C'est ce pourquoi je *vis* ! »

Dora s'efforce de ne pas la fixer ; une femme de cet âge vénérable est tout aussi loin de ressembler à la belle de n'importe quel bal que la jeune orpheline de ressembler à un canard. Elle jette un coup d'œil au compagnon de la vieille dame, mais le valet de pied continue à regarder droit devant lui. Sa joue parfaitement lisse n'est pas agitée du moindre tic.

« Enfin, madame, bafouille Mr. Clements, ce n'est pas le style ! La mode, milady, à l'heure actuelle… Vous vouliez de l'exotique et c'est exactement ce que j'ai créé, dans les limites de ce qui est raisonnablement acceptable, quelque chose que le Prince lui-même souhaiterait porter.

— Ce bouffon ? » Les joues de la dame tremblotent comme de la gelée. « Je ne souhaite pas porter quelque chose que porterait le Prince. Je souhaite porter quelque chose que je porterais, *moi*. »

La peau de Mr. Clements a pâli si fort qu'elle a pris la teinte de la porcelaine. « Mais…

— Je suis particulièrement mécontente, Clements. Il est clair que je ne suis pas appréciée ici en tant que cliente, et qu'on n'y tient pas compte de mes opinions.

— Lady Latimer, retente Mr. Clements, mais celle-ci recule déjà. Chère madame, s'il vous plaît…

— Madame, puis-je intervenir ? »

Dora ne peut pas s'en empêcher. Les mots sont sortis de sa bouche avant même qu'elle s'en soit aperçue. Tandis que Mr. Clements et lady Latimer tournent tous deux la tête vers elle pour la fixer – l'orfèvre avec un agacement mal dissimulé et l'aristocrate avec une légère surprise, alors qu'elle semble juste la découvrir, résolument pressée contre le mur –, son cœur bat dans sa gorge comme un tambour.

« Et qui êtes-vous, je vous prie ? »

La femme la toise de bas en haut avec un intérêt non déguisé. Dora s'humecte la lèvre inférieure.

N'est-ce pas ce qu'elle a toujours dit ? Une seule personne de qualité suffit à faire la différence. Juste une. Son salut est désormais à portée de main, mais seulement si elle réplique sur-le-champ…

« Je me demandais, commence-t-elle d'un ton guindé, incapable de cacher sa nervosité, si vous voudriez peut-être jeter un coup d'œil à l'une de *mes* créations ? »

Les yeux de lady Latimer s'étrécissent. « *Vos* créations ? »

Dora tend une main tremblante, écarte les coussins de Mr. Clements pour avancer son carnet, qu'elle fait ensuite glisser le long du comptoir vitré. Avec un froncement de sourcils, lady Latimer étale ses doigts grassouillets sur le dessin du ras-de-cou paon.

« Oh, oui, souffle la vieille dame au bout d'un moment. Celui-là. Celui-là me plaît. »

Apparemment incapable de contenir son trouble, Mr. Clements se redresse de toute sa hauteur.

« Madame, il ne convient pas… »

La grande dame le foudroie du regard. « C'est un collier, n'est-ce pas ?

— Oui, mais…

— Et vraiment parfait pour ma *soirée**.

— Madame, j'ai bien peur que ce dessin-là ne fasse pas partie de ma…

— Clements. » La voix de la femme se teinte d'une note d'avertissement. « Vous savez que je n'aime pas être déçue.

— Je… » Le bijoutier s'interrompt, résigné. « En effet, lady Latimer. »

Lady Latimer se retourne vers Dora. « Dites-moi. » Elle appuie son doigt sur la page.

Dora bat des paupières. « Vous dire quoi, madame ?

— Quels matériaux sont utilisés ? Quelles pierres ? »

Du coin de l'œil, Dora surprend le regard perçant de Mr. Clements et rougit, ramenant le carnet de croquis vers elle.

« Eh bien, milady, cela dépend entièrement de Mr. Clements et de ses employés, mais j'avais imaginé… »

Elle décrit le collier exactement de la même façon qu'elle l'avait fait pour le bijoutier. Durant ses explications, la vieille dame émet des *Mmmm*, soupire, et Dora risque un regard en direction de son visage ridé. Elle a l'air absolument subjuguée. Enhardie par ce constat, Dora passe aux motifs. « Pardonnez-moi si cela vous est déjà familier, milady, mais c'est ce qu'on appelle une bordure en méandres. Les Grecs se servaient de ce motif en architecture, dans des frises ou sur les pavés des rues, et il figurait souvent sur leurs poteries. »

Elle s'arrête. Se mord la lèvre. Lady Latimer tapote le comptoir d'un doigt ganté. Encore cette puanteur trop sucrée de lavande. Elle hoche la tête une fois, deux fois, avant de contempler Dora comme si elle était elle-même une poterie.

« Et comment avez-vous imaginé un motif aussi magnifique, ma chère ? »

Dora hésite. « Je me suis inspirée d'un grand vase qui est en ma possession, madame.

— Grand comment ?

— Très grand, madame. »

Lady Latimer claque de la langue. « Comment vous appelez-vous ?

— Dora Blake, milady.

— De ? »

Dora cligne des yeux. « De ?

— N'appartenez-vous à aucun établissement ? »

Un soupçon d'impatience. D'incrédulité.

« Pas à proprement parler. » Dora marque une pause, décide de proposer une demi-vérité. « J'aide mon oncle à gérer son commerce. Blake's Emporium, un magasin d'antiquités exotiques. C'est sur Ludgate Street, madame.

— Bien sûr, répond lady Latimer, qui se racle la gorge et lorgne l'orfèvre par-dessous le rebord de son chapeau. Clements, je veux ce collier-*là*. Monté exactement comme miss Blake l'a décrit. Je veux qu'il soit prêt d'ici samedi, vous comprenez ?

— Lady Latimer, tente-t-il d'objecter avec l'expression de quelqu'un à qui on a demandé de voler. Ce n'est que dans quatre jours.

— Et vous avez déjà fabriqué de nombreux bijoux pour moi dans des délais aussi courts. Ne prétendez pas le contraire. »

On dirait que Mr. Clements a renoncé à protester, car ses épaules s'affaissent. « Oui, lady Latimer.

— Voilà qui est mieux. Vous pourrez m'envoyer la note quand ce sera fait. Je paierai ce qu'il faut, vous savez que je ne rechigne pas à la dépense. Ne me décevez pas. Quant à vous, miss Blake, conclut la femme en se retournant vers Dora. Cela m'intéresserait de voir ce fameux vase. Je passerai demain. Attendez-moi à une heure.

— Oui, madame », acquiesce faiblement Dora.

Impossible de discuter.

« Bien. Horatio, ajoute la vieille dame d'un ton plus léger indiquant que la conversation est terminée. Venez ! »

En un instant, le valet de pied est à ses côtés, lui offre le bras en s'inclinant bien bas. Avec une sorte de grand sourire mielleux, lady Latimer passe son bras dans le sien, et Dora et Mr. Clements les regardent partir, bouche bée.

CHAPITRE VINGT-TROIS

Mr. Clements avait pris les dessins, assuré à Dora d'un ton à la fois réticent et navré qu'elle recevrait une partie de l'argent versé par lady Latimer.

« Peut-être, avait-il dit tandis qu'elle refermait son carnet, mon jugement a-t-il été trop hâtif. Peut-être... » Sans terminer sa phrase, il avait cligné des yeux comme une chouette derrière ses lunettes, ses joues minces creusées de fossettes roses, et Dora avait gracieusement pris congé en promettant de lui rendre visite la semaine suivante. L'humiliation de Mr. Clements lui suffisait. Inutile de prolonger l'inconfort de l'orfèvre plus que nécessaire – elle avait obtenu ce qu'elle voulait. Après tout, avait-elle songé alors que son allégresse fondait à chaque pas qui la ramenait chez elle le long des rues boueuses, elle avait d'autres chats à fouetter.

À présent, Dora consulte l'une des pendulettes de voyage posée en haut d'une étagère, mâchouille l'arc charnu de sa lèvre supérieure. Une heure moins le quart.

Elle n'a pas mentionné la visite de lady Latimer à son oncle. Comment, s'inquiète-t-elle, l'en informer sans admettre qu'elle se faufile aussi en cachette au sous-sol toutes les nuits depuis presque deux semaines ? Qu'elle est au courant pour le pithos, pour tout le reste. Elle n'a jamais *eu peur* de son oncle, mais la colère d'Hezekiah, toujours prompte, est un souci majeur, surtout maintenant – Dora pense à Lottie – qu'il s'est mis à se servir de ses poings pour la canaliser.

Elle a parlé de la visite imminente de lady Latimer à Edward la nuit précédente alors qu'elle reproduisait les détails de la jarre d'Héphaïstos et que lui notait les mesures d'un lécythe[1] à figures rouges. Voyant qu'il accueillait cette nouvelle avec plaisir (et une fois sûre de lire le soulagement sur son visage), Dora lui a avoué son appréhension quant à la réaction d'Hezekiah d'une voix feutrée et réservée.

Il a interrompu sa prise de notes, hésitant visiblement avant de répondre, « Vous ne pouvez dire que la vérité.

— Que je lui ai fait boire du gin, que je lui ai subtilisé la clé que j'ai copiée avant de l'abandonner à son ivresse ? » Edward n'a rien ajouté, manifestement à court d'arguments. « Vous voyez mon dilemme, oui ? J'ai *volé* ! J'ai comploté contre lui. »

Edward a de nouveau hésité. « S'il vous met au pied du mur, vous avez parfaitement le droit de *lui* rendre la pareille.

— En disant quoi, Edward ?

— Ce serait l'occasion idéale pour lui demander une bonne fois pour toutes si sa transaction est légale. Souvenez-vous, Dora, qu'il est encore possible qu'il y ait une bonne raison à tout cela. »

1. Vase grec antique utilisé pour stocker l'huile parfumée destinée aux soins du corps.

Avec un soupir, Dora a secoué la tête. Les espoirs que nourrissait Edward étaient vains, elle le sait.

« Il mentira.

— Alors demandez-lui d'ouvrir le coffre pour fournir des preuves.

— Il refusera. » Dora s'est passé la langue sur la lèvre inférieure. « Vous vous rendez compte qu'une fois qu'Hezekiah saura que je suis descendue ici, vos visites seront terminées, n'est-ce pas ? »

En guise de réponse, Edward a souri, mais elle a vu que ce sourire n'exprimait guère d'humour.

« Nous nous en soucierons quand nous y serons obligés. *Si* nous y sommes obligés. »

Un craquement se fait entendre dans l'escalier. Dora balaie la boutique du regard juste au moment où Hezekiah émerge des larges portes du sous-sol. Son visage est pâle, moite, et, avec une certaine dose d'inquiétude, Dora le regarde s'approcher d'elle en boitant.

« Je vais me reposer, Dora. Tu ne bougeras pas d'ici jusqu'à ce que je te l'ordonne. » Il s'essuie le visage avec un mouchoir, passe le carré de satin sur la partie charnue de son cou qui déborde de sa cravate comme du pain trop cuit. Avant qu'il remette le mouchoir dans la poche de son gilet, Dora remarque que le tissu est trempé par endroits.

« Mais, mon oncle. » Elle reprend sa respiration. « Vous allez avoir une visite. »

Hezekiah la regarde en battant des paupières. « Une visite.

— Oui, une… » Et à ce moment-là, pile à l'heure, une calèche noire s'arrête dehors. Dora se redresse derrière le comptoir. Ses paumes deviennent moites. « La voilà justement.

— Qui ça ? » demande-t-il en pivotant sur sa jambe valide.

Ils observent la vieille dame descendre de la calèche avec l'aide du valet de pied de la veille, et la mâchoire d'Hezekiah se décroche presque tandis qu'il remarque le blason figurant sur la portière. Blason qui est synonyme, entre toutes les ressources qu'Hezekiah préfère en ce monde, d'*argent*.

« Dora. » La voix d'Hezekiah s'est crispée comme si un bâillon s'étirait sur sa langue. « Qu'as-tu fait ? »

Cependant la porte s'ouvre, la cloche tinte déjà sur son ressort, et elle n'a pas le temps de répondre.

« Hezekiah Blake's Emporium, magasin d'antiquités exotiques », annonce lady Latimer d'une voix sonore de mauvais augure qui trahit son âge. Le valet de pied – Horatio, se souvient Dora – referme la porte derrière elle. Lady Latimer est vêtue d'une robe verte en soie frappée ; ses longues jupes glissent sur le plancher, et Dora tressaille en s'apercevant qu'elles agitent la poussière, salissant l'ourlet d'un blanc immaculé de son jupon.

« Quel nom de bon aloi ! Et vous, ajoute la femme avec hauteur lorsque son regard vif se pose sur Hezekiah, vous êtes Mr. Blake, je présume.

— Ou… i. Oui ! » répète celui-ci en reprenant ses esprits.

Il y a de nombreuses années que Blake's Emporium n'a pas reçu de visiteurs de cette importance.

« Comment puis-je vous aider, madame ? » La voix d'Hezekiah est pure minauderie, empreinte de cette fausseté suave que Dora abhorre. « Je viens juste de recevoir le plus délicieux des bergers de Chelsea. » Il jette un coup d'œil à Horatio, semble noter la douceur de sa bouche en bouton de rose, sa silhouette presque féminine si magnifiquement sanglée dans sa belle livrée dont la teinte s'accorde à merveille avec celle de sa maîtresse. « Il ressemble beaucoup à votre compagnon ici présent. Très, hum, élégant. Un complément parfait pour votre collection. »

Lady Latimer lève une main gantée, transperce Hezekiah d'un regard féroce.

« Comment osez-vous, monsieur. Insinuez-vous que mon choix de compagnon soit frivole ? Que je le collectionne comme une des babioles de votre magasin afin de l'exhiber pour le simple apparat ? »

Dora observe Horatio. Ses traits splendides ne reflètent ni outrage ni amusement. Il baisse la tête, comme pour acquiescer. Hezekiah serre les dents. Lady Latimer relève le menton ; la plume d'autruche de son chapeau tremblote.

« Les bergers ne m'intéressent pas. Ce qui m'intéresse, c'est votre stock d'articles grecs. » Lady Latimer se tourne vers Dora. « Bon après-midi, ma chère », dit-elle plus doucement, et Hezekiah fixe sa nièce avec une telle intensité qu'elle a peur que sa peau ne se couvre de cloques.

« Bon après-midi, madame. » Le sourire forcé de Dora lui étire désagréablement les joues. « Mon oncle, voici lady Latimer. Nous nous sommes rencontrées hier dans la boutique de Mr. Clements, le bijoutier. Vous vous souvenez de lui, n'est-ce pas ? Un ami de Mère ? Il a retenu l'un de mes dessins de bijou. Et lady Latimer l'a acheté. »

En dépit de l'appréhension qui palpite dans sa poitrine, l'allégresse qu'elle a ressentie la veille s'est remise à bouillonner en elle, agissant désormais comme un baume sur ses nerfs à vif.

« Je vois », répond posément Hezekiah. L'espace d'une longue seconde, il lance à Dora un regard pénétrant avant de concentrer son attention sur la vieille dame. « Et que puis-je faire pour vous, hum, *lady* Latimer ?

— Me montrer vos articles grecs, comme je l'ai déjà dit. Vous avez un vase. »

Hezekiah se raidit. « Un vase ?

— Oui, Mr. Blake, un vase. Un grand. »

Lady Latimer n'est que patience factice. Dora observe son oncle avec intensité. Elle redoute autant qu'elle le souhaite de voir comment il va réagir à cette question, ce qu'il va dire. Dora appuie fortement ses doigts sur le comptoir, sent le grain rêche du bois non poli s'enfoncer dans leur pulpe tendre.

Hezekiah esquisse un rire qui ressemble à peine à un son.

« Je n'ai aucun vase grec en ma possession. »

Lady Latimer secoue la tête. « Mais si. Cette jeune personne me l'a dit. »

Son oncle la contemple ; puis, très lentement, son regard repasse de lady Latimer à Dora, qui avale sa salive.

« Ah oui ? » Il scrute le visage de sa nièce, guettant une réaction comme un pêcheur en pleine mer, mais elle réussit tant bien que mal à ne pas perdre contenance, retient sa respiration : en apparence, ses eaux sont parfaitement calmes.

« C'est bien ce qu'elle m'a dit, rétorque résolument lady Latimer, et il n'est pas question que je sois déçue, Mr. Blake, car je n'ai pas l'habitude que l'on me résiste. » Elle fait un pas en avant, qui fait craquer sous ses pieds le parquet poussiéreux. « Samedi, je donnerai ma *soirée** d'hiver annuelle. C'est l'un des *temps forts* de la saison londonienne, comprenez-vous. Chaque année, il y a un thème et, cette année, j'ai choisi le Mystère exotique, mais j'ai eu un mal de tous les diables à trouver une pièce maîtresse pour mon exposition. » L'aristocrate désigne Dora d'un signe de tête. « Votre nièce est venue à mon secours. Elle m'a appris que le dessin du collier que j'ai acheté a été inspiré par un grand vase. Je le veux. » Hezekiah ouvre la bouche pour répondre, mais ce que lady Latimer ajoute l'arrête tout net : « Je vous paierai une belle somme, bien sûr. »

Hezekiah hésite, gratte sa cicatrice. L'insubordination de sa nièce est semble-t-il temporairement mise de côté. Dora voit son cerveau retourner l'idée en tous sens, envisager des chiffres, des billets de banque, des pièces, et tout ce qu'il pourrait acheter avec. Et puis, comme s'il découvrait le secret d'un tour de passe-passe, son visage s'éclaire.

« Vous avez raison. Je possède bien un vase grec. Mais j'ai peur que ce que j'ai voulu dire, milady, c'est qu'il n'est pas à vendre. » Hezekiah se racle la gorge. « En revanche, j'accepte de vous le prêter, sans hésitation. »

Le cœur de Dora se serre. Elle entend la duplicité dans la voix de son oncle, reconnaît l'éclat sombre qui anime ses yeux chaque fois qu'un mensonge sort de sa bouche. Si Hezekiah n'a pas sauté sur l'occasion d'une vente rapide, ce doit être parce qu'il ne l'estime pas appropriée.

Et donc, Dora avait raison : les espoirs d'Edward étaient infondés depuis le début.

« Un prêt. » La vieille dame pince les lèvres ; la peau autour de sa bouche se plisse comme celle d'un fruit sec. « Très bien, annonce lady Latimer avec hauteur, puisque je n'en ai besoin que pour la soirée, j'accepte. Je vous en offrirai cent livres. »

Dora écarquille les yeux. C'est une grosse somme pour une seule nuit de location. Et pourtant, Hezekiah ne se précipite pas sur l'occasion.

« Pour ce montant, madame, je pourrai vous le louer une heure. »

Lady Latimer, qui était en train d'enlever un de ses gants, s'arrête net.

« Je vous demande pardon ? »

Le valet de pied jette un coup d'œil en coulisse à Dora. Elle détourne le regard.

Hezekiah se dresse de son mieux sur sa jambe valide.

« Vous devez comprendre, milady, que ce vase est en effet très ancien. Il est extrêmement précieux, très délicat. Les frais de transport à eux seuls seraient… » Il s'interrompt, claque la langue tel un marchand de tapis. « Eh, bien, madame, ce sera coûteux. Pour ce travail, il faut des mains sûres, des hommes dignes de confiance. Quant au vase lui-même…, et s'il était endommagé durant vos divertissements ? J'ai déjà un acheteur sur les rangs – et que lui dirais-je alors ? Non, vraiment. Cent livres seront loin de faire l'affaire.

— Allons, Mr. Blake. Quel prix serait suffisant ? »

Hezekiah laisse échapper un petit rire, une minauderie d'escroc.

« Je ne pourrai pas le laisser partir pour moins de cinq cents livres. »

Lady Latimer bat des paupières. « Cinq cents ? »

Dora suit cet échange avec une profonde inquiétude. Elle n'est pas dupe. Elle sait qu'Hezekiah a délibérément suggéré un prix exorbitant. Il lui a un jour expliqué qu'il fallait demander le double de ce qu'on espérait obtenir et laisser l'acheteur paraître dicter un prix plus bas qui reste toutefois bien supérieur à la valeur réelle de l'objet. *Marchander, forcer la main, marchander, forcer la main*.

« Deux cents, contre-attaque l'aristocrate.

— Trois cents.

— Deux cent cinquante. »

Hezekiah fronce les sourcils. « Trois cents, c'est mon dernier prix, madame. Je ne pourrai décemment pas m'en séparer pour moins. Cet objet a une valeur historique, vous comprenez. »

Dora observe lady Latimer. La vieille dame plisse les lèvres. Adossé à l'armoire des fripes, Horatio s'agite.

« Vous êtes dur en affaires, Mr. Blake. Mais c'est entendu. Trois cents livres. En revanche, je veux qu'il soit livré vendredi. Je sais que cela signifie qu'il restera chez moi une nuit de plus, mais je promets que l'on n'y touchera pas sauf pour y ajouter des décorations. Si vous le souhaitez, votre nièce pourra l'accompagner, vérifier qu'il est manipulé en toute sécurité. Ces termes vous conviennent-ils ? »

Dora ne parvient pas à déchiffrer l'expression de son oncle. Son regard est calculateur, c'est vrai, mais il exprime aussi quelque chose d'autre, quelque chose qui la trouble vraiment.

« Je suis d'accord avec vos conditions, madame.

– Excellent ! » Lady Latimer joint les mains, laisse échapper un petit rire terrien, comme si ces négociations embarrassantes ne comptaient pas le moins du monde. « Bien, j'aimerais voir ce vase moi-même, à présent. J'investis une somme obscène dans un objet qui n'est pas destiné à m'appartenir. Ce n'est qu'un juste retour des choses que je le voie maintenant, avant que notre arrangement soit couché par écrit ? »

Hezekiah exécute une courbette. « Bien sûr. »

Le valet de pied s'avance alors, lady Latimer passe son bras dans le sien, l'attire à elle, et Hezekiah attrape la clé pendue à la chaîne autour de son cou. Il jette un bref coup d'œil à sa nièce, comme pour lui rappeler le fait que – dans son esprit, au moins – il n'en existe qu'une.

Tandis qu'il déverrouille les portes du sous-sol et qu'il escorte en boitant lady Latimer et son compagnon dans l'étroit escalier, une pulsation douloureuse s'insinue derrière les côtes de Dora.

CHAPITRE VINGT-QUATRE

Hezekiah attend que la calèche ait disparu en cahotant pour affronter sa nièce. Il prend soin de fermer ostensiblement la porte de la boutique, laisse l'écho de la cloche mourir en essayant de ne pas autoriser sa colère et sa peur à prendre le dessus.

Trois cents livres. C'est la *seule* raison pour laquelle il a consenti à ce que le vase soit soustrait à sa vue – cette somme permettra de payer Coombe avec une large marge. Le fait qu'il cède le vase à cette vieille femme pour une soirée de divertissement avec tous les risques que cela comporte est un sujet dont il s'inquiétera plus tard. Dora est sa préoccupation principale, maintenant.

Doucement, pense-t-il, doucement.

Il se retourne. Sa nièce est plaquée au mur du fond, derrière le comptoir, et il s'interroge sur son attitude, cet étalage de lâcheté. S'agit-il bien de lâcheté ? Ce comportement ne lui ressemble pas, pas du tout même, et il le rend méfiant, perplexe. Si elle savait ce qu'il fait, si elle avait découvert le secret du vase, elle n'agirait pas ainsi. Peut-être est-il donc en sécurité.

« Comment es-tu entrée ? »

Pour lui-même comme pour elle, Hezekiah prend soin de parler d'une voix qui reste calme, posée.

« Je… »

Dora hésite. Hezekiah est intéressé.

« J'ai crocheté la serrure.

— Avec ?

— Une épingle à cheveux. »

Il ne la croit pas. Mais comment, sinon ? Hezekiah touche la clé en cuivre sur sa poitrine, fait un pas en avant en tentant de ne pas grimacer à cause de sa blessure qui tire violemment, de son bandage qui lui pince la peau au-dessous.

« Tu as agi derrière mon dos.

— Je… »

Un autre pas en avant.

« Pourquoi ? »

Et puis quelque chose change dans le visage de Dora.

« *Pourquoi* ? » Elle agrippe le dessus du comptoir, et Hezekiah voit les jointures de ses doigts blanchir. « Pourquoi me l'avez-vous caché ? Pourquoi me les avez-vous tous cachés ? »

Cette réponse arrête l'antiquaire, qui regarde fixement dans le vide en réfléchissant à ce qu'elle implique, désormais perdu, parce qu'il semblerait qu'ils parlent de deux choses totalement différentes.

« *Tous* cachés ? »

Un éclair d'un sentiment qu'il ne sait pas nommer passe dans les yeux de Dora. « Oui, mon oncle, dit-elle, tous. J'ai vu les caisses sur les étagères, j'ai vu ce qu'elles contiennent. »

Oh, cette défiance. Si semblable à celle d'Helen. La belle, l'intrigante Helen ! Sentant qu'il commence à perdre le contrôle de lui-même, Hezekiah prend une profonde inspiration pour se maîtriser.

« Je ne les ai pas gardés secrets.

— Vous ne m'en avez pas parlé, ce qui revient au même, rétorque-t-elle. Vous stockez d'authentiques antiquités en bas alors que vous auriez pu les vendre ici depuis tout ce temps. »

Hezekiah lui jette un regard noir, piétine péniblement sur sa jambe blessée. « Ce ne sont pas tes affaires.

— Je suis une *Blake* ! »

Et au ton torturé de la voix de sa nièce, il reconnaît soudain l'émotion dans ses yeux. De la colère – pure, sans mélange. Elle le stupéfait. Lui fait peur.

« Ce sont mes affaires autant que les vôtres depuis toujours, continue Dora. Père aurait honte de ce que vous avez fait de la boutique. »

Hezekiah serre les poings. « Ton père était trop gentil, Pandora. » Il n'utilise son nom complet – ce nom ridicule – que quand il souhaite exercer son autorité, quand il a l'impression d'être sur le point de la perdre. « Je gérerai cet endroit à ma guise. »

Sa nièce secoue la tête, désigne les portes du sous-sol d'un geste vif qui fend l'air.

« Le sous-sol m'a été interdit pendant des années. Je n'avais jamais remis ce point en question auparavant dans la mesure où, petite, je n'avais pas le droit d'y aller, mais ensuite, la caisse est arrivée, et vous étiez tellement désireux de m'empêcher de la voir ! Maintenant, je sais pourquoi.

— Ah oui ? » s'enquiert-il. Méfiant.

« Le marché noir. »

Dora a prononcé ces mots dans un quasi-chuchotement. Bien qu'il y ait de la haine dans les yeux de sa nièce maintenant, en entendant ses mots, Hezekiah éclate presque de rire, soulagé. Croit-elle donc qu'il ne s'agit que de *ça* ? Il s'empresse de dissimuler son soulagement, caresse la cicatrice sur sa joue, insuffle une douceur écœurante dans sa voix.

« Tu comprends ce dont tu m'accuses, ma chère ?

— Oui. » Dora relève le menton. « Vous avez l'intention de vendre le pithos, et toutes les poteries contenues dans ces caisses. Illégalement.

— Et pourquoi le ferais-je ?

— Parce que vous ne vous les êtes pas procurées par des moyens légaux. Je ne vois pas d'autre explication. Si elles sont en règle, pourquoi ne les vendez-vous pas ici ? »

Elle marque un point. Néanmoins, elle n'a compris que la moitié. Hezekiah esquisse un autre pas en avant en respirant fort par le nez.

« Je les restaure. Rien de plus. »

Dora le fusille du regard. « Vous mentez. Ces objets n'ont pas besoin d'être restaurés. En tout cas, vu son âge vénérable, le pithos est en parfait état.

— Son âge *vénérable* ? répète Hezekiah.

— Oui, mon oncle. Je sais qu'il est si ancien qu'on ne peut pas le dater. Il est antérieur à l'Histoire telle que nous la connaissons. »

Hezekiah essaie de cacher sa surprise. Ensuite, il se dit que Dora se moque de lui, et essaie de rire. Toutefois, l'expression dénuée d'amusement de sa nièce le fait réfléchir.

Dora doit se tromper. Comment pourrait-elle savoir, après tout ? Elle qui ne connaît rien aux antiquités en dehors des limites de la boutique, limites qu'il a lui-même mises en place pour l'empêcher de fourrer son nez partout. Sauf que, songe-t-il, elle semble en savoir bien plus qu'il ne le pensait. Cependant, la manière dont elle l'a compris ne l'inquiète pas vraiment. *Antérieur à l'Histoire telle que nous la connaissons…*

Il savait que le vase était ancien. Bien sûr qu'il le savait – il avait aidé Helen à le trouver, non ? Mais il ne le soupçonnait pas d'être *si* vieux. Même Helen ne pensait pas qu'il était ancien à ce point-là. Alors, ce qu'il cherche n'a peut-être pas la moindre importance !

Ce qui lui rappelle son problème.

« Tu l'as ouvert ?

— Le pithos ?

— Bien sûr, le pithos !

— Oui, je…

— Il s'est ouvert ? »

Cette question tranchante paraît désarçonner Dora. Ses sourcils se rapprochent.

« Oui.

— Comment ?

— J'ai… soulevé le couvercle.

— Juste comme ça ? » demande-t-il, dubitatif.

Dora cligne des yeux. « Je ne comprends pas. »

Lui non plus. Hezekiah tente d'avaler sa salive, mais sa paranoïa est de retour, et sa respiration reste douloureusement coincée dans sa poitrine, comme si une pierre s'y était logée.

« Y avait-il quelque chose dedans ?

— Non. »

Elle a hésité. *Hésité !* Le visage de Dora est perplexe, mais Hezekiah, plein de ressentiment contre ses manœuvres habiles, sent le sang quitter ses joues. Elle a failli le duper, cette petite sorcière.

« Non ? »

Il pose cette question presque avec douceur, en l'observant.

« Comme je l'ai déjà dit, répond lentement Dora, car elle aussi, elle l'observe.

— Rien ?

— Rien du tout. »

Et il la voit. Là, sur son visage, si semblable à celui de sa mère (*exactement* semblable à celui de sa mère) : cette expression de tromperie éhontée.

Le couvercle s'ouvre facilement. Se soulève du premier coup, sans aucune difficulté.

Pourquoi ? *Comment ?*

Il cherche un mécanisme, quelque chose qui aurait pu l'empêcher de l'ouvrir auparavant.

Il n'y a rien.

Il retourne le couvercle, passe un doigt grassouillet à l'intérieur de la rainure qui court le long du rebord. De la poussière rouge se détache au bout de son doigt.

Mais. Rien.

Il répète l'opération sur le rebord du pithos, pose le plat de la main sur son col, en fait le tour, encore et encore et encore.

Rien.

Il prend la chaise devant le bureau, se hisse dessus en équilibre instable, regarde à l'intérieur du vase. Ne voit rien. Il revient avec une bougie, l'incline, tente de distinguer le fond.

Des ombres, la danse des flammes sur la terre cuite.

Et il n'y a rien. *Rien !*

Hezekiah entend un sifflement. Fronçant les sourcils, il souffle la bougie. Le sifflement s'arrête.

Perplexe, il descend de la chaise, appuie tout son poids sur le dos grêle du siège.

Dora l'a trouvé, songe-t-il. Elle l'a forcément trouvé, et donc, elle sait. Elle sait *forcément* ! Sauf que si elle sait, pourquoi ne dit-elle rien ?

Elle complote quelque chose, alors. Elle a l'intention de le distraire avec cette histoire de marché noir, de l'effrayer. Eh bien, il ne la laissera pas faire. Il est allé trop loin, il a attendu trop longtemps pour qu'on lui mette des bâtons dans les roues à présent.

« Hezekiah ? »

Lottie l'appelle d'une voix hésitante depuis la marche du haut. Il continue à lui tourner le dos, agrippe le rebord du vase, sa colère a mûri maintenant, sa frustration est féroce.

« Est-ce que ça…

— Sors, bon sang ! hurle-t-il.

— Mais…

— *Sors !* »

Il l'écoute battre en retraite en piétinant, écoute la sonnerie de la cloche entre la boutique et l'appartement. S'efforce de respirer.

CHAPITRE VINGT-CINQ

Hezekiah lui a ordonné d'aller dans sa chambre, de ne pas en redescendre du reste de la journée, et Dora s'est donc exécutée. Mais elle n'a pas l'intention d'y rester. Non, en fait, pense-t-elle tandis que son rythme cardiaque se calme, elle ira trouver Edward. Elle doit lui dire ce qui s'est passé, lui expliquer que la culpabilité d'Hezekiah ne fait désormais plus de doute. Il a nié, oui – il les restaure, bien sûr ! –, seulement Dora vit avec son oncle depuis trop longtemps pour ne pas savoir quand il ment. Elle lace ses bottines, attrape son châle pendu derrière la porte, son bonnet élimé, dont elle noue le ruban sous son menton.

La journée est dégagée et claire : les premiers rayons de soleil depuis des semaines. Dora soulève le châssis de la fenêtre, respire l'air froid et vivifiant de la ville, puis se retourne vers la cage à oiseau.

« Je vais rentrer tard, Hermès. » Elle soulève le loquet de sa porte, qu'elle ouvre en grand. « Tiens, lance-t-elle en prenant dans sa poche le pain aux raisins qu'elle a chipé à la cuisine avant de s'échapper au grenier. Tout frais d'aujourd'hui. »

Dora tend la main dans la cage, mais la pie – qui babillait sur son perchoir – lui mord soudain le doigt. La jeune femme pousse un cri en lâchant le pain, porte son doigt à sa bouche, le suce pour atténuer la douleur. Au bout d'un moment, elle l'examine ; si Hermès n'a pas entaillé la peau, son bec a laissé une marque rouge, et Dora la frotte du pouce en fronçant les sourcils. Il ne l'a pas attaquée ainsi depuis la première année où elle l'a recueilli.

« Pourquoi diable as-tu fait ça ? »

Hermès retombe lourdement sur le sol de la cage, lève les yeux vers elle, incline la tête. Elle l'observe, puis considère avec dégoût les détritus sur lesquels il se tient. Les pies sont des collectionneuses, elle l'a toujours su et en a largement profité. Dora laisse Hermès garder les perles qu'il a rapportées à la maison, les rubans et la dentelle qui semblaient lui plaire. Elle a suspendu à un fil en haut de la cage des miroirs afin qu'il puisse les picorer de son bec, et il prend apparemment plaisir à leurs lumières dansantes. Mais ces deux dernières semaines, il a rapporté toutes sortes d'articles supplémentaires de ses excursions : plumes blanches duveteuses, feuilles de houx, pommes de pin, fragments de journaux, désormais éparpillés au milieu de ses fientes. Avec un soupir, Dora se frotte les doigts pour évacuer les miettes. Pas le temps de s'appesantir là-dessus. Elle pense à Hezekiah, en bas, au sous-sol, à la pâleur crayeuse qu'a pris son visage lorsqu'elle a admis avoir ouvert le pithos.

Pourquoi s'est-il comporté aussi bizarrement ? Pourquoi, quand Dora l'a mis au pied du mur en suggérant qu'il effectuait des transactions illicites, a-t-il à peine bronché, alors que dès qu'elle a mentionné le pithos…

La réaction craintive de son oncle – et, oui, elle pense qu'il s'agissait bien de crainte – l'a complètement déboussolée. Dora secoue la tête, enfile ses gants. Elle a besoin d'Edward. Il débrouillera cette situation.

« Sois sage, Hermès. »

Alors qu'elle referme la porte derrière elle, la pie lui répond par un jacassement sévère.

Dora essaie d'abord l'atelier de reliure. Mr. Fingle l'informe d'un ton d'excuse qu'Edward est parti tôt, et qu'il est probablement, ajoute-t-il avec un regard entendu qu'elle ne comprend pas, avec Mr. Ashmole. Il donne à Dora l'adresse de son employeur et celle du meublé d'Edward, penche la tête, la reconduit jusqu'à la rue étroite et lui indique la direction de Bedford Square.

Supposant que c'est l'endroit où habite Mr. Ashmole, parce qu'un relieur de livres ne pourrait décemment pas vivre dans un quartier aussi huppé, elle décide de tenter sa chance là-bas en premier. Mais ce sont des rues qu'elle ne connaît pas ; elle prend d'abord l'itinéraire par Covent Garden qu'Edward lui a fait emprunter le matin où elle lui a demandé de l'aide, mais, lorsqu'elle comprend qu'elle est perdue, elle s'arrête pour tenter de se repérer, change de cap. Le temps qu'elle arrive au pied des marches en stuc blanc d'une maison à l'allure imposante nommée Clevendale (après avoir demandé son chemin deux fois de plus, l'une à un soldat en habit rouge qui l'a détaillée de haut en bas comme un vulgaire morceau de viande, l'autre à une vendeuse d'oranges aux ongles profondément incrustés de demi-lunes noires), sa robe lui colle au dos, et ses jupons sont maculés de cinq centimètres de boue londonienne.

Dora lisse ses jupes, replace une boucle humide derrière son oreille, et, après avoir pris une profonde inspiration, lève le heurtoir ouvragé en forme de tête de lion. Elle danse d'un pied sur l'autre, serre et desserre les poings. Bientôt, une femme à la chevelure couleur acier, au menton trop petit et au nez trop grand, lui ouvre.

« Les colporteurs, c'est par-derrière, dit-elle d'un ton aigre, mais, avant qu'elle ait pu refermer la porte, Dora avance d'un pas.

— Je suis vraiment désolée de vous déranger, commence-t-elle, d'une voix que la nervosité rend mal assurée, êtes-vous Mrs. Ashmole ? »

Les sourcils fins de la femme se soulèvent. « *Moi*, c'est Mrs. Howe, la gouvernante de Mr. Ashmole. Est-ce le maître que vous souhaitez voir ?

— Je cherche Mr. Lawrence. On m'a dit qu'il serait peut-être ici. »

Mrs. Howe l'inspecte sous toutes les coutures, et Dora sait à quoi elle doit ressembler avec sa robe datée et son bonnet miteux aux rubans effilochés. À une servante. Une mendiante, peut-être. Une moins que rien.

D'un air hautain, la gouvernante l'introduit dans un petit salon, la prie d'attendre, indique deux chaises damassées où s'asseoir, mais Dora a trop peur d'utiliser l'une ou l'autre. Même de là où elle est restée plantée, près de la porte, et sans avoir à les toucher, elle voit qu'elles sont recouvertes de soie. Chères. Neuves.

Elle regarde autour d'elle.

Quoique petite, c'est une belle pièce, une antichambre agréable où les visiteurs peuvent patienter. Une étroite bibliothèque renferme des livres de philosophie, d'histoire naturelle, ornés de dorures, *Paradis perdu* de Milton, et même un roman ou deux – Dora remarque *Paméla ou la Vertu récompensée* de Richardson et s'étonne de découvrir ici cet ouvrage fantaisiste.

C'est surtout l'armoire vitrée en bois de rose qui l'attire. À l'intérieur – alignés du plus petit au plus grand –, une série de globes anciens aux sphères constituées de matériaux allant du verre fumé au marbre luisant en passant par le bois ciré. Elle songe à celui d'Hezekiah, à combien il convoiterait ceux-ci, bien plus jolis que le sien, et ses doigts brûlent de les faire tourner sur leurs axes.

Une grande fenêtre donne sur la rue, offrant une vue somptueuse sur un petit parc rempli d'arbres dont Dora imagine qu'ils vont se couvrir d'un beau feuillage au printemps. Elle a un sourire mélancolique. Comme c'est charmant, pense-t-elle. Quel cadeau de pouvoir contempler la nature à loisir de ses fenêtres dans un environnement aussi somptueux. Elle se demande alors distraitement si Mr. Ashmole est un oisif, et trouve étrange qu'Edward connaisse une personne pareille, lui qui est si industrieux.

La porte s'ouvre. Mrs. Howe de nouveau.

« Si vous voulez me suivre. »

Dora est conduite dans un large couloir au sol carrelé de noir et blanc. Au bout, Mrs. Howe pousse la porte d'une grande pièce, une bibliothèque, essentiellement décorée comme l'antichambre, bien qu'avec un peu plus d'ostentation – matériaux plus riches, aux couleurs de bijoux sombres, une cheminée profonde dans laquelle gronde un feu. Dora a tout juste digéré le choc occasionné par la peau de tigre sur le sol qu'Edward se précipite vers elle, la guide à l'intérieur, sa main chaude sur la sienne.

Mr. Ashmole, qui ne s'est pas levé, se contente de la fixer. Edward tire une chaise – non pas recouverte de soie comme elle est contente de le remarquer, mais d'un cuir utilitaire.

« Pardonnez-moi, annonce à présent Dora à Mr. Ashmole en s'installant dans l'assise profonde du siège. Je ne voulais pas faire intrusion chez vous sans y être invitée, seulement il est impératif que je parle à Mr. Lawrence sur-le-champ. » Elle tourne la tête vers Edward. « J'ai d'abord essayé l'atelier, mais Mr. Fingle m'a assuré que j'aurais davantage de chances de vous trouver ici.

— Je suis heureux que vous soyez venue », répond Edward à la hâte, et, en effet, il paraît content. Il a pris des couleurs, ce que Cornelius semble remarquer aussi, le dévisageant un moment avec insistance avant de se retourner vers Dora pour s'adresser directement à elle.

« Mr. Lawrence a beaucoup parlé de vous, miss Blake. En réalité, vous êtes devenue plutôt célèbre dans cette maison. » Il a une belle voix pareille à du satin, quoique empreinte d'une légère antipathie.

« Je… » Dora jette un coup d'œil à Edward, puis un autre à Mr. Ashmole. « Il vous a parlé de moi ?

— Ce n'est pas ce que je viens de dire ? »

Dora encaisse cette pique. « C'est un plaisir de faire votre connaissance, monsieur », déclare-t-elle, même si elle n'a pas encore ressenti ce plaisir.

Mr. Ashmole l'observe. Et ensuite : « Mrs. Howe.

— Oui, monsieur ? »

Dora reprend ses esprits – elle ne s'était pas aperçue que la gouvernante rôdait encore près de la porte. Elle consulte du regard Edward, qui lui adresse un petit sourire rassurant.

« Si vous pouviez apporter un verre de vin à notre visiteuse. » Il lève un sourcil en direction de Dora. « Les vendeuses sont-elles habituées au bordeaux ?

— Cornelius. » Edward parle tout bas, un avertissement.

Mr. Ashmole éclate d'un rire sans joie. « Bien sûr. Mrs. Howe, si vous voulez bien ? »

Mrs. Howe fait la révérence. La porte se referme. Le silence envahit la pièce.

Dora le laisse se prolonger d'à peine quelques instants avant de reprendre : « Encore une fois, Mr. Ashmole, pardonnez-moi pour cette intrusion…

— Ce n'est pas une intrusion », coupe Edward.

Mr. Ashmole le fixe d'un regard vide, puis se retourne vers Dora et demande : « Pourquoi êtes-vous ici, miss Blake ? »

L'ami d'Edward ne ressemble pas à ce qu'elle attendait. Dora avait imaginé un bienfaiteur âgé, un monsieur aux cheveux gris colombe, portant la moustache peut-être, avec une canne et un sourire bienveillant. Cet homme élancé et austère aux cheveux noir corbeau semble vraiment trop jeune pour posséder un atelier de reliure, trop jeune pour avoir autant d'argent. Et il a vraiment l'air trop désagréable pour être l'ami d'Edward. Il est, Dora le sent, l'exact contraire d'Edward Lawrence en tous points.

« Je… »

Mrs. Howe revient, chargée d'un plateau rond en argent sur lequel trône un verre en cristal magnifiquement taillé. Dora le prend, remercie la femme, qui fait un bref signe du menton avant de se retirer très vite comme si elle ne supportait pas de rester en leur présence.

« S'il vous plaît, reprend Edward, penché en avant sur son siège avec une expression avenante. Continuez. »

Dora reprend sa respiration. Elle se lance, s'adressant à Edward et non à Mr. Ashmole, dont le regard perçant la met si mal à l'aise qu'elle en perd presque ses moyens.

« Je suis venue vous annoncer que la dame qui a acheté mon collier a réussi à convaincre mon oncle de lui prêter le pithos. »

Edward se rencogne dans son siège, faisant craquer le cuir. « Je vois.

— Je l'ai mis au pied du mur, comme vous me l'aviez conseillé. Et… Oh, il est clair que mon oncle a effectué des transactions illégales, exactement comme je le pensais. » Dora marque une pause. « Vous savez donc ce que cela signifie. Il est impossible que vous écriviez votre article maintenant, et je ne pourrai pas terminer mon croquis du pithos. »

Elle pense alors à sa copie inachevée du vase – il ne restait qu'une scène ! – malgré tout reconnaissante d'avoir au moins pu produire ces dessins-là. En revanche, Edward n'a pas répondu. Son regard est fixé quelque part sur les rayures de la peau du tigre qui les sépare.

Est-il en colère contre elle ? Dora essaie d'endiguer son inquiétude, car elle a apprécié ces nuits avec lui, est devenue – à son insu – tout à fait dépendante de sa compagnie, et serait profondément bouleversée s'il lui en voulait.

« Je suis vraiment désolée. »

Enfin, du mouvement. Mr. Ashmole échange avec Edward un regard qui semble chargé d'une signification plus profonde, quelque chose dont elle ne sait rien, et, avant qu'elle puisse poser la question, Edward se penche en avant sur son siège, souriant d'un sourire que Dora trouve forcé, embarrassé.

« Inutile d'être désolée, lui assure-t-il. Vous m'aurez à tout le moins fourni l'opportunité d'examiner une collection d'authentiques antiquités grecques. Je vous en suis des plus reconnaissants. J'écrirai un article sur autre chose. » Il s'interrompt. « Vos dessins. Vous les avez encore ?

— Oui. »

Edward paraît soulagé, et le regard de Dora passe de lui à Mr. Ashmole. Il y a quelque chose qui cloche, elle le sent, mais elle a aussi quelque chose à demander à Edward, une chose pour laquelle elle a besoin de son approbation, alors elle tient sa langue.

« J'ai bien peur, reprend-elle, que l'annonce de cette nouvelle ne soit pas la seule raison de ma présence. J'ai une faveur à vous demander.

— Une autre ? »

C'est Mr. Ashmole qui a parlé. Dora sent son hostilité – elle irradie de lui comme la vapeur sortant d'une bouilloire – et elle en est troublée.

Edward se racle la gorge. D'agacement ou de gêne, elle n'en est pas sûre.

« S'il vous plaît, Dora, ne vous formalisez pas de son attitude. Cornelius peut entendre tout ce que vous voudrez me dire. »

Elle s'en formalise. Mais cette discussion-là, décide-t-elle, devra attendre.

« Cette femme, lady Latimer, veut le pithos pour une soirée qu'elle donne samedi. Une soirée à thème. Exotique, dit-elle, raison pour laquelle elle pense qu'il fera une pièce maîtresse parfaite. Elle va payer beaucoup d'argent pour se le procurer.

— Combien ? » se renseigne Mr. Ashmole.

Dora hésite et, bien que cette question présomptueuse lui déplaise, elle répond.

« Trois cents livres. »

Edward siffle. Il attrape un verre posé sur une table à côté de lui, prend une longue gorgée. Le liquide est brun foncé, avec une nuance de rouge. Du brandy, peut-être ?

« On lui apportera le pithos vendredi. Je suis censée l'accompagner à la requête de lady Latimer, et j'avais espéré, Edward… Mr. Lawrence, corrige-t-elle rapidement devant le regard insistant de Mr. Ashmole, que vous voudriez bien m'accompagner. »

Edward a l'air agréablement surpris. « Bien sûr. »

Dora pousse un soupir de soulagement. « Merci, merci infiniment. J'avoue que je n'ai pas envie d'être seule avec mon oncle lorsqu'on viendra chercher le pithos. Je me sentirais beaucoup plus en sécurité si vous étiez là. »

Edward sourit, et elle sent une chaleur l'envahir, une impression agréable d'avoir des papillons au creux du ventre, toutefois brutalement interrompue par un raclement de gorge de Mr. Ashmole. Dora rougit, détourne les yeux, se décide enfin à prendre une gorgée de son vin.

« Dis-moi, lance Mr. Ashmole à Edward d'une voix ostensiblement traînante, as-tu eu une réponse de la part d'Hamilton ? »

Encore ce silence gêné. Dora bat des paupières derrière son verre. Edward serre le sien entre ses mains.

« Je lui ai déposé un mot, comme je te l'ai déjà dit, répond-il prudemment, mais je n'ai pas encore eu de réponse.

— Qui est Hamilton ? » interroge Dora.

Edward inspire, lance à Mr. Ashmole un regard appuyé que ce dernier accueille par un sourire et un petit mouvement de tête arrogant.

« L'expert que j'ai mentionné. Celui pour lequel je vous ai demandé si vous verriez un inconvénient à ce que je lui demande son avis sur le pithos.

— Oh oui, se souvient-elle. Mais il n'est plus nécessaire qu'il vous donne des conseils à présent, si ? »

Les deux hommes échangent un autre regard. Il y a décidément quelque chose qui ne va pas, elle en est sûre désormais. Qu'est-ce qui cloche ici ? Quel rôle joue Mr. Ashmole dans leurs affaires ?

« Quelles ont été les paroles exactes de votre oncle quand il a découvert que vous étiez descendue au soussol ? » s'enquiert Edward, interrompant le fil de sa pensée.

Dora cligne des yeux. « Il n'a pas réagi comme je m'y attendais, il n'a pas semblé du tout dérangé que je mentionne le marché noir.

— Et vous êtes malgré tout convaincue qu'il est impliqué ?

— Absolument. Si vous aviez été là, vous auriez vu à son attitude qu'il cachait quelque chose.

— L'avez-vous interrogé au sujet du coffre-fort ?

— Non. Nous sommes si vite passés au pithos que j'ai oublié de poser la question.

— Et qu'a-t-il dit à son propos ? »

Dora fronce les sourcils à ce souvenir. « C'était très bizarre. Il a voulu savoir si je l'avais ouvert. Il a presque eu l'air effrayé quand il a appris que oui. »

Edward fronce à son tour les sourcils. « Effrayé ?

— Oui.

— Parce que vous avez ouvert le pithos ?

— Oui.

— Comme c'est extraordinaire », commente Edward.

Ils redeviennent silencieux. Dans le couloir, Mrs. Howe fredonne un air sinistre d'une pénible voix de fausset.

Au bout d'un moment, Mr. Ashmole croise ses jambes bottées, les étend, appuie ses talons contre la tête du tigre, puis dévisage Dora, qui n'apprécie pas cette approche frontale.

« Eh bien, dit-il lentement en étirant le mot sur sa langue, il doit y avoir une raison pour qu'il ait été aussi attentif sur la question. Ne vous est-il pas venu à l'esprit qu'il puisse y avoir quelque chose à l'intérieur ? »

Dora, qui n'aime pas son ton sardonique, décide d'adopter le même. « Sauf qu'il n'y a rien à l'intérieur, monsieur.

— En êtes-vous bien certaine ? »

Elle éclate d'un petit rire incrédule, furieuse contre lui de son audace, de son arrogance, d'avoir assumé qu'il a le moindre droit de l'interroger là-dessus.

« En quoi cela vous concerne-t-il ? » demande-t-elle sèchement.

Les yeux de Mr. Ashmole s'écarquillent quelque peu. L'espace d'un instant, Dora pense qu'il est impressionné par sa combativité, mais ensuite elle remarque Edward, son expression mal à l'aise, gênée, honteuse même, et, tout à coup, elle se sent lasse. Elle ne gagnera rien en s'abaissant au niveau de Mr. Ashmole. Rien du tout.

« Oui, réplique-t-elle d'un ton plus conciliant, bien sûr que oui. Il n'y avait rien. Je l'aurais remarqué, j'en suis sûre.

— Alors, répond l'ami d'Edward, il se peut que cette question reste un mystère pour toujours. »

Mr. Ashmole lève le verre posé sur la petite table à côté de lui, sourit en y plongeant le nez. Le soleil de l'après-midi entre à flots par les fenêtres. L'un de ses rayons illumine le liquide dans son verre, et le cristal projette des diamants ambrés sur son menton.

CHAPITRE VINGT-SIX

« Qu'est-ce qui t'a pris ? »

La porte s'est à peine refermée qu'Edward se retourne déjà vers Cornelius. Il se sent mortifié, complètement mortifié que la femme qu'il admire tant puisse être traitée avec une telle froideur et une telle insensibilité.

« Comment as-tu pu te comporter aussi grossièrement avec miss Blake ? »

Cornelius se laisse aller dans le fauteuil qu'il n'a pas daigné quitter quand Edward a raccompagné Dora jusqu'à la porte.

« Je n'étais pas grossier.

— Mais si. Tu sais bien que si.

— Et ce n'était pas grossier de sa part de venir chez moi sans s'annoncer ? riposte Cornelius en remplissant son verre à la carafe posée près de lui. J'ai l'intention de passer un savon à Fingle la prochaine fois que je le verrai. Il n'avait aucun droit de divulguer mon adresse sans ma permission expresse.

— Tu n'en feras rien », dit Edward en s'installant dans la chaise qu'occupait Dora. Elle est encore chaude.

Un léger parfum de lys. « C'était bien aimable à lui de l'aider… elle avait clairement besoin de moi.

— Comme c'est flatteur pour toi. »

Ce commentaire se veut moqueur. Edward l'ignore.

Il avait espéré, espéré de tout son cœur que les événements donneraient tort à Dora, que les méfaits d'Hezekiah se limitaient à des contrefaçons, et rien de plus. Toutefois, ils paraissent désormais indéniables. Gough, songe Edward avec une grimace, sera ravi de l'apprendre. Il peut au moins remercier le Ciel pour Dora que sa chance à elle ait tourné. Cette pensée apaise quelque peu sa conscience.

« Je ne peux pas te dire à quel point je suis soulagé que cette lady Latimer ait commandé une de ses créations, annonce à présent Edward à Cornelius. C'est précisément le genre d'appui dont miss Blake a besoin. J'espère que d'autres commandes en découleront. Mais d'après ce que miss Blake vient de nous dire, elle aura besoin d'assurer son avenir dès que possible au cas où son oncle serait démasqué. » Edward plisse le front. « Autoriser une exposition aussi large du pithos à un endroit où on pourrait le reconnaître est un geste audacieux de sa part. Prendre autant de risques…

— Trois cents livres. Beaucoup de gens en prendraient davantage pour moins d'argent. »

Edward se frotte pensivement le menton du pouce. Si les agissements d'Hezekiah sont dévoilés à l'issue de la *soirée**, Dora sera en danger immédiat.

« J'ai toujours l'intention de l'aider, Cornelius.

— Je ne suis pas vraiment sûr qu'elle le mérite. »

Encore ce ton moqueur. Edward prend une brusque inspiration, agacé.

« Je t'ai exposé mon plan. Elle a déjà accepté de me laisser utiliser ses dessins du pithos, même si elle ignore dans quel contexte j'ai l'intention de m'en servir. » Son estomac se tord une fois de plus de culpabilité. « Cependant, je suis déterminé à ce que le nom de Blake ne soit pas révélé. Je ne l'exposerai pas. Je l'*aiderai*. Et dès que je serai admis à la Société, elle pourra dessiner pour moi. Nous pourrons développer un partenariat, un partenariat qui lui permettra de quitter la boutique. Un partenariat qui la protégera. »

Une longue pause inconfortable. Et puis : « Je vois. »

Edward entend l'incrédulité de Cornelius, sa désapprobation, et adresse à son ami un regard implorant.

« Cornelius, si tu avais été avec nous… Il était évident qu'elle ne savait rien de ce que son oncle gardait au sous-sol. Rien du tout.

— Pourquoi en es-tu si sûr ?

— Je le suis, c'est tout.

— Ce n'est pas une réponse. »

Edward fixe la cheminée pendant un moment. Il est assailli par un souvenir où il se sent désolé, perdu, criant à n'en plus finir dans une obscurité qui semble respirer…

« Elle est prise au piège, dit-il à voix basse. Je comprends ce sentiment mieux que quiconque. Il *faut* que je l'aide. Tout comme tu m'as aidé. »

En entendant les paroles d'Edward, le visage de Cornelius se ferme. Après quoi, il plisse très fort les paupières, les rouvre d'un coup sec.

« Je ne lui fais tout simplement pas confiance, Edward. Pour moi, elle est aussi coupable que son oncle. »

Edward soupire. Il n'y a rien à ajouter – c'est inutile d'essayer – alors ils glissent tous deux dans le silence.

Tandis que le feu crépite dans l'âtre, Edward mordille l'intérieur de sa joue.

Il songe à sa visite à Gough ce matin-là, à la façon dont il a poussé le petit carnet noir contenant ses notes au sujet du pithos sur le bureau richement décoré, et dont il a regardé le vieil homme les lire.

« Avez-vous eu des nouvelles de sir William ? lui avait demandé le directeur.

— Non, monsieur. Je lui ai écrit, mais je n'ai reçu aucune réponse.

— Il finira par réagir. Depuis qu'il est rentré d'Italie, il est très demandé. D'après ce que je comprends, il y a de nombreuses affaires dans lesquelles il s'occupe de mettre de l'ordre. Il a perdu une cargaison d'antiquités en décembre lorsque le vaisseau qui la transportait a sombré juste devant les îles Scilly.

— C'est déplorable.

— En effet. Cela dit, je vous conseille d'être patient. Dès qu'il s'agit d'artefacts grecs, Hamilton ne peut pas résister. Pour l'instant, à votre place, je continuerais de procéder ainsi. Que prévoyez-vous ensuite ? »

C'était un test, Edward le comprenait d'instinct. Pour évaluer, supposait-il, ce qu'il savait et son degré de sincérité.

« J'aimerais faire examiner plus en détail l'échantillon d'argile, pour en tirer des conclusions sur son origine géographique. Je ne crois pas pouvoir aller beaucoup plus loin dans mes recherches autrement.

— Très bien, avait approuvé Gough, je vais organiser cette expertise avec nos scientifiques. Avez-vous progressé dans vos investigations sur la manière dont le pithos a été obtenu ? »

Edward avait hésité. « On m'a appris que trois hommes pourraient m'éclairer sur sa provenance. Enfin, sur comment il a été acquis.

— Alors, dépêchez-vous, Mr. Lawrence. » Gough avait rendu à Edward son carnet noir. « Dans des affaires comme celle-ci, le temps est compté. »

Maintenant, Edward contemple les flammes de l'âtre. Il y a si longtemps qu'il souhaite trouver un but à sa vie. Durant trop d'années, il a souffert de ses propres insuffisances, il a eu peur de son ombre. Ces premiers temps à Londres… il continue à en porter la trace, pareille à une peste qui l'a poursuivi comme un spectre, qui l'a réveillé en pleine nuit, laissant sa peau et ses draps humides de sueurs froides. Dora Blake lui a fourni ce but. Elle est la clé de son succès.

Se dépêcher, en effet. C'est tout ce qu'il peut faire.

CHAPITRE VINGT-SEPT

Le même homme massif qui a livré le pithos vient pour l'emporter. De sa position près de la porte, Dora observe son oncle et l'homme qui échangent à mi-voix quelques mots en apparence à la fois urgents et menaçants. Après quoi, Hezekiah revient, la frôle en rentrant dans la boutique sans croiser son regard.

La journée est sèche, mais une vive brise s'engouffre dans Ludgate Street, au milieu du fracas des piétons dont les pas remuent la boue et la saleté. L'homme roux attend patiemment qu'une marchande ambulante – et les six gamins crasseux qu'elle traîne dans son sillage – passent, avant de contourner le chariot. Il prend une pile de cordes à l'arrière, fait signe à ses compagnons en grognant.

Les deux frères, note Dora, ne sont pas avec lui. À la place, il a amené un autre homme – un Mr. Tibb, comme elle a entendu son oncle l'appeler – et deux comparses, qui sentent vaguement les excréments.

Dora bat en retraite dans l'obscurité de Blake's Emporium, s'attarde à côté de la chaise verte où s'est assis Edward le premier jour. En passant, le colosse la salue d'un petit coup de menton, d'un hochement de tête à peine perceptible, et elle pense qu'il paraît bien plus vieux que la dernière fois qu'elle l'a vu. Son visage pincé a une sorte d'expression tendue et malade qui la dérange.

Dora observe les hommes hisser le pithos sur les marches du sous-sol à l'aide d'un système compliqué de poulies et de cordes. Elle plaque une main sur sa bouche, résiste à l'envie de leur crier de prendre garde à eux, mais Hezekiah ne semble pas partager ses scrupules.

« Attention à ce que vous faites ! » lance-t-il d'un ton cassant au moment où un des hommes – plus petit, la peau mate, guère plus qu'un gamin – ploie sous le poids du vase. « Allons, allons, Mr. Blake, dit le dénommé Mr. Tibb pour l'amadouer, nous savons ce que nous faisons… Nous avons réussi à le mettre sur le chariot la première fois, si vous vous souvenez ? »

Hezekiah jette un bref coup d'œil à Dora avant de rajuster sa cravate.

« Bien sûr que oui ! Sauf que la chance était de notre côté ce jour-là.

— La chance, marmonne le colosse en déplaçant sur son épaule la corde qui supporte une partie du poids du pithos, n'avait rien à voir là-dedans. »

Hezekiah s'en prend à lui. « Allons, l'avertit-il, je ne tolérerai pas ce genre de propos ici. »

L'homme le fusille du regard, mais Hezekiah est déjà en train de se détourner, passant devant Dora en boitant pour sortir dans la rue. Sourcils froncés, celle-ci lève les yeux vers le colosse, qui tord la bouche.

« Vaut mieux rester à l'écart, miss, jusqu'à ce qu'il soit chargé. »

Ils se dévisagent un moment. Ensuite, Dora opine avant de suivre son oncle dehors.

Elle décide de se poster du côté le plus éloigné du chariot, surveille avec intérêt le laborieux transport du pithos à l'arrière. Une fois qu'il est chargé et recouvert d'un drap, Mr. Tibb et les deux gars le rejoignent, et le colosse retourne devant la porte de la boutique, où l'attend Hezekiah. Dora croise les bras quand son oncle tire de son gilet trois billets, que l'homme saisit prestement avant de les fourrer dans sa poche sans cérémonie. Alors que le paiement promis par lady Latimer a été livré par un valet de pied le matin même – un autre, cette fois, quoique tout aussi joli –, Dora trouve intéressant qu'une si grande partie de la somme aille au laquais d'Hezekiah. Qu'y a-t-il entre eux ?

« Dora ! »

Elle se retourne pour découvrir Edward qui s'approche d'elle à la hâte, venant du Strand. Il s'immobilise, hors d'haleine.

« Désolé pour mon retard. Je devais terminer une commande. Suis venu aussi vite que possible. » Il prend une grande goulée d'air. Ses joues sont rouges. Il observe d'un air dubitatif l'installation, le drap et l'ensemble de cordes qui maintient le pithos en place, et lance à Dora un regard inquiet. « Il sera en sécurité ?

— Sécurité ? Je n'emploierais pas ce mot », intervient l'homme massif en les dépassant brusquement. Dora se tourne vers lui, surprise.

« Je vous demande pardon ?

— Si vous voulez savoir s'il est bien attaché, répond-il sèchement en resserrant les cordes d'un coup sec, alors oui, il l'est. Il ne tombera pas, vous pouvez en être sûrs. Mais quant à la sécurité...

— Coombe, intervient Hezekiah depuis le seuil de la boutique. Ça suffit. »

Sa voix est lourde d'un avertissement sourd. Ils se dévisagent tous deux par-dessus le dos du cheval avant que le dénommé Coombe tire une dernière fois sur la boucle. Sans rien dire, il se contente de se hisser sur le siège en saisissant les rênes. C'est à ce moment-là qu'Hezekiah remarque Edward.

« Mr... Lawrence, c'est bien ça ? demande-t-il, d'un ton à la fois surpris et soupçonneux. Que faites-vous ici, monsieur, je vous prie ? »

Hezekiah s'adresse à Edward, mais il regarde Dora, qui sait que c'est à elle de répondre.

« Il est ici à ma demande, mon oncle. Il s'avère que Mr. Lawrence est un véritable expert en antiquités grecques. »

Dora ne ressent aucune honte, aucun remords à lui faire cette annonce. Depuis qu'ils se sont affrontés la veille au soir, elle se sent plus hardie, rebelle. À ses côtés, Edward recule malgré tout d'un pas, hésitant. Le regard acéré d'Hezekiah passe de l'un à l'autre.

« Il semblerait que tu m'aies caché bien des choses, Pandora.

— C'est de famille, apparemment. »

Hezekiah cligne des yeux en entendant sa réponse, de surprise ou de défiance, elle n'en est pas sûre. À ce moment-là, Mr. Coombe toussote.

« On ferait mieux d'y aller, miss. Vous pouvez tous les deux monter ici avec moi. »

Hezekiah ricane, se détourne. Edward offre sa main à Dora, l'aide à grimper. Lorsque Mr. Coombe lui tend la sienne pour l'assister, elle ne peut pas s'empêcher de remarquer une tàche d'un jaune putride sur le revers de sa manche.

Le chariot s'éloigne cahin-caha de Ludgate Street vers les quartiers les plus opulents de la ville, et Dora se surprend à s'appuyer contre Edward, à peser de tout son poids sur son épaule. Il ne semble pas s'en formaliser, mais ne fait pas un geste pour l'attirer à lui.

Elle ne peut pas s'en empêcher. Ce n'est pas parce qu'elle désire qu'Edward la touche. Non, vraiment – l'odeur qui émane du poignet de Mr. Coombe est presque suffocante ; bien que le vent soit à son paroxysme, la puanteur rance de son poignet agace les narines de la jeune femme. Elle s'efforce de ne pas le fixer, même si son attention est sans cesse attirée par les bandages tachés, la peau meurtrie de cette main. Le trajet débute dans le silence, mais Mr. Coombe surprend le regard de Dora quand il dirige le cheval sur High Holborn, et il grimace.

« Je suis désolé, miss. J'ai beau la bander toutes les deux ou trois heures, la blessure continue à suppurer. »

Dora s'empourpre, honteuse. « Pardonnez-moi. Je ne voulais pas vous mettre mal à l'aise. »

Le chariot cahote. Edward jette un coup d'œil à Mr. Coombe, semble remarquer la plaie pour la première fois.

« Comment est-ce arrivé, monsieur ? Si ce n'est pas trop indiscret. »

L'homme grogne, secoue les rênes. Le chariot bifurque lentement.

« Inutile de faire de cérémonies avec moi, monsieur ! Comme si j'avais cet honneur. » Il secoue la tête. « Vous voulez savoir comment c'est arrivé ? Ce qui est arrivé, c'est ce fichu chargement. »

Dora bat des paupières. « Le pithos ?

— Oui, si c'est comme ça que vous voulez l'appeler. On l'a récupéré nous-mêmes, mes frères et moi, mais par Dieu, je regrette d'avoir accepté une mission pareille. »

Edward se penche plus près. « Alors c'est *vous* qui vous l'êtes procuré ? »

Derrière eux, une toux. « Coombe, intervient l'autre homme, Tibb, qui a haussé le ton en signe d'avertissement. Je ferais attention si j'étais vous.

— Et pourquoi donc ? rétorque Mr. Coombe. Cette fille est la nièce de Blake, Jonas. Elle devrait savoir…

— Savoir quoi ? » l'interrompt Dora, mais Mr. Tibb s'est levé, une main sur le pithos – le drap qui le recouvre se gonfle – et l'autre agrippée à l'épaule de Mr. Coombe. « Vous feriez mieux de fermer votre clapet. » Puis, à l'attention de Dora. « Toutes mes excuses, miss Blake. Ce n'est pas à nous de le révéler. Vous devez comprendre… que ça n'a rien à voir avec vous. Il y a juste des choses auxquelles je préfère ne pas me mêler.

— N'y êtes-vous pas déjà mêlé ? » demande Dora en se tortillant sur son siège. Mr. Tibb incline la tête. « Je suppose que c'est vrai. Sauf que ce ne sera pas moi qui ferai des confidences sur ces sujets-là.

— Mais… »

Mr. Tibb lui tourne le dos, retourne se percher sur un palan de navire posé à même le plancher du chariot. Dora examine Mr. Coombe ; il regarde droit devant, concentré sur la route, ses épaisses mâchoires serrées. Elle échange un coup d'œil avec Edward. Après avoir haussé les sourcils, il esquisse le plus léger des signes de tête, alors Dora se détend et se perd dans ses pensées troublées.

La maison de ville de lady Latimer – rien de moins qu'une villa – donne sur un large plan d'eau, et on s'en approche par un croissant pavé qui entoure un gazon impeccablement coupé au milieu duquel bouillonne une imposante fontaine richement décorée. Si Dora trouvait le Clevendale de Cornelius Ashmole somptueux, cette demeure est tout simplement un palace. Accessible par deux grilles en fer forgé, elle se dresse devant eux, splendeur d'un blanc étincelant. De grandes colonnes romaines encadrent ses larges portes à doubles battants, que deux valets de pied en livrée ouvrent presque sur-le-champ.

Tandis qu'Edward aide Dora à descendre du chariot, elle remarque leur beauté. De jolis jeunes gens élancés aux allures de poupées, habillés exactement comme Horatio et le valet de ce matin, en vert sauge de pied en cap. Il semblerait que lady Latimer se délecte de parures qui ne se limitent pas aux robes et aux bijoux.

Horatio lui-même émerge de la porte ouverte, un plateau d'argent en parfait équilibre au bout des doigts. Il exécute une petite courbette.

« Miss Blake, bienvenue. Ma très chère lady souhaite que vous lisiez cette lettre, et que vous donniez votre réponse avant de partir. »

C'est la première fois que Dora entend Horatio parler, et, en prenant le mot sur le plateau, elle contemple en battant des cils ses beaux traits parfaitement lisses.

« Votre compagnon et vous devez entrer pendant que le chargement est transporté dans la salle de bal en toute sécurité. »

Les manières trop formelles d'Horatio, sa voix douce et chantante – si assurée et cultivée – l'ont quelque peu distraite. Étourdie, elle se tourne vers Edward pour lui parler, mais s'aperçoit qu'il n'est pas à ses côtés. En regardant derrière elle, elle le découvre en grande conversation avec Mr. Coombe.

« Edward ? »

Il lève les yeux. Son visage s'empourpre. Rempochant derechef son carnet noir et son crayon, il se hâte de la rejoindre.

« Je vous prie de m'excuser », dit-il. Il sourit, mais Dora trouve ce sourire anormalement crispé. « Tout va bien ?

— Oui, répond-elle, en décidant de l'interroger plus tard. Nous avons été invités à attendre à l'intérieur. »

Horatio incline sa jolie tête. « Si vous voulez bien me suivre tous les deux. »

Ils sont escortés dans un hall d'entrée grandiose au sol en marbre blanc si brillant que Dora y voit son reflet. Elle hasarde un coup d'œil à Edward, qui paraît totalement indifférent, comme si de telles richesses étaient très communes. Le valet de pied atteint deux portes vitrées qu'il ouvre d'un grand geste énergique.

« L'ornement est censé aller ici », annonce Horatio en désignant une pièce caverneuse. Au milieu, Dora aperçoit un grand socle circulaire posé au ras du sol, recouvert d'un drap de velours bleu nuit. « Milady a des plans grandioses pour votre chargement : il sera décoré à la perfection, une merveille. Mais venez, ajoute-t-il en désignant à présent deux chaises en acajou à haut dossier. Si vous voulez bien attendre ici, je vous apporterai des rafraîchissements. »

Dora s'assied, muette, en le regardant s'éloigner. Horatio la fascine. Quelle maîtrise de la langue ! Elle est habituée au parler ordinaire du commerce londonien, pas à ces mots fleuris prononcés d'une voix sucrée. À côté d'elle, Edward contemple ses genoux avec un froncement de sourcils prononcé.

« Vous n'avez pas l'air aussi impressionné que moi par cet environnement magnifique. »

Edward sursaute, et Dora comprend qu'elle a perturbé le cheminement de ses pensées.

« Oh, fait-il en regardant autour de lui sans montrer d'intérêt particulier. Ce n'est pas que je ne l'apprécie pas. Mais voyez-vous, Cornelius… Lui et moi avons grandi dans un endroit très semblable à celui-ci. Dans le Staffordshire. »

Cette information la surprend. « Oh. » Dans le hall d'entrée, Mr. Coombe, Mr. Tibb et leurs compagnons guident le pithos le long du sol. « Comment ça ? »

Edward change de position sur le satin du siège. « J'étais le fils du palefrenier de Mr. Ashmole père. Ce dernier était souvent parti, et Cornelius avait coutume de m'inviter dans la maison. J'y passais beaucoup de bons moments. La nuit aussi, parfois. » Il s'interrompt, prend une petite inspiration. Dora observe le jeu de l'émotion sur son visage, pareil à la lumière du soleil à travers un treillage. « Comme vous l'avez déjà remarqué, je suis très proche de Cornelius. C'est quasiment un frère pour moi. À ceci près que je me suis toujours senti si… médiocre, comparé à lui. » Edward fronce de nouveau les sourcils. « Ce n'est pas que je lui enviais son sort – il a toujours été très généreux – mais j'avais souvent l'impression d'être un enfant qui joue à faire semblant. Je n'étais pas à l'aise dans un environnement aussi cossu. Un étranger. Je n'ai jamais eu l'impression d'être moi-même, si vous voyez ce que je veux dire. Vous comprenez ?

— Je crois », réplique Dora. Edward s'est retourné pour la regarder. Ses yeux gris sont plus foncés, comme assombris par le poids de ces souvenirs. « Je comprends ce que c'est que de se sentir pris au piège des circonstances, c'est certain.

— Oui.

— De la limonade ! »

Horatio est revenu avec deux verres sur un plateau d'argent. « Les citrons viennent de Sicile. » Il est déjà reparti, accompagné par le *clac clac* de ses souliers chamarrés sur les dalles.

Dora porte le verre à ses lèvres, boit une gorgée. Elle grimace – quelle acidité ! Cependant, le breuvage est rafraîchissant, elle apprécie cette gâterie. Elle lui rappelle les ciels bleus, la chaleur d'été et, l'espace d'un douloureux moment, l'image de sa mère apparaît dans son esprit. Une tente. Des éclats de voix. Un souvenir qu'elle n'arrive pas tout à fait à saisir…

« Attention ! »

Dora lève les yeux pour découvrir que le pithos est désormais tout près, alors que Mr. Coombe et ses hommes grognent sous son poids. Maintenant qu'il est débarrassé de son drap protecteur, elle aperçoit ses gravures à travers les cordages, plus que jamais frustrée de ne pas avoir terminé le dessin de la scène finale. Puis le vase passe devant eux ; Dora observe sa progression dans la salle de bal, entend le piétinement des bottes qui craquent sur le bois ciré du plancher. Pour se distraire de ses sombres pensées, elle relance la conversation avec Edward.

« Pourquoi êtes-vous parti ? »

Il cesse de contempler sa limonade. « Pardon ?

— Pourquoi êtes-vous parti ? répète-t-elle.

— Du Staffordshire ?

— Oui. Pourquoi êtes-vous venu à Londres ? »

Edward prend une grande inspiration. Il reste silencieux une bonne minute, et Dora regrette d'avoir été aussi directe.

« Edward, je suis désolée, je ne voulais…

— Non, ce n'est pas grave. » Il serre plus fort son verre. « Ma mère est morte en me mettant au monde. Quand mon père l'a rejointe l'été de mes douze ans, il a été décidé qu'au lieu de me garder à Sandbourne comme palefrenier, je serais envoyé à Londres pour apprendre un métier qui m'assurerait une vie meilleure. L'atelier de reliure. Mr. Ashmole père a tout payé. Un cadeau, disait-il, en l'honneur des bons et loyaux services du mien.

— Et apprendre ce métier vous a-t-il plu ? »

Une question plutôt innocente, mais Dora comprend à l'instant où les mots sortent de sa bouche qu'elle a posé la mauvaise – Edward a pâli, le verre tremble dans sa main, la limonade menace de déborder. Il finit par se ressaisir, se tourne vers elle et lui demande : « Que dit la lettre ?

— La lettre… »

Elle baisse le regard sur le papier, serré dans sa main libre. Elle l'avait complètement oublié.

Une petite note carrée, élégamment scellée par un épais disque d'un rouge profond. Dora pose le verre à ses pieds, brise la cire du sceau.

Miss Blake,

Je n'exprimerai jamais assez mon plaisir d'avoir trouvé le bijou parfait pour compléter mon costume des festivités de demain. Je vous présente mes plus chaleureux remerciements en joignant à ce mot deux billets pour ma soirée, pour vous-même et un invité. Je n'apprécie pas votre oncle, c'est pourquoi il m'appartient de vous demander de ne pas le choisir comme compagnon !

Vous aurez compris à ce stade, ma chère, que je ne suis pas femme à supporter la déception. Je m'attends à ce que vous soyez présente. Pour m'en assurer, je vous suggère de prendre cette expérience comme une occasion de pouvoir vérifier, ainsi que Mr. Blake, que mon achat est en sécurité tout au long de la soirée.

Avec mes salutations les plus respectueuses,
Lady Isabelle Latimer

« Oh, mon Dieu.

— Qu'y a-t-il ? »

Sans un mot, Dora tend la lettre à Edward juste au moment où Mr. Coombe et ses hommes quittent la salle de bal, les bras chargés de cordes et de poulies. Elle jette un coup d'œil derrière eux, dans la salle. Le pithos se dresse – haut, royal –, parfaitement positionné au milieu du socle. Dora sent un frisson lui parcourir la colonne vertébrale. Il paraît si désolé, au grand jour…

« Ah, miss Blake ! »

Lady Latimer surgit à grands pas des alentours de l'escalier, habillée de la tête aux pieds d'une profusion de taffetas magenta, sa perruque entrelacée de petites roses en soie ramassée au sommet de sa tête. Dora et Edward se lèvent tous deux d'un bond.

« Vous avez reçu ma missive, à ce que je vois.

— En effet, madame, répond Dora, rougissante, et je vous en suis très reconnaissante. Mais je ne peux décemment pas accepter.

— Fadaises ! » Lady Latimer agite sa main devant son visage peinturluré de rouge. « C'est moi qui décide qui assiste à mes événements mondains.

— Mais je n'ai rien à me mettre.

— Vous avez certainement quelque chose d'ordinaire et de pratique ? » se moque la vieille dame, et Dora s'empourpre de honte, car, même si elle possède bien de nombreuses robes ordinaires et pratiques, aucune d'elles n'a moins de cinq ans.

« Oui, quoique rien qui convienne pour une *soirée**.

— Je vois… »

Il est clair que lady Latimer n'y avait pas songé, qu'elle n'avait pas considéré que leur différence de classe puisse un tant soit peu constituer une barrière à la mode, mais Edward s'avance alors et s'incline en une courbette maladroite.

« Si cela plaît à milady, je m'assurerai que miss Blake ait quelque chose d'approprié à porter pour l'occasion. »

Lady Latimer étudie Edward d'un œil acéré et appréciateur, puis se retourne vers Dora.

« Dois-je comprendre que c'est votre bon ami ? »

Edward bat des paupières, se met à balbutier. « Oh non, madame. Je veux dire, enfin… »

Lady Latimer l'interrompt d'un rire bref. « Amenez celui-ci, miss Blake. Il a l'air timoré. Une chose que j'apprécie chez un homme. » Elle jette un coup d'œil à Horatio qui est apparu à ses côtés. « Ceux-là sont moins susceptibles d'être des voyous, ma chère. Les timorés sont plus malléables, faciles à guider selon nos caprices. Il est préférable que nous autres femmes ayons la main dans le domaine des choses du cœur, ne croyez-vous pas ? »

Même si elle est à court de réponses, Dora se rend alors compte qu'elle n'a pas besoin d'en fournir une ; lady Latimer a aperçu le pithos. Elle joint les mains de plaisir, s'en approche à grands pas avec une excitation presque enfantine.

« Magnifique ! Oui, oui, il est parfait, absolument splendide. Horatio, vous raccompagnerez nos invités, n'est-ce pas ? »

La grande dame lance cette dernière réplique par-dessus son épaule, et Horatio ne perd pas de temps pour les guider vers la porte. Mr. Coombe, Mr. Tibb et ses deux gars attendent déjà sur le chariot. Lorsqu'ils l'atteignent, Mr. Coombe tend la main pour aider Dora à monter. Elle rassemble ses jupes, puis Edward s'installe sur le siège à côté d'elle.

« J'espère, murmure-t-il timidement, que vous ne m'avez pas trouvé trop présomptueux ?

— Non, répond Dora, timide elle aussi, même si je dois avouer que je suis surprise. Vous n'étiez pas sérieux ?

— Bien sûr que si. Mr. Coombe, accepteriez-vous de nous déposer à Piccadilly ?

— Si vous voulez, lâche l'homme massif avec un rictus en secouant les rênes. Ça fait pas de différence pour moi. »

Tandis que le chariot s'éloigne en grondant le long de l'allée, Edward s'éclaircit la gorge, rajuste sa manche.

« Je ne suis pas timoré », déclare-t-il.

C'est davantage qu'un ronchonnement contrarié. Sa voix est à la fois peinée et sur la défensive, et Dora tend la main pour prendre doucement la sienne.

« Je sais bien que non, Edward », dit-elle à voix basse.

Edward détourne les yeux. Il ne retire pas sa main.

CHAPITRE VINGT-HUIT

Hezekiah tient son gin en équilibre sur la surface charnue de sa poitrine nue. Il est reconnaissant au brouillard induit par l'alcool, à la manière que son esprit a de pétiller puis de s'apaiser, à sa vision qui devient floue quand il tourne la tête. *Comme ça*. Il prend une longue gorgée dans son verre, repose sa tête contre le dosseret du lit, sent la solidité rassurante du chêne sculpté.

À ses côtés, Lottie essore un linge dans une bassine. Lorsqu'elle a commencé, le linge était blanc. Maintenant, il est taché de jaune avec une touche de rose verdâtre, et des amas suspects de *quelque chose* (auquel Hezekiah refuse de s'autoriser à trop penser) flottent à la surface de l'eau trouble. De la mousse de savon, se persuade-t-il. Rien de plus.

Ce n'est pas du déni. Pas précisément. Il sait que quelque chose ne va pas. Mais le formuler avec des mots… Eh bien, il n'en a pas envie. Dire qu'il est malade, *dire* qu'il craint que sa jambe n'ait la gangrène, pourrait rendre la maladie réelle, et il n'a pas l'intention de permettre à une aussi triste vérité de s'exprimer. Pas encore.

Il souffle lorsque Lottie pose le linge sur la plaie, froisse le drap trempé entre ses doigts. Lottie lance un *tut tut* désapprobateur, change de position sur le lit. Hezekiah jette un coup d'œil à sa lèvre gonflée, puis détourne le regard. Il n'avait pas l'intention de la frapper, mais il était si diablement en colère, et c'est arrivé avant qu'il s'en rende compte. Il n'a pas ressenti une colère pareille depuis…

Depuis.

Dans son esprit, le visage de Coombe plane devant lui. *La frontière entre coïncidence et hasard est mince.* Y a-t-il un soupçon de vérité dans les paroles de ce lourdaud ? Le vase est-il maudit ? Est-ce pour cette raison qu'il a réagi ainsi ?

Imbécile !

Hezekiah réprime ce souvenir, change encore une fois de position sur le lit. Celui-ci craque sous son poids tandis que Lottie ajuste la sienne, plie le linge humide entre ses doigts.

« Comment vont les frères Coombe ? » s'enquiert-il pendant qu'elle frotte la compresse sur la peau douloureuse de sa cuisse. Il tente d'empêcher celle-ci de trembler involontairement. Lottie, qui le remarque, essaie d'être plus douce.

« Ils ne vont pas mieux, mais ils ne vont pas plus mal.

— Est-ce que Matthew t'aide ?

— Il m'aide à retourner Sam pour que je puisse le laver. Il encourage Charlie à manger. On ne peut pas faire grand-chose d'autre.

— Et sa blessure à lui ? »

Lottie hésite. « Le poignet de Matthew a bien pire aspect que ça. » Elle désigne le trou de plus en plus creusé dans la cuisse d'Hezekiah, la plaie malodorante qui ne devrait pas être une plaie du tout, juste une blessure superficielle. Une blessure sur laquelle une croûte aurait dû se former depuis des jours.

« Elle noircit déjà. J'ai peur que… »

Lottie ne dit pas ce qu'il sait qu'elle pense, que la peau sur sa jambe – comme le bras de Coombe – va bientôt commencer à mourir. Hezekiah reprend une longue gorgée de gin.

« Je suis contente, reprend la gouvernante d'une voix un peu plus enjouée, de ne plus avoir besoin d'y aller. Ce n'est pas plus mal que vous ayez donné à Matthew son argent pour qu'il puisse appeler un médecin. Il était désespéré, hier. N'arrêtait pas de me dire comment il vous aurait rendu la vie difficile. Il pourrait encore le faire. »

Hezekiah pousse un grognement. Encore un sujet auquel il ne souhaite pas penser.

L'argent de lady Latimer a largement suffi à payer Coombe – cet homme ne devrait plus l'importuner – mais il n'aide pas *sa propre* cause. Son prétendu acheteur n'existe pas ; Hezekiah voulait sauver son trésor d'abord avant d'approcher son contact pour ouvrir les ventes, assurer son avenir, le garantir.

L'idée que le vase soit dans un lieu où il ne peut pas le surveiller de près le dérange. Et si quelqu'un le reconnaissait ? Enfin, se raisonne-t-il, qui en aurait la possibilité ? Les seules personnes susceptibles de le reconnaître pour ce qu'il est vraiment sont soit mortes, soit très, très loin de Londres. Et il n'y a certainement aucune chance que l'un des invités des Latimer l'ouvre et y trouve ce qu'il a désespérément cherché durant toutes ces longues années. Pas maintenant que Dora…

Il pense à elle, pense à ce qu'elle n'avoue pas, mais qu'elle doit forcément, *forcément* savoir.

« Elle a dû le cacher », marmonne-t-il.

Lottie interrompt ses soins.

« Le cacher ? »

Hezekiah ne s'est pas aperçu qu'il parlait tout haut. Il regarde Lottie de ses yeux embrumés par le gin.

« Ce qui était dans le vase. C'était là. Je le sais bien.

— Quoi donc, Hezekiah ? »

Il reprend sa respiration. Il ne lui a pas tout dit, juste le strict nécessaire. Trop dangereux. Trop…

« Cette fichue donzelle l'a pris. Elle me le cache. Mais pourquoi ne *fait*-elle rien ? »

Hezekiah tente de se retourner. L'eau de la bassine déborde sur les jupes de Lottie. Il presse son poing sur un œil, le verre sur l'autre.

« Elle doit attendre, gémit-il. Elle œuvre contre moi, je le sais. Elle a impliqué ce *garçon*. Elle lui a tout dit, il l'aide sûrement. Elle lui a tout dit ! »

Comment ose-t-elle ? Comment *ose*-t-elle !

« Après tout ce que j'ai fait pour elle ces dernières années. Ne lui ai-je pas fourni un toit ? Ne l'ai-je pas laissée s'adonner à son petit hobby fantaisiste ? Ne lui ai-je pas trouvé une place pour quand le moment de vendre sera venu ?

— Quelle place ? »

Hezekiah marque une pause, se mord la langue. Il avale une gorgée tremblante de gin. « J'aurais pu la laisser là-bas, Lottie. J'aurais pu m'assurer…

— Chut, maintenant. »

Il sent le poids de la gouvernante quitter le lit. Elle lui prend le verre, il entend le *cling* de la carafe, le *glouglou* du liquide qu'on verse. Le verre revient, monte jusqu'à sa bouche.

Il boit. Boit.

Lottie se met à chanter. Au bout d'un moment, elle reprend ses caresses, fait courir sa main de haut en bas sur la jambe de son maître.

Il ferme les yeux, écoute sa voix basse et rauque.

Le gin aide à amortir la douleur. Toute sa douleur. Le toucher de Lottie est agréable, pense-t-il. Il sent un frémissement dans le siège de sa virilité.

Ces vastes Royaumes qui vivent dans l'Ombre,
Laissez-les accéder à l'éclatante Lumière,
Et de la côte Est à la côte Ouest,
Que le Matin chasse la Nuit.

Lottie s'arrête. Il ouvre les yeux. Elle examine sa cuisse.

« On dirait que ça sèche un peu. »

Une fois de plus, elle repasse sur la blessure le linge aussi léger qu'une plume. La respiration d'Hezekiah se bloque. Un moment de douleur. Un bref interlude de plaisir.

Lottie soupire. Elle remet le linge dans la bassine, où il flotte comme un poisson mort avant de disparaître sous la surface fragmentée de l'eau.

« S'il vous plaît, chuchote-t-elle. Laissez-moi aller chercher un médecin. J'aimerais pouvoir faire en sorte que vous alliez mieux, mais je n'y arrive pas, je n'y arrive pas ! »

Ses paroles sont chargées d'inquiétude, d'un soupçon de désespoir, et, à ce moment-là, Hezekiah prend sa décision.

« Très bien. » Il lui prend la main, la guide vers le haut, plus haut, resserrant sa pression quand Lottie essaie de se dégager.

« Non. Non, je…

— C'est à *ça* que tu as été formée, murmure Hezekiah. Tu sais à quel point tu me donnes du plaisir. » De sa main libre, il écarte le drap de son corps pour lui montrer. « Ça me distraira de ma douleur. »

Elle hésite toujours. Lentement, il pose un doigt sur la coupure douloureuse de sa lèvre inférieure, appuie.

« Souviens-toi, Lottie. Je ne t'ai pas recueillie pour que tu te tournes les pouces. »

Hezekiah lit l'hésitation sur le visage de la gouvernante. Triomphant, il place sa main sur son bout de chair qui durcit, et grogne, serrant très fort son verre.

CHAPITRE VINGT-NEUF

Cornelius ne supporte pas le manque de ponctualité. C'est une sorte de tic obsessionnel chez lui, et Edward espère que Dora ne les fera pas attendre. C'est certainement pour son bien à elle, pense-t-il sombrement, en regardant son ami se laisser aller sur le coussin de son siège dans la calèche, et non pour le sien.

L'homme brun est affalé comme s'il s'ennuyait, une petite pipe nichée entre ses longs doigts minces. Un fin panache de fumée monte en volutes avant de disparaître dans le néant à cinq centimètres du toit. Néanmoins, Cornelius, Edward le sait, n'est pas victime de l'*ennui**. Il est alerte, troublé. Bien qu'à l'aise en société, Cornelius n'aime pas les grands événements mondains. Edward se demanderait pourquoi il a même insisté pour venir s'il ne connaissait pas déjà la réponse : il souhaite, faute de terme plus approprié, jouer les chaperons.

Edward espérait de tout son cœur que son ami changerait d'avis sur Dora une fois qu'il l'aurait rencontrée, qu'il verrait ce qu'il voit lui-même – une femme honnête, respectable, une rêveuse comme lui, une fille qui mérite bien plus que ce qu'elle a reçu – sauf qu'il est impossible de le faire changer d'avis. Cornelius est déjà déterminé à la détester. Pourquoi, Edward ne parvient pas à le comprendre.

Il regrette de lui avoir raconté que Dora lui a demandé de l'accompagner, regrette d'avoir mentionné qu'il lui a acheté une robe.

« Qu'est-ce que tu as fait ? avait voulu savoir Cornelius en soufflant profondément avec désapprobation par son long nez.

— Je lui ai donné les moyens d'acheter une robe. Le délai était trop court pour en faire confectionner une. Une fois le pithos livré, je l'ai emmenée dans une boutique de seconde main susceptible de proposer quelque chose d'approprié. Une des robes a été retouchée pour elle… Dora en était enchantée, avait terminé Edward, sur la défensive.

— L'argent que je te donne t'est destiné à toi, à ton plaisir, pas à ceux des autres. Et certainement pas au *sien* !

— Lui acheter cette robe me *procure* du plaisir, avait-il contre-attaqué en observant Cornelius, désemparé. En quoi d'autre suis-je censé dépenser mon argent ? Tu me fournis tout ce dont j'ai besoin », lui avait-il rappelé, réflexion qui avait tordu les entrailles d'Edward au moment où il avait pris conscience que, sans l'ombre d'un doute, il était *entretenu*.

Pourquoi ne l'a-t-il pas compris plus tôt ? Pourquoi n'a-t-il jamais pris en compte le fait que l'argent gagné à l'atelier de reliure est payé en tant que salaire sortant des caisses des Ashmole, salaire qui paie à son tour sa logeuse, la nourriture qu'il mange, les vêtements qu'il a sur le dos ? Les cadeaux que Cornelius insiste pour glisser dans une poche de son manteau, les pages d'un livre, sont des choses que son ami ne l'autorise pas à refuser. La livraison régulière de papier, de plumes, d'encre, tout ce qu'Edward a accepté avec gratitude et, jusqu'à présent, sans y penser. Il a toujours été – et sera toujours – reconnaissant envers Cornelius. Mais depuis quand la gratitude signifie-t-elle qu'on accepte d'être en cage ?

Cette pensée lui avait coupé le souffle, l'avait glacé, et Edward n'avait pas pu empêcher sa voix de durcir.

« Par charité, Cornelius. Je l'ai fait par charité.

— Tu l'as fait par culpabilité. N'essaie pas de prétendre le contraire.

— Non, avait vertement répondu Edward, même s'il était conscient qu'il y avait bien une part de vérité dans ces mots. Par charité. Ce que tu fais pour moi tous les jours », et alors seulement, Cornelius s'était tu, la mâchoire agitée d'un tic nerveux.

« Je crois que je vais venir à la *soirée** de lady Latimer, avait-il fini par répondre d'un ton trop circonspect. Ce sera un jeu d'enfant de lui soutirer une invitation. Par ailleurs, tu n'as jamais assisté à un événement de ce type auparavant. Tu pourrais avoir besoin de moi. »

Ce changement d'attitude avait déconcerté Edward. Ils s'étaient dévisagés un moment par-dessus la peau de tigre, et Edward avait compris qu'il était inutile de discuter ; une fois que Cornelius était décidé, il n'y avait aucune chance de le faire changer d'avis, absolument aucune.

À présent, la calèche avance lentement sur Fleet Street. Dehors, Edward entend la cacophonie bruyante du peuple de Londres, dont les réjouissances débordent des portes des tavernes et des fenêtres cassées, sautillant au rythme vivant d'un violon et de rires chargés de gnôle. Mais derrière, pareil au murmure bruissant des feuilles dans l'air d'automne, il entend un autre son moins réconfortant, un son si facile à ignorer mais bien trop familier, qu'il identifie en un instant.

Il regarde par la fenêtre, à la recherche de l'origine du bruit. Il lui faut un moment pour le localiser dans la foule, mais soudain, il la découvre : un enfant dont les passants anonymes ne voient pas les pieds nus et le regard vide, et dont les pleurs ressemblent à un hymne émouvant. Ce son réveille en Edward une sensation de désolation, de douleur, et il sent se former dans sa gorge une boule qui menace de l'étouffer. Toutefois, tandis que les roues de la calèche cognent et vibrent sur les routes inégales, il perd de vue le petit, prend une profonde inspiration, puis expire lentement.

Il refuse de penser à des choses pareilles ce soir. Il va repousser ce genre de pensées sombres tout au fond de son esprit. Ce soir, il ne pensera qu'à Dora, qu'à la perspective de rencontrer William Hamilton. Pense à l'avenir, s'enjoint Edward. Ne pense qu'à ce qui est à venir.

En face de lui, Cornelius fume sa pipe. Edward se penche en avant.

« Tu es sûr qu'il sera là ? »

Cornelius souffle la fumée par la fenêtre, observe avec un vague ennui un homme qui pisse contre un réverbère.

« Nous sommes au sommet de la saison londonienne, Edward, dit-il avec un peu de son ancienne chaleur. La vieille Latimer ne ratera pas l'occasion de l'inviter s'il est en ville. Elle aime être divertie.

— Divertie ? »

Cornelius cesse de prêter attention à ce qui se passe dehors, esquisse un sourire sardonique.

« L'épouse d'Hamilton, Emma. Une danseuse de revue qu'il a ramassée à Naples, et que son neveu lui a refilée. Elle a pas mal d'années de moins que sir William, mais on raconte que maintenant elle laisse aussi Nelson tremper son biscuit. Un vrai scandale. » Il attrape un morceau de tabac sur sa langue. « Oh, oui, Latimer va énormément apprécier leur présence. »

La calèche accélère. Le fracas des roues en dessous et les secousses forcent Edward à s'agripper si fort aux sangles en cuir qu'elles lui brûlent les paumes.

Edward est soulagé de trouver Dora qui les attend devant la boutique.

En s'approchant, il note à quel point elle paraît perdue, triste, puis remarque qu'elle croise les bras sur sa poitrine, considère combien l'air froid doit mordre la chair douce de ses bras, comprenant alors qu'il aurait dû lui acheter une cape de soirée, et il lui dit à quel point il regrette de ne pas y avoir pensé en l'aidant à monter dans la calèche et en drapant une couverture en laine sur ses genoux. Tandis qu'elle s'installe sur le siège voisin, elle balaie ses excuses d'un revers de main.

« Oh, ne vous inquiétez pas, s'il vous plaît. Vous avez été plus que généreux. Je vous en suis très reconnaissante. »

Du coin de l'œil, Edward remarque la manière dont Cornelius pince les lèvres, se demande si son ami a l'intention d'émettre un commentaire, mais, après avoir lancé un bref regard à Dora, il frappe sur le toit de la calèche, et ils s'élancent encore une fois dans la nuit.

La calèche tangue. Dora heurte l'épaule d'Edward, qui reprend son souffle, distrait par l'odeur de lys de son parfum. Dora tend la main pour se rattraper contre la vitre, s'excuse en rougissant, serre étroitement la couverture contre elle.

Ensuite, elle reste silencieuse. Tout en cherchant un sujet de conversation, Edward observe la façon dont les faibles lumières de l'extérieur glissent sur ses traits, la courbe douce de ses joues, la ligne élégante de son long cou. Sans en avoir l'intention, ses yeux descendent plus bas. Autour du cou, elle porte un collier complexe de boucles enroulées et de fleurons en spirale, avec au centre une pierre ovale de la taille d'un œuf. Sur la pâleur noisette de sa peau, la couleur paraît presque grise.

« Une de vos créations ? »

Dora baisse les yeux, laisse échapper un rire timide. « Oui. De la simili-cannetille. L'une de mes pièces préférées… Je… » Edward sent son hésitation. « Je suppose qu'il va avoir l'air plutôt déplacé là où nous allons, mais j'ai pensé que si je portais un de mes bijoux, cela encouragerait les autres à m'interroger à son sujet.

— Et pourquoi pas ? réplique Edward, désireux de la mettre à l'aise. Je suis sûr que lady Latimer vous a invitée précisément pour permettre aux invités de se renseigner sur votre travail. J'espère que vous recevrez beaucoup de commandes ce soir. »

Dora baisse la tête. « Merci. » Elle marque une pause. Et puis : « Comment allez-vous ce soir, Mr. Ashmole ?

J'apprécie que vous soyez venu me chercher. Je comprends que vous ayez probablement dû faire un grand détour. »

L'espace d'un instant, Edward n'est pas certain que Cornelius l'ait entendue, car son ami garde le regard braqué sur la vue au-dehors. Néanmoins, il tourne la tête et se mâchouille un moment la joue avant de répondre. « Edward a beaucoup insisté pour que nous ne vous laissions pas venir seule. Je ne pouvais guère le contredire dans la mesure où vous êtes l'invitée d'honneur de lady Latimer. »

Sa voix est empreinte de drôlerie, d'une méchanceté si inhabituelle qu'Edward est heureux que l'obscurité de la calèche cache sa gêne.

Dora jette un coup d'œil à Edward. « Eh bien, j'espère ne pas vous avoir causé trop de dérangement.

— Mais non », réplique ce dernier en fusillant son ami du regard. Cornelius détourne la tête, se remet à mâchouiller l'intérieur de sa joue. « Aucun dérangement. Absolument aucun. »

Dora acquiesce, une fois.

Edward est mortifié.

Le reste du trajet se déroule en silence, et, dès que la calèche a réussi à s'insinuer dans le réseau de rues autour de Fleet Street et rebroussé chemin en décrivant un cercle *via* Holborn, le voyage est fort heureusement rapide.

Lorsqu'ils arrivent aux abords de la villa de lady Latimer, les routes deviennent plus lisses, l'atmosphère moins chargée d'odeurs de feu de bois et de légumes pourris, le brouhaha des rues est définitivement plus feutré. Cependant, la *soirée** de lady Latimer a attiré une foule considérable, et il est évident d'après l'afflux de calèches qu'il ne va pas être facile d'entrer. Cornelius suggère avec insistance qu'ils descendent. Un vent fort agite encore l'air, et leur bizarre trio se fraie un chemin vers la maison.

Cornelius prend la tête d'un pas vif, laissant Edward et Dora le suivre. Edward offre son bras à Dora, qui le prend, avec reconnaissance, songe-t-il.

« Je dois m'excuser pour Cornelius, murmure-t-il en baissant le ton pour ne pas être entendu de son ami. Je ne comprends pas pourquoi il se comporte ainsi.

— Ah non ? » réplique Dora, qui enfonce ses doigts dans la manche d'Edward. « C'est assez évident. Il m'a prise en grippe. »

Il est inutile de le nier.

« En effet. C'est vrai. Mais il est tout aussi vrai que je ne comprends pas pourquoi. Vraiment, je ne comprends pas. Je ne l'ai jamais vu agir avec un tel manque de courtoisie. Et vis-à-vis d'une dame, de surcroît.

— Peut-être ne pense-t-il pas que je *suis* une dame ?

— Mais bien sûr que vous en êtes une. »

Elle a un rire de gorge. « Je suis une simple vendeuse, comme il l'a si judicieusement fait remarquer. Vous ne pouvez guère le blâmer d'avoir une si piètre opinion de moi pour cette raison. »

Edward ouvre la bouche, résolu à affirmer le contraire, à lui rappeler qu'il est aussi un simple « boutiquier », mais, à ce moment-là, la rue débouche sur la place et, ensemble, les deux jeunes gens s'arrêtent pour contempler la scène, saisis.

Le jour où ils ont livré le pithos, la pelouse circulaire était impeccablement taillée, mais sans fioritures. Ce soir, la place est parée de torches enflammées, connectées entre elles par des guirlandes de lierre *via* des socles en pierre. Au sommet de chacune, un perroquet aux couleurs magnifiques est perché, dans une cage dorée. Il y en a douze au total, et même Cornelius interrompt sa nonchalante promenade.

« La vieille aristocrate s'est vraiment surpassée.

– C'est… » Edward cherche le mot approprié. Ostentatoire conviendrait certainement, d'une extravagance inutile à coup sûr, mais comment pourrait-il jamais prétendre comprendre les lubies de la haute société ?

« Tout à fait », lance Cornelius par-dessus son épaule comme s'il venait de lire dans les pensées d'Edward.

Deux douairières très poudrées passent en trottinant, désespérément accrochées à leurs perruques blanches empesées tout en luttant contre le vent. Trois femmes plus jeunes les dépassent à vive allure en gloussant, leurs capes serrées contre elles. Un domestique bataille avec un parapluie, tentant sans succès de les abriter.

Cornelius a repris sa marche au pas de course, et Edward guide Dora à travers le flot de calèches, contournant une jument blanche qui a choisi ce moment précis pour vider ses entrailles sur les pavés, avant de rejoindre son ami dans la queue grandissante devant la villa. Deux valets de pied se tiennent de chaque côté de l'entrée richement décorée, leurs visages si semblables qu'ils pourraient être jumeaux, et Edward admet que les valets de lady Latimer ont tous l'air sortis du même moule en plâtre.

« Les membres de son personnel sont très jeunes et jolis, n'est-ce pas ? » murmure-t-il à Dora.

À cette remarque, Cornelius regarde lui aussi, les évalue d'un coup d'œil sommaire avant d'arranger la dentelle de sa manche.

Ils n'ont pas besoin d'attendre longtemps. Très vite, ils franchissent les portes grandes ouvertes, et Edward s'étrangle. Il presse la main de Dora. C'était une décision tactique de sa part de ne pas arriver en avance ; il avait espéré se fondre dans la masse pour éviter d'attirer une attention particulière, mais maintenant qu'ils sont ici, entourés d'hommes magnifiquement coiffés et de dames en robe du soir, Edward est parcouru d'un frisson de panique, de claustrophobie. Cornelius s'approche de lui et pose sa bouche contre son oreille.

« Tout va bien ? » Au petit hochement de tête hésitant d'Edward, il s'écarte de nouveau, puis déclare plus fort : « Je vais faire l'état des lieux. Je présume que miss Blake et toi allez vous débrouiller sans moi ? »

Ce n'est plus Edward qu'il regarde désormais, mais Dora. Edward voit bien que Cornelius répugne à les laisser seuls, et cette hostilité manifeste l'aide à oublier son malaise.

« Bien sûr, Cornelius, rétorque-t-il sèchement, à bout de patience envers son ami. Je suis capable de survivre sans toi pendant une demi-heure. »

Cornelius le dévisage. À ses côtés, Dora se retourne pour faire de même.

« Très bien. » Cornelius ajuste sa cravate. « Je viendrai te retrouver plus tard, si tu n'es pas occupé à autre chose. »

Son ton trahit une souffrance. Edward se mord la lèvre.

« Cornelius, je… »

Mais il est déjà parti.

CHAPITRE TRENTE

Dora regarde Edward suivre son ami des yeux, considère l'expression blessée qui a traversé le visage de Cornelius, et une pensée lui vient. Edward ne sait-il vraiment pas ? N'en a-t-il pas la moindre idée ?

« Venez, dit-elle doucement en souriant à son compagnon, qui paraît se ressaisir. Allons braver ensemble cette bousculade, voulez-vous ? »

Ils se laissent emporter par la foule ; la chaleur, le parfum des bougies au miel conjugué à d'autres odeurs (un soupçon de sueur et d'oignons) semblent les envelopper de toutes parts. Presque tous les invités sont vêtus selon le thème fixé par lady Latimer – le « Mystère exotique », selon ses propres termes. Dora n'a jamais rien vu de tel : hommes et femmes habillés en lions, en reines égyptiennes, en oiseaux tropicaux, en Méduse… Et l'intérieur de la villa de lady Latimer est encore plus tape-à-l'œil que l'extérieur ; à mesure qu'ils avancent avec la foule bourdonnante puis passent devant le grand escalier en spirale, Dora regarde autour d'elle, éblouie par l'étendue inouïe de cette splendeur. Lady Latimer a décoré les couloirs avec d'autres perroquets encore dont les cages sont posées sur des colonnes ceintes de treillis blanc et or ; des guirlandes de lierre et d'herbes épineuses entourent chaque surface ; chaque mur est orné de tableaux représentant des paysages exotiques, des scènes romantiques. Au-dessus d'elle, une paire de chandeliers colossaux scintille d'un éclat vif, et Dora songe à Hermès, à la manière dont ses petits yeux brilleraient.

Dora est si occupée à admirer la scène qu'elle marche sur la babouche d'un homme âgé déguisé en maharajah, paré d'un splendide turban magenta parsemé de fins fils d'or. Ses excuses, elle les lui crie pour couvrir le brouhaha. Une geisha les dépasse en jouant des coudes. Tandis que la femme en kimono (à moins que ce ne soit un homme ?) disparaît dans la mêlée, Dora repère, assis dans un coin, deux jolis garçons habillés en cygnes, qui s'embrassent mutuellement dans le cou.

« Miss Blake ! »

Dora et Edward se retournent en même temps. Descendant le grand escalier, en toge d'un blanc aveuglant – une couronne de lauriers en bronze nichée dans sa perruque –, apparaît lady Latimer. Et autour de son cou…

La respiration de Dora se bloque. Son ras-de-cou paon a pris vie, ses dorures étincelant de mille feux.

« Madame », souffle-t-elle.

Elle exécute une révérence. Edward l'imite en s'inclinant à son tour.

Lady Latimer exulte. « Je suis enchantée que vous ayez pu venir, ma chère. Et votre bon ami aussi, je vois. Vous vous êtes bien débrouillé, Mr… hum…

— Lawrence, complète Edward.

— Eh bien, miss Blake, vous êtes très élégante, vraiment.

— Oh, je… »

Dora baisse les yeux vers sa robe. Avec Edward, ils ont décidé de ne pas essayer de suivre le thème vestimentaire de l'aristocrate, jugeant plus acceptable de porter une tenue adaptée à leur position sociale. Dora a choisi une robe simple en mousseline à motifs crème, uniquement relevée par un ruban dans ses cheveux d'un bleu assorti à la pierre bleu-gris de son collier. Quant à Edward, il est très beau dans son costume simple en satin noir, songe-t-elle.

« Alors, ma chère, qu'en pensez-vous ? Êtes-vous contente ? » La maîtresse des lieux enchaîne, sans attendre de réponse. Ses joues sont presque écarlates, d'un excès de maquillage ou de vin. « Votre création n'est-elle pas grandiose autour de mon cou ? »

Elle pivote les épaules en paradant comme une petite fille. L'épaisseur du ras-de-cou masque à merveille une partie de son décolleté fripé, et, même si Dora aurait préféré voir son prototype sur une peau plus jeune, elle ne peut pas nier qu'il est du meilleur effet sur la vieille dame.

« En effet, milady. Je n'aurais jamais cru voir… » Elle s'interrompt, soudain submergée par ses émotions. « Il l'a fabriqué si vite », conclut-elle sans conviction, et lady Latimer s'esclaffe.

« Taratata ! On peut accomplir n'importe quoi, ma chère, avec de l'argent. Clements est capable de travailler *très* vite quand il veut. »

Edward, qui se dandine d'un pied sur l'autre à ses côtés, fait un petit pas en avant.

« Votre Grâce, pardonnez-moi, mais j'ai cru comprendre que William Hamilton était ici ? »

Dora lui lance un regard surpris.

« Mais oui, oui, c'est vrai », répond la vieille dame. Une des feuilles de laurier de sa couronne tremblote sur son fil doré. « Il ne voulait pas venir, d'après ce que je sais… Il est plutôt perturbé en ce moment, ajoute-t-elle d'un ton de conspiratrice, seulement Emma en avait envie, et il n'est pas homme à décevoir une femme comme *elle* ! » Elle rit. « Vous souhaitez lui être présenté ?

— Tout à fait, madame. » Le rouge monte aux joues d'Edward. « Je suis moi-même versé dans les antiquités.

— Eh bien, dans ce cas, il vous sera reconnaissant de le distraire. Venez, je vais vous présenter à lui. »

Lady Latimer s'éloigne dans le hall, laissant Dora et Edward la suivre. Elle a le pas leste pour une femme aussi âgée, et les deux jeunes gens ont des difficultés à tenir son rythme.

« Edward ? demande Dora, tracassée par une pensée.

— Oui ?

— Cet homme, Hamilton…

— Pardonnez-moi. » Edward lui lance un regard d'excuse. « Je n'avais pas l'intention de monopoliser la soirée en parlant boutique, mais…

— Vous voulez dire qu'il s'agit de *lord* Hamilton ? Sir William Hamilton ?

— Oui, répond-il brusquement. En personne. »

Dora s'immobilise si soudainement qu'Edward est forcé de l'imiter, et il l'examine avec inquiétude.

« Que se passe-t-il ? »

Le cœur de Dora s'est mis à tambouriner dans sa poitrine. « C'est *lui* votre expert ? L'homme auquel vous avez écrit ? »

Devant eux, lady Latimer est arrivée à la salle de bal. Elle se retourne, leur fait signe d'approcher d'un petit mouvement de doigts. À contrecœur, Dora se remet en marche. Edward lui emboîte le pas.

« Je n'avais pas idée, lâche-t-elle alors qu'ils pénètrent dans la salle de bal, que vous parliez de sir William.

— Vous voulez dire que vous le connaissez ? »

Dora laisse un moment la question sans réponse. « Il m'a sauvé la vie.

— Il… » Edward s'interrompt encore. Bouche bée. « Il a quoi ?

— Emma, ma chérie ! »

La voix de lady Latimer leur parvient par-dessus le tapage. Avec difficulté, Dora concentre de nouveau son attention sur leur hôtesse.

Quel hasard !

« Ma chère lady Latimer. »

Une grande femme d'une extrême beauté habillée en phénix salue la vieille dame d'une profonde révérence exécutée à la perfection.

« Vous êtes splendide ! » la complimente lady Latimer tandis que Dora et Edward les rejoignent.

Emma Hamilton incline sa tête brune parée de bijoux pour protester.

« Et où est votre illustre époux, s'enquiert la maîtresse de maison.

— En train d'admirer le clou du spectacle, réplique lady Hamilton avec un sourire. Voyez, madame, comme il est incapable de s'en détacher ! »

Dora se retourne pour regarder, laissant échapper un long souffle qu'elle retenait inconsciemment.

Le pithos – elle avait presque oublié sa présence ici – est magnifiquement décoré d'une guirlande de lierre à laquelle sont accrochées des pommes, des poires et des oranges, toutes entrelacées de tressages dorés. Il se dresse, imposant, surélevé sur son grand socle circulaire, désormais séparé toutefois des visiteurs par un cordon bleu et or. À la base du socle, il y a deux marches… Et sur ces marches, un homme, appuyé sur une canne.

Il est plus âgé – bien plus âgé que dans ses souvenirs – mais Dora ne se souvient que trop bien de ce visage noble, de ce menton à l'inclinaison inquisitrice, de ces yeux bienveillants à présent fixés sur la troisième scène du pithos, celle où Héphaïstos transforme de l'argile en la première femme : Pandore.

« Pourquoi ne suis-je pas surprise ? s'exclame lady Latimer en prenant le bras de Dora. Venez, ma chère, laissez-moi vous montrer votre vase, l'apothéose des célébrations de ce soir ! »

Le cœur de Dora bat la chamade. Bien qu'elle ait envie de prendre la fuite, qu'elle ne soit pas prête, c'est peine perdue ; lady Latimer la tient fermement, et un sentiment d'inéluctabilité la submerge comme une vague.

« Lord Hamilton ! J'ai ici un monsieur qui souhaite faire votre connaissance. Mr. Lawrence, s'il vous plaît. »

Sir William lève les yeux ; intensément plissé, son visage s'éclaire à leur approche. Il descend du socle, tend une main pour qu'Edward la serre.

« Mr. Lawrence, comment allez-vous ?

— Monsieur, s'exclame Edward, presque hors d'haleine. C'est un plaisir de vous rencontrer enfin.

— Enfin ? » Les sourcils du diplomate se rapprochent brièvement.

« J'ai beaucoup entendu parler de vous. Je suis un expert en antiquités, voyez-vous.

— Ah oui, vraiment ? Quelle est votre spécialité ? »

Edward se redresse. « Je n'ai pas de spécialité à proprement parler, monsieur, mais j'avais espéré… »

Lady Latimer agite la main avec impatience.

« Oh, ça suffit comme ça. Vous autres, les hommes, serez libres de vous en donner à cœur joie en discutant os brisés et vaisselle cassée dès que je ne pourrai plus vous entendre. » Elle fait approcher Dora, toujours à son bras. « Sir William, laissez-moi vous présenter mon invitée d'honneur, miss Dora Blake, qui m'a procuré ce chef-d'œuvre que je vous vois admirer. N'est-il pas prodigieux ? »

À l'instant où la vieille dame prononce le nom de Dora, l'attention de sir William se déporte brutalement d'Edward vers celle-ci. Il la dévisage durant un long et pénible moment. Puis, très doucement, il prend sa main dans les siennes.

« Dora. » Il lui embrasse la main, s'y attarde. « Vous êtes le portrait craché de votre mère.

— Sir William, répond-elle, la bouche sèche. Je ne pensais pas vous revoir.

— Non, en effet. Cela fait… des années.

— Que se passe-t-il ? » Le regard de lady Latimer va de l'un à l'autre, captivé. « Vous voulez dire que vous vous connaissez ? »

Sir William s'éclaircit la gorge. « Miss Blake est la fille d'Elijah et Helen Blake, milady. Les Blake étaient d'éminents collègues, il y a de nombreuses années. Des amateurs d'antiquités comme moi », explique-t-il à lady Latimer, qui écarquille les yeux de surprise.

La vieille dame applaudit avec un petit rire. « Quelle heureuse coïncidence, ma chère ! se réjouit-elle en tapotant le bras de Dora. Finalement, vous allez vous amuser. J'avais peur que vous ne soyez foudroyée d'ennui. Maintenant, si vous voulez bien m'excuser, je me dois à mes autres invités. »

Dans un tourbillon de parfum à la lavande, lady Latimer disparaît au milieu de la foule, et le trio – sir William, Edward et Dora – se regarde dans une atmosphère tendue. À côté d'eux, le pithos semble briller d'un éclat étrange dans la lumière dorée de la salle de bal. C'est sir William qui rompt le silence.

« Selon lady Latimer, c'est vous, Dora, qui vous êtes procuré ceci, dit-il en désignant le pithos. Puis-je vous demander comment ? »

Dora hésite. Edward et elle échangent un coup d'œil. Il y a quelque chose dans le ton de sir William, une sorte de réserve discrète qui la met elle-même sur ses gardes.

« Je dois avouer que…

— S'il vous plaît, monsieur, l'interrompt Edward en adressant à Dora un regard d'excuse. C'est fort heureux que vous soyez ici ce soir. J'ai envoyé une lettre à vos appartements dans l'espoir de vous parler à ce sujet, justement. »

Sir William examine soudain Edward avec intérêt.

« J'ai bien peur d'avoir reçu beaucoup de courrier depuis mon retour en ville. Avec toutes les affaires que j'ai à régler, j'ai à peine entamé leur lecture.

— Je comprends, mais… »

Dora les observe. L'espace d'un instant, elle a été confrontée à son passé de la manière la plus inattendue, souhaitant avec la même intensité à la fois lui échapper et l'affronter, et maintenant… Encore une fois, elle ne parvient pas à se débarrasser du sentiment qu'il y a quelque chose qu'Edward ne lui dit pas. Ce désir pressant qu'il a eu de vouloir parler du pithos. Sans même échanger d'abord quelques plaisanteries…

Elle contemple le vase, paré de toute sa gloire austère. Il a exactement l'air de ce qu'elle s'était représenté – un ornement richement décoré digne d'un rassemblement de ce genre – mais pourquoi donc, songe-t-elle, le pithos paraît-il si déplacé ici ? Il semblait tellement plus adapté à l'obscurité du sous-sol de la boutique ! Sans prévenir, le bout de ses doigts se met à lui picoter. Dora plisse le front au souvenir de cette première nuit où elle avait imaginé ce bourdonnement bas dans le sous-sol, cette palpitation d'attente fiévreuse.

« Miss Blake, c'est bien cela ? les interrompt une voix, et Dora se retourne avec gratitude pour découvrir à ses côtés une jeune femme – habillée en Ophélie, pense-t-elle d'après la guirlande florale qui couronne ses longs cheveux dénoués.

— Oui ?

— Oh, très bien ! » Son interlocutrice lui sourit largement, révélant une rangée de petites dents nacrées. « Lady Latimer m'a suggéré de venir vous parler. De vos créations de bijoux.

— Oh ! » Dora porte une main à son cou. « Mais oui, s'il vous plaît, je…

— J'ai cherché dans tout Londres quelque chose d'original, et j'ai été déçue chaque fois. » La jeune femme fixe l'endroit où Dora a posé sa main. « Est-ce aussi l'un des vôtres ? Il est si charmant ! Je souhaite vous passer une commande. Le collier que vous avez créé pour lady Latimer ne ressemble à rien que j'aie jamais vu. » Elle consulte alors du regard Edward et sir William. « Je peux vous l'emprunter ? »

Dora se tourne vers ses compagnons, répugnant à les quitter maintenant que son instinct lui souffle qu'il y a anguille sous roche, mais Ophélie la tire déjà par le bras, et elle ne tarde pas à se perdre dans une foule de jupes tourbillonnantes et d'éventails frémissants.

Jamais dans ses rêves les plus fous Dora ne s'était attendue à recevoir un tel déluge de compliments.

Ils étaient venus de partout – des jeunes filles ayant choisi la *soirée** de lady Latimer pour faire leur « début » dans le monde aux comtesses, en passant par lady Hamilton en personne. Même un duc avait loué son travail, désireux de savoir si ses talents s'étendaient aux vêtements d'homme, et Dora n'avait été capable que de sourire, de hocher la tête, de sourire et de rire, de sourire encore et…

Elle appuie désormais ses doigts sur ses tempes, tente de retrouver son chemin vers le hall d'entrée depuis le cabinet de toilette où elle s'est échappée. C'est trop pour elle ; pas uniquement cette attention inattendue et le choc de revoir sir William, mais aussi la chaleur des corps, les décorations voyantes, l'éclat aveuglant des bougies, le bavardage des gens ivres, le bruit de l'orchestre, le cri des perroquets dans leurs cages dorées – lady Latimer s'est même procuré deux singes capucins, assis sur un coussin rouge de chaque côté de la table des rafraîchissements, et l'un d'eux a laissé sa queue tremper dans le bol de punch.

Oh, mais les retombées potentielles de cette soirée ! Dora essaie de garder la tête froide. Il n'en ressortira peut-être rien du tout, se chapitre-t-elle. Mais si c'était le contraire ! Tout ce qu'elle a toujours désiré, enfin à sa portée...

Elle s'immobilise.

Dans quelle direction aller ? Doit-elle tourner à gauche ? À droite ? Elle ne s'en souvient plus. Elle n'aurait pas dû accepter ce verre de vin qu'Ophélie lui a proposé. Tout droit ? Juste au moment où elle commence à paniquer, Dora entend des rires tonitruants, et, soulagée, les suit jusqu'au bout du couloir, puis bifurque pour entrer de front en collision avec un valet de pied qui arrive en rajustant maladroitement les boutons de ses culottes.

« Oh ! Je suis vraiment désolée, je... »

Ses excuses s'évanouissent sur sa langue, car sur les talons du valet de pied apparaît Cornelius Ashmole, ses longs doigts posés sur sa cravate. De surprise, Dora recule d'un pas. Lui aussi. Le valet – dont le haut des joues par ailleurs pâles et poudrées est marqué de deux taches rouges – les dépasse en trombe sans un mot.

Durant un long moment, Dora et Cornelius se bornent à se dévisager. Puis Cornelius s'éclaircit la gorge.

« Miss Blake.

— Mr. Ashmole. » Elle s'interrompt. « J'avais besoin d'air.

— En effet. » Il finit paresseusement de renouer sa cravate. Comme Edward et elle, il a choisi de ne pas porter de déguisement. « Vous allez mieux ?

— Oui, merci. Je… »

Il lui coupe la parole en prenant sa main dans la sienne, commence à marcher dans la direction opposée. « Alors, dansons, miss Blake. »

Dora ne peut pas protester ; il l'entraîne comme si elle n'était qu'un simple ruban flottant derrière lui, et, tout à coup, ils se retrouvent sous les vives lumières de la salle de bal, où retentissent les premières mesures d'une *allemande**.

« Monsieur, siffle-t-elle, je ne connais pas cette danse.

— Imitez juste les autres », répond Cornelius Ashmole d'une voix ferme.

Avant qu'elle puisse ajouter quoi que ce soit, la danse a déjà débuté, et Dora est contrainte de tenter de reproduire – plutôt mal – les pas de son indésirable partenaire. Au moins, elle est soulagée que ses jupes cachent ses pieds.

Cornelius la guide en décrivant de lents cercles, serre son bras contre le sien.

« Et comment trouvez-vous votre première soirée, miss Blake ? »

Encore ce ton condescendant. Dora serre les dents.

« Cela ne ressemble à rien de ce que j'aie jamais vécu, je l'admets.

— Je n'en doute pas. Allez à droite, maintenant. »

Il lui fait signe de suivre une autre femme avant de revenir à sa position initiale et, durant une minute entière, ils ne se disent pas un mot. Dora observe la dame à côté d'elle – vêtue de rose pâle couleur flamant et portant un masque à plumes assorti – exécuter une série de pas compliqués qu'elle ne peut même pas espérer copier.

Lorsque Cornelius lui attrape de nouveau la main pour la faire tourner, elle prend une grande inspiration.

« Vous êtes très protecteur à son égard. »

Elle n'a pas besoin de dire de qui. Cornelius ne sait que trop bien de qui il s'agit.

« J'en ai parfaitement le droit, réplique-t-il d'un ton abrupt.

— Ah oui ? »

Il serre les mâchoires. « Mes affaires ne vous concernent pas. »

Dora essaie de se montrer patiente. « Mr. Ashmole, je me rends compte que vous ne m'aimez pas, mais vous devez comprendre que je ne vous veux pas de mal. »

Il s'esclaffe en virevoltant.

« Vraiment pas. »

Cornelius jette un coup d'œil par-dessus son épaule. Dora essaie de suivre son regard. Mal à l'aise, elle note qu'Edward et sir William ne sont visibles nulle part.

« Que vous a raconté Edward ? » demande-t-il impérieusement.

Le visage de Dora se retourne vers le sien d'un coup sec. Ainsi, ils vont être honnêtes l'un envers l'autre. C'est, pense Dora, un soulagement, et elle lui adresse un regard aussi franc que possible.

« Il m'a raconté que vous aviez grandi ensemble. Qu'il était le fils du palefrenier, et vous l'héritier d'un domaine.

— Quoi d'autre ?

— Qu'à la mort de son père, le vôtre l'a envoyé à Londres apprendre un métier.

— Et c'est tout ?

— Il y a autre chose ? »

Elle sait que oui – son instinct lui souffle que oui – mais ce que Cornelius va dire ensuite l'intéresse. Le tempo de la musique s'accélère et, durant quelques minutes, Dora est trop concentrée sur la reproduction des pas de son partenaire pour continuer la conversation. Quand la musique ralentit et qu'ils se rejoignent une fois de plus, Cornelius répond.

« Mon père a tout payé – l'apprentissage, la pension d'Edward, tout. Et pendant des années, nous ne nous sommes pas vus. Je suis plus âgé que lui, il ne vous l'a pas dit ? » Dora fait signe que non. « On m'a envoyé à Oxford, après quoi j'ai effectué mon *Grand Tour**, comme c'est la coutume pour beaucoup de garçons de mon rang.

— Et ensuite ?

— Et ensuite, je suis rentré. Je suis allé le voir.

— L'atelier de reliure…

— Quoi donc ?

— Eh bien, c'est inhabituel, non ? Un héritier qui possède un établissement de ce genre ? Ce n'est pas commun pour des rentiers tels que vous de s'impliquer dans un commerce.

— Je l'ai acheté, dit sombrement Cornelius. Pour de bonnes raisons.

— Lesquelles ? »

Cornelius hausse ses sourcils sombres, l'ignore. « Vous pensez que tous les hommes fortunés sont oisifs, miss Blake ? » s'enquiert-il en lui prenant la main pour lever son bras en rythme sur une note aiguë.

Dora songe aux clients qui fréquentaient autrefois Blake's Emporium. Elle désigne la pièce en inclinant la tête.

« Combien d'hommes fortunés ici peuvent se vanter de gérer une entreprise ? »

La danse semble se terminer ; le tempo commence à ralentir avec les violons, et, tout en pliant un genou, Cornelius ricane.

« Je ne "gère" pas de boutique, miss Blake. C'est le rôle de Fingle. »

Dora plisse les yeux. « Ne me prenez pas de haut, monsieur. Vous savez très bien ce que je voulais dire.

— Pourquoi cela devrait-il avoir de l'importance, que je possède l'atelier ? revient-il à la charge, menton levé. En quoi le fait que je possède un atelier me différencie-t-il des nouveaux riches qui se sont rempli les poches en commerçant ? Ou même des propriétaires de plantations ?

— Vous vous comparez donc à des esclavagistes ? »

Un éclair de colère traverse alors les traits de Cornelius Ashmole, et, quand Dora fait mine de s'écarter de lui, il lui pince méchamment les doigts.

« Bien sûr que non, allez au diable. La seule idée de l'esclavage, à n'importe quel niveau, m'est odieuse. »

Cornelius pose son autre main sur le dos de Dora, la guide avec raideur sur un dernier tour, mais le ton désobligeant sur lequel il lui a parlé lui fait perdre finalement patience.

« Pourquoi trouvez-vous nécessaire de me défier à tout instant ? De quoi me soupçonnez-vous ? »

La musique s'arrête. Les danseurs applaudissent. Ni Dora ni Cornelius ne se joignent à eux, et ce dernier souffle d'un air mécontent.

« Très bien. Edward croit que vous n'avez joué aucun rôle dans la sombre affaire où trempe votre oncle. Il a peut-être raison. Quant à moi, je n'ai – et ce, depuis très longtemps – une confiance aveugle en personne. Jusqu'à preuve du contraire, miss Blake, je continuerai à vous traiter comme je l'ai fait. Rien de personnel, ajoute-t-il, alors que Dora éclate d'un bref rire incrédule.

— Mais si. Vous avez été plus que clair là-dessus, et je n'apprécie pas du tout ce que cela implique. Quel que soit le pétrin dans lequel mon oncle s'est fourré, je ne veux pas y être mêlée.

— Ne vendez-vous pas sciemment des contrefaçons dans la boutique ? »

Dora se mord la lèvre. « C'est différent.

— Vraiment ? »

Les danseurs se dispersent peu à peu. Sans cérémonie, Cornelius entraîne Dora hors de la salle de bal, la lâche dans un vestibule obscur proche d'un pot de fleurs gaufré d'or, où le bord d'un verre à punch dépasse des feuilles d'une fougère. Il la fixe un moment avant de reprendre la parole, un éclair calculateur dans son regard sombre.

« Vous attendez-vous honnêtement à ce que je croie que vous ignoriez l'implication de votre oncle dans ces transactions illégales ? J'ai lu les notes d'Edward. Il est simplement impossible que votre oncle ait pu vous le cacher durant toutes ces années alors que vous viviez sous le même toit. »

À ces mots, l'estomac de Dora se tord. Elle entend la vérité qu'ils contiennent, comprend les soupçons de Cornelius Ashmole. Formulés ainsi, ils sont vraiment écrasants. Et pourtant…

« C'est la vérité », murmure-t-elle.

Il se moque de plus belle. « Vous me pardonnerez si j'ai du mal à vous croire.

— Mr. Ashmole, dit-elle d'une voix tendue, pleine de honte, Edward a été d'une gentillesse extrême avec moi. Je… »

Dora ne finit pas sa phrase. Fronce les sourcils.

« Quelles notes ? »

Il y a une demi-seconde de silence torturé. Puis, comme si quelqu'un avait actionné un levier en lui, quelque chose change dans le visage de Cornelius Ashmole. La main qui tenait si fermement le bras de Dora depuis qu'il l'a guidée jusqu'au vestibule s'en détache aussi vite que s'il s'était brûlé. Il jure, commence à se détourner, mais Dora se plante résolument en travers de son chemin, un feu s'embrasant au creux de sa poitrine.

CHAPITRE TRENTE ET UN

Sir William suggère qu'ils parlent sur le balcon, où la foule est moins dense et où, plaisante le diplomate, il s'entendra peut-être penser. En le suivant dehors, Edward repense aux révélations de Dora.

Il m'a sauvé la vie.

Le vent n'est pas aussi fort, ici. L'arrière de la villa donne sur une étendue d'eau qui les protège du plus gros des rafales, et Edward est ravi d'être à l'air frais, car cette salle de bal est surchauffée, et sa claustrophobie (bien qu'il se soit efforcé de la cacher à Dora) s'aggrave de minute en minute. Il se sent totalement déplacé et parfaitement ridicule. Ses souliers lui blessent les pieds. Tout est bien trop fastueux. Les décorations de lady Latimer – quoique indéniablement impressionnantes – sont bien trop grandioses à son goût. Edward préfère la simplicité. La tranquillité. Il est sidéré de tout l'argent que les gens riches semblent ravis de jeter par les fenêtres pour se distraire le temps d'une simple soirée.

Ils contournent deux couples également sortis prendre l'air et un groupe de messieurs plus âgés vêtus de toges. Edward aperçoit furtivement un visage familier parmi eux – longue barbe blanche, yeux bleus perçants – et trébuche en tentant de mieux le voir.

« Mr. Lawrence ? »

Hamilton, qui s'est arrêté, le regarde avec une expression frisant l'impatience.

« Je... » Edward plisse les yeux, mais l'homme est parti. « Pardonnez-moi, j'ai cru... » Il secoue la tête. « Peu importe.

— Venez, dans ce cas », reprend sir William, et Edward se laisse entraîner dans un endroit plus reculé tout à droite du pavillon.

« Alors, Mr. Lawrence, lance Hamilton une fois à l'abri des oreilles indiscrètes, en s'appuyant sur sa canne dont il serre le pommeau qui représente apparemment un visage grec sculpté dans l'ivoire. Vous avez toute mon attention. »

Le regard du diplomate est d'une franchise inconfortable. Conscient qu'il ne tolérera pas de perdre du temps en plaisanteries, Edward va droit au but.

« Dans ma lettre – écrite sur les conseils de Richard Gough – j'expliquais que j'étais tombé par hasard sur un pithos. Ce pithos-là, ajoute-t-il en désignant du menton la salle de bal. J'ai aussi expliqué que son propriétaire détient de nombreuses poteries grecques peut-être acquises sous le manteau.

— Je vois.

— Je vous ai écrit pour vous demander votre avis. »

Sir William ne bouge plus du tout. « Dois-je comprendre que la propriétaire de ces artefacts est Dora Blake, comme l'a laissé entendre lady Latimer ?

— Le propriétaire en est son oncle. »

L'expression d'Hamilton s'assombrit. « Savez-vous où *il a pu* se les procurer ?

— Nous l'ignorons. Mais c'est quelque chose que j'essaie de découvrir. » Edward pense au dénommé Coombe, à qui il a décidé de rendre visite à la première occasion. « Dora a trouvé le pithos au sous-sol de la boutique.

— Et comment est-il arrivé jusqu'ici ?

— Dora s'en est servie pour créer ses bijoux. L'un d'entre eux a plu à lady Latimer, qui a exigé de savoir d'où elle avait tiré son inspiration. »

Sir William hoche la tête. « Oui, sa Grâce a toujours été persévérante lorsqu'il s'agit d'arriver à ses fins. Comment l'oncle de Dora a-t-il pris les choses ?

— Il faut que vous le demandiez à Dora. »

Hamilton marque une pause. Fait tournoyer la canne à ses pieds.

« Quel conseil espériez-vous de moi, Mr. Lawrence ? »

Le cœur du problème, enfin.

« Dora m'a autorisé à utiliser le pithos pour une étude, qui me permettrait d'entrer à la Société des Antiquaires. Elle l'a dessiné. J'avais l'intention d'écrire son histoire, mais le problème est que, ayant désormais compris ses origines douteuses, la Société ne peut décemment pas la publier. J'avais espéré qu'en tant qu'expert en antiquités grecques, vous pourriez y jeter un coup d'œil, et me donner un aperçu du marché noir et de son fonctionnement.

— Pourquoi ? »

Edward hésite. « Pour une autre étude.

— Et Dora sait-elle que vous m'aviez contacté ? »

Edward hésite encore, piétine, grimace à cause de ses souliers qui lui blessent les pieds.

« Elle sait que j'ai demandé conseil au sujet du pithos. Quant à l'autre sujet…

— Hmm. »

Hamilton n'adresse pas à Edward la réprimande qui manifestement lui brûle les lèvres. La réprimande qu'il mérite.

« Qu'avez-vous l'intention de faire de ces informations ? »

La chaleur monte aux joues d'Edward. Toujours cette culpabilité qui chahute au creux de son estomac.

« J'ai l'intention de publier ce que j'aurai découvert.

— Prévoyez-vous de nommer Dora ?

— Je ne prévois de nommer personne. »

Sir William plisse le front. « Vous comprenez à quel point c'est dangereux ? Il va falloir tenir compte des autorités. Que vous nommiez ou non Dora ou son oncle… Vous voyez ce que j'essaie de dire ? »

Edward voit très bien. Il ferme les yeux, puis les rouvre d'un coup ; des taches noires dansent comme des fourmis devant ses yeux. Il prend une profonde inspiration pour se calmer.

« Je me soucie beaucoup du bien-être de Dora. Croyez-moi, monsieur, je comprends les dangers. Je ne permettrai pas qu'il lui arrive quoi que ce soit. »

Pas question. Il s'en assurera.

Hamilton l'observe longuement. Ensuite, il se retourne, marche jusqu'au bord du balcon – sa canne cliquetant sèchement contre les dalles –, avant de s'appuyer sur la balustrade en pierre et de contempler la nuit au-dehors. Edward le suit et s'arrête à ses côtés.

Au-dessous d'eux, l'eau clapote doucement. Quelque part, une chouette ulule. Des rires bruyants s'échappent de la salle de bal derrière eux sur les accents d'une musique de cotillon.

« Je ne doute pas une seconde qu'Hezekiah Blake se soit procuré illégalement sa collection d'articles grecs et le pithos », finit par déclarer sir William. Edward lui jette un regard surpris, car il n'avait pas mentionné le nom d'Hezekiah. « J'ai toujours su que c'était un fourbe. Comme je l'ai dit à lady Latimer, j'ai connu les Blake il y a de nombreuses années. Nous nous sommes rencontrés à Naples. Helen – la mère de Dora – était une artiste accomplie, que j'engageais souvent afin qu'elle dessine pour moi. Hezekiah voyageait parfois avec eux. Il était doué pour les cartes. »

Hamilton paraît perdu dans ses pensées, et Edward contemple les méplats de son visage. À la lueur de la lune, son nez aquilin, ses pommettes hautes sont encore plus prononcées. Le ruban écarlate de sa perruque ondoie au vent. À l'instar d'Edward, il a choisi de ne pas se déguiser.

« Comment en êtes-vous venu à sauver la vie de Dora, monsieur ? » Sir William se retourne une fois de plus pour lui faire face. « Dites-moi, enchaîne-t-il, ignorant la question d'Edward pour poser la sienne. Que savez-vous du pithos ?

— Je sais – d'après les investigations des scientifiques de la Société – qu'il est antérieur à l'Histoire. C'est en partie pour cette raison que je vous ai écrit. » Edward marque une pause pour ménager ses effets, mais sir William semble étrangement imperturbable. « Maintenant, Gough les a chargés de déterminer son origine géographique. »

Hamilton s'esclaffe. « Je peux leur éviter cette peine.

— Monsieur ?

— Ce pithos a été déterré sur les contreforts du mont Lycaon. Il y a six mois. »

Edward le fixe. « Comment le savez-vous ?

— Parce que, Mr. Lawrence, c'est moi qui ai organisé les fouilles. »

« Vous voilà ! » lance d'un ton faussement mutin lady Hamilton de l'autre côté du balcon lorsqu'elle découvre Edward et son mari en grande conversation. Edward essaie de reprendre contenance, feignant une nonchalance qu'il ne ressent pas.

Non, en vérité, il se sent soudain envahi d'une fatigue écrasante. Ce que le diplomate vient de lui apprendre dépasse de loin tout ce qu'il aurait pu imaginer. Il échange un regard avec sir William, dont les yeux lui lancent des signaux d'avertissement dépourvus de toute ambiguïté.

Pas un mot, disent-ils. *Pas encore*.

« Vraiment, William, est-il nécessaire que vous parliez affaires toute la soirée ? remarque lady Hamilton en se joignant à eux, éblouissante dans sa tenue de bronze. Vous avez contraint votre nouvel ami à négliger miss Blake au plus haut point.

— Où est-elle ? interroge Edward, et l'épouse de William sourit de son inquiétude en lui tapotant malicieusement l'épaule avec son éventail.

— Mais enfin ! Juste derrière moi, avec Mr. Ashmole. » Elle se retourne, tout sourires. « Vous voyez ? La voilà, saine et sauve. »

Et oui, Dora est bien là, qui franchit les larges portes de la salle de bal, Cornelius à ses côtés. Edward s'apprête à lui sourire, mais, au vu de son expression fermée, tendue, d'une froideur effrayante, il se ravise.

Quelque chose ne va pas.

« Je les ai retrouvés, miss Blake, s'exclame lady Hamilton en riant. C'est typique des hommes ! Nous autres femmes sommes passablement négligées dès qu'il est question d'affaires. Et maintenant, la soirée touche à sa fin, miss Blake est fatiguée et souhaite rentrer chez elle. Honnêtement, Mr. Lawrence, dit-elle en agitant de nouveau son éventail, d'où s'échappe une plume dorée rebelle, comment avez-vous pu abandonner votre cavalière ?

— Dora, dit Edward avec la plus grande prudence, s'évertuant à croiser son regard. Je suis sincèrement désolé. Je n'avais pas l'intention de monopoliser à ce point lord Hamilton. Vous souhaitez vraiment partir ?

— Oui. Le plaisir que je prenais à cette soirée a été quelque peu gâché. »

Son ton est glacial. L'estomac d'Edward se noue. Il jette un coup d'œil à Cornelius, qui lui envoie un avertissement muet impossible à décrypter.

« Vous en êtes sûre ? » essaie-t-il à nouveau, mais Dora se détourne.

Elle refuse de le regarder, comprend-il, atterré.

« Je me suis déjà excusée auprès de lady Latimer.

— Je crois que je vais me retirer moi aussi, ma chère, ajoute sir William à l'intention de sa femme. Vous savez à quel point ce genre de mondanités m'épuise. »

Lady Hamilton claque la langue. « Faites donc, William, si c'est ce que vous souhaitez. »

Hamilton se tourne vers Dora. « Que va-t-il arriver au pithos quand la soirée sera terminée ? »

Edward observe la jeune femme, le cœur battant. Il veut lui parler. Il a besoin de savoir ce qui s'est passé. Pourquoi elle sourit à sir William, et pas à lui…

« Il doit être renvoyé à la boutique demain. Ensuite, j'ignore ce que mon oncle a prévu. »

Ce n'est qu'à ce moment-là que Dora regarde Edward, mais, à la seconde où leurs yeux se rencontrent, elle détourne les siens. C'est suffisant. Il y lit l'accusation, la détermination avec laquelle elle refrène sa colère. Edward se tourne vers Cornelius, alarmé, mais son ami étudie désormais le sol avec la plus grande attention.

« Je vois, déclare sir Hamilton. Dora, j'aimerais vous inviter, vous et Mr. Lawrence – ainsi que Mr. Ashmole, bien sûr – à dîner chez nous demain soir. Vous n'y voyez pas d'objection, n'est-ce pas, Emma ?

— Pas du tout ! Je serai ravie d'avoir l'occasion de parler à miss Blake dans un cadre plus intime. J'ai en tête la plus superbe des créations. Mon cher Hora[1]… – elle s'interrompt, rougit joliment, avant de lancer à Dora : Oui, venez, s'il vous plaît. Nous en serions honorés. »

---

1. Référence à l'amiral Horatio Nelson, amant de lady Hamilton, mentionné plus haut.

Une hésitation. Un petit signe de tête affirmatif.

Sir William frappe le sol avec sa canne en leur adressant un sourire. C'est la première fois de la soirée qu'Edward le voit sourire, même si cela semble forcé.

« C'est entendu, alors », conclut-il.

Lady Hamilton agite son éventail.

« Eh bien, comme vous vous retirez, je vais retourner danser. J'ai une telle passion pour la danse, vous savez, que j'ai bien l'intention d'en avoir mon content d'ici la fin de la soirée. J'espère que vous êtes remise, maintenant, miss Blake. »

Dora prend une respiration expressive. « Oui, milady, merci.

— Alors je vous souhaite bonne nuit. »

Sur ce, Mrs. Hamilton s'en va, magnifique phénix, dans un tourbillon de jupes flamboyantes.

CHAPITRE TRENTE-DEUX

Cornelius hèle une calèche arrêtée en face des portes grandes ouvertes de la villa. Dora marche à vive allure devant eux, bien déterminée à rentrer à Ludgate Street par ses propres moyens, mais Edward, qui l'a rattrapée, lui saisit la main, et, avant qu'elle ait eu le temps de le repousser, la calèche est devant eux, et il la pousse à l'intérieur.

Elle sait qu'Edward et son ami ont échangé des murmures furieux en la suivant, et qu'Edward a compris qu'il a été démasqué. Aussi, les roues du véhicule ont à peine eu le temps de faire un tour complet qu'elle s'en prend à lui. Sa colère – d'une intensité féroce – a beau l'effrayer elle-même, elle ne peut pas la contenir, c'est impossible.

« Comment osez-vous, siffle-t-elle alors que la calèche s'éloigne et franchit les grilles en fer forgé. Je vous faisais confiance ! Je vous ai invité chez moi, je vous ai proposé mon aide, et c'est ainsi que vous me remerciez ?

— S'il vous plaît, tente Edward, qui se tord les mains sur ses genoux. Vous devez comprendre que ce n'est pas…

— Vous écrivez à mon sujet !

— Allons, ce n'est pas exactement ce que j'ai dit, intervient Cornelius, mais Dora l'ignore, sent le ton de sa voix friser l'hystérie.

— Vous écrivez à propos de la boutique de mon oncle.

— Pas en termes aussi explicites. Je vous jure que je…

— Vous avez parlé de nous à votre supérieur à la Société !

— Non, Dora, pas du tout ! Je n'ai mentionné aucun nom, je vous le promets. »

Dora entend son ton plaintif, sans toutefois s'y laisser prendre. Edward se penche davantage sur son siège, essaie en vain de prendre ses mains dans les siennes, mais elle les retire et les fourre sous ses bras croisés.

« S'il vous plaît, supplie-t-il. Vous devez comprendre. Laissez-moi vous expliquer. Dora, je ne pouvais pas me servir du pithos comme sujet d'étude crédible sachant qu'il avait été obtenu illégalement. Ma réputation et celle de la Société auraient été compromises ! Par contre, il n'y a encore jamais eu d'étude publiée sur le marché noir. Si vous pouviez juste…

— Non, bon sang, crache Dora d'une voix étranglée. Je refuse de l'entendre. Je ne peux pas l'entendre ! Vous avez totalement trahi ma confiance. Et ma réputation *à moi*, alors ? Qu'est-ce qu'elle devient ? Je pourrais être *pendue* pour ça, vous ne le voyez donc pas ? »

C'est comme si elle l'avait giflé. Edward se rencogne lourdement dans son siège. La pénombre empêche Dora de distinguer son visage, ou celui de Mr. Ashmole, et elle s'en félicite car, à leur vue, elle pourrait fort bien s'effondrer pour de bon. Tout ce qui subsiste entre eux, c'est le son de leur respiration, le sifflement tempétueux du vent.

« Dora… »

Le soupir dans la voix d'Edward est plus qu'elle ne peut supporter. Décidée, elle frappe du poing le toit de la calèche. Elle ne peut pas rester en leur compagnie une minute de plus. Pas une seule. La calèche oscille un moment de gauche à droite avant de ralentir, ses freins crissant sur la route pavée.

« Dora, supplie désormais Edward. Ne faites pas ça, vous allez…

— Ça ira très bien, Mr. Lawrence, lâche-t-elle froidement. Je dirais même que je me débrouillerai très bien sans vous. Mieux, je pense. »

La calèche s'immobilise.

« Dora, je…

— Oh, Edward, laisse-la, intervient de nouveau Cornelius. C'est intéressant, tu ne trouves pas, que miss Blake fasse autant d'histoires ? Peut-être a-t-elle quelque chose à cacher après tout.

— Par pitié, Cornelius, rétorque Edward d'un ton cassant. Pas maintenant. Dora, s'il vous plaît ! »

Cependant, Dora est déjà descendue, offrant ses joues à la vive morsure du vent. Après leur avoir adressé à tous deux un regard cinglant qui pourrait transformer l'eau en glace, elle claque brutalement la portière derrière elle et se retourne pour s'éloigner très vite dans la nuit.

Chère Dora,

Il y a une multitude de choses que j'aimerais vous dire, mais je crois qu'il serait préférable que je m'explique en personne. En revanche, sachez s'il vous plaît que vous vous trompez complètement dans vos suppositions. Cornelius m'a rapporté en détail votre conversation d'hier soir. Je ne peux que m'excuser pour son comportement et, bien sûr, pour le mien. J'aurais dû vous expliquer ce que j'étais en train d'écrire, et pourquoi. J'ai été un imbécile doublé d'un égoïste absolu. J'espère sincèrement pouvoir arranger les choses entre nous, et que, une fois que vous aurez entendu mes explications, je pourrai aussi vous supplier de me pardonner. Il faut que vous compreniez à quel point votre amitié compte pour moi. J'espère de tout cœur qu'elle perdurera.

Nous sommes attendus ce soir chez lord Hamilton à dix-huit heures. Cornelius a gentiment accepté de vous envoyer une calèche à dix-sept heures trente, et je vous implore de l'accepter et de nous rejoindre là-bas. Cette soirée ne sera pas la même sans vous. Je suis certain que sir William ne nous a invités qu'à cause de vous, après tout.

Bien à vous,

Edward.

Dora est assise au bord de son tabouret derrière le comptoir, la tête profondément enfouie entre ses mains. Au-dessus d'elle, sur son perchoir, Hermès dort, sa tête enfouie aussi sous son aile. Il est dix heures moins le quart, et elle a déjà nettoyé et aéré la boutique. Elle a acheté des brins de lavande à la vendeuse ambulante qui a passé le nez par la porte, pour tenter de couvrir l'odeur d'alcool fermenté et la puanteur des bandages humides d'Hezekiah qui commence à filtrer depuis ses appartements. Ici, dans la boutique, ce n'est pas si terrible, mais, de temps en temps, Dora en perçoit tout de même des effluves répugnants.

Elle entend, derrière elle, dans la cuisine, Lottie s'agiter à grand bruit. La tranche de pain et le morceau de fromage qu'elle a chapardés plus tôt dans la matinée dans le garde-manger sont loin d'avoir été suffisants pour assouvir sa faim. Ignorant les gargouillis de son estomac, Dora pense à Edward et est reprise d'un accès de rage.

Comment a-t-il pu ?! Faire une chose pareille derrière son dos, risquer tout ce qu'elle a et tout ce qu'elle est au nom de sa seule carrière, c'est impardonnable. Elle ne l'en croyait pas capable. Après tout ce qu'ils ont partagé… Et pourtant, que sait-elle de lui, en réalité ? Dora repense à ces moments où elle l'avait senti sur la réserve, aux choses qu'il lui a tues, à ses regards de connivence avec Mr. Ashmole, le jour où elle leur a rendu visite à Clevendale. Elle relève la tête de ses mains. Oh, comment a-t-elle pu se laisser aussi affreusement berner ?

Elle passe son doigt sur la lettre d'Edward, posée devant elle sur le comptoir, et ses pensées vont à sir William. Ils ont à peine échangé deux mots. En effet, Edward a complètement monopolisé son attention. De quoi lui a-t-il parlé ? Une partie d'elle est tentée de ne pas assister du tout au dîner, mais elle sait que son absence ne sera pas constructive, qu'elle ne servira qu'à la torturer. Non, elle doit y aller. Et elle doit aussi, décide-t-elle, s'entretenir seule à seule avec sir William.

Derrière elle, la cloche retentit. Dora n'a pas besoin de se retourner pour savoir qui c'est. Elle le sent déjà, pareil à un cadavre dans un fossé.

« Tu es rentrée tard. »

Hezekiah a proféré ce commentaire d'une voix rauque, et Dora ne ressent aucune compassion pour lui. S'il est résolu à boire jusqu'à tomber dans le coma, elle n'en a cure.

« Oui », répond-elle sans le regarder.

Une longue pause s'ensuit.

« Tu as nettoyé.

— Il fallait bien que quelqu'un le fasse. »

Il pousse un grognement, pénètre enfin dans la boutique en traînant la jambe. Dora replie la lettre d'Edward et la glisse dans la poche de ses jupes.

« Et quand milady va-t-elle – Hezekiah prononce cette phrase d'un ton railleur – me renvoyer mon vase ? »

Dora rétorque avec hauteur : « Il doit revenir cet après-midi. Je doute que quiconque soit déjà réveillé là-bas à cette heure-ci. Vous savez comment ces sauteries finissent à l'aube.

— Sauf que je n'en sais rien », aboie-t-il. Il est devant elle à présent, une main robuste agrippée au bord du comptoir. « Je n'étais pas invité, *moi* ! »

Il abat son autre main sur le comptoir, et Dora soupire avant de se résoudre à lever la tête vers lui. Les yeux de son oncle sont injectés de sang. Son nez est envahi d'un réseau de fines veinules pareilles à du fil rouge. Le gin a fait des ravages.

« Sans moi, vous ne seriez pas plus riche de trois cents livres, mon oncle. » Dora ajoute ces derniers mots pour l'agacer, bien qu'il n'ait nul besoin d'encouragements. Les narines d'Hezekiah se gonflent. « Un développement agréable, poursuit Dora, étant donné que vous avez déjà un acheteur prêt à vous en débarrasser. » Elle voit son visage se fermer et comprend alors qu'il a également menti à ce sujet. « N'est-ce pas ce que vous avez dit à lady Latimer ? Vous devriez me remercier. »

Durant des années, Dora a pris des gants avec Hezekiah : ce n'était pas qu'elle le craignait, mais jamais, depuis qu'il l'avait recueillie, il ne l'avait traitée comme sa nièce ; il n'avait manifesté aucun chagrin à la mort de son frère ; et, dès qu'elle avait été en âge de se rendre utile, il en avait profité. C'était simplement dans l'ordre des choses ; Dora en était venue à accepter que du jour au lendemain son existence soit passée de l'affection et la chaleur à l'isolement et la froideur, et elle avait appris à avoir aussi peu affaire à son oncle que possible. Néanmoins, depuis l'arrivée du pithos… C'est comme si elle s'était réveillée d'une sorte de stupeur, comme si, jusqu'à présent, un voile l'avait empêchée de ressentir plus que le strict nécessaire. Comme si elle pouvait maintenant, enfin, voir. Ses parents ne lui ont jamais autant manqué.

De l'autre côté du comptoir, Hezekiah la fusille du regard. Le blanc livide de sa cicatrice tranche avec la surface rouge de son visage. Dora devine aux doigts tremblants de son oncle qu'il brûle de les appuyer dans le tendre creux de son cou. Cette pensée lui plaît presque.

La cloche de la boutique tinte sur son ressort, interrompant ce moment trouble. Dora lève les yeux pour découvrir une femme élancée, qui entre. On comprend à sa robe aux fines rayures qu'elle a de l'argent, et à son bonnet démesuré de la vanité. Hezekiah s'en aperçoit, l'approche avec son habituel bagou prétentieux de vendeur.

« Comment puis-je vous aider, miss ?

— Je cherche…

— Ah, laissez-moi deviner ! » Hezekiah lève un doigt, l'agite, tentant en bon commerçant de la charmer, à sa manière. « Un meuble Renaissance ? Ou peut-être une chaise rococo pour… » Mais il ne termine pas sa phrase quand il remarque que la cliente fronce le nez – elle doit sentir son odeur, pense Dora – et secoue la tête.

« Non. » Son ton respire la suffisance. « Je ne suis intéressée par rien de tout cela. Je suis ici pour voir miss Blake. »

Hezekiah s'approche encore d'elle. « Miss Blake ? répète-t-il.

— Oui, en effet, je… Oh, vous voilà ! » Le visage de la femme s'éclaire lorsqu'elle aperçoit Dora derrière le comptoir. Elle passe devant Hezekiah à la hâte ; il la suit du regard, stupéfait. « Vous m'avez bien dit de venir à cette adresse, n'est-ce pas ?

— Miss, minaude Hezekiah. Ma nièce ne sait pas grand-chose en matière d'antiquités. Vous feriez mieux de vous adresser à moi.

— Des antiquités ? Dieu du ciel, je ne suis pas venue pour *cela*. Je suis ici pour parler d'une commande de bijoux. C'est toujours possible, n'est-ce pas, miss Blake ? »

Dora laisse échapper la bouffée d'air qu'elle retenait.

Quelqu'un est venu ! Elles avaient promis, mais Dora n'en était pas sûre. Elle n'osait pas espérer. Attrapant son carnet de croquis, elle se faufile de l'autre côté du comptoir.

« Oui, bien sûr. Miss... Ponsenby, n'est-ce pas ? Entrez et asseyez-vous.

— Formidable ! » La dame repasse à la hâte devant Hezekiah et s'installe dans la chaise en velours vert.

« Des bijoux ? »

Hezekiah a presque craché ce mot et, en allant rejoindre sa cliente (ce terme la ravit), Dora note avec satisfaction que le visage de son oncle est devenu cramoisi.

« Oui, mon oncle, répond-elle en s'asseyant avec un air de défi sur la chaise d'en face. Lady Latimer a été très aimable hier soir. Mes créations ont suscité beaucoup d'intérêt. »

Dora a beau ne pas être du genre à se montrer fielleuse, elle ne peut tout simplement pas s'en empêcher. Voilà qui lui apprendra, songe-t-elle, à la sous-estimer.

« Vraiment ? » lâche Hezekiah avec froideur.

Ce n'est pas une question. Ses yeux sont plissés. Sa mâchoire, agitée de tics nerveux.

« Oh, oui, s'enthousiasme miss Ponsenby en levant les yeux vers Hezekiah d'un air hautain. Miss Blake a créé une pièce si splendide pour lady Latimer... Elle était littéralement intarissable à ce sujet ! Je ne serai sans nul doute pas la seule invitée de lady Latimer à rendre visite à votre nièce aujourd'hui. »

S'ensuit un moment de silence. Hezekiah serre les poings. Puis il s'éloigne à grands pas – autant que sa jambe blessée le lui permet – vers la porte qu'il ouvre d'un coup sec, faisant bruyamment tinter la cloche contre son ressort, et qui se referme derrière lui en claquant. La cloche continue d'osciller encore et encore en une danse métallique. Hermès – réveillé par le bruit – ébouriffe ses plumes pour protester. Ce n'est que lorsque le silence s'installe de nouveau que miss Ponsenby prend la parole.

« Quel homme désagréable ! » dit-elle. Puis, se reprenant, elle tend la main pour toucher le bras de Dora. « Mais c'est votre oncle ! Pardonnez-moi, je...

— Il n'y a rien à pardonner, miss Ponsenby, votre jugement est des plus exacts. » Dora ouvre son carnet de croquis sur une page vierge, son crayon prêt. « Alors, poursuit-elle en souriant. Que cherchiez-vous, déjà ? »

Et tandis que miss Ponsenby décrit avec enthousiasme une tiare, Dora commence à dessiner.

Six dames de plus et deux messieurs franchissent les portes de Blake's Emporium pour passer des commandes de bijoux, et le crayon de Dora ne noircit pas assez rapidement les pages de son carnet pour les satisfaire. À un moment, elle est interrompue par un vieil homme à la longue barbe blanche qui s'attarde un peu trop longtemps près des fausses porcelaines de la dynastie Ming, mais, après avoir posé des questions superficielles sur l'origine d'un bol dont le bord est orné d'une série de taureaux peints en bleu, il s'éclipse sans l'acheter. Hezekiah aurait frisé l'apoplexie s'il avait vu ça.

D'ailleurs, son oncle n'est pas revenu du mystérieux endroit où il est parti en trombe, pas même pour superviser le retour du pithos, livré à trois heures par Mr. Tibb et trois autres de ses aides puant la matière fécale (pas de Mr. Coombe cette fois, remarque Dora). À quatre heures, elle tire les verrous de la boutique.

La tête lui tourne après toutes ces commandes. Jamais elle n'a été aussi occupée ici, et pour son propre intérêt, qui plus est ! Si elle avait pu garder la boutique ouverte, elle l'aurait fait, mais, comme la calèche de Mr. Ashmole doit arriver bientôt, il faut qu'elle se prépare. Hermès sur son épaule, Dora vient de poser un pied sur la première marche des escaliers lorsqu'elle entend un fracas dans la cuisine. Presque immédiatement, le bruit reprend, et elle fixe la porte à panneaux. Impossible de s'y tromper. De la porcelaine. Le front plissé, elle se précipite dans le couloir, pousse la porte de la cuisine.

C'est un petit espace, qui suffit malgré tout à Lottie dans la mesure où elle est seule à y travailler. Imaginant la gouvernante en train de tuer quelque chose là-dedans – un poulet, peut-être –, les plumes et l'odeur de volaille qui flotte dans les airs pouvant en attester, Dora n'est pas préparée à la trouver assise par terre au centre de la pièce, sanglotant derrière ses mains au milieu de la vaisselle cassée.

« Lottie ! »

Dora accourt vers elle, mais celle-ci la renvoie d'un geste.

« Vous êtes blessée ? Vous… » Les mots s'étranglent dans sa gorge.

Le visage de Lottie est une immense meurtrissure violette, l'un de ses yeux, à demi fermé.

Dora pose Hermès sur le sol, où il se met à picorer les morceaux de porcelaine bleus et blancs.

« Que s'est-il passé ? » demande-t-elle doucement.

La gouvernante contemple un long moment ses genoux, aspire une bouffée d'air frémissante.

« Je ne pense pas que vous me croirez si je vous dis que je suis encore tombée.

— Vous savez bien que non », répond Dora d'une voix douce. Lottie secoue la tête ; une grosse larme s'écrase sur son tablier.

« Il était… » Sa voix tremble, s'interrompt. Elle renifle, et tente à nouveau de reprendre : « Il était si furieux que vous soyez sortie, que vous ayez pris le vase. J'ai essayé de le réconforter. Ça a toujours marché avant, mais cette fois… » Lottie se frotte la joue avec ses doigts, manifestement irritée d'être surprise si vulnérable.

C'est ma faute, pense Dora, honteuse. Certes, ce n'est pas elle qui a assené les coups, mais si elle n'avait pas assisté à la *soirée**…

Hermès picore légèrement les jupes de Lottie. Dora fait mine de le chasser. À sa grande surprise, Lottie immobilise la main de sa maîtresse.

« Non, hoquette-t-elle. Laissez-le. »

Dora bat des paupières. Lottie garde sa main sur la sienne. C'est la première fois, Dora s'en rend compte, qu'elle la touche. Elle propose à Lottie un mouchoir qu'elle sort de sa poche. La gouvernante hésite, le prend, puis se mouche bruyamment dans le tissu en coton.

« Je ne voyais pas ce que je faisais, explique-t-elle au bout d'un moment. Je me suis cognée dans la table. J'ai lâché les assiettes. » Elle se tamponne la lèvre avec le mouchoir. Il en revient taché de sang. « Il n'a jamais été comme ça avant, vous savez. C'était mon client préféré, il y a longtemps. Bien avant votre époque. »

Dora l'observe, remarque la difficulté de Lottie à prononcer ces paroles.

« Pourquoi avez-vous tout quitté ? »

La gouvernante met un long moment à répondre. Ensemble, les deux femmes écoutent le feu qui crépite, le bruit des griffes de la pie sur les dalles de pierre. Finalement, Lottie hausse les épaules et replie le mouchoir en un petit carré.

« Il m'a proposé un foyer, la sécurité. De gagner mon propre argent. Les femmes comme moi… C'est pas une vie, maîtresse. Je ne la souhaiterais à personne. Je n'avais pas tellement le choix. »

Dora se mord la lèvre. Il y a d'autres questions qu'elle souhaite poser mais, maintenant que ses larmes ont cessé, elle suppose que Lottie va éviter d'abattre ses cartes ; tenter de lui soutirer d'autres confidences ne l'y incitera guère.

« Je suis désolée, Lottie », se borne-t-elle à répondre.

La gouvernante la dévisage en plissant les yeux. « De quoi ?

— C'est ma faute.

— Ne dites pas de bêtises. Il est responsable de ses poings.

— Oui, mais…

— Aidez-moi à me relever. »

Toujours aussi stoïque. Lottie change de position ; les assiettes cassées raclent le sol. Dora lui propose sa main ; la gouvernante s'y accroche, la serrant fort de ses doigts, et la jeune femme passe son bras autour d'elle pour l'aider à se lever. Par terre, Hermès incline la tête.

« Il faut que vous alliez vous coucher, déclare-t-elle. Je vais chercher un médecin. »

Lottie se dégage de son étreinte, refusant désormais de croiser son regard.

« Je suis pas malade. J'ai pas besoin de médecin.

— S'il vous plaît, laissez-moi aller chercher quelqu'un, insiste Dora. Ou si vous ne voulez pas que j'aille chercher quelqu'un, laissez-moi rester. Je peux terminer ici… »

La gouvernante réussit à être sarcastique et lance d'une voix dure : « Savez-vous cuisiner, au moins ?

— Et vous ? riposte sèchement Dora – d'instinct sur la défensive – mais, regrettant aussitôt ses paroles, elle se mord la langue. Je peux aider, en tout cas, ajoute-t-elle plus doucement. Votre œil, il… »

Lottie lui tourne le dos, puis s'approche d'un pas lent du feu, du pot qui fume dessus.

« Je vais bien, maîtresse. Je veux pas d'aide. »

Apparemment, il n'est pas question de discuter. Après lui avoir jeté un dernier regard troublé, Dora récupère Hermès et se retourne, prête à partir. Malgré tout, Lottie la rappelle alors qu'elle arrive à la porte.

« Oui ?

— Soupe à la pintade pour le dîner. Avec des pommes de terre. Et du lait caillé pour le dessert. »

Elle a prononcé ces mots tout bas, sans mépris, et Dora reconnaît son geste : la gouvernante essaie de montrer qu'elle la remercie.

« Oh, je… Je ne serai pas là pour dîner. »

Lottie hésite. « Vous sortez encore ? »

Dora comprend parfaitement ce qu'elle ne dit pas.

« Je peux rester si vous ne voulez pas que je parte. »

Et c'est ce qu'elle fera, si Lottie le lui demande. Toutefois, celle-ci refuse d'un mouvement de tête.

« Vous ne servirez à rien ici. Non, vaut mieux que vous restiez à l'écart. » Elle s'affaire à remuer le pot avec une cuillère en bois. Puis : « Vous allez où cette fois ?

— Dîner chez lord et lady Hamilton. Je ne suis pas sûre de l'heure à laquelle je rentrerai. Mais merci quand même.

— *Lord* et *lady* ? Vous évoluez dans de sacrées hautes sphères, maintenant ! Enfin, peu importe, conclut-elle d'un ton trop brusque. Le repas sera pas perdu, j'en suis sûre. »

Dora l'observe, mal à l'aise. Le visage de Lottie est brouillé de larmes et, même à distance, son œil au beurre noir est épouvantable. Il y a des années que Dora ne ressent que de l'aversion pour cette femme. Pour la manière dont Hezekiah l'a toujours préférée à son unique nièce, dont il a toujours laissé Lottie la rabaisser avec des mots, pour sa négligence dans l'entretien de la boutique et de son grenier. Sauf que quelque chose a changé…

« Ça ira, Lottie ? » demande-t-elle d'une petite voix.

La main de la gouvernante se fige sur la cuillère. « Vaut mieux que vous y alliez, maîtresse, finit-elle par répondre. On n'a ni l'une ni l'autre le temps de plaisanter, pas vrai ? »

CHAPITRE TRENTE-TROIS

Avant le dîner, sir William a convié ses invités à examiner sa considérable collection d'antiquités conservée dans une pièce spécialement prévue à cet effet. Dora – qui a daigné venir, à l'immense soulagement d'Edward – ne lui a pas dit un mot, se laissant complètement accaparer par lady Hamilton plutôt que de lui permettre de l'approcher. Déçu, il a dû se contenter de l'observer à distance, de la regarder suivre du doigt la courbe d'une statue d'Athéna en marbre, et, sans vraiment s'en rendre compte, il a été si fasciné, non pas par la beauté d'Athéna, mais par sa beauté à *elle*, qu'il en a oublié de répondre à une question que lui a posée sir Hamilton. Ensuite, Cornelius, grossièrement, s'est planté entre eux, commentant sèchement que sir William avait eu de la chance d'acquérir la statue avant les Français, et c'est de ce sujet que débattent désormais les membres de la petite assemblée autour de leur sole au vin blanc.

« Il a cette idée farfelue, explique le diplomate, selon laquelle le vol n'est pas du vol, mais une simple appropriation des prises de guerre. Et que, de plus, la France est le meilleur endroit pour les objets qu'il pille. Sauf que Napoléon ne comprend pas leur valeur, ce qu'ils signifient pour les nations auxquelles il les confisque. Il ne les apprécie pas. Ne les *comprend* pas. Pour lui, ce ne sont que des bibelots et des babioles. »

Il abat son poing sur la table. Les couverts s'entrechoquent sur la porcelaine. Lady Hamilton – véritable vision en bleu nuit profond – serre les lèvres de réprobation.

« Tout cela n'est qu'un jeu pour lui, et nous sommes ses pions, continue Hamilton, pour le moins absorbé par son sujet. Les tableaux dont il s'est emparé ! On raconte qu'il a déjà fait main basse sur des œuvres de Raphaël, du Caravage, de Titien, de Léonard de Vinci... C'est impardonnable.

— C'est donc vrai, s'enquiert Edward, que de nos jours les commissaires français peuvent pénétrer dans n'importe quel bâtiment d'Europe – public, privé, ou religieux – pour confisquer des œuvres d'art ? »

Le visage de sir William se crispe. « Oui, et c'est regrettable. Je sais de source sûre qu'ils ont déjà saisi presque trois cents antiquités d'une collection privée appartenant à un cardinal.

— Comment ose-t-il ? » intervient Dora, délaissant momentanément son poisson tandis qu'une petite ride se forme entre ses sourcils, et l'estomac d'Edward se noue. Oh, si seulement elle lui adressait la parole !

« Il ose, ma chère, réplique leur hôte. Parce qu'il ne rend de comptes à personne à part à un Dieu auquel je doute qu'il croie. »

Cornelius se penche en avant sur son siège, tourne paresseusement le manche de sa fourchette. « Y a-t-il le moindre danger, sir William, que Bonaparte atteigne l'Angleterre ? »

Hamilton soupire, prend le verre de vin à côté de lui. « Il constitue à n'en pas douter une force redoutable. Nous sommes au bord de l'invasion, mais j'ai confiance en la solidité de notre flotte. » Ses yeux se tournent vers sa femme. « Nous avons un grand homme à sa tête, après tout. »

De l'autre côté de la table, lady Hamilton rosit.

« Si Napoléon ne peut pas envahir l'Angleterre, poursuit sir William comme s'il n'avait rien remarqué, il est déterminé à la voir souffrir sur un autre plan. Saviez-vous que depuis qu'il a établi son campement en Égypte, il a endommagé nos routes commerciales vers et depuis l'Inde ? » Il a posé cette question à tous, et elle est accueillie par quatre hochements de tête prudents. « Alors vous savez sans doute aussi que les impôts ont augmenté pour cette raison, et que les bourses de nos compatriotes vont en pâtir à leur tour. Si personne n'arrête Napoléon, d'ici quelques années… Eh bien, nous pourrions être amenés à une révolution. Dans ce cas, Bonaparte aura gagné, bien que différemment de ce qu'il avait anticipé. »

Une idée perturbante. Pensif, Edward casse une arête très fine entre ses dents. « Comment notre commerce d'antiquités en sera-t-il affecté, à votre avis ?

— Le fait que les routes commerciales soient perturbées signifie que les ventes viendront vraisemblablement de collections personnelles plutôt que de sources extérieures. Et étant donné que Bonaparte en a saisi la majorité… » Hamilton secoue la tête. « On dirait une pie, attirée par tout ce qui brille.

— À propos de pies, lance Cornelius comme si la conversation commençait à l'ennuyer fermement, miss Blake en a une, en guise d'animal domestique. »

Edward lui adresse un regard maussade par-dessus la table. Il s'attendait à ce que son ami exprime davantage de remords pour le rôle qu'il a joué la nuit dernière, et, si Cornelius s'est excusé auprès de lui pour ce qu'il considérait comme un simple lapsus, il n'a pas manifesté plus de regrets. « Pourquoi devrais-je en avoir ? avait-il voulu savoir après que Dora les avait quittés si cavalièrement dans la calèche. Sa réaction prouve à coup sûr sa culpabilité, non ? »

« Un animal domestique ? s'exclame alors lady Hamilton en frappant dans ses mains, enchantée. Comme c'est charmant !

— Ces oiseaux sont sales, je trouve, commente Cornelius avec une grimace en resserrant sa cravate. Je pensais juste que ce serait une information intéressante à partager avec les autres invités. »

Dora se racle la gorge, pose avec le plus grand soin ses couverts à côté de son assiette.

« Ils ne sont pas sales », dit-elle doucement avec un calme olympien. Mais Edward, qui n'en sent pas moins sa colère à l'autre bout de la table, se trémousse sur son siège, mal à l'aise. « Hermès est très propre. D'une coquetterie monstrueuse, en fait. Il n'a aucun problème à passer des heures à se lisser les plumes. C'est un oiseau splendide.

— En revanche, il a son petit caractère », remarque Edward avec malice pour tenter de détendre l'atmosphère. Il lève la main. « J'en garderai une cicatrice, j'en suis sûr. »

Il ne le pense pas vraiment. La blessure guérit très bien, Dora le sait, et les efforts d'Edward pour faire de l'humour ne brisent pas la glace entre eux. En effet, la jeune femme l'ignore superbement.

« Il vous a mordu, n'est-ce pas ? compatit sir William en prenant une gorgée dans son verre.

— Il protégeait Dora, explique Edward. Je pense qu'il croyait que je l'attaquais.

— Peut-être, persifle celle-ci à mi-voix, vous prenait-il pour quelqu'un que vous n'êtes pas ? »

Ce commentaire pique Edward au vif. Abattu, il pose sa fourchette.

« Les pies ne sont-elles pas le symbole d'une affreuse malchance ? demande lady Hamilton au bout d'un moment, rompant le silence gêné qui s'est abattu sur la table. Cette comptine pour enfants. La première apporte la peine, la deuxième la joie ?

— Pas du tout, ma chère, réplique Hamilton d'un ton volontairement léger. En Chine, les pies sont réputées porter chance, mais en tuer une apporterait le malheur. Elles sont bel et bien associées au bonheur ; dans le Nord-Est, elles sont considérées comme sacrées. La dynastie mandchoue qui gouverne la Chine a choisi la pie comme symbole de son pouvoir impérial.

— Vraiment ? » Dora sourit alors à sir William, et ce sourire destiné à quelqu'un d'autre pique la jalousie d'Edward. « Je l'ignorais. »

Le diplomate lève son verre en un salut moqueur. L'atmosphère se détend une fois de plus.

« Quand bien même, intervient son épouse. N'en avoir qu'une. La superstition, voyez-vous. Elle est certainement venue de nulle part. À elle seule, la superstition possède un pouvoir inquiétant.

— Son pouvoir réside en sa capacité à nous perturber, ma chère, rétorque Hamilton. Tout est dans la tête. Nous nous épuisons souvent à prêter aux choses une signification plus importante qu'elles en ont.

— Oh, assez, je vous en supplie ! »

Cornelius s'essuie la bouche de sa serviette, puis la jette à côté de son assiette. Il est manifestement déçu que ses manigances n'aient pas fonctionné, et Edward est partagé entre un sentiment de triomphe et une envie de le frapper pour son insolence.

« Mon cher Mr. Ashmole, s'esclaffe lady Hamilton, quel grincheux *vous* faites ! C'est vous qui avez lancé le sujet.

— En effet, reconnaît-il, refusant ostensiblement de croiser le regard d'Edward. Mais je suis facile à distraire, comme vous l'avez sûrement remarqué.

— Apparemment ! Vous me rappelez à de nombreux égards le roi Ferdinand. Lui aussi sautait d'un sujet à l'autre. Il a rendu cette pauvre Maria presque folle.

— Vous êtes donc très proche de Sa Majesté ? »

Lady Hamilton a un grand sourire. « Très proche, Mr. Ashmole. Elle m'a fait de très très nombreuses confidences. » Elle adresse un froncement de sourcils mutin à son mari par-dessus la table. « La cour me manque. »

Sir William prend un air sérieux. « Vous savez que notre retour était nécessaire, Emma. On ne pouvait plus l'éviter. »

Dora se penche en avant sur son siège. « Pourquoi êtes-vous rentré, sir William ? »

Edward serre les dents. Il avait espéré, pour le bien de Dora… À côté de lui, William pose son verre.

« Ah, oui, je n'avais pas anticipé que nous aborderions ce sujet si tôt. J'espérais que nous pourrions attendre la fin du dîner. Ma chère, poursuit-il en regardant son épouse. Vous ne voyez pas d'inconvénient à ce que je parle du *Colossus* ? »

Lady Hamilton agite la main. « Vous savez que je n'y émets pas d'objection, William. Je suis aussi atterrée que vous de ce qui s'est passé. Presque la moitié de votre collection perdue ! »

Un pli se forme entre les sourcils de Dora. « Perdue, sir William ?

— Appelez-moi William, s'il vous plaît. Après tout, nous nous connaissons de longue date, Dora. Et j'ai bien peur que ce que j'ai à dire ne vous concerne. »

Dora bat des paupières. « Me concerne, moi ? »

Edward gronde en son for intérieur. Il était convenu qu'il ne révélerait pas à Dora ce dont ils avaient parlé la veille au soir, qu'il n'y ferait pas même allusion, et que sir William le ferait lui-même, mais il s'inquiète désormais de la réaction de Dora à cette nouvelle, surtout après la soirée d'hier. L'apprendre d'un ami – si toutefois il en est encore un – serait sûrement la meilleure solution…

« Dora, l'histoire que je dois raconter est en deux parties, dit Hamilton, en appuyant ses coudes de chaque côté de son assiette, et en joignant ses doigts en pyramide. Comme vous le savez, j'ai passé de nombreuses années à collectionner des antiquités grecques. Cette occupation a pris une telle ampleur qu'elle est désormais bien plus qu'un hobby…

— Je la qualifierais plutôt d'obsession, l'interrompt son épouse, à qui il adresse en retour une moue réprobatrice.

— Oui, une obsession, je l'admets. » Il s'éclaircit la voix. « J'ai commencé cette collection quand j'ai déménagé à Naples, il y a trente-cinq ans. Il y en a seize, j'ai décidé, dans la mesure où la situation à Naples devenait de plus en plus instable, d'en envoyer une partie à Londres pour la protéger. Elle est arrivée à bon port. Mais l'an dernier, lorsque la ville a été reprise par les Français, j'ai jugé prudent de rapatrier par bateau en Angleterre, en plus de mes œuvres d'art, la deuxième partie de ma collection de poteries. Hélas, elle n'est jamais arrivée. »

Cornelius se rencogne dans son siège. Edward remarque que, en dépit de son rejet de toute discussion risquant de mettre en valeur Dora, il est captivé.

« Emma et moi avons pris le paquebot suivant. J'avais des questions militaires à traiter, ici, à Londres, mais je devais attendre quelques jours pour boucler certaines affaires en Italie avant de prendre la mer à la suite du *Colossus*. Et c'est aussi bien, je suppose, car, sinon, nous aurions été à bord quand il a sombré.

— Le bateau a sombré ? » Les yeux écarquillés, Dora a complètement oublié la sole sur son assiette.

Hamilton semble chagriné, ce qui est compréhensible. « Je prévois d'organiser une expédition de sauvetage, mais je ne nourris pas beaucoup d'espoir. Depuis, on m'a raconté que le navire s'est fracassé sur les fonds marins, et comme le temps a été abominable… » Il secoue la tête. « J'ai tout perdu. Ou du moins je le pensais. Vous imaginez donc, j'en suis sûr, le choc que j'ai eu, quand je suis arrivé chez lady Latimer hier soir pour trouver – paré d'atours criards – un objet qui ressemblait furieusement à l'un de ceux que j'ai perdus. »

Dora s'est figée.

« Le pithos ?

— Lui-même. »

Dora finit par croiser le regard d'Edward à l'autre bout de la table. Puis, lentement, elle repousse son assiette et pose ses mains à plat sur la nappe amidonnée.

« Je vous demanderai, s'il vous plaît, d'être franc avec moi. »

Sir William acquiesce. « Très bien. Il y a un an, j'ai entrepris une fouille en Grèce. L'excavation a été difficile. Il a fallu six mois pour atteindre enfin la pièce que je cherchais. De cette pièce, nous avons sorti un pithos. Il était très grand, extrêmement lourd, et il a fallu cinq hommes pour le hisser jusqu'à nous. »

Hamilton marque une pause.

« Continuez, l'encourage Dora, parfaitement impassible.

— Nous avons enlevé la poussière et la boue qui le recouvraient. Notre nettoyage a été méticuleux. Et nous avons découvert avec stupéfaction qu'il n'avait souffert d'aucune altération. Il était en parfait état. J'étais le seul à connaître sa valeur, à me douter de son âge. Mais la vérité, Dora, c'est que le pithos ne m'appartient pas vraiment. Il ne m'a jamais appartenu. Je me suis juste occupé de le mettre en lieu sûr. Aussi, je l'ai fait emballer, l'ai envoyé à Palerme, où je l'ai gardé dans un entrepôt jusqu'à ce que le moment soit venu de l'expédier en Angleterre. »

Au milieu de la table, les chandelles vacillent sur leurs bougeoirs. Les convives ont tous l'air de retenir leur souffle jusqu'à ce que Dora cesse de retenir le sien :

« Il a été trouvé en Grèce ?

— Oui. »

Les doigts de Dora se serrent sur ses paumes. Sa voix est basse, tendue, lorsqu'elle ajoute : « Et où donc, en Grèce ? »

Sir William l'observe un long moment. « Au mont Lycaon, Dora. J'ai rouvert l'ancien site de fouilles de vos parents. »

Il y a un silence. Edward étudie le visage de la jeune femme, le jeu de ses émotions qui passent de la douleur à la compréhension, puis à la résignation, et il a envie de se rapprocher d'elle, de la prendre dans ses bras. Puis, Dora se décompose et enfouit sa tête dans ses mains.

CHAPITRE TRENTE-QUATRE

Il rêve. Il rêve de terre humide et froide, d'une tombe à l'obscurité impénétrable, de boue et de pierres anciennes.

Il ne sait pas où il est. Il ne sait pas qui il est. Il a l'impression d'être lui-même, et pourtant il perçoit une voix qui murmure dans sa tête – un souffle, un soupir, une mélodie –, qui ne lui appartient pas.

Puis arrive de la lumière.

Il ressent de l'allégresse, du soulagement. Il rit, hume la douceur de l'air. Oh ! Comme sa caresse lui a manqué, comme il a aspiré à sa pureté ! Mais alors, alors…

L'eau. Il a toujours détesté l'eau. D'abord de la terre et des débris, puis de l'eau salée. L'obscurité sans fin des profondeurs.

Il attend encore. Encore. Toujours attendre.

Il appelle. Chante sa douleur à travers l'océan, donne vie au vent. Et ensuite, aussi inévitables que les étoiles, ils viennent.

Comme ils l'ont trouvé facilement ! Comme leur avidité lui a soulevé le cœur tandis qu'ils le remontaient à la surface vers la liberté.

Des jours durant, il est ballotté. Il flotte, des jours durant, il perçoit le mal en eux, leur désir insatiable. Alors pourquoi devrait-il rendre leur voyage agréable ? Pourquoi ne pas insuffler la peur dans leurs cœurs, répandre la maladie sur leurs blessures et déchaîner les tempêtes ? Ils savent ce qu'ils sont, ils savent ce qu'ils font. Ils savent que leur heure approche, car il représente à la fois leur salut et le plus pur des enfers.

L'eau.

Ce n'est qu'un passage vers ailleurs. Il sent les vagues qui le bercent, entend le cri des mouettes, renifle l'odeur familière de la terre sans défense dans la brise et il sourit quand tout se précipite.

« Hezekiah ? »

Il se réveille au moment où Lottie lui secoue l'épaule. Pousse un grognement, roule sur le dos. La terre du sous-sol est froide et dure sous lui, et il contemple longuement le plafond aux solives pourries parsemé d'une abondance de toiles d'araignées grises qui pendent telles des guirlandes de gaze.

« Que faites-vous ici ? » s'enquiert la gouvernante.

Il note l'inflexion nerveuse de sa voix, mais il n'a pas la patience. Il s'assied, se passe une main sur le visage. En dépit de la fraîcheur du sous-sol, sa peau est chaude et collante.

« Quelle heure est-il ?

— Plus de dix heures. »

Hezekiah fronce les sourcils.

Il est rentré à la maison à six heures trente – il se souvient d'avoir vérifié à travers les brumes du gin la montre de gousset dorée qu'il emporte partout avec lui depuis qu'il l'a achetée – et il est descendu au sous-sol voir le pithos, s'assurer qu'il avait été livré sans encombre, remis à sa place. Il s'est assis devant lui, a posé ses mains sur ses flancs – chauds, comme il l'avait constaté avec surprise – et souhaité qu'il se mette à parler. Bien sûr, il ne s'attendait à rien de tel. Il ne s'attendait pas à ce qu'une voix se matérialise de ses entrailles en argile. Non, il voulait juste savoir, comprendre pourquoi il lui avait si longtemps résisté, pourquoi il était vide, *pourquoi pourquoi pourquoi*…

« J'ai dû m'assoupir », marmonne-t-il inutilement.

Lottie tripote ses doigts. Ce geste irrite Hezekiah.

« Vous avez faim ?

— Non. »

Un blanc.

« Pourquoi cette chose est-elle si importante pour vous, Hezekiah ? Pourquoi la convoitez-vous autant ? »

Il sent son estomac se contracter, sa colère commence à monter, et un bourdonnement sonore résonne dans sa tête.

« Parce qu'il m'appartient, crache-t-il.

— Ah oui ? »

Hezekiah ferme le poing. Il entend Lottie reculer d'un pas vers les escaliers.

« Helen ne le méritait pas. Je t'ai dit à quel point elle était calculatrice. Fourbe. Elle s'est servie de moi.

— Mais Helen est morte.

— Oui. Et maintenant, il m'appartient. »

Le bourdonnement s'arrête. Hezekiah soupire.

« Alors pourquoi vous ne le vendez pas ? »

Hezekiah reste un long moment silencieux. Il réfléchit. Que doit-il révéler ? Doit-il révéler quoi que ce soit ? Toutefois, il connaît Lottie, il sait qu'elle est comme un bouledogue avec une côtelette, qui ne lâchera pas prise avant d'être rassasié.

Il inspire profondément, sent le goût âcre du gin. « Il y a une fortune quelque part. »

Un autre blanc. « Quelle fortune ? »

Hezekiah lui lance un regard en coulisse. « De l'argent. Beaucoup d'argent. Bloqué quelque part, dans un endroit qu'Elijah m'a caché. À moi ! s'exclame-t-il avec un rire amer et tonitruant. Son propre frère ! » Il reprend sa respiration, serrant plus fort les poings. « Il y avait le contenu de la boutique, bien sûr ; j'ai tout vendu depuis longtemps, pour m'assurer qu'il ne lui resterait rien à elle. Sauf qu'il y en avait plus. Bien plus. Et je ne sais pas où. Ce vase est la clé.

— Je vois. »

Dans la faible lumière du sous-sol, alors que Lottie se tient si loin de lui, il ne peut pas déchiffrer l'expression de son visage tuméfié. Comprend-elle ? Ou désapprouve-t-elle ? En tout cas, elle n'a pas eu de scrupules dans le passé. L'argent qu'il a gagné au fil des ans, elle ne l'a pas remis en question une seule fois. Pas quand il lui assurait un toit. Pas quand il garantissait sa sécurité.

« Le vase est la clé ? »

Il se passe une main sur les yeux, soudain écrasé de fatigue.

« Il y avait un mot. Un morceau de papier écrit par Helen selon les instructions d'Elijah. Il expliquait comment Dora pourrait la réclamer. La fortune. »

Lottie est silencieuse. Puis : « Et le mot était là-dedans ? » Elle désigne le vase du doigt. Hezekiah opine. « Qu'aviez-vous l'intention d'en faire ?

— D'empocher le tout. De détruire la preuve. De vendre la boutique. »

Hezekiah change de position par terre, grimaçant à cause de l'élancement douloureux dans sa jambe, et tente d'ignorer l'odeur – même si c'est de plus en plus difficile.

« Pourquoi ils ne l'ont pas écrit dans le testament ?

— Il n'y avait pas de testament.

— Alors comment…

— Peu importe, lance Hezekiah, en agitant une main pour arrêter le flot de paroles de cette fichue Lottie. L'important, c'est qu'un mot a été écrit, qu'il a été laissé dans ce vase, et que maintenant, il n'y est plus. »

Lottie garde de nouveau le silence. La jambe d'Hezekiah se contracte en un spasme. Il souffle pour atténuer la douleur.

« Hezekiah.

— Quoi ?

— Et Dora ?

— Quoi, Dora ?

— Vous avez dit que vous aviez une place pour elle. Qu'entendiez-vous par là ? »

Hezekiah regarde fixement dans le vide devant lui.

« Je suis allé voir ton ancienne maquerelle. Elle a de la place pour Dora, quand je serai prêt. »

Il entend Lottie inspirer, le bruit rauque de l'air qui passe dans sa gorge.

« Non, vous ne pouvez pas.

— Je peux, et je le ferai.

— Mais… »

Au-dessus d'eux retentit un formidable coup de bélier. La cloche tinte fort sur son ressort avec un pénible crissement métallique.

Lottie se retourne, grimpe jusqu'en haut des marches – pour Hezekiah, cet exploit prend beaucoup plus longtemps – et, lorsqu'ils ont tous deux atteint le rez-de-chaussée, la porte tremble dangereusement sur ses gonds.

« Attendez, attendez ! » hurle Hezekiah, hors d'haleine, en s'agrippant aux étagères. Un bol en faux Wedgwood tombe par terre et se brise en mille morceaux.

« Ouvrez, Blake ! Ouvrez cette porte, bon sang ! »

Hezekiah s'arrête net ; ses entrailles exécutent un écœurant saut périlleux.

Par tous les diables, c'est Coombe.

Hezekiah déglutit, lève une main tremblante.

« Lottie, non… » Inutile, Lottie a déjà tiré le verrou.

La porte s'entrebâille d'abord à peine, puis elle s'ouvre d'un seul coup balayant la gouvernante, et Coombe entre en trombe. Il s'arrête pour laisser à ses yeux le temps de s'habituer à l'obscurité, la fouillant du regard à la recherche d'Hezekiah. En le voyant, Coombe s'avance, bras tendus, et Hezekiah se recroqueville, contraint de se retenir à l'étagère pour ne pas tomber.

En un instant, Coombe l'a saisi au collet. Derrière lui, l'étagère bascule ; un bruit assourdissant se fait entendre au moment où le reste des contrefaçons en porcelaine se fracasse par terre.

« Il est mort ! hurle Coombe à Hezekiah, qui sent une odeur de chair pourrie. Il est mort. Il est mort, et c'est *votre* faute. La vôtre ! »

Chaque fois qu'il crie le mot « mort », Coombe secoue violemment l'antiquaire, jusqu'à ce qu'il claque des dents. Au-delà du bourdonnement du sang dans ses oreilles, celui-ci croit entendre Lottie glapir.

« *Qui* est mort ? halète-t-il, avant de sentir, à sa plus grande honte, la pisse perler dans son pantalon et commencer à faire *floc floc floc* sur le plancher.

— Qui est mort ?! » Les yeux de Coombe s'écarquillent, leurs blancs ressortent dans l'obscurité. « *Qui est mort ?!* »

Il éclate d'un rire sans joie et relâche sa proie. Hezekiah tombe et pousse un cri en touchant le sol, atterrissant sur l'étagère renversée et les morceaux de poteries cassées. Coombe se détourne, s'arrachant frénétiquement les cheveux.

« C'est typique de vous, Hezekiah Blake, hein ? De ne pas vous en souvenir, ni même vous en soucier, en salaud d'égoïste que vous êtes. » Il repose son regard sur lui. Hezekiah s'aperçoit alors que son visage est humide de larmes. « Vous ne connaissez même pas son nom ?

— Samuel. »

C'est Lottie. Coombe soupire.

« Oui. Samuel. La fièvre l'a emporté. Vous auriez dû voir… » Sa voix se brise. Il prend sa tête dans ses mains et, pendant quelques minutes, on n'entend que le son de ses sanglots.

« Je suis désolée », murmure Lottie.

Coombe s'essuie la joue, acquiesce d'un air confus. « Je vois comment vous pourriez l'être. Mais *lui*… »

Avec grande prudence, Hezekiah parvient à s'extraire des débris, sauf que, pour l'instant, il est incapable de tenir debout. Il se force à se percher nonchalamment au bord de l'étagère, essaie d'écarter son pantalon mouillé – qui refroidit déjà – de la chair de sa cuisse, mais le tissu trop serré n'a pas de jeu ; il colle comme une seconde peau.

« Je suis désolé, finit-il par lâcher. Je ne vois pas en quoi c'est ma faute.

— Vous ne voyez pas ? » Coombe tripote la manche du gant en daim qui lui remonte jusqu'au coude. « C'est vous qui m'avez envoyé en Grèce quand vous avez appris que les fouilles avaient lieu. Vous qui m'avez demandé de suivre cette fichue chose maudite, vous qui nous avez ordonné de la récupérer alors qu'elle était perdue...

— Je vous le dis une fois pour toutes : le vase n'est pas maudit ! » Hezekiah a beau craindre cet homme, sa colère recommence à enfler. « Espèce d'imbécile superstitieux ! Comment un seul vase pourrait-il causer autant de dégâts ? Ce n'est qu'une poterie, un simple artefact, rien de plus. »

Une fois encore, Coombe s'approche à grands pas d'Hezekiah qui tressaille, regrettant de ne pas pouvoir s'enfuir. Le colosse arrache son gant.

« Et moi, je vous demande comment vous expliquez ça ! »

Malgré la pénombre qui règne dans la boutique, Hezekiah ne distingue que trop précisément la chose qu'il a devant lui. Et c'est bien une *chose* : ce qui aurait dû être une main et un bras se réduit désormais à un appendice noirci. À la faible lumière de la rue, il voit luire ses pustules. Et l'odeur. Par Dieu, l'odeur !

Saisi d'un haut-le-cœur, Hezekiah fait mine de détourner la tête, mais Coombe lui attrape le menton de sa main valide et le serre si fort qu'il pousse un cri de douleur.

« Regardez-la, bon sang ! Et c'est venu d'une simple égratignure due au frottement de la corde. Une corde dont je me suis servi pour remonter votre maudit trésor des fonds marins. Et vous m'affirmez que votre précieux vase n'a rien à voir là-dedans ? » Mais Hezekiah s'entête. Il ne veut pas l'accepter. Il ne peut pas.

« Cette corde ne m'appartenait pas, pas plus qu'elle n'avait de rapport avec le vase. Elle a très bien pu être contaminée par autre chose, une substance quelconque, quelque chose qui aurait pu infecter la peau. »

Coombe secoue la tête, outragé. Ses narines frémissent comme celles d'un taureau.

« Vous ne voulez toujours pas entendre raison, hein ? Et votre jambe, elle va mieux ? »

Hezekiah ferme la bouche. Avec un ricanement, Coombe desserre la mâchoire.

« Matthew – Lottie s'est avancée en se tordant les mains –, vous croyez que le vase vous a rendu malade ? Que la mort de Sam, la maladie de Charlie, la jambe d'Hezekiah… Tout ça, c'est à cause d'une poterie ? »

Coombe renfile lentement son gant. « Oui. C'est exactement ce que je crois. »

On dirait que Lottie va se mettre à pleurer. « Hezekiah…

— Arrête », la devance ce dernier d'un ton cassant.

Il se hisse en position verticale. Il ne laissera personne lui parler ainsi dans sa propre fichue boutique. Surtout pas un homme de basse extraction comme ce satané Matthew Coombe.

« Je ne crois pas aux malédictions. Je suis désolé pour votre frère, mais ce n'est pas ma faute, pas plus que ce n'est la faute d'une pièce ancienne en terre cuite ! Vous êtes fou de chagrin, et ça vous fait dire n'importe quoi. » Voyant que Coombe reste coi, Hezekiah sent sa confiance revenir, gonfle le torse. « Et de surcroît, vous êtes venu ici à une heure indue. Vous avez endommagé ma marchandise, effrayé ma gouvernante et m'avez peu ou prou accusé de meurtre. Non. Je ne le tolérerai pas. Vous allez quitter ma propriété sur-le-champ. Sur-le-champ, j'ai dit ! »

S'ensuit un silence de mauvais augure, durant lequel Coombe l'observe en serrant et desserrant son poing valide, et Hezekiah lit alors un nouveau danger dans ses yeux. À partir de ce moment, l'esprit de bravade qui avait soudain envahi l'antiquaire retombe peu à peu ; il sent le doute s'installer, la peur s'insinuer le long de sa colonne vertébrale, tel du vif-argent.

Coombe piétine dans ses bottes. Le plancher craque.

« Vous refusez d'assumer vos responsabilités ? »

Hezekiah lève le menton. « Oui.

— Très bien. Vous ne me laissez pas le choix. Demain, après avoir enterré mon frère, j'irai trouver les autorités. Je leur raconterai tout. Et à votre nièce aussi. Vous pouvez me croire, Hezekiah, vous allez payer pour vos actes.

— Si vous faites ça, vous tomberez avec moi. »

Cependant, Coombe est déjà parti, la porte de la boutique oscille sur ses gonds, et Hezekiah ne remarque pas à quel point sa respiration est courte jusqu'à ce qu'il manque tout bonnement d'air. Il songe à Elijah, à sa garce de femme, tous deux morts et enterrés depuis longtemps, à cette fille pénible qu'ils ont laissée derrière eux, à leur fortune, *sa* fortune, au mot…

Lottie avance d'un pas, une main tendue vers lui. « Hezekiah. »

L'odeur âcre de sa propre urine arrive à ses narines ; quelque chose commence à se produire dans sa tête, une série de craquements secs.

« Hezekiah…

— Où est Dora ? beugle-t-il, remuant à grand bruit les fragments de poterie. Je vais régler mes comptes avec elle maintenant ! » Il passe devant Lottie, tirant violemment sur sa jambe pour avancer plus vite. « Là-haut… dans son gourbi, c'est ça ? Ce trou à rats !

— Elle n'est pas là ! »

Lottie a prononcé ces paroles d'un ton si suraigu et hystérique qu'Hezekiah s'arrête net. Il s'en prend alors à elle.

« Quoi ? » crache-t-il à Lottie qui blêmit. Sa peau pâle et meurtrie lui rappelle le manteau bulbeux d'une pieuvre qu'il a vue un jour, échouée sur une plage de Mykonos, et, pour la toute première fois de sa vie, cette femme le dégoûte.

« Elle… » Lottie se tord les mains de plus belle. « Elle dîne chez les Hamilton. Un lord et une lady, d'après ce qu'elle a dit. »

Silence.

Lord Hamilton.

C'est comme si un poing se refermait sur ses poumons.

« Quoi ? » redemande-t-il, incapable cette fois de contrôler sa peur.

Comme Lottie est retombée dans son mutisme, voyant apparemment le diable en lui, il ouvre la porte de l'appartement, avec une telle violence que la cloche creuse une encoche dans le mur. Il se hisse sur la première marche des escaliers.

« Où allez-vous ? crie-t-elle, lui emboîtant le pas tant bien que mal.

— Dans sa chambre ! Elle la cache. Elle sait. Ce qui veut dire qu'*il* sait aussi ! Il faut que je mette la main dessus avant que Coombe la trouve, elle.

— Hezekiah, *ne faites pas ça* ! »

Mais il est déjà sur le palier, puis au second, le grenier de Dora, dont il ouvre la porte avec une telle force qu'il sent le bois tirer sur ses charnières.

La pièce est impeccablement rangée pour un lieu aussi lugubre. La pie, ce satané oiseau dégoûtant, jacasse avec un bruit de crécelle offensé pour l'accueillir, mais il l'ignore.

Hezekiah va droit à l'armoire, en jette le contenu par terre. Rien. La commode, ensuite. Il ouvre chaque tiroir, fourrage dans les vêtements, leur fait subir le même sort. Rien.

Et après ?

Depuis l'embrasure de la porte, Lottie l'observe. « Hezekiah…

— Pour l'amour de Dieu, femme, laisse-moi tranquille. Allez, sors. Va-t'en ! »

Lottie le dévisage. Puis, avec un soupir résigné qui irrite Hezekiah au-delà de toute expression, elle disparaît, et il attend d'entendre ses pas lourds dans les escaliers pour continuer ses recherches.

Il se traîne jusqu'au lit, tombe à genoux avec fracas, regarde dessous. Un sac en tapisserie. Il l'attrape, s'immobilise juste assez longtemps pour suivre le H brodé du doigt, se souvenant du jour où il l'a acheté à Helen, et, de rage, il le déchire. Rien. Rien !

La pie pousse un cri.

« Tais-toi, hurle-t-il. Tais-toi ! »

Où chercher sinon ? Où la cacherait-elle sinon ? Il aperçoit le bureau sous la fenêtre et sourit, soulagé. Bien sûr !

Il ouvre un tiroir, sa lèvre se soulevant en un rictus. De la camelote. Du verre, du fil de fer, des chutes de cuir et de dentelle. Il attrape une perle en verroterie. N'a-t-il pas remarqué qu'un de ses bracelets en faux jade avait disparu quelque temps auparavant ? Il la punira pour ça aussi.

Hezekiah passe au peigne fin ce bric-à-brac d'objets inutiles. Rien ! Mais juste au moment où il est sur le point de se détourner, il remarque un pochon familier.

Sa bourse ! C'est *elle* qui l'a prise ! Il tend la main vers le pochon et l'ouvre. Pas d'argent. Pas de mot. Juste une minuscule boîte à amadou. Et à l'intérieur…

« La petite garce sournoise. »

La boîte est remplie de cire – un moule en cire, voit-il en plissant les yeux – et, nichée à l'intérieur, une petite clé métallique.

Hezekiah saisit la chaîne autour de son cou, tire dessus pour l'extraire de sa chemise, examine les deux clés côte à côte.

Identiques. Celle de Dora est plus neuve, son cuivre n'est pas encore marqué par le temps. Mais les dents…

Il se souvient du soir du gin.

C'était donc ça…

Il lâche la chaîne. La clé rebondit légèrement sur le coussin charnu de sa poitrine.

Il envoie valser la boîte, et le duplicata de la clé atterrit sur le sol dans un *cling* sourd. Hezekiah pivote sur sa jambe valide, jette un regard circulaire affolé dans la pièce.

Où est-il, alors ? *Où est-il ?*

S'est-il trompé ? C'est impossible ! Peut-être Dora a-t-elle emporté le mot, peut-être le montre-t-elle à Hamilton en ce moment même, peut-être…

La pie, que les hurlements d'Hezekiah avaient réduite au silence, laisse échapper un long cri interminable, et l'antiquaire sursaute. L'oiseau le surveille depuis sa cage, ses petits yeux noirs le jugent, accusateurs. Il incline la tête. Hezekiah serre les dents.

« Bon, très bien. »

Et tandis qu'il approche, la pie se met à siffler.

CHAPITRE TRENTE-CINQ

« Oh, ma chère ! »

Lady Hamilton passe un bras autour des épaules de Dora, qui remarque à peine sa gentillesse.

Comment est-ce possible ? Comment son oncle se l'est-il procuré, comment a-t-il pu savoir ?

Quelqu'un lui met un verre d'eau dans les mains et la force à boire.

« Pardonnez-moi », murmure-t-elle une fois le verre vidé. Elle regarde sir William et Edward, qui la dévisagent tous deux avec inquiétude. « Continuez, s'il vous plaît. Il faut que j'entende cette histoire. J'ai besoin d'entendre le reste.

— Dora, dit sir William avec une expression profondément troublée. Il s'agit ici de questions très graves. Je vous les aurais épargnées si j'avais pu.

— Dites-moi. » Elle sait qu'elle parle d'un ton dur, impitoyable. Mais elle refuse de rester dans l'ignorance, pas maintenant qu'elle est à deux doigts de la vérité. « S'il vous plaît. »

Lady Hamilton se rassied pesamment à côté d'elle. Sir William s'éclaircit la gorge.

« Après la mort de vos parents, j'ai surveillé le site des fouilles durant des années. J'avais acheté le terrain, voyez-vous, puis mis en place des surveillants chargés de m'avertir du moindre changement.

— Que voulez-vous dire par changement ? » intervient Cornelius.

Une pause.

« Je ne peux pas raconter le reste sans que vous compreniez l'histoire d'Helen et Elijah Blake. Dora, si vous voulez bien ? »

Elle hésite. Edward se penche en avant sur son siège.

« Si vous ne vous en sentez pas capable… »

Il regarde Dora avec une telle affection inquiète qu'elle doit se retenir de ne pas pleurer.

« Non. Je vais faire de mon mieux pour vous expliquer. Je n'étais qu'une enfant, vous comprenez. Les souvenirs que j'en ai sont pour le moins flous. »

Elle prend une bouffée d'air.

« J'ai grandi sans foyer fixe. Il y avait la boutique, bien sûr, que mes parents confiaient souvent à mon oncle, et j'y ai passé de nombreux mois quand ils y retournaient. Cependant, ils ne restaient jamais très longtemps au même endroit. Mes parents ont passé leur vie à explorer la Méditerranée, et je les accompagnais chaque fois qu'ils se rendaient dans la région. Ma mère était fascinée par l'héritage culturel de sa terre natale. Elle me récitait constamment les mythes grecs, en faisait sans cesse des croquis sur des bouts de papier qu'elle fourrait dans ses poches. C'est elle qui m'a appris à dessiner. » Dora a un sourire mélancolique. « C'est pendant un voyage à Naples qu'elle a rencontré sir William.

— J'ai été frappé par le talent artistique d'Helen, l'interrompt celui-ci. J'avais recours à Johann Tischbein pour dessiner mes antiquités, mais comme parfois il était occupé ailleurs, j'engageais souvent Helen à sa place.

— Attendez, intervient lady Hamilton. Je crois que je m'en souviens… Un été, vous avez eu des visiteurs, n'est-ce pas, William, et ils avaient une enfant avec eux. C'était vous, miss Blake ?

— En effet, ma chère, confirme sir William. Je vous en prie, Dora, continuez. Naples ? »

Dora reprend son souffle. « Je crois que vous serez peut-être mieux que moi à même d'expliquer cette partie.

— Très bien. » Leur hôte avale une gorgée de vin, remplit de nouveau son verre à la carafe posée au milieu de la table. « Je me souviens que nous dînions sur le balcon surplombant la baie. » Il se tourne vers Dora. « Vous étiez assise sur les genoux de votre mère. »

Dora lui adresse un sourire ému. « Je m'en souviens. »

Sir William incline la tête. « J'ai salué la décision d'Helen de vous avoir appelée Pandora. Ce nom signifie "aux multiples talents", et je le trouvais tout à fait charmant. Elle m'a expliqué qu'elle vous avait nommée d'après le mythe. Lorsque je lui ai demandé pourquoi, elle m'a confié que cette histoire l'avait toujours fascinée, enfant.

— Et quelle est cette histoire ? » interroge lady Hamilton.

Par-dessus la table, Edward croise le regard de Dora. Elle comprend ce qu'il lui demande, même s'il ne prononce pas les mots. *Est-ce que vous allez bien ?* disent ses yeux, et la poitrine de la jeune femme se serre. Sa colère envers lui n'a pas diminué, mais elle ne la sent pas à cet instant et elle se surprend à acquiescer en retour. Sir William semble interpréter ce geste comme une permission de digresser encore une fois de son histoire à elle.

« De nombreuses variantes du mythe sont apparues au fil des temps. Pour vous l'expliquer ce soir, je raconterai la plus connue. » Il inspire. « Vous devez savoir, naturellement, que, dans la mythologie grecque, le Dieu était Zeus. Durant des millénaires, le monde n'a été peuplé que de dieux, de demi-dieux et de créatures mythiques. Bien que leurs vies n'aient été en aucun cas harmonieuses, c'était, à bien des égards, un monde parfait. En revanche, Zeus, mécontent de ce prétendu "monde parfait", qu'il considérait désormais comme vraiment trop ennuyeux, a chargé son bon ami Prométhée de créer les premiers humains avec de la boue et sa salive, puis la déesse Athéna les a animés d'un souffle.

« Néanmoins, tous ces humains étaient de sexe masculin et n'avaient pas la capacité de faire du feu, talent que Zeus considérait comme réservé aux dieux. Prométhée, lui, pensait que les humains étaient destinés à évoluer et à créer, si bien qu'il vola le feu à Héphaïstos, le dieu des forgerons, et l'offrit aux humains. Lorsqu'il découvrit la tromperie de Prométhée, Zeus ordonna à Héphaïstos de créer la première femelle humaine, et la dota de tous les artifices féminins que beaucoup croient être la cause de l'effondrement de l'homme. Cette première humaine fut nommée Pandore.

« Mais même alors, la vengeance de Zeus n'était pas terminée. Avant de la lâcher dans la nature, il donna à Pandore un vase… et non une boîte, comme on le croit souvent. Cette erreur est due à une mauvaise traduction attribuée au philosophe hollandais Érasme. Dans sa version de l'histoire en latin, il transforma le mot grec *pithos* en *pyxis*, qui signifie littéralement "boîte". Enfin, l'important, c'est qu'il y avait un pithos, et que Zeus avait ordonné à Pandore de ne jamais l'ouvrir.

« Pandore fut alors offerte au frère de Prométhée, Épiméthée. Ils tombèrent tous deux très amoureux et furent heureux durant de nombreuses années. Mais l'appel du pithos taraudait Pandore. Une nuit, en proie à l'insomnie, elle souleva le couvercle du vase, et hélas, la vengeance de Zeus s'abattit. Tous les maux de ce monde, dont nous ne nous sommes jamais remis, sortirent du pithos : Maladie, Violence, Perfidie, Misère et Envie. Pandore fut si choquée par ce qu'elle avait fait qu'elle referma le couvercle à temps pour empêcher le dernier de sortir. Zeus avait ajouté l'Espérance, pour punir et torturer l'homme. Il pensait que l'Espérance était souvent la promesse fallacieuse du Bien à venir. Quant à *moi*, je pense que la question de savoir si l'Espérance doit être considérée comme un Bien ou comme un Mal est sujette à interprétation. »

La pièce est silencieuse, en suspens. L'air semble chargé, comme si ce récit mythique était une créature vivante, réveillée par sa narration même. Sir William prend une autre gorgée de vin ; les autres l'imitent. C'est Cornelius qui rompt le silence.

« Quel rapport tout ceci a-t-il avec miss Blake ? »

Sir William se tourne vers elle. « Ma chère ? » l'encourage-t-il.

Dora prend une profonde inspiration pour se calmer. Des quelques fragments du miroir de sa mémoire, c'est *celui-ci* qui l'a accompagnée durant toutes ces années, celui qui est resté intact dans sa tête. Elle se rappelle la voix de sa mère lui racontant le mythe de Pandore à l'heure du coucher tandis qu'elle retournait sans cesse son camée dans la paume de sa petite main. Sauf que, bien sûr, il ne lui est jamais venu à l'esprit que le pithos qu'elle a dessiné puisse être celui-là même dont parlait sa mère, toutes ces années auparavant.

« Ma mère croyait, commence Dora, que la Pandore originale était réelle. Pas la femme du mythe, évidemment, mais je me rappelle l'avoir entendue dire, comme vous l'avez suggéré tout à l'heure, lady Hamilton, que les suspicions ou les fables sont toutes fondées sur une forme de vérité. Ainsi, ma mère considérait qu'il y avait peut-être bien eu quelqu'un de ce nom-là dans la Grèce antique, une femme dotée d'un grand pouvoir et d'une grande beauté, probablement issue d'une lignée noble, et qu'un vase avait été créé pour lui rendre hommage. On pourrait aussi arguer que c'était une femme corrompue dans la mesure où le mythe raconte que Pandore a lâché tous les maux naturels sur le monde et qu'en conséquence le vase aurait été conçu comme une sorte de malédiction. Quoi qu'il en soit, ma mère pensait que l'existence d'un tel vase était probable, un vase suffisamment singulier pour porter cette légende à travers les générations. En revanche, je n'avais aucune idée que c'était l'objet que recherchaient mes parents pendant les dernières semaines de leur vie. Pour moi, il s'agissait juste d'un site de fouilles de plus, semblable à tous ceux que j'avais fréquentés au fil des ans. »

À cet instant, sir William tapote son verre. « Comment auriez-vous pu savoir ? Vous n'étiez qu'une enfant. » Il parvient à sourire avec bienveillance.

« Mais c'est bien ce qu'ils cherchaient. Vous voyez, Helen m'avait expliqué qu'au cours de ses recherches sur le mythe, elle avait découvert que Pandore s'était noyée lors d'une grande inondation. Toutefois, la légende disait aussi que Pandore et Épiméthée avaient eu une fille qui avait survécu : Pyrrha. Et donc, ces trois noms et l'inondation… Helen s'en est servie comme point de départ. Apparemment, elle a consacré des années à éplucher des documents anciens – patronymes, listes de villages – et elle croyait avoir réussi à les localiser non seulement dans ses sources historiques, mais aussi géographiquement. Elle avait remonté leur patrimoine ancestral jusqu'au Sud de la Grèce, croisé ses conclusions avec les catastrophes naturelles, et découvert qu'il y avait bel et bien eu une grande inondation… dans une ville au pied du mont Lycaon. »

Dora se pince l'arête du nez. « Je ne me rappelle pas exactement comment nous sommes arrivés dans le Péloponnèse, ni comment sir William s'est joint à nous. En tout cas, nous y étions, et c'est une des rares occasions où mon oncle nous a accompagnés. J'ai très peu de souvenirs de ce jour-là, où de ceux qui ont précédé, mais je me souviens que quelque chose n'allait pas. Mes parents et mon oncle se disputaient. Constamment. Je… »

Lady Hamilton lui presse le bras. « Continuez. »

Dora ferme les yeux. Elle se représente un ciel d'un bleu profond, sans nuages, juste percé d'un soleil trop vif pour être regardé en face. Une montagne se dresse devant elle, ses pentes recouvertes d'arbres vert foncé aux frondaisons luxuriantes. Sous leurs pieds, la terre est desséchée, sa surface striée de profondes crevasses rappelle un parchemin ancien resté trop longtemps à l'air libre. Quelque part, dans l'herbe que la chaleur a transformée en paille, un criquet chante. Dora se représente des monolithes en pierre brisés, d'étroites tranchées consolidées par des poutres en bois. Un trou profond dans le sol, un tunnel sombre conduisant à un lieu qui lui est invisible à moins d'y descendre par une échelle. Autour d'elle, des tentes blanches, dont les pans s'agitent dans une brise étouffante. Puis les fragments de miroir tremblotent, se séparent de nouveau, et Dora ne les comprend plus.

« J'étais sur le chantier le jour où c'est arrivé, s'entend-elle dire. Il faisait chaud. Une chaleur brûlante. Cette chaleur sèche qui vous emplit les poumons et rend la respiration difficile. Il n'y avait personne d'autre dans les environs. Les ouvriers dormaient. Je me souviens être allée au puits chercher de l'eau pour mes parents. Je me souviens que je venais de descendre dans la chambre d'accès quand la terre a commencé à s'effondrer autour de moi. Mais je savais que mes parents étaient dans la pièce suivante, et j'ai essayé d'arriver jusqu'à eux, j'ai crié… »

Dora parle précipitamment, se met à trembler, sa vision se brouille, et soudain Cornelius – Cornelius, entre tous – lui prend la main, qu'elle serre aussi fort qu'elle le peut.

« Je me souviens d'avoir été piégée. Je ne pouvais pas crier. Je ne pouvais pas respirer du tout. Et tout à coup, je me suis réveillée sur une paillasse, dans la tente. Sir William m'avait sortie de là… »

Dora s'aperçoit qu'elle est hors d'haleine et que lady Hamilton lui verse un autre verre d'eau. Elle boit longuement, mettant quelques minutes à reprendre contenance.

« Je suis tellement désolé, Dora. »

C'est sir William qui a parlé. Dora lève les yeux pour constater que tous la regardent et, soudain gênée, elle lâche la main de Cornelius. Livide, sa peau reprend couleur à mesure que le sang recommence à y affluer.

« Pardonnez-moi, murmure Cornelius en repliant les doigts. Mais vous aviez expliqué que cette histoire était en deux parties. »

Edward se lève de sa chaise. « Cornelius, je ne crois pas…

— Non, lance Dora en rassemblant ses forces. Mr. Ashmole a raison. Que vouliez-vous dire par là, sir William ? »

Le diplomate soupire. « Je ne veux pas vous faire souffrir davantage.

— *Dites-moi.* »

Il pousse un nouveau soupir, se passe une main sur le visage et prend une autre gorgée de vin.

« Comme vous le savez, après le glissement de terrain, vos parents n'étaient pas ensevelis aussi profondément que nous l'avions craint. Ils ont dû essayer de s'échapper. On a retrouvé leurs corps et on les a enterrés. Vous avez été renvoyée à Londres, sous la houlette de votre oncle. On a conclu à un terrible accident du genre de ceux qui arrivent sans cesse dans cette profession. » Un pli profond se creuse entre les sourcils de sir William. « Malgré tout, il y avait quelque chose qui me turlupinait vraiment. J'avais inspecté le site moi-même. Dora, vous dites que vous ignorez pourquoi nous nous étions tous retrouvés dans le Sud de la Grèce. Je peux vous révéler à présent que la théorie d'Helen m'intriguait. J'avais financé les fouilles et demandé à faire partie de l'équipe pour chercher le pithos.

« Vos parents se sont empressés d'accepter. Comme j'avais supervisé de nombreuses fouilles, ils savaient que je n'étais pas un aristocrate oisif. Et nous avons réussi, Dora, nous avons *découvert* un pithos. Un pithos qui correspondait en tous points aux sources historiques et géographiques. Et plus convaincant encore, il illustrait le mythe de la création de Pandore. Il n'y avait aucune raison de ne pas assumer qu'il s'agissait de celui que nous cherchions. Nous étions aux anges. Pouvez-vous imaginer les implications historiques ? Nous avons commencé à prendre des dispositions pour le récupérer. Sauf qu'alors…

« Dora, je suis convaincu que ce site était sûr. J'admets qu'il aurait pu bénéficier de renforcements, mais rien ne me laissait croire qu'il y avait un quelconque danger imminent, si bien que, lorsqu'il s'est effondré, j'ai soupçonné un méfait. Je n'avais pas de preuve, bien sûr. Et la situation était de telle nature… » Sir William s'arrête, se racle la gorge. « Tout ce que j'ai pu faire, c'était préserver le site. Comme je vous l'ai expliqué, j'ai acheté le terrain, mis en place un gardien. Puis, l'an dernier, j'ai été informé d'une inondation. Le déluge avait emporté assez de terre pour qu'il y ait une bonne chance que nous accédions de nouveau au site. Alors, j'ai rouvert les fouilles. »

Durant tout le récit de sir William, Dora a eu la sensation que son cœur était pris dans un étau. Confusément, elle sait ce qu'il va dire.

« Mon oncle… » lance-t-elle.

Le visage de son interlocuteur se ferme.

« Hezekiah Blake était introuvable au moment de l'éboulement. Il n'est réapparu que plus tard, la joue barrée d'une égratignure sanglante. Il a prétendu avoir été coincé dans l'effondrement du site, être sorti par une autre issue. Le problème, c'est qu'il n'y avait qu'une seule entrée et une seule sortie, et Dora… » Sir William prend un air grave. « J'y étais tout ce temps. Occupé à creuser pour vous libérer. »

Il n'est pas question de rester. À aucun prix.

Elle abandonne Edward et Mr. Ashmole dans la calèche, refuse de les attendre pour pousser la porte de la boutique.

L'odeur putride de la jambe d'Hezekiah conjuguée à quelque chose d'autre, des relents d'ammoniaque, la frappe de plein fouet au moment où elle franchit le seuil en trombe. Elle s'arrête, note l'étagère renversée, les restes de vaisselle éparpillés sur le sol comme des déchets charriés par la Tamise.

« Mon oncle ! *Mon oncle !* »

Dora a envie de pleurer. Elle sent les larmes qu'elle refoule se masser derrière ses yeux, mais sa colère l'emporte sur son chagrin. Comment a-t-il pu faire une chose pareille ? S'il est responsable de la mort de ses parents, ainsi que d'avoir attenté à ses jours à elle, le pithos lui-même doit en être la cause. Le fait qu'il se trouve ici, à Londres, après toutes ces années… Mais pourquoi ? Avec un hurlement, elle traverse en courant la boutique et escalade l'étagère. La vaisselle cassée racle à grand bruit les lattes fendues du plancher. Elle entend le tissu de ses jupes se déchirer.

« Dora ! »

C'est la voix d'Edward, mais la jeune femme y prête à peine attention. Elle atteint les portes du sous-sol et tire sur leurs poignées, qui ne cèdent pas. En baissant les yeux, elle constate que le verrou est bien fermé, que sa chaîne se balance sous l'effet de ses efforts désespérés.

L'étage, alors.

Elle se retourne, bat hâtivement en retraite à travers la boutique.

« Dora », répète Edward en lui tendant la main, mais elle l'ignore, les dépasse à toute allure, lui et Cornelius, qui, plantés inutilement devant le comptoir, la regardent avec une pitié mal déguisée. Elle passe la porte de séparation entre la boutique et l'appartement – la cloche tinte bruyamment sur son ressort –, grimpe les escaliers étroits, martelant impitoyablement les marches.

Lorsqu'elle tambourine à la porte de la chambre d'Hezekiah, il n'y a pas de réponse. Furieuse, Dora l'ouvre d'un grand coup pour trouver la pièce plongée dans un noir d'encre.

« Maîtresse… »

Dora fait volte-face. Lottie se tient sur le seuil de son ancienne chambre. Elle se tord les mains, son œil non meurtri paraît rouge et gonflé, comme si elle avait pleuré.

« Où est-il ? »

Dora a parlé fort – elle entend la note inquiétante qui perce dans sa voix – et la gouvernante la fixe sans piper mot.

« *Où est-il ?* »

Lottie sursaute, décomposée. « Parti ! finit-elle par s'écrier en serrant ses poings sous son menton. Je ne sais pas où. »

Le son qui s'échappe de la gorge de Dora ne ressemble à rien de ce qu'elle a jamais entendu. Elle attrape la balustrade, s'affale dessus. Des taches s'agitent spasmodiquement dans son champ de vision. Puis, elle se relève, décidée, et se met à grimper les marches.

« N'allez pas là-haut, maîtresse. »

Il y a quelque chose dans la voix de Lottie. Dora s'immobilise, fait volte-face.

« Pourquoi ? »

Lottie se borne à secouer la tête, refuse de répondre. Elle en est incapable, semble-t-il, et quelque chose d'autre se met à tambouriner dans la poitrine de Dora, dans son crâne. Elle se retourne encore une fois pour grimper les marches quatre à quatre.

La porte de son grenier est grande ouverte, de travers sur ses gonds. Du palier, elle voit déjà le fouillis de vêtements, par terre au milieu de la pièce, et la colère la quitte d'un seul coup. C'est comme si tout ralentissait, comme si elle marchait sous l'eau, incapable de s'ancrer au sol mais, d'une manière ou d'une autre, ses pieds la portent à l'intérieur.

Désemparée, Dora contemple ses effets dispersés au hasard, les portes de l'armoire qui bâillent et les tiroirs béants de la commode, le chaos de son bureau démoli. Des perles et du fil de fer, tous les matériaux qu'elle utilise pour fabriquer ses bijoux, jetés aux quatre vents comme de vulgaires ordures.

Une brise froide soulève doucement le rideau de la fenêtre, et le clair de lune envahit la pièce, rayon blanc pointé vers le sol. Elle tourne la tête.

« Non. Oh, non. *Non non non…* »

Telle une marionnette dont on tire le fil, Dora suit la traînée de plumes blanches et noires éparpillées sur le plancher. Elle lève les yeux. La porte de la cage à oiseau pend précairement sur ses charnières, et Dora écrase une main sur sa bouche pour étouffer un sanglot.

Au fond de la cage gît Hermès, son magnifique Hermès, son cou élégant brisé en deux.

TROISIÈME PARTIE

Quand toute chose, désir et joie et douleur,
Sera anéantie dans l'impétueuse jouissance,
Puis revivifiée par un délicieux sommeil,
Alors tu revivras, toute jeune tu vivras à nouveau
Pour craindre, espérer, désirer à nouveau.

Johann Wolfgang VON GOETHE
Prométhée (1773)
Tiré de *Drames de jeunesse*, Éditions Aubier,
traduction de E. Herrmann

CHAPITRE TRENTE-SIX

De la rive est du fleuve, le trajet jusqu'au Horse and Dolphin ne devrait prendre qu'une heure, mais la jambe d'Hezekiah est atrocement douloureuse et, en dépit du givre piquant de l'air de février, il transpire abondamment à travers la batiste. Aussi, il lui faut presque deux heures pour parvenir à destination.

La ville, quand le ciel est sombre, prend des atours différents. Fronçant le nez, Hezekiah passe devant des ruelles froides et sales, surpris de constater que, même à cette heure de l'aube, elles résonnent d'éclats de rire lointains.

Tout est englué dans une morosité répugnante. Des pavés branlants sautent lorsqu'il les piétine avec sa chaussure, éclaboussant son pantalon de particules de boue. Son talon s'enfonce profondément dans la terre humide. Il le dégage avec un écœurant bruit de succion et, même maintenant qu'il a d'autres sujets de préoccupation plus pressants, il s'inquiète de se salir.

Il tente d'ignorer les mendiants qui l'observent dans l'embrasure des portes écaillées, serre plus fort son manteau contre lui, et chancelle en apercevant ce qu'il pense être un corps, gisant au pied de la façade d'un immeuble de trois étages. Ironique, en vérité, étant donné l'endroit où il se trouvait quelques instants plus tôt.

Ce qu'il a fait quelques instants plus tôt.

Hezekiah garde la tête baissée. Il refuse d'y penser. Non, il va penser à d'autres choses, à ce qui l'attend à son retour, dans les entrailles de la boutique.

Le mot qu'il a longuement cherché est niché à l'intérieur de la poche de son gilet, près de son cœur, froissé, déchiré et taché de fientes d'oiseau, mais il l'a. Il tapote sa poche, songe joyeusement aux révélations qu'il contient. La fortune était sous son nez tout ce temps ! Et la clé du coffre-fort Bramah – la clé qu'il garde cachée sous le globe de la salle à manger – l'ouvrira ! Comment ne l'a-t-il pas remarqué ? Une idée d'Helen, forcément, cette sale intrigante. Elle l'a manipulé comme un imbécile depuis le début. Sauf qu'il a gagné. Enfin ! Au bout de douze ans d'attente, il a gagné !

Il brûlera le mot une fois qu'il aura terminé. Et Dora, pense Hezekiah avec un plaisir vindicatif en tournant de Hedge Lane dans St. Martin's Street, n'en saura même jamais rien. Il l'expédiera dans une maison close et en sera débarrassé. Elle ne l'ennuiera plus jamais.

Le Horse and Dolphin est une taverne en briques sales, d'aspect menaçant, à la porte surplombée de combles bas. De bruyants rires désordonnés filtrent dans la rue, et la pâle lumière des fenêtres à panneaux brille d'un jaune malsain sur les pavés inégaux. Un groupe de filles de joie rôde dans un coin, appelant le chaland avec lassitude. Hezekiah envisage brièvement la chose, tripote une pièce dans sa poche.

Non, pense-t-il. Il aura tout le temps ensuite.

La taverne est profonde, pleine de coins et recoins, avec des poutres en hauteur, un plafond aux taches jaune souci. Une fumée irritante le prend à la gorge, et il tousse, glisse un doigt dans son col pour le desserrer. Il se lèche les lèvres avec nervosité, puis – furtivement – regarde autour de lui.

Là.

Hezekiah boite jusqu'à une table cachée dans une alcôve à gauche de l'entrée. Un homme grisonnant vêtu d'une tenue noire miteuse mais jadis élégante se lève, haussant les sourcils de surprise. Il lui tend une main piquetée de taches de vieillesse.

« Blake, lance-t-il à Hezekiah en guise de salut tandis que celui-ci s'assied, le coussinet de sa bedaine désagréablement comprimé contre la table en bois. Je ne m'attendais pas à *vous* voir ici à cette heure. » Une pause. « Qu'est-il arrivé à votre jambe ?

— J'ai un travail pour vous, répond Hezekiah en ignorant la question, et son interlocuteur se rencogne dans son siège, les yeux plissés.

— Un travail pour moi, vraiment ? Vous avez intérêt à faire attention au ton que vous prenez, Blake. Souvenez-vous, poursuit-il en désignant le ventre d'Hezekiah du regard, que, sans moi, vous ne seriez pas aussi confortablement nourri. » Une autre pause. « Vous avez du sang sur la manche. »

Hezekiah tire sur le revers de son manteau pour la cacher.

« Ce que je voulais dire, c'est que j'ai en ma possession un trésor, quelque chose d'assez merveilleux, vraiment. Vos acheteurs ne seront pas déçus.

— Hmm. »

L'homme sort de sa poche un petit carnet relié de cuir et l'ouvre vers la fin. De son autre poche, il extrait un crayon et un couteau, avec lequel il entreprend de tailler la mine de plomb avec un soin lent et réfléchi.

« Et qu'est-ce que c'est, ce trésor ? J'ai bien peur que nos clients commencent à se lasser de vos poteries grecques. Elles sont de plus en plus difficiles à vendre. Combien en avez-vous en stock maintenant ? Soixante ? Quatre-vingts ? »

Hezekiah se trémousse au contact du banc dur, râpeux sous ses fesses.

« Il *vient* de Grèce, je vous l'accorde, concède-t-il, et son compagnon de table arrête de tailler son crayon, un copeau tombe du couteau. Mais il ne ressemble à rien que vous ayez jamais vu.

— Convainquez-moi. »

Hezekiah respire un grand coup. « Et si je vous disais que je me suis procuré un grand vase en parfait état ? Un vase d'une valeur historique incommensurable ?

— Je dirais que j'ai déjà entendu tout ça quelque part.

— Mais c'est vraiment le cas. Voyez-vous, je sais de source sûre que ce vase est antérieur à l'Histoire telle que nous la connaissons. »

Pas tout à fait exact, songe-t-il. C'est ce que Dora prétend, mais qu'en sait-elle ? De toute façon, cela ne change pas grand-chose… Cet objet aura toujours beaucoup de valeur, indépendamment de son âge véritable.

L'homme pose son couteau sur la table d'un air plein de sous-entendus. Sa lame luit dans la semi-obscurité. Il referme son carnet.

« Il est trop tôt pour que vous vous moquiez de moi, Hezekiah Blake.

— Je ne me moque pas de vous. »

Hezekiah se mord la langue. Il doit être vigilant. Ne pas exagérer. Parler à un courtier, c'est comme parler à un client dans la boutique. Penser à la vente, leur en mettre plein la vue.

Doucement, doucement.

Hezekiah se penche en avant, tente de réprimer une grimace alors qu'un spasme remonte le long de sa jambe. Il se force à sourire.

« Laissez-moi vous raconter une histoire. Une histoire qui remonte à une vingtaine d'années. Imaginez un jeune homme, un cartographe. Idéaliste, impressionnable. Un jour, il rencontre une artiste, une historienne, une femme grecque qui l'enchante avec ses récits de mythes et de magie anciens. » Hezekiah s'interrompt pour donner plus d'effet à son récit, déçu par le froncement de sourcils de son interlocuteur dont les traits expriment une patience feinte, mais il reprend sa respiration. « Elle avait été nommée d'après Hélène, la plus grande beauté que l'Empire grec ait jamais vue, et incarnait son homonyme comme aucune femme qu'il ait jamais connue, alors ou depuis. Un homme aurait pu mourir pour elle. Tuer pour elle, tant elle était séduisante. Aussi, afin de lui prouver son attachement, l'homme l'assista dans ses recherches. Il emmena même son frère pour les aider, parce que son frère savait des choses que *lui* ne savait pas. » Hezekiah serre le poing. « Ensemble, les trois réfléchirent à la possibilité qu'un artefact décrit par une légende ancienne puisse bel et bien exister. Des années plus tard, une fois que cette femme a éconduit ce pauvre homme et épousé son frère à sa place, ils localisent l'endroit où se trouve l'objet.

Des fouilles sont organisées. Et on découvre un artefact. Mais ensuite, une immense tragédie se produit. Il y a un éboulement. La femme et le frère de l'homme sont tous deux perdus. Et, plus tragique encore, l'artefact aussi. »

Le courtier demeure imperturbable. « J'espère que vous allez en venir au fait. Le jour va bientôt se lever. Je suis resté debout toute la nuit, mon lit m'appelle. »

Hezekiah lève un doigt. « Douze années passent, durant lesquelles l'homme attend que la chance recommence à lui sourire. Puis, c'est le cas. Il finit par retrouver l'artefact. Un artefact en parfait état pour son âge. Et par Dieu, il est beau. Sculptures grecques aux détails complexes. Un pur objet d'art antique, vieux de milliers d'années, remis en lumière. Une mémoire vivante. »

Un muscle tressaute sur le visage de son interlocuteur.

« Pouvez-vous l'imaginer ? » Hezekiah laisse sa voix baisser, prendre son bagou onctueux de vendeur. « Un vase d'un si grand âge. Pensez à sa valeur historique. Pensez à la façon dont les acheteurs vont se battre pour lui. Pensez à la tragédie derrière cet objet, à ce que ressentiront les acheteurs sachant qu'il est si important qu'on a pu mourir pour lui. Une guerre d'enchères ! La guerre d'enchères la plus agressive qu'ait connue le marché. Plus importante même que tout ce qu'on a pu voir chez Christie's. Ne serait-ce pas merveilleux ? »

Comme pour appuyer ses propos, un hurlement retentit à l'arrière de la taverne, suivi de rires tonitruants et d'un bruit de verre brisé.

« Il doit valoir des milliers », murmure Hezekiah.

Le courtier ne dit rien, ne fait rien à part tourner lentement le crayon dans sa main, le balançant d'avant en arrière entre ses doigts. Gauche, droite. Gauche, droite.

Oh, ce salaud est dur en affaires. Les yeux d'Hezekiah se mettent à larmoyer. Il se les frotte, songeant désormais lui aussi avec nostalgie à son lit.

« Trente mille livres. Au moins. »

Un tic, un tressaillement. Hezekiah reprend confiance. Il est en train de gagner.

« Quarante pour cent des gains vous reviendront, bien sûr. »

L'espace d'un long moment tendu, l'homme l'observe, et Hezekiah craint d'avoir dépassé les bornes, que cette histoire paraisse trop improbable, trop au-delà des limites du possible. Mais alors, le courtier esquisse un sourire, dévoilant une dent en or.

« Eh bien, Mr. Blake. » Il ouvre encore une fois son carnet, crayon levé. « Montrez-moi cet artefact. S'il est conforme à votre description, il semblerait que nous ayons un accord. »

Il va fêter ça. Ce n'est que justice.

Tandis qu'Hezekiah reprend lentement et péniblement le chemin de la maison – passant Long Acre, descendant le Strand –, il aperçoit une échoppe qui paraît déjà ouverte. Une unique bougie brille à travers la fenêtre, et il frappe au carreau, l'œil déjà rivé sur le joli porte-monnaie en cuir pendu à un crochet au mur derrière le comptoir.

On le laisse entrer, le porte-monnaie est enveloppé dans du papier de soie, et Hezekiah pense juste à son lit, à un petit déjeuner copieux, à un peu de gin pour atténuer la douleur dans sa jambe, puis (son estomac gargouillant d'anticipation) à une journée entière à savourer ses récompenses tant désirées, quand l'employé annonce son prix.

« Mettez ça sur mon compte. Hezekiah Blake, de Blake's Emporium. »

L'employé le dévisage en clignant des yeux. « Oh, non, monsieur, dit-il. J'ai bien peur que ce ne soit pas possible. »

Hezekiah le toise. « C'est absurde, enfin !

— Il n'y a rien d'absurde, monsieur. Nous ne faisons plus crédit, et certainement pas avant que votre compte soit régularisé.

— *Régularisé* ?

— Régularisé, répète l'employé. Espèces uniquement. »

Il ne comprend pas. Il est trop tôt, il a eu une nuit éprouvante, n'a pas dormi.

« Je fréquente votre boutique depuis des années ! Comme toutes celles de cette partie de la rue, et aucune ne s'est plainte comme vous.

— Monsieur, vous avez pris beaucoup d'articles, mais vous n'en avez retourné aucun. Même si les impôts n'avaient pas été augmentés pour décourager le crédit, on vous aurait demandé de rembourser vos dettes. Aucun paiement n'est intervenu sur votre compte depuis plus de six mois. »

Hezekiah ne peut retenir la colère qui l'envahit comme une vague et, avant de s'en rendre compte, il abat son poing sur le comptoir vitré, qui tremble sous son poids.

« Vous savez qui je suis ? souffle-t-il, incapable de se contrôler. Je suis un éminent courtier ! Je dirige une boutique d'antiquités ! En fait, je dois même très prochainement réaliser une vente prestigieuse. Une vente *très* prestigieuse. Vous serez payé en totalité à ce moment-là. Dans l'intervalle… »

La réponse arrive sans tarder.

« Dans l'intervalle, monsieur, vous devrez attendre. Nous avons de nombreux porte-monnaie. Celui-ci restera disponible. »

C'est injustifié. Ce n'est encore jamais arrivé. Toutefois, en regardant le visage pointu de l'employé, Hezekiah sait qu'il n'aura pas le dessus dans cette discussion, pas aujourd'hui, si bien qu'il se détourne avec tout le dédain dont il est capable (du mieux qu'il peut avec sa jambe blessée), et quitte les lieux sans un regard en arrière.

CHAPITRE TRENTE-SEPT

Edward n'a pas traversé la Tamise depuis qu'il habite Londres, pas depuis que la diligence l'a amené ici, à l'âge de douze ans. Même alors, il ne s'approchait pas des docks, ne voyait pas les conditions sordides qui régnaient là-bas, et quand il passe devant un vieil homme dormant, nu (mais *dort-il* vraiment ?), contre un tonneau vide, il songe que ce dont il a souffert des mains de Carrow n'était peut-être pas si terrible après tout, comparé aux conditions de vie auxquelles certains sont réduits.

Il y a de la brume sur le fleuve aujourd'hui. Edward se couvre la bouche pour ne pas respirer l'odeur putride de décomposition, pas tout à fait certain que la brume et cette puanteur ne fassent qu'*une*. Une odeur peut-elle se *voir* ?

Il s'arrête pour se repérer. Lorsque Coombe lui a expliqué comment trouver sa mansarde, et qu'il devrait patauger dans la boue pour y arriver, il pensait qu'il plaisantait. *Prenez à droite, après les cageots*, se souvient-il d'avoir entendu le colosse dire. En les apercevant, Edward continue, remerciant le ciel que les gelées matinales aient quelque peu durci la terre, mais il reste sur les planches en bois posées, récemment semble-t-il, à même le sol.

Il rate presque les escaliers, puis considère leur bois pourri d'un air dubitatif. Supporteront-ils son poids ? Enfin, raisonne-t-il, s'ils supportent la masse considérable de Coombe, ils supporteront sûrement la sienne. En se tenant d'une seule main, l'autre recouvrant toujours son nez et sa bouche, il se hisse en haut des périlleuses marches, puis frappe à la porte.

Edward plisse le front. Pas de réponse. Il se rend compte qu'il est en avance, mais après la nuit précédente, après Dora... Pour une énième fois ce matin, il la revoit, sent la colère lui tordre les tripes.

Ils l'avaient suivie à l'intérieur, avaient passé la porte de l'appartement, la femme terrifiée leur avait désigné du doigt le haut des marches, et donc ils étaient montés, tout en haut de la maison, jusqu'à une pièce exiguë au grenier, sens dessus dessous. Les affaires de Dora – il n'avait pas imaginé qu'elles étaient rares à ce point – y étaient éparpillées par terre. Et elle était là, à genoux, dos à la porte, et Edward avait laissé Cornelius sur le seuil, s'était approché d'elle, une main tendue...

Il n'oubliera jamais son visage. N'oubliera jamais la tendresse avec laquelle elle berçait la pie morte sur ses genoux.

État de choc, avait déclaré Cornelius. Dora n'avait pas dit un mot quand ils l'avaient aidée à se relever, pas un mot dans la calèche, pas un mot non plus quand, répugnant à réveiller Mrs. Howe, ils l'avaient couchée eux-mêmes dans l'une des chambres d'amis de Cornelius, et Edward avait décidé sur-le-champ de trouver Matthew Coombe dès que possible.

Il fera payer Hezekiah pour ce qu'il a fait. Et il se rattrapera pour ce qu'il a *lui-même* fait.

Edward frappe de plus belle. Toujours rien. Il se détourne, prêt à partir, mais quelque chose, une sensation, une prémonition peut-être, le conduit à se raviser. Il pousse la porte qui, chose troublante, cède sans mal.

S'il a trouvé l'odeur pénible à l'extérieur, Edward n'est pas préparé à celle-ci. Même à travers sa main, il la sent – un mélange fétide qu'il a grand mal à décrire –, l'obligeant à réprimer un haut-le-cœur dans sa paume. Il fourre son autre main à l'intérieur de sa poche, en sort un mouchoir, qu'il appuie sur son visage à la place. Ce n'est guère mieux.

Il s'oblige à entrer dans la pièce. Apparemment, il n'y en a qu'une ; pas d'autres pièces en enfilade, juste un drap tendu dans le sens de la longueur. Une caisse fait office de table, flanquée de trois chaises à l'allure branlante. Dans un coin, une petite cuisinière et, à sa droite, ce qu'Edward pense être un vieux secrétaire, tiroirs ouverts. Rien d'autre. Comment Coombe peut-il vivre ainsi ? Comment quiconque peut-il vivre ainsi ?

Edward regarde le drap. Il est sale, taché de traînées brunes. Il n'a pas envie de savoir ce qu'il y a derrière, pas envie de voir, mais c'est comme si ses pieds étaient doués d'une volonté propre, et il traverse la pièce, se plante devant le drap, respirant profondément dans son mouchoir, puis, de sa main libre, écarte le tissu.

« Bon Dieu ! »

Il recule en titubant, et, incapable de se retenir, vomit violemment par terre. Il laisse tomber son mouchoir – devenu inutile – aspire, haletant, de grandes goulées d'air, et se passe une main tremblante sur les yeux.

Je ne suis pas taillé pour ça, pense-t-il, ça me dépasse. *Qui aurait pu faire une chose pareille ?*

Mais il connaît la réponse. Il ne la connaît que trop bien.

Edward avale sa salive et reprend ses esprits avant d'écarter de nouveau très lentement le drap.

Derrière, trois paillasses. Sur chacune, un homme.

Le plus proche a l'air d'être mort depuis un moment. Sa peau est marbrée de jaune, ses yeux grands ouverts, vitreux, le coin de sa bouche incrusté de croûtes blanchâtres. L'oreiller sous sa tête est taché de brun. Bizarrement, ce n'est pourtant pas ce détail – aussi épouvantable soit-il – qui menace une fois de plus de soulever le cœur d'Edward.

Il se force à regarder.

Si ce n'était l'oreiller imbibé de sang, il aurait cru que le deuxième homme dormait. Peut-être, songe Edward, le meurtrier a-t-il procédé ainsi, comme un lâche. L'homme a été poignardé pendant son sommeil, au cou. Hémorragie rapide. Sans se rendre compte de rien. Mais le troisième... Il est possible que Coombe ait été endormi lui aussi, car il n'y a pas de signes de lutte, cependant la lame ne l'a pas tué du premier coup. Peut-être Hezekiah a-t-il mal visé. Peut-être, Edward ne s'est pas assez approché pour le confirmer, a-t-il dû le frapper trois ou même quatre fois de suite, rapidement, avant que le couteau fasse son office. Il n'y a pas d'éclaboussures de sang sur le mur, en revanche, les draps entortillés entre les jambes de Coombe sont trempés d'une riche teinte écarlate. Saigné à blanc, donc. Son visage est empreint d'une expression horrifiée, les yeux écarquillés de surprise ou d'effroi, ou, se dit sombrement

Edward, des deux. Coombe est allongé, un bras – ou du moins, il pense que c'est un bras –, noir et couvert de pustules, pareil à une poutre calcinée, dépassant du lit.

Edward laisse retomber le drap, ferme très fort les yeux, mais cette vision flotte derrière ses paupières, imprimée à jamais. Il s'efforce de respirer, de réfléchir.

Et maintenant ? Qui d'autre peut-il interroger ? Que peut-il faire de plus ? Rien ici, c'est une certitude au moins. D'un pas mal assuré, il bat en retraite, renversant une des chaises dans sa précipitation. Quoique ce détail n'ait guère d'importance, il se penche pour la relever et, au moment où il se retourne pour partir, un éclair orange attire son regard, à la périphérie de son champ de vision.

Il marque une pause. Fronce les sourcils.

La cuisinière a été allumée récemment.

Edward s'en approche avec précaution, s'accroupit et, lorsqu'il ouvre sa porte couverte de suie, les braises rougeoient vivement une seconde avant de s'assombrir de nouveau avec un petit *pschitt*. À l'intérieur, il distingue tout juste des restes de papiers noircis, aux bords recourbés sur eux-mêmes comme des feuilles séchées.

Avec un soin infini, il tend la main vers eux. Les papiers sont encore chauds mais pas brûlants, et, si certains se désintègrent au contact de ses doigts, il parvient à en récupérer une grosse liasse. Il la pose par terre et entreprend d'en parcourir les pages. En plissant les yeux et inclinant la tête, il arrive tout juste à distinguer ce qui ressemble à des prévisions de météo marine, des horaires de marées, des listes de navires de marchandises. Edward soupire, tourne une page, puis une autre.

Elles sont pratiquement illisibles. Sauf qu'alors, quelques pages plus loin, là où le papier ne s'est pas tout à fait enflammé, son regard tombe par hasard sur des noms : *Aigle*, *Rosita*, *Avant-Garde*, *Colossus*. Edward marque une pause, retient sa respiration. *Colossus* ! Il doit s'agir d'une liste des transactions d'Hezekiah. Il secoue la tête. Dommage que ce soit incompréhensible. Ce n'est qu'en commençant à les rassembler qu'il découvre autre chose, un peu plus bas sur la page calcinée. Une série de lettres, écrites en cursives enfantines :

JONATIBPUD.DOK

Edward la contemple longuement. Un code ? Dans ce cas, il ne peut pas être plus difficile que celui de Shugborough, c'est sûr. Il penche la tête, le lit à voix haute, et, ce faisant, son visage s'éclaire au moment où il comprend la simplicité de sa signification.

C'est le second dock de la matinée, et celui-ci ne sent pas meilleur que le précédent.

Edward s'approche de la décharge, déterminé à ne pas se laisser dissuader par la puanteur de la merde. Dans le ciel, une mouette pousse un cri perçant. Edward lève les yeux entre deux hauts bâtiments aux fenêtres condamnées pour observer l'arc de son vol derrière une cheminée.

« Attention ! »

Il évite de justesse un homme chargé des déchets de la nuit qui pousse un chariot – par bonheur vide, même s'il empeste encore –, et ce dernier le croise sans cérémonie en remontant la rampe que lui-même est en train de descendre. Les excuses que marmonne Edward se perdent toutefois dans l'agitation de la circulation matinale, et il ne se fatigue pas à en crier d'autres. Durant ces dernières quarante-huit heures, il s'est senti tellement plus vieux – les choses qu'il a entendues, celles qu'il a vues… Il n'a aucune énergie et ne se soucie plus guère d'avoir agacé quelqu'un. L'image du corps baigné de sang de Coombe flotte dans son esprit. La quête de reconnaissance d'Edward justifiait-elle vraiment tout cela ? S'il avait su que sa rencontre avec Pandora Blake provoquerait un tel chaos, aurait-il agi ainsi ? Aurait-il écouté le vieil homme qui l'a aidé ce jour-là, au café ? Une partie de lui-même n'en est pas certaine.

Il continue à descendre la rampe en pente jusqu'au bord du fleuve, à la recherche de l'homme qu'il a vu le jour où Dora et lui ont transporté le pithos chez lady Latimer. D'abord, il ne le voit pas, parmi la foule des journaliers hissant des chariots d'excréments sur une barge en attente, et il a un instant de panique à l'idée d'avoir mal interprété le gribouillis enfantin de Coombe, mais, à ce moment-là, il l'aperçoit. Le dénommé Tibb a enlevé sa casquette et se gratte l'oreille, Edward se précipite vers lui, ses bottes s'enfonçant dans le sable granuleux.

« Jonas Tibb ? »

L'homme se retourne. Il détaille Edward de la tête aux pieds, sans le moindre éclair de reconnaissance.

« Mr. Tibb, je m'appelle Edward Lawrence. J'étais avec miss Blake et Mr. Coombe quand vous avez transporté un vase chez lady Latimer l'autre jour.

— Ah, oui ! » Tibb plisse le front. « Vous fourriez votre nez dans une affaire qui ne vous regardait pas. »

Edward se hérisse. « En fait, Mr. Tibb, c'est *vraiment* mon affaire, maintenant, et la vôtre aussi, sans aucun doute, à mon avis. »

Il doit y avoir quelque chose dans le ton de sa voix, parce que Tibb lui jette un regard méfiant. Il remet brusquement sa casquette, qui lui couvre les oreilles.

« Écoutez, je fais juste ce que l'argent me dit de faire. Ce n'est pas mon affaire d'en savoir plus que nécessaire. Savoir des choses, ajoute-t-il avec un rictus, vous attire des ennuis.

— Oui, monsieur, répond Edward avec un rire dénué d'humour. Je peux en attester. Et il se trouve que Matthew Coombe aussi. »

Les yeux de Tibb s'étrécissent. « Hein ? »

Edward soupire. « Je crois que vous savez que je suis ici pour vous poser des questions sur Hezekiah Blake. Ses transactions, si vous voyez ce que je veux dire.

— Je ne sais presque rien. Maintenant, si vous voulez bien m'excuser. »

L'homme fait mine de le contourner, mais Edward pose une main à plat sur sa poitrine.

« Coombe est mort. »

Cette information arrête Tibb net.

« Quoi ?

— J'ai trouvé son corps, et deux autres, chez lui. Il y a moins d'une demi-heure. »

Tibb le fixe. Quelque chose change sur son visage. Il tape des pieds, enfouit ses mains dans les poches de son manteau.

« Par ici », dit-il tout bas.

Il entraîne Edward le long de la rampe, dépassant les ouvriers de l'équipe des déchets de nuit, qui, leur travail terminé, s'en vont retrouver leurs lits. Edward ralentit, frappé par les origines diverses des employés de Tibb – des hommes de toutes les couleurs et de toutes les confessions, des hommes que leur différence a relégués à un travail de si bas étage – et, encore une fois, il se rend compte de sa chance. Il pense aussi à Fingle, à sa position à l'atelier de reliure, à ce que signifie sans doute pour lui d'avoir atteint la sécurité d'une situation stable et le respect dont tant de ses camarades sont privés, et il avale sa salive, honteux de s'être comporté aussi grossièrement avec lui dans le passé.

« Mr. Lawrence ? »

Le regard d'Edward revient sur Mr. Tibb, il allonge le pas. Le contremaître s'enfonce dans une petite ruelle, si petite qu'Edward ne l'avait pas vue tout à l'heure en passant, et l'entraîne sous une porte usée par les intempéries conduisant au plus minuscule bureau qu'il ait jamais vu. Il désigne un tabouret, referme la porte derrière lui, s'assied à son tour sur un second tabouret glissé derrière une table pas plus large que le siège lui-même.

« Matthew Coombe est mort, dites-vous ? Ses frères aussi ?

— Ils étaient dans un de ces états… » Edward pâlit à ce souvenir. « À peine reconnaissables. »

Tibb grimace. « Vous savez comment ?

— L'un d'eux paraissait mort depuis plus de quelques heures. Une journée, sans doute. Il avait la peau marbrée. Boursouflée, peut-être. »

L'autre acquiesce. « Matthew disait que Sam avait attrapé la fièvre. Et Charlie ? Et Matthew lui-même ? »

Edward resserre son étreinte sur le bord du tabouret. « Poignardés, je crois. Charlie au cou, Matthew à la poitrine, à de nombreuses reprises d'après ce que j'ai vu dans ce chaos. »

Tibb ferme les yeux. « Les pauvres bougres. Mais ça me surprendrait qu'Hezekiah soit le coupable. Il n'aurait pas le courage de faire une chose pareille.

— Vous seriez surpris de voir les extrémités auxquelles les gens peuvent arriver quand ils ont un motif valable. »

Mr. Tibb ne répond rien. Edward reprend son souffle.

« Mr. Tibb, vous savez des choses. Des choses que j'ai besoin de savoir. D'après ce que je comprends, Hezekiah est impliqué dans des transactions illicites. Matthew Coombe l'avait laissé entendre. Il allait me le dire. C'est pour ça que je suis allé le voir. » Tibb continue à se taire. Edward persévère. « Il y a une chance qu'il soit impliqué dans une affaire bien plus grave. À part la mort des Coombe, dont je suis convaincu qu'il est responsable, il semblerait qu'Hezekiah soit aussi responsable de la mort de son frère et de sa belle-sœur. »

Tibb se tait toujours. Edward commence à perdre patience.

« S'il vous plaît, monsieur. La vie d'une jeune femme est en jeu. Vous vous souvenez d'elle, n'est-ce pas ? La fille sur le chariot ?

— La nièce.

— Oui. La nièce. Elle s'appelle Dora. »

Tibb passe sa langue sur ses lèvres. « Sa vie, dites-vous ?

— Vous m'avez bien entendu. » Une pause. « S'il vous plaît, monsieur. Aidez-moi. Aidez-la. »

L'homme pousse un profond soupir, passe une main sale sur son visage et fixe ses genoux. Au bout d'un moment, il lâche : « Il faut que vous compreniez que j'en sais vraiment très peu. Je n'ai jamais posé de questions ; j'étais payé pour ne pas en poser. »

Enfin. Il commence à donner des informations utiles.

« Dites-moi simplement ce que vous savez », insiste Edward aussi délicatement que possible.

Tibb enlève de nouveau sa casquette, qu'il se met à tordre entre ses mains.

« J'ai rencontré Hezekiah il y a environ seize ans. La boutique ne lui appartenait pas à l'époque, d'après ce que j'ai cru comprendre, mais il avait entrepris de faire des transactions de son côté. Si son frère le savait ou non, je l'ignore. »

Edward a un sourire sinistre. Il soupçonne qu'Elijah ne le savait que trop bien.

« Un été, il m'a approché. Je me souviens que c'était l'été, parce qu'Hezekiah a expliqué que la puanteur fournirait une couverture parfaite. Personne ne prendrait la peine de fouiller une décharge, disait-il, pour aller chercher des cargaisons non enregistrées. Il me proposait de me payer dix livres par an pour faire de la place à un bateau et envoyer des messagers dès que l'un des navires arriverait au port. Je ne devais pas poser de questions, et je ne l'ai jamais fait. Dix livres, c'est beaucoup d'argent pour un homme comme moi. »

Edward opine. C'est beaucoup. Bien plus que son salaire habituel.

Tibb s'éclaircit la gorge.

« Sauf que seize ans, c'est long. On reconnaît des similitudes. On entend des choses. Il avait des contacts dans d'autres pays, je le sais. Tous les mois, on avait un arrivage. Parfois gros, parfois petit, tous emballés dans des caisses, et je ne voyais jamais ce qu'ils contenaient. Les Coombe nous ont rejoints il y a environ sept ans. Aucune idée d'où Hezekiah les a dénichés, il m'a juste dit que je devais trouver une place pour leur bateau dès qu'il le demandait, et qu'il me paierait cinq livres supplémentaires par an pour le dérangement.

« Tous les six mois, des lettres arrivaient de Grèce. Puis, l'an dernier, il en a reçu une d'Italie. De Palerme. Je me souviens de cette fois-là parce qu'il n'en avait encore jamais eu de là-bas. En général, si elles venaient d'Italie, les lettres arrivaient de Naples. Je n'avais pas vu Matthew depuis quelques semaines. Puis, en décembre, il réapparaît. Bafouille quelque chose au sujet d'un naufrage, dont il a réchappé de justesse. Mais peu après, il repart, accompagné de Sam et Charlie. Et Hezekiah… » Tibb secoue la tête. « Je ne l'avais jamais vu comme ça. Il est venu au dock presque tous les jours de la semaine jusqu'à leur retour. Il voulait cette cargaison. Il la voulait désespérément, ce que j'ai trouvé bizarre parce qu'il leur a demandé de prendre l'itinéraire le plus long.

— L'itinéraire le plus long ? »

Tibb confirme d'un signe de tête. Triture sa casquette. « Ils auraient mis moins de temps par la route en traversant depuis Samson pour atteindre l'Angleterre. Mais ils sont venus par la mer, en remorquant une caisse. Matthew a fait toute une histoire, prétendant qu'elle était maudite. »

Edward cligne des yeux. C'est nouveau.

« Maudite ? »

Tibb se remet à triturer sa casquette. « Je n'ai rien remarqué, bien sûr. Vous devriez voir certains de ceux qui arrivent aux docks après un voyage en mer. Beaucoup n'ont pas vu la terre depuis des mois. Pas étonnant qu'ils ne sachent plus très bien où ils en sont. En tout cas, Hezekiah était furieux. Ils ont emmené le chargement. Je ne les ai revus ni l'un ni l'autre jusqu'au jour où on l'a livré chez les Latimer. » Tibb fronce les sourcils. « Je me suis demandé pourquoi Matthew n'était pas avec nous quand Hezekiah nous a engagés pour aller le rechercher. J'ai juste supposé qu'il l'avait envoyé ailleurs. »

Edward garde le silence, réfléchit un instant à tout ce qu'il a entendu.

« Y a-t-il autre chose, Mr. Tibb ?

– Rien dont je me souvienne, répond l'homme. Comme je vous l'ai dit, j'en sais très peu. J'ai fermé l'œil sur pas mal de choses, j'étais bien payé pour ça. Alors j'espère vous avoir aidé un peu. »

Edward opine en descendant de son tabouret. Il tend la main à Mr. Tibb. Hésitant, l'homme la prend dans la sienne.

« Vous m'avez été d'une grande aide. Merci, Mr. Tibb. Vous m'avez dit tout ce que j'ai besoin de savoir. »

Au moment de partir, Edward s'arrête, retenu par sa conscience.

« Ils sont encore là-bas. Les frères Coombe. Je… »

Tibb note l'expression de son visage, acquiesce sombrement.

« Je vais m'occuper d'eux. »

Sans rien ajouter, Edward le remercie d'un signe du menton. Et il s'enfuit, l'image du corps de Matthew Coombe imprégné de sang le poursuivant durant tout le trajet du retour depuis Puddle Duck Hill, comme un fléau.

CHAPITRE TRENTE-HUIT

D'abord, elle ne sait pas où elle est. La pièce est silencieuse, pommelée de taches sombres à cause des rideaux qui ne bloquent pas tout à fait la lumière du jour. Dora remue sous les couvertures, son corps s'enfonçant dans ce lit peu familier. Elle étend ses mains sur l'édredon. Du velours. Bleu pervenche. Elle regarde autour d'elle, les gravures encadrées aux murs : toutes orientales, toutes pittoresques, une collection de montagnes, de forêts, de lacs, de jolies scènes florales. Elle en contemple longuement une, qui représente trois papillons blancs aux ailes piquetées de points noirs voltigeant sur des graminées ornementales. Puis un oiseau entonne son chant de midi, et elle se souvient de tout.

Dévastée, elle écoute l'oiseau chanter. Hermès. Il a si longtemps été son ami. Et Hezekiah le lui a pris. Mais pourquoi ? Elle ne comprend pas. Pourquoi lui faire du mal, si ce n'est par vengeance ? Son oncle l'a toujours détesté, s'est toujours moqué de son amour pour lui, son plus cher trésor. Avec un sanglot, Dora enfouit son visage dans l'oreiller. Doux, cossu, propre. Rien à voir avec ceux de la maison. *La maison*.

Un autre coup dur. La prise de conscience que Blake's Emporium, l'endroit qu'elle a toujours considéré comme la véritable constante de sa vie, n'est et ne sera jamais plus sa maison lui donne des douleurs à la poitrine.

Quant à ses parents, elle refuse d'y penser.

Elle reste allongée plus d'une heure en fixant le plafond. C'est seulement quand, quelque part dans la demeure, elle entend une pendule sonner une heure et demie qu'elle commence à bouger.

Dora repousse les couvertures, satisfaite de constater qu'elle porte toujours sa robe. Personne n'a donc essayé de la déshabiller. C'est déjà quelque chose. Mais ce n'est qu'en glissant ses pieds encore chaussés de bas dans ses pantoufles qu'elle se rend compte qu'elle *doit* y retourner. La robe qu'elle porte… Dora y jette un coup d'œil. Froissée. De la terre sur l'ourlet. Une manche déchirée. Cette tenue ne passera pas indéfiniment.

Elle s'approche de la coiffeuse près de la fenêtre, s'observe dans le miroir ovale. Sa peau olivâtre est pâle, ses yeux sont soulignés de cercles sombres pareils à des demi-lunes baveuses. Elle tente en vain de remettre en place une boucle fugitive avec le ruban vert encore piqué dans ses cheveux. Sans brosse, la boucle restera rebelle. Non, il faut qu'elle y retourne. Et le plus tôt sera le mieux. En revanche, elle ne va pas risquer de poser les yeux sur Hezekiah si elle peut l'éviter.

Entrer, ressortir, terminé.

Mr. Ashmole a dû l'entendre descendre, car elle est à mi-hauteur des escaliers quand il vient lui dire bonjour dans l'entrée. Il m'attendait, pense Dora, et, lorsqu'il la salue au bas des marches, elle ne sait pas quoi dire. Il semble aussi démuni qu'elle.

« Comment a été votre nuit ? finit-il par demander.

— J'ai dormi, répond-elle. C'est déjà ça, je suppose. »

En dépit de son accueil, Dora ne peut s'empêcher de s'adresser à lui avec hostilité, en souvenir du rôle qu'il a joué dans la duplicité d'Edward, et Mr. Ashmole a le bon goût de rougir. Il détourne les yeux, choisissant plutôt de regarder la pendulette de voyage qui indique désormais presque deux heures.

« Vous avez dormi profondément. »

Une déclaration redondante. Mr. Ashmole a l'air de le savoir aussi, car il piétine, mal à l'aise. Ce spectacle irrite Dora.

« Qu'avez-vous fait d'Hermès ? »

Son ton est des plus cassants, accusateur. Mr. Ashmole lève les mains, paumes ouvertes, doigts largement écartés en un geste défensif.

« Mrs. Howe l'a mis dans la chambre froide. Il est… » Mr. Ashmole semble tester la pertinence du mot qu'il a sur le bout de la langue. « Préservé, jusqu'à ce que vous décidiez ce que vous voulez en faire. Je peux demander à quelqu'un de l'empailler, si vous le souhaitez ? »

Dora décèle dans son intonation un soupçon sardonique auquel elle est habituée, mais la tentative d'humour de Mr. Ashmole tombe à plat, et elle se contente de le dévisager en retour.

« Je souhaite l'enterrer. »

Il rattrape sa boutade mal accueillie d'un bref signe du menton. « J'ai un jardin. »

La pendulette fait bruyamment tic-tac dans son cadre, le mouvement de son mécanisme s'accordant à merveille avec le battement du sang dans la tête de Dora.

« J'ai besoin de retourner à la boutique, déclare-t-elle, pour récupérer mes affaires. »

Il a un nouveau signe du menton, désigne quelque chose derrière elle. « Votre cape et vos gants… »

Elle se retourne pour les trouver pendus en haut d'un pilastre et les attrape.

Mr. Ashmole regarde Dora enfiler ses gants, attacher sa cape autour de son cou. On dirait qu'il lutte avec quelque chose. Elle voit du coin de l'œil sa manière de s'agiter – il ouvre la bouche, la referme, puis la rouvre.

« Voulez-vous que je vous accompagne ? lance-t-il finalement, et elle répond du tac au tac.

— Non. » Sa voix est redevenue coupante. Cette fois, elle n'en avait pas l'intention. « Non », répète-t-elle plus doucement. Ignorant sa tentative de galanterie, elle passe devant lui, puis ouvre elle-même la lourde porte avant de s'engager dans la rue froide.

Combien de temps reste-t-elle devant la boutique, elle n'en sait rien. Dora a l'impression qu'elle était à l'extérieur de Clevendale, et l'instant suivant, la voilà debout devant la façade écaillée de Blake's Emporium sans avoir aucun souvenir de comment elle est arrivée jusque-là ni de la durée de son trajet. Comme si elle était dans une sorte de transe ; comme si son cerveau avait enregistré les événements, les révélations de sa soirée chez sir William, mais que son cœur soit complètement incapable de les accepter. Elle comprend, mais ne ressent rien, elle voit, mais reste aveugle aux implications, et *s'en* rendant compte, elle ignore comment y remédier.

Enfin. Elle ne peut pas rester plantée là toute la journée. *Entrer, ressortir, terminé*. Elle se reprend, pousse la porte. La cloche tinte. Elle est presque soulagée de trouver Lottie debout au milieu de la pièce, un balai à la main. Elles se contemplent un long moment. Dora referme la porte.

« Où est-il ? demande-t-elle en remarquant le tremblement du menton que la gouvernante ne réussit pas à cacher.

— Sorti, une fois de plus, réplique Lottie, peu communicative, hésitante. Où, je n'en sais rien. »

Mais Dora se soucie désormais comme d'une guigne de l'endroit où a disparu son oncle.

« Vous avez nettoyé. »

L'étagère a été remise d'aplomb, la vaisselle cassée a disparu. La poussière aussi. Lottie rosit de gêne.

« Vous étiez toujours sur mon dos pour que je le fasse, non ? »

Dora la fixe. Lottie l'imite. Comme Dora garde le silence, la gouvernante se mord la lèvre.

« Je suis désolée pour votre oi…

— Non, l'interrompt Dora. Nous n'en parlerons pas. Je ne veux rien entendre. »

C'est un mensonge, admet-elle intérieurement en grimpant jusqu'à la pièce au grenier. Mais elle ne peut pas y penser maintenant. Il ne faut pas. Elle a l'intention de rassembler ses affaires et de partir avant le retour d'Hezekiah. Non, ce n'est pas le moment de se laisser gouverner par ses émotions.

C'est dans cet état d'esprit qu'elle ramasse ses robes, ses jupons, ses chemises de nuit. Le sac en tapisserie de sa mère. Sa bouche se tord quand elle découvre la déchirure. Bien qu'encore en état de contenir ses vêtements sans qu'ils passent à travers, elle en double le fond à l'aide d'une de ses plus vieilles robes avant de plier le reste à l'intérieur.

Elle pousse un soupir de soulagement en trouvant ses lunettes, par bonheur intactes, marque toutefois une pause en voyant le porte-monnaie, la boîte à amadou, et sa copie de la clé du sous-sol. Ainsi, pense Dora, il l'a trouvée. Elle s'immobilise alors, bouche bée.

Il l'a trouvée.

Que diable cherchait-il ?

« Maîtresse ? »

Dora lève les yeux. Lottie est debout à la porte. Ses mains serrent le carnet de croquis de Dora.

« Vous l'aviez laissé sous le comptoir. » La gouvernante fait un pas dans la pièce. « J'espère que vous ne m'en voudrez pas, mais j'ai regardé ce qu'il y avait dedans. Ils sont… » Lottie reprend sa respiration. « Ils sont très bien.

— Que voulez-vous, Lottie ? » répond Dora, perdant le peu de patience qui lui reste. La migraine qui menaçait de planter ses ongles dans son crâne depuis le trajet à pied jusqu'à la boutique la taraude maintenant sans relâche. « Vous n'avez jamais été si gentille avec moi. Qu'est-ce qui se passe ? Vous vous sentez coupable ?

— Oui. »

Dora cligne des paupières. Elle ne s'y attendait pas. Et apparemment, Lottie non plus, parce qu'elle devient cramoisie et lâche maladroitement le carnet, qui lui tombe des mains.

« Pourquoi ? »

Mais Lottie secoue la tête, et Dora a trop mal pour insister.

« Comme vous voudrez », marmonne-t-elle en emballant le reste de ses affaires dans le sac – le camée de sa mère, une brosse à cheveux, son matériel pour fabriquer des bijoux, ses créations (un des fils de fausse cannetille est cassé), des ciseaux, du fil – tandis que Lottie continue à rôder près de la porte de guingois du grenier.

Ce n'est que lorsque Dora se résout enfin à se tourner vers la cage pour ramasser l'une des douces plumes arc-en-ciel par terre que la gouvernante reprend la parole.

« Il le vend. »

Avec une grande douceur, Dora caresse la plume. Sentant une boule commencer à se former dans sa gorge, elle s'empresse de ranger la plume dans le sac, avant que la boule grossisse et l'étouffe.

« Vend quoi ?

— Le vase. »

Le pithos. L'origine de sa souffrance. De tout le reste aussi, d'ailleurs.

« À qui ?

— Je ne sais pas. Il a fait venir un homme ce matin pour le voir. Il va le mettre aux enchères.

— Je vois. »

Quelle importance à présent ? Comme l'a dit sir William, il n'y a aucune preuve. Aucune preuve autrefois, et certainement aucune aujourd'hui. Alors quelle importance si Hezekiah le vend finalement ?

« J'ai vu vos dessins. Dans le carnet. » Lottie le désigne du menton, toujours gisant sur le plancher. « Vous… vous n'avez pas fini vos croquis, si ?

— Non, répond faiblement Dora.

— Pourquoi le dessiniez-vous ? »

Dora inspire un grand coup. « Pour mes bijoux. Pour… » Elle s'interrompt. Ses lèvres tremblent.

Pour Edward.

« Alors, si vous voulez les terminer, suggère la gouvernante, vous feriez mieux de vous dépêcher. » Lorsque Dora croise enfin son regard, Lottie a l'air grave. « Vous voyez, maîtresse, il a l'intention de l'envoyer dans une maison de vente aux enchères dès la semaine prochaine. »

CHAPITRE TRENTE-NEUF

Edward trouve une lettre qui l'attend chez lui, réexpédiée depuis l'atelier de reliure par Tobias Fingle, dont il reconnaît l'écriture en pattes de mouche serrées et, en la regardant, il s'aperçoit qu'il n'est pas allé travailler depuis des jours. Avait-il beaucoup à faire ? Il tente de se représenter sa petite pièce remplie de bougies, la table d'appoint sur laquelle il empile les livres à terminer – n'y parvient pas – et, pour la première fois de sa vie, il en ressent de la culpabilité.

Ces derniers jours ont été une révélation. Tant d'âmes de cette ville ont souffert et continuent à souffrir de diverses manières qu'il ne parvient même pas à imaginer. Il pense à Dora, aux frères Coombe, à Jonas Tibb, aux hommes de l'équipe des déchets de nuit charriant des pelletées de merde jour après jour aux docks. Il pense à l'enfant qu'il a aperçu depuis la calèche, la nuit de la réception, à l'homme nu de ce matin. Il est désagréablement conscient des libertés qu'on lui a accordées, de leurs raisons, de la manière dont son amitié pour Cornelius les a influencées, mais, en vérité, son tourment est passé depuis longtemps, depuis de nombreuses années. Il n'y a aucune raison à sa complaisance, à sa rancœur. Plus maintenant. Tout ce travail qui s'accumule. Ces commandes inachevées. Rien d'étonnant à ce que les gars de l'atelier le méprisent.

Avant d'ouvrir la lettre – une missive de Gough, apparemment, car la cire est frappée du sceau de la Société des Antiquaires – Edward rédige sa réponse à Fingle en lui promettant sa présence pour le lendemain. Après tout, Dora ne souhaite pas le voir ; elle a été parfaitement claire là-dessus. Peu importent ses futurs projets, peu importe ce qui se passera entre Dora et lui, il a des engagements à tenir. Un jour ou deux sans se voir leur fera peut-être le plus grand bien.

Edward répand du sable sur l'encre avant de sceller la lettre. Ensuite, il brise le sceau de celle de Gough. En parcourant son contenu, il a un sourire ironique.

Les scientifiques de Gough confirment tout ce qu'Hamilton lui a déjà dit. Le pithos vient du Sud de la Grèce, du Péloponnèse, ainsi que le suggèrent certains marqueurs. Ces informations ne doivent pas être considérées d'une précision infaillible – la science, l'avertit Gough, n'a pas fait suffisamment de progrès –, cependant, c'est une bonne indication. Edward peut-il venir le voir dès que possible ?

Si les événements n'avaient pas pris cette tournure, il tendrait déjà la main vers le manteau qu'il vient à peine d'enlever. Mais à présent, il a d'autres chats plus importants à fouetter. Sa candidature à la Société lui paraît désormais bien insignifiante comparée à tout ce qu'il a vu et fait durant ces dernières heures. Il s'approche de sa table de toilette et prend son temps pour effacer la puanteur et le souvenir des docks de Londres sur sa peau.

Sir William conduit Edward dans une pièce tout au bout de la maison dont il se sert (lui explique-t-il) comme bureau, du moins jusqu'à ce que lady Hamilton décide de la réquisitionner sous prétexte de la redécorer. En s'installant dans un profond fauteuil en cuir, Edward regarde autour de lui.

Hamilton utilise tout l'espace. La perte de la moitié de ses antiquités sur le *Colossus* ne semble pas avoir affecté sa collection globale. Vu qu'une des pièces de la maison abrite un petit musée et que celle-ci contient beaucoup des articles préférés du diplomate – ce dernier désigne un vase très similaire au vase Portland[1] qu'il a vendu quelques années plus tôt, à son plus profond regret, confie-t-il –, il est clair qu'il a assidûment collectionné des objets durant près de la moitié de sa vie.

« Les poteries grecques n'avaient pas ma préférence, vous savez », explique Edward en acceptant sans hésitation le brandy que lui offre sir William par-dessus son bureau recouvert de cuir. Si son corps est propre depuis ce matin, son esprit est encore étourdi de ce qu'il a vu, et, bien que l'horloge vienne de sonner une heure seulement, le jeune homme n'a aucun scrupule à boire quelque chose de bien plus fort que le thé.

« Non ? demande Hamilton en s'installant face à lui. Quoi donc, alors ?

1. Vase romain en camée de verre de la fin du Ier siècle avant J.-C. qui a inspiré de nombreux artistes depuis le XVIIe siècle.

— Rien de spécial, en vérité. Je lisais énormément quand j'étais plus jeune, tout ce qui me tombait sous la main. Mais l'idée de comprendre le passé à travers les artefacts qui en étaient le vestige… me transportait. C'est toujours le cas. »

Sir William sourit. « Vous avez le cœur d'un véritable amateur d'antiquités, Mr. Lawrence. Mon amour pour elles penchera toujours vers celles d'origine méditerranéenne. Je trouve tous ces mythes et mystères particulièrement enchanteurs. »

La conversation s'est orientée un peu trop vite sur la raison de la visite d'Edward. Il songe au mot de Tibb – *maudit* –, prend une grande lampée de brandy pour calmer ses nerfs. L'alcool le saisit, fort et brûlant le long de sa gorge, et il lève son poing pour dissimuler sa toux.

Hamilton s'esclaffe. « Mille six cent quarante-neuf. Une bonne année. » Il lève son verre. « Saviez-vous que dans la Grèce antique, les gens utilisaient le brandy à la fois comme anesthésique et comme antiseptique ? Selon certains récits, des alchimistes arabes des VIIe et VIIIe siècles faisaient des expériences en distillant des raisins et certains autres fruits pour produire des alcools médicinaux.

— Je l'ignorais, réplique Edward d'une voix étranglée tandis que ses yeux se mettent à larmoyer.

— Une leçon d'Histoire pour vous, dans ce cas. Mais vous n'êtes pas ici pour écouter un cours sur les spiritueux distillés. » Le visage de sir William devient sérieux. « Qu'avez-vous découvert ? »

Edward consacre quelques minutes à relater les événements de la soirée précédente et de la matinée – la mort d'Hermès, la découverte des corps des Coombe dans leur mansarde, les papiers retrouvés à l'intérieur de la cuisinière, la missive codée l'orientant vers Puddle Dock. Il raconte sa conversation avec Jonas Tibb avec autant de détails que possible, et Hamilton écoute en silence, un long doigt appuyé sur l'arc de sa bouche. Lorsque Edward conclut son récit, sir William fronce profondément les sourcils avant de prendre une longue gorgée de son brandy.

« Ce Tibb n'a rien dit sur l'endroit où les Coombe ont emporté ces colis quand ils sont arrivés à Londres ?

— Non, mais dans la mesure où j'ai trouvé de si nombreuses pièces au sous-sol de la boutique… »

Sir William secoue la tête. « La boutique n'est en aucun cas le seul endroit où sont partis ces objets. Hezekiah a dû les vendre ailleurs ; il ne se risquerait pas à le faire depuis chez lui. Avez-vous déjà entendu cette expression : “Ne salissez pas votre propre nid” ? »

Edward acquiesce.

« Alors, vous voyez. Et vous êtes sûr que Tibb n'a rien dit d'autre ?

— J'ai bien peur que non. Comme il me l'a affirmé sans équivoque, il était payé pour ne pas poser de questions.

— Et vous l'avez trouvé digne de confiance ?

— Je crois, oui. Il m'a paru être un homme simple. »

Hamilton hausse les sourcils.

« Enfin, simple dans ses besoins. Vous auriez dû voir cet endroit, ajoute Edward. Il ne voulait pas d'histoires. Le commerce qu'il pratique, aussi dégoûtant qu'on le trouve, est nécessaire, c'est certain, mais j'imagine qu'il lui rapporte à peine de quoi vivre. L'argent qu'Hezekiah lui proposait devait faire une sacrée différence pour lui. »

À cet instant, une pensée frappe Edward. Si Hezekiah est puni, les poches de Tibb ne tarderont pas à être vides, et ce sera entièrement sa faute.

« Dans ce cas, nous sommes dans une impasse, conclut sir William. Si nous ne parvenons pas à découvrir où Hezekiah conduit ses transactions illicites ni à dénicher des témoins de ses crimes, nous aurons du mal à prouver que ses agissements étaient répréhensibles. Dommage que ces papiers que vous avez trouvés soient inutilisables. Le peu que vous avez pu en déduire ne servira à rien en dehors de son contexte. Impossible à interpréter. » Hamilton a une moue pensive. « Que ne donnerais-je pas pour voir Hezekiah dans une geôle. Cet homme a toujours été un salaud rusé. »

Ils boivent en même temps. Cette fois, le brandy descend un peu mieux dans la gorge d'Edward.

« D'après Tibb, reprend-il d'un ton hésitant, Coombe était convaincu que le pithos est maudit. »

Sir William lui lance un regard peu amène par-dessus son verre. « L'essence de la passion pour les antiquités est de se concentrer sur les preuves empiriques du passé. C'est peut-être la devise adoptée par sir Richard Hoare – nous parlons à partir des faits, et non de la théorie – qui résume cela le mieux.

— On croirait entendre Gough », commente Edward.

Hamilton incline la tête. « Nombreux sont ceux qui partagent leur point de vue. Inutile de s'appesantir sur de telles choses alors que les faits nous crèvent les yeux. En tant qu'êtres humains, nous pouvons invariablement être séparés en deux catégories : ceux qui croient à la magie et ceux qui n'y croient pas. Un objet peut-il réellement exercer un pouvoir sur les hommes ? Ou est-ce une coïncidence que des événements néfastes adviennent en présence de cet objet ?

— Pour ma part, je pense que la frontière entre coïncidence et destin est très ténue, s'obstine Edward, et sir William se rencogne dans son siège.

— S'il vous plaît, Mr. Lawrence, ne me forcez pas à réviser mon jugement sur vous.

— Ne venez-vous pas de dire que vous trouviez les mythes et les mystères séduisants ?

— Oui, mais l'idée en soi, rien de plus. La réalité est souvent ancrée dans les mythes. Helen, la mère de Dora, ne croyait pas au mythe de la boîte de Pandore, mais cela ne signifiait pas que la boîte elle-même n'existait pas sous une forme ou une autre. Et c'est cela qu'Helen était déterminée à prouver. » Le diplomate semble voir la frustration monter en Edward, et lui adresse un sourire bienveillant. « Coombe croyait le pithos maudit. Moi pas. Le pithos n'a pas causé le naufrage du navire. C'était le mauvais temps. Pas plus que le pithos n'a causé l'effondrement du site de fouilles archéologiques il y a toutes ces années. Le responsable, c'était Hezekiah. Et Hezekiah était sous l'emprise non pas d'une poterie ancienne, mais de l'avidité pure et simple. »

Edward reste un moment silencieux. « Chez lady Latimer, vous avez dit avoir toujours su qu'Hezekiah était un homme malhonnête. Il y a quelques instants, vous l'avez qualifié de rusé. Qu'entendiez-vous par là ? »

Sir William tourne entre ses mains son verre presque vide. « Vous souvenez-vous de ce qu'a dit Dora hier soir ? Elle a dit que les jours précédant leur mort, ses parents se disputaient avec Hezekiah. Constamment, d'après elle, et elle avait raison. Je les ai entendus dans leur tente. » Hamilton remplit son verre, propose du brandy à Edward, qui décline.

« Hezekiah faisait partie du groupe lorsque j'ai retrouvé Elijah et Helen à Naples. Bien qu'il m'ait déplu sur-le-champ, je l'ai toléré à cause d'eux. D'après ce que j'ai compris, Hezekiah avait vendu pour eux certaines des pièces les plus grosses et les plus précieuses qu'ils avaient découvertes, et ils le laissaient gérer la boutique au nom d'Elijah quand Helen et lui partaient seuls. Je ne connais pas tous les détails. Je suppose que sa fierté rendait Elijah réticent à analyser la situation, mais qu'Helen y était un peu plus prête. Elle soupçonnait depuis quelque temps Hezekiah de vendre illégalement certaines de leurs marchandises.

« Les disputes auxquelles se référait Dora concernaient le pithos.

« Hezekiah savait qu'ils en tireraient plus d'argent en le vendant sous le manteau qu'ils n'en obtiendraient jamais par les voies légales. Vous voyez, durant des siècles, la contrebande a fourni une alternative bon marché pour l'achat de biens coûteux importés dont les taxes augmentent beaucoup le prix. La contrebande est donc une solution au problème. Le brandy... » Sir William lève son verre. « Le tabac et le thé se révèlent des denrées populaires sur un marché noir lui-même de plus en plus populaire. De même que, comme nous l'avons vu, les antiquités. Le gouvernement et la Compagnie britannique des Indes orientales sont extrêmement inquiets quant à la perte sèche occasionnée par la contrebande. Ils ont calculé que, depuis quarante ans, l'équivalent de trois millions de livres de thé par an est écoulé sous le manteau, soit trois fois plus que le montant des ventes légales. S'ils se faisaient prendre... » Hamilton secoue la tête. « Le nom de Blake était menacé. Être lié à un trafic de ce genre, même si Elijah et Helen n'en étaient pas directement responsables, aurait pu leur valoir l'exécution. C'était incontournable. Vous comprenez donc pourquoi Elijah était furieux. La nuit précédant leur mort, Elijah et Helen ont ordonné à Hezekiah de rentrer en Angleterre. » Le diplomate considère gravement Edward par-dessus son bureau. « Comme je l'ai affirmé hier soir, Mr. Lawrence, je crois qu'Hezekiah Blake a tué les parents de Dora. Et je suis presque sûr qu'il avait aussi l'intention de tuer Dora. »

Edward avale le reste de son brandy, pose avec précaution le verre sur le bureau devant lui.

« Dans ce cas, il y a quelque chose que je ne comprends pas. » Il croise le regard grave de sir William. « Si vous saviez qu'Hezekiah les avait tués, pourquoi ne pas l'avoir dénoncé à l'époque ? »

Une expression peinée envahit les traits d'Hamilton. Il pose son verre devant lui et soupire.

« Je craignais que vous ne me posiez cette question. S'il vous plaît, je vous supplie de ne pas me juger trop sévèrement. Je suis déjà assez dur avec moi-même. Je suis mort de honte.

— Monsieur ? »

Le diplomate s'adosse lourdement à son siège. « Hier soir, en disant que je n'avais pas de preuves, je ne mentais pas. Cela aurait été la parole d'Hezekiah contre la mienne. Mais Hezekiah Blake n'est pas un imbécile, et il ne me prenait certainement pas pour un imbécile non plus, ce qui est regrettable. Dora et lui ont séjourné dans un hôtel que je leur ai trouvé une fois les fouilles fermées. Je rendais visite à Dora tous les jours, tentant de lui offrir un peu de réconfort, et je lui ai restitué la broche en camée qu'Helen portait. Seigneur, cette enfant avait changé du jour au lendemain. Le chagrin de ce petit être joyeux était intense, et on le comprend. Elle était devenue tellement silencieuse, renfermée. Dora s'accrochait à cette broche comme à une bouée de sauvetage. »

Sir William secoue la tête à ce souvenir. La poitrine d'Edward se contracte. Il a souvent vu Dora porter ce camée, mais la signification de ce bijou ne lui a jamais traversé l'esprit.

« C'est affreux.

— Oui. » Hamilton hésite. « J'ai remarqué une certaine hostilité entre Dora et vous hier soir, poursuit-il, et Edward tressaille alors que sa culpabilité refait surface.

— Pendant la *soirée**, elle a découvert que j'écrivais sur la boutique et les transactions illicites de son oncle. J'ai eu beau essayer de lui dire que je n'avais mentionné aucun nom, elle a refusé d'écouter mes explications. Je lui ai écrit hier matin, mais elle n'y a pas réagi. Alors, quand nous nous sommes revus…

— Je comprends. » Les lèvres de sir William se tordent en une sorte de sourire ironique. « Vous pouvez difficilement lui reprocher d'être en colère. »

Edward n'a rien à avancer pour sa défense, rien d'acceptable.

« Donnez-lui du temps, conseille Hamilton d'une voix douce. La vérité éclate toujours. D'une manière ou d'une autre. »

Edward s'efforce de sourire, invite d'un geste le diplomate à continuer. « Vous avez mentionné qu'Hezekiah ne vous prenait pas pour un imbécile ? »

Hamilton se racle la gorge. « Non. J'ai demandé à Hezekiah ce qu'il comptait faire. Je lui ai posé des questions pas très subtiles.

— Par exemple ? »

Il écarte les mains. « Par où vous êtes-vous échappé ? Pourquoi vos vêtements n'étaient-ils pas sales ? Pourquoi votre blessure a-t-elle l'air aussi franche ? Ses réponses étaient toujours d'un flou peu satisfaisant. Bien sûr, Hezekiah savait que je le soupçonnais, même si je n'ai jamais prononcé ces mots ouvertement. D'ailleurs, ce qu'il m'a répondu ensuite était très clair.

— C'est-à-dire ? »

Sir William se passe une main sur la mâchoire. « Comme vous le savez, j'ai collectionné de nombreux articles de qualité au fil des ans. J'en ai vendu une bonne partie à des acheteurs à l'étranger. Cependant, il existe des lois strictes interdisant l'exportation des antiquités depuis le Royaume de Naples. J'ai pensé que peut-être, en raison de notre relation privilégiée, le roi ferait une exception pour moi. Sauf qu'il a rejeté ma requête. » Hamilton prend un air dédaigneux. « J'ai bien peur d'être passé outre. Je me suis arrangé pour que mes transactions soient très discrètes, mais j'ignore comment Hezekiah l'a appris. Je suppose qu'un escroc reconnaît toujours un autre escroc, n'est-ce pas ? »

Choqué, Edward dévisage le diplomate. « Vous avez fait de la contrebande ? »

Sir William lève un doigt, lui lance un regard perçant. « Non, non. Je rejette catégoriquement cette accusation. Ces objets étaient à moi au départ. L'argent a changé de mains légalement. La plupart de ce que j'ai obtenu, j'en ai fait don au British Museum. Je me suis assuré que des antiquités méditerranéennes de très grande qualité atteignent nos côtes pour être célébrées, admirées. J'ai donné au peuple. C'était égoïste de la part du roi de priver le monde de cette culture. » Hamilton baisse le doigt, s'autorise une grimace. « Je suis simplement désolé pour la manière dont les choses se sont passées. Exporter des antiquités d'Italie est passible de la peine capitale. C'est illégal. Je suis, j'étais l'ambassadeur britannique à la cour de Naples, et ici, en Angleterre, un membre très respecté de la pairie. Inutile de vous rappeler, n'est-ce pas, Mr. Lawrence, ce que cela aurait signifié pour moi si Hezekiah avait fait ce qu'il avait sous-entendu avec la plus grande indélicatesse ce soir-là, à savoir prévenir les autorités. »

Edward cligne des yeux. « Alors, il vous a menacé ?

— À mots couverts, oui. »

Les deux hommes gardent le silence. Edward se sent tiraillé. Ce n'est pas rien de découvrir qu'un homme qu'on admire est allé à l'encontre de la loi, peu importe l'habileté avec laquelle il se justifie. Toutefois, conclut-il, ce qui est fait est fait ; l'avenir est bien plus important maintenant.

« Vous avez laissé Hezekiah ramener Dora à Londres, finit-il par murmurer, et l'expression de sir William s'assombrit.

— Comment pouvais-je l'en empêcher ? À la mort de ses parents, Hezekiah est devenu le tuteur légal de Dora.

— Votre position dans la société…

— Avait du poids, certes, mais il y avait trop de facteurs compliqués à surmonter. C'était plus sûr de les laisser partir. »

Edward expire longuement. « Ne craigniez-vous pas qu'Hezekiah essaie encore de lui nuire ?

— Je le redoutais, évidemment. J'ai même engagé quelqu'un pour me fournir un rapport de temps à autre, la première année surtout. Mais lorsqu'il est apparu qu'elle était en sécurité à Londres, toujours avec lui… » Hamilton hausse les épaules. « C'était il y a douze ans. J'avais même commencé à douter de mes soupçons initiaux quant à ses mauvaises intentions vis-à-vis de Dora… à me dire que c'était une simple coïncidence qu'elle soit restée coincée dans l'effondrement du site. Après tout, elle venait à peine de descendre l'échelle. Comment Hezekiah aurait-il pu le savoir ? Néanmoins, son comportement récent semble indiquer le contraire, n'est-ce pas ? Les frères Coombe, l'oiseau de Dora… » Sir William secoue de nouveau la tête. « Non, Mr. Lawrence. Je suis désormais convaincu qu'Hezekiah l'a gardée en vie tout ce temps pour une raison précise. Une raison que je ne connais pas. »

CHAPITRE QUARANTE

Cornelius Ashmole a autorisé Dora, à la grande surprise de celle-ci et malgré ses réticences, à installer son atelier dans le petit salon à l'avant de la maison. On a apporté d'une autre pièce un petit secrétaire ; le matériel de bijouterie de la jeune femme est à présent bien rangé dans ses tiroirs, ses fils de fer et ses rouleaux de rubans et de dentelles, agréablement disposés sur les étagères, ce qui lui laisse toute la place pour ouvrir en grand son carnet de croquis. Elle passe ses mains sur le bois de rose, lisse et brillant sous ses paumes, respire la couche fraîche de cire d'abeille sur sa surface polie. C'est le plus joli meuble sur lequel elle ait jamais travaillé. La chaise, une de celles en soie damassée, est la plus confortable sur laquelle elle se soit jamais assise pour créer ses bijoux. Rien à voir avec son bureau minuscule, le tabouret qui lui cassait les reins. Rien à voir avec le comptoir de la boutique. Cette nouvelle installation leur est bien supérieure.

Et pourtant.

Le papier devant elle reste vierge. L'inspiration qui l'a portée le jour où miss Ponsenby et ses semblables ont franchi les portes de Blake's Emporium a disparu, remplacée par une indolence, un vide frustrant à la place du cerveau.

Elle remonte ses lunettes sur son nez.

Ce n'est pas la première fois que l'inspiration lui fait défaut. Inévitablement, tous les esprits créatifs ont par moments des ratés. Mais la seule chose qui aurait pu lui apporter du réconfort est enterrée sous un buisson de roses dans le jardin de Mr. Ashmole, et elle n'a rien pour se consoler, rien pour atténuer son passage à vide artistique.

D'un air absent, elle tourne les pages de son carnet de croquis, regarde ses créations passées. Les dessins les plus récents sont chez Mr. Clements – elle note qu'elle devra retourner les chercher en même temps que l'argent qu'il lui doit –, mais elle passe en revue les autres, le collier en cannetille avec sa pierre en verre (désormais réparé et pendu à son cou), les trois paires de boucles d'oreilles, le bracelet en pinchbeck et grenats, les deux broches Vauxhall, le collier-ruban à l'agate, tous les modèles antérieurs.

Elle feuillette le carnet jusqu'à la toute fin. Les dessins du pithos.

Ici, l'esquisse, les croquis préliminaires des gravures. Et là, les gravures elles-mêmes. Elle les étudie et, au tréfonds d'elle-même, elle est fière de la façon dont elle a rendu les détails. Sur les quatre, elle n'a réussi à en dessiner que trois. Elle songe à ce que Lottie lui a appris : Hezekiah bientôt emmènera le pithos, et alors, sa dernière chance de finir ces dessins s'envolera à jamais.

Est-ce si grave ? se demande-t-elle. Elle a tiré ce qu'elle voulait du pithos. Elle n'a pas besoin des croquis

– seul Edward en bénéficiera désormais. Dora ferme les yeux. Bien que sa colère vis-à-vis de la trahison d'Edward soit toujours là, elle s'est atténuée, comme si quelqu'un avait posé un linge frais sur une brûlure.

Vous vous méprenez totalement dans ce que vous croyez.

Et que croit-elle ? Qu'il s'est servi des transactions illicites d'Hezekiah pour une étude destinée à lancer sa carrière ? Cela, elle sait que c'est vrai. Et quoi d'autre ? Quelles sont ses intentions, sinon ? Dénoncer son oncle aux autorités et la dénoncer, elle, par la même occasion ?

Dora n'est pas à l'aise avec cette théorie. Elle va à l'encontre de tout ce qu'elle pense de lui en tant que personne. En tant qu'ami. Sans Edward, elle ne serait pas ici, à Clevendale, hors des griffes d'Hezekiah. S'il lui voulait du mal, il aurait déjà agi à l'heure qu'il est. Elle soupire, referme le carnet de croquis. Non, elle doit à Edward de finir ces dessins. Après tout, elle l'a promis.

Par ailleurs, il y a une autre raison.

Avec lassitude, elle retire ses lunettes et mordille l'extrémité d'une des branches entre ses dents.

Pourquoi, s'interroge-t-elle, Hezekiah a-t-il tant tardé à vendre le pithos ? Que diable pouvait-il bien faire au sous-sol pendant tout ce temps ? Pourquoi a-t-il fouillé sa chambre ? Pourquoi avoir tué Hermès ? Elle ne comprend pas. Rien de tout cela n'a de sens. Pour le découvrir, il *faut* qu'elle y retourne, et vite. Elle sursaute lorsque la porte s'ouvre et pivote sur sa chaise, une question sur le bout de la langue. Mrs. Howe – qui a accueilli sans grand enthousiasme la nouvelle de l'invitation de Dora à séjourner à Clevendale dans l'immédiat – se tient sur le seuil. Elle hausse si fort les sourcils que Dora craint qu'ils n'atteignent la racine de ses cheveux.

« Une lady Latimer est ici pour vous, miss.

— Oh ! » Dora se lève. « S'il vous plaît, dit-elle, plutôt gênée, peu habituée à donner d'ordres, faites-la entrer. »

Et la voilà qui entre, entourée de panaches rose pervenche et d'un envahissant parfum de lavande, flanquée d'Horatio, son valet de pied.

« Miss Blake ! s'exclame la vieille dame, dont la perruque blanche tremblote dangereusement. Pourquoi ai-je été obligée de faire l'aller-retour jusqu'à l'autre bout de la ville ?

— Madame ? »

Lady Latimer lui jette un regard impatient. « J'arrive à votre boutique pour m'entendre dire par une femme grossière que vous avez donné la consigne à tous les clients intéressés par vos créations de venir ici à la place. Puisque je vous y trouve, je suppose que c'est exact. » Comme Dora opine, la vieille dame poursuit sur sa lancée. « C'est très malcommode. Avez-vous la moindre idée, miss, de la circulation à cette heure de la journée ?

— J'ai bien peur que non, madame.

— Bien sûr que vous n'en savez rien. » Lady Latimer balaie la pièce d'un coup d'œil, aperçoit la seconde chaise damassée et se précipite dessus. Horatio lui emboîte le pas. Lorsque sa maîtresse arrive à la chaise, le valet de pied s'incline pour soulever une poignée de jupes entre ses mains. « Lâchez », ordonne lady Latimer, et, pendant qu'elle s'affale sur le siège, Horatio s'exécute. La soie rose tourbillonne avant de retomber à ses pieds.

Contrainte de cacher son amusement derrière sa main, Dora ressent tout à coup une vague de gratitude. C'est la première fois en deux jours qu'elle sourit.

« Eh bien, lance lady Latimer en regardant autour d'elle. Je dois dire que cette pièce est charmante. » Ses yeux se posent sur le meuble de rangement à côté du secrétaire devant lequel est assise Dora. « Quels jolis globes », remarque la vieille dame en les désignant d'un signe du menton, tous alignés côte à côte. Puis elle concentre de nouveau son attention sur Dora. « Maintenant, dites-moi, miss, pourquoi je vous trouve ici ? »

Dora a une excuse toute prête sur le bout de la langue, et c'est la vérité, ou du moins une variante de la vérité.

« J'ai eu un différend avec mon oncle, lady Latimer. Je me suis dit qu'il serait préférable d'habiter ailleurs jusqu'à ce que je puisse ouvrir mon propre établissement. »

Lady Latimer agite une main couverte de bijoux. « Oh oui, vous serez bien mieux sans lui. Sa boutique croulante n'est absolument pas adaptée à vos talents. Tout le monde s'est extasié sur vous le lendemain de ma soirée. » Elle fronce les sourcils. « Même s'il y a aussi eu de nombreuses plaintes. Il semblerait que beaucoup de mes invités aient été malades comme des chiens le matin suivant.

— Oh ?

— Vous n'en avez pas entendu parler ? C'était le punch, apparemment.

— Lady Hamilton n'a rien dit. »

Lady Latimer fronce le nez. « Emma ne s'adonne pas au punch. Elle préfère de loin le vin. Mais ceux qui en ont pris… Eh bien, ce n'est pas plus mal qu'ils ne soient tombés malades que le lendemain. Imaginez ce qui serait arrivé à mes fougères en pot, Horatio ! Je n'ose y penser. »

Il est sage de s'abstenir de commenter, décide Dora, qui songe toutefois au singe qu'elle a vu tremper sa queue dans le bol de punch, se demandant s'il y est pour quelque chose.

Lady Latimer recommence à regarder autour d'elle, avec des hochements de tête approbateurs qui font dangereusement tressauter sa perruque ridicule. Horatio semble prêt à la rattraper à tout moment.

« Votre Mr. Lawrence a une jolie petite maison. »

Dora toussote, à la fois à cause du sous-entendu de la remarque et de cette description. « Petite maison » n'est pas tout à fait le terme qu'elle emploierait pour décrire Clevendale mais, en comparaison avec la demeure de lady Latimer, elle suppose que c'est en effet l'impression qu'elle doit lui donner.

« Elle n'appartient pas à Mr. Lawrence, madame. » La vieille dame bat des paupières. « C'est la résidence de Mr. Ashmole. »

Une pause. « Oh ! Alors, vous et Mr… »

Ce qu'insinue l'aristocrate est plutôt clair.

« Dieu du ciel, milady, pas du tout ! » Dora hésite. « Mr. Lawrence ne pouvait pas m'héberger parce qu'il vit chez une logeuse. Ici au moins, il y a des chambres d'amis, et Mrs. Howe, la gouvernante, me sert de chaperon. »

Lady Latimer paraît soulagée.

Comme si, songe Dora avec ironie, sa virginité courait un quelconque danger avec Cornelius Ashmole. Elle se secoue, se racle la gorge.

« À quoi dois-je le plaisir de votre compagnie, lady Latimer ?

— Ah oui ! » La vieille dame réarrange inutilement ses jupes. « J'aimerais vous commander d'autres bijoux. Mais maintenant que je connais l'incertitude de votre situation, je me satisferais parfaitement d'attendre que vous soyez de nouveau établie. Vous avez du capital ? » Dora hésite, ce que l'aristocrate ne semble pas remarquer. « Quoi qu'il en soit, je serais ravie de vous offrir mon soutien. Je vous suis des plus reconnaissantes, ma chère, d'avoir fait de ma tenue le couronnement de ma soirée, et je serais vraiment désolée de voir une femme telle que vous gâcher son talent. D'autres personnes vous ont approchée en vue d'une commande, je suppose ? »

Dora parvient à peine à esquisser un signe de tête affirmatif. Lui offrir son soutien ? Est-il possible que lady Latimer le pense réellement ?

« Très bien. Cela dit, je ne vais pas vous ennuyer davantage aujourd'hui, annonce lady Latimer avant de quitter son siège dans un étouffant nuage de lavande. Je vais vous laisser y réfléchir, qu'en pensez-vous ? »

Dora n'arrive pas à dormir. Durant ce qui lui paraît des heures, elle se tourne et se retourne, ses pensées voltigeant frénétiquement tels des papillons enfermés dans une cloche de verre.

Elle songe à la proposition de lady Latimer cet après-midi. Même si une partie d'elle-même est enchantée, l'offre de la vieille dame est éclipsée par tout le reste.

Dora ne parvient pas à oublier la perte d'Hermès, la vérité sur…

Elle ferme bien fort les yeux. Elle ne peut toujours pas s'autoriser à y penser. Pas encore.

Quand la pendule sonne une heure, elle s'avoue finalement vaincue. Elle se lève, attrape le *banyan* de son père, qu'elle a réussi à sauver dans sa chambre au grenier. Elle en noue le cordon autour de sa taille, passe ses doigts sur les pompons qui en ornent les épaules, essayant de se rappeler la sensation qu'elle avait quand Hermès s'y perchait et que ses serres griffaient le tissu, et ravale un sanglot en s'apercevant que ce souvenir s'efface déjà. Elle a l'intention d'aller dans la pièce de devant pour tenter à nouveau de dessiner un modèle. Mais lorsqu'elle atteint le bas des marches, elle remarque une lueur orange sur le carrelage. Elle se retourne. Sous la porte la plus éloignée – celle de la bibliothèque où on l'a introduite la première fois qu'elle est venue ici – brille une lumière.

Cornelius Ashmole est réveillé. Elle hésite un long moment sur les marches. Une partie d'elle ne souhaite pas le voir, ni lui parler du tout. Cependant, un peu de compagnie, même la sienne, sera sûrement un meilleur remontant que ses pensées agitées, et, à contrecœur, elle avance dans le couloir.

Il répond au coup qu'elle frappe à sa porte. Il est lui aussi vêtu d'un *banyan*, nettement plus majestueux et moderne que celui de Dora, mais qui s'entrouvre sur sa poitrine. Sa peau est lisse, ciselée comme un buste grec, et Dora, rougissant, détourne vite les yeux.

« Ne vous inquiétez pas, dit-il d'un ton las. Vous savez que je ne vous toucherai pas. Entrez, ajoute-t-il en retournant à son fauteuil près du feu. Fermez la porte, voulez-vous ? »

Elle s'exécute, le suit dans la pièce. Il désigne d'un geste le fauteuil jumeau.

« Un verre ? »

Il brandit une carafe. Son contenu a la couleur de l'ambre. Whisky ou brandy, suppose Dora, qui acquiesce, désireuse de s'engourdir. Cornelius lui sert une généreuse rasade de cette boisson, lui tend son verre par-dessus le tapis tigre. Elle s'assied.

« Vous n'arrivez pas à dormir non plus ? »

Il appuie sa tête sur le dossier du fauteuil. « Je n'arrive jamais à dormir. »

Dora prend une gorgée. Grimace.

« Du rhum », explique Cornelius.

Le feu craque. Une braise tombe par terre, rougeoie une fraction de seconde avant de s'éteindre. L'ami d'Edward la fixe.

« Je suis désolé pour votre pie. »

Un temps mort.

Dora hoche la tête.

Cornelius tourne la tête, observe les flammes qui dansent contre la grille. D'abord, on dirait qu'il souhaite rester assis avec elle en silence, mais ensuite, il remue sur son siège, laissant échapper une longue respiration annonçant une conversation.

« Quand je suis rentré du Grand Tour, commence-t-il doucement, et que je suis retourné à Sandbourne, j'ai écrit à Edward à l'atelier de reliure. Il appartenait à un marchand nommé Marcus Carrow à l'époque, un homme monstrueux, même si je ne l'ai pas découvert avant quelques mois. »

Dora entoure son verre de ses doigts.

« J'ai écrit toutes les semaines. Jamais je n'ai reçu la moindre réponse. Il ne m'est pas venu à l'esprit qu'il puisse y avoir un problème. J'ai pensé… » Cornelius se passe une main sur les yeux. « J'ai pensé qu'il avait de nouveaux amis, qu'il avait oublié notre enfance ensemble dans le Staffordshire. Et ça m'a mis en colère. Blessé. Après tout ce que j'avais fait pour lui. J'avais partagé mes livres, ma maison. Ma vie. Et mon père avait donné à Edward les moyens d'avoir sa propre vie, une vie bien meilleure, mais comment avait-il réagi ? En prenant ce qu'il voulait sans jamais regarder en arrière. » Sa bouche se tord en un sourire. Il contemple Dora, détourne de nouveau les yeux. « Vous devez croire que c'est ce que je pensais. Je suis sûr que vous ne serez pas surprise d'apprendre que j'ai du mal à me faire des amis. Toute ma vie, j'ai été un crétin arrogant. J'ai détesté mon passage à Oxford. J'ai été contrarié qu'on m'envoie en Europe. Oh, j'ai appris les usages du monde, c'est vrai. J'y ai gagné une éducation approfondie, j'ai évolué dans tous les bons cercles et j'inspirais aussi le respect. Je comprenais comment monter dans la hiérarchie. Mais j'avais simplement envie de rentrer chez moi. Avec lui. Et quand il m'a rejeté… j'ai souffert le martyre. »

Dora regarde Cornelius examiner le verre sur ses genoux.

« Quand vous êtes-vous aperçu que vous l'aimiez ? »

Il a un petit rire de gorge bas, toutefois dénué d'amusement. « Quand avez-vous deviné ? À la fête de lady Latimer ?

— Un peu avant, en fait. »

Pour toute réponse, Cornelius secoue la tête, porte le verre à ses lèvres, et Dora comprend, à son incapacité à le tenir droit, qu'il buvait longtemps déjà avant son arrivée. Il prend une gorgée de rhum, étire ses lèvres sous l'effet de sa brûlure, siffle entre ses dents.

« Je m'en suis aperçu quand je l'ai retrouvé. Après neuf mois environ, peut-être dix, je ne m'en souviens plus maintenant. Je n'avais toujours pas reçu de réponse à mes lettres et je ne parvenais pas à m'y résigner. C'est d'abord une fierté tenace qui m'a empêché de venir, et je ne me le pardonnerai jamais. Si j'y étais allé en voyant que la première lettre restait sans réponse… » Il secoue la tête à nouveau. « Finalement, je me suis rendu à Londres, je l'ai cherché. Sauf qu'il n'y était pas. Je ne comprenais pas. Edward était-il parti ? Non, monsieur, pas que je m'en souvienne. Où est-il alors ? Oh, dans le coin. Dans le coin ? Qu'est-ce que ça signifie ? » Cornelius reprend une gorgée de rhum. « Carrow me narguait, il se fichait pas mal que ses réponses pour le moins évasives le rendent suspect. Voyant que je n'obtiendrais rien de plus, je suis parti. J'ai loué un taudis d'une pièce en face de l'atelier, et j'ai observé. Je n'ai jamais vu Edward, mais un homme – qui s'est avéré être Tobias Fingle – quittait la boutique tous les matins pendant une heure. Et il avait toujours un bleu quelque part. Au bout d'une semaine, je l'ai rattrapé. J'ai exigé de savoir ce qui se passait là-dedans. Il m'a fallu trois jours pour le faire parler. Je me souviens à quel point il était maigre. Finalement, c'est la nourriture qui lui a délié la langue. »

Cornelius boit très longuement. Quand il repose son verre, il n'y reste plus qu'un centimètre de rhum.

« Il se trouve que ce salaud avait tous les gars sous sa coupe… mais Edward était si petit, c'est lui qui a subi le pire. Carrow les faisait tous travailler jusqu'au quasi-épuisement sans les payer, il les laissait rarement dormir, et encore moins manger. D'après ce que m'a raconté Fingle, trois garçons étaient déjà morts cette année-là. Carrow avait dû balancer lui-même leurs corps dans le fleuve. Quant à Edward… Comment il a survécu durant toutes ces années, je ne le saurai jamais. Carrow l'enfermait des jours entiers dans une réserve à bois où il faisait noir comme dans un four. »

Le sang de Dora se glace au souvenir du recoin baigné d'ombre qu'elle avait aperçu ce jour-là à l'atelier. Elle pense aux bougies dans le bureau d'Edward, à sa réticence à descendre au sous-sol le premier soir, à sa peur du noir, et elle dévisage Cornelius avec horreur.

« Qu'avez-vous fait ?

— J'ai averti les autorités. Ils ont arrêté Carrow… il s'est balancé au gibet de Tyburn l'année suivante.

— Et Edward ? »

Cornelius plisse les yeux. « Je l'ai sorti moi-même de la réserve. Mon Dieu, si vous l'aviez vu. Émacié, couvert de bleus. Je l'ai emmené dans la maison de ville de mon père pour qu'il récupère… Vous connaissez la suite. »

Dora en pleurerait. *Oh, Edward…*

« Il n'en parle pas. C'était il y a quelques années de cela maintenant, et il le mentionne rarement. J'ai essayé de l'y encourager, une fois, mais il est parti et ne m'a pas adressé la parole pendant une semaine. Je n'ai jamais recommencé depuis. » Cornelius la regarde enfin. « Je sais qu'Edward ne partagera jamais mes sentiments.

Qu'il ne m'aimera jamais comme je l'aime. Malgré tout, je suppose que j'ai toujours espéré que peut-être, un jour… Et puis, vous êtes arrivée. »

Il fixe Dora durant ce qui lui paraît un temps interminable, un de ces moments qui s'enroulent sur eux-mêmes, concentrant toute sa jalousie et sa déception dans ce seul regard. Puis il détourne les yeux pour se perdre de nouveau dans la contemplation des flammes.

« Ne punissez pas Edward pour son ambition, miss Blake. » Sa voix est un murmure bas, un fil de soie. « Il ne pensait pas à mal en écrivant ce qu'il a écrit. Tout ce qu'il voulait, c'était s'élever au-dessus de son ancienne condition. Je n'aurais pas dû vous compliquer les choses. Je sais ce que vous représentez pour lui. Il est aussi peu susceptible de vous faire de la peine que je le suis de lui en faire. »

Le feu crépite. L'estomac de Dora se noue. Cornelius vide son verre. Elle attend de voir s'il va reprendre la parole. Comme il se tait, elle se lève, pose son verre de rhum encore plein sur la petite table à côté de son fauteuil.

« Je crois que je vais dormir à présent. »

D'abord, il ne répond pas mais, quand elle arrive à la porte, il murmure son nom, si doucement qu'elle n'est pas sûre de ne pas l'avoir imaginé, puis il ajoute : « Il ne sait rien. Je ne crois pas que cela lui soit jamais venu à l'esprit. Il n'a pas assez d'expérience de la vie pour… » Cornelius prend une profonde inspiration. « Vous ne direz rien ? »

Dora fait non de la tête. « Bien sûr. »

Il acquiesce.

Un silence.

Dora se retourne, prête à partir. Puis se ravise.

« Je ne vous ai pas encore remercié. De m'avoir accueillie. Je vous en remercie maintenant.

— Eh bien. » Il retourne son visage vers elle. « Je n'avais guère le choix, n'est-ce pas ? »

Il est redevenu sardonique. Elle se dit qu'elle aime ça.

« Bonne nuit, Cornelius Ashmole. »

L'ombre d'un sourire.

« Bonne nuit, Pandora Blake. »

CHAPITRE QUARANTE ET UN

Hezekiah contemple la clé du coffre-fort Bramah dans sa main, le disque lisse, mobile au niveau de l'anneau. Il se retourne vers le mur, ce mur qui durant des années n'a été pour lui qu'une simple cloison.

Pensant d'abord qu'ils devaient parler d'un autre mur, il a tout rassemblé au centre de la pièce, par terre, passé sa main sur chaque paroi nue, l'une après l'autre. Mais il n'y avait aucune serrure, et de plus il était logique que ce soit celui-là. Toute cette place manquante… il ne lui était jamais venu à l'esprit qu'il aurait dû y avoir davantage d'espace au sol, et pourtant, c'est si évident, maintenant qu'il y pense. Hezekiah se maudit de ne pas y avoir songé plus tôt.

Utilise la clé noir et or, disait le mot.

La clé Bramah, à l'évidence. Alors, pourquoi ne parvient-il pas à trouver de fichue serrure ?

Il appuie sa main contre le mur, pousse un grognement qui secoue son double menton. Sa jambe le fait atrocement souffrir. La douleur est insupportable, l'odeur tout autant, mais il refuse de s'y abandonner. Il va d'abord trouver un moyen d'entrer, d'assurer sa fortune, et ensuite, et seulement ensuite, il se laissera aller aux mains d'un médecin. Il pousse un autre grognement. La sueur lui dégouline à flots dans le dos.

Il rate forcément quelque chose, se dit-il. En désespoir de cause, il passe sa main sur le mur inégal, raclant sa surface rugueuse avec ses paumes. Il recommence encore et encore et encore jusqu'à ce que, essoufflé, il décide de changer de tactique. Il boite jusqu'au côté gauche de la pièce, le plus éloigné, en s'appuyant sur le mur, et entreprend de l'examiner de haut en bas avec lenteur. Il bouge aussi lentement qu'il peut le supporter, ravale sa colère, sa frustration, son impatience, sa douleur, jusqu'au moment où, *où* ! Il s'arrête, repasse sa main à cet endroit. L'espace d'une seconde fugitive, il ne sent rien, ou plutôt, il sent l'absence de quelque chose. Il se penche pour regarder en plissant les yeux.

Là. Une petite indentation ovale, exactement de la même taille que le disque de la clé Bramah.

Son cœur se remplit de joie.

Il a réussi ! Il l'a trouvé ! Par Dieu, il savait *bien* qu'il finirait par gagner.

Il rit, d'un rire sauvage, rit si fort qu'il en oublie sa douleur à la jambe, puis cherche à tâtons la clé, pose à plat le disque ovale et l'introduit…

Rien.

Il réessaie.

Toujours rien.

Encore une fois.

Rien.

Rien rien rien !

Ça ne marche pas. Ça refuse de s'ouvrir. Il enlève une dernière fois le disque, appuie fortement son doigt sur l'indentation, encore et encore et encore, et là, son ongle rencontre une excroissance. Il s'interrompt, se penche pour se rapprocher. Il lui faut un moment, sa vision est floue avant de se préciser mais, enfin, il la distingue : une image en relief. Un visage barbu.

Il fixe la clé Bramah en or durant un long moment insondable, contemplant son disque lisse. Il n'y a pas de visage.

Il n'y a pas de visage.

Un bourdonnement. Un soupir. Il fait volte-face. Le pithos est devant lui. Haut, imposant et pourtant magnifique, et, dans sa souffrance, il a l'impression que le vase le nargue à la faible lumière. Il jette la clé par terre avec un hurlement en comprenant qu'une fois encore, même dans la mort, Elijah et Helen ont réussi à contrecarrer ses plans.

CHAPITRE QUARANTE-DEUX

Le mot de Lottie est arrivé à la mi-journée alors qu'Edward, Cornelius et Dora prenaient le thé dans le salon. Dora avait salué Edward d'un air gêné, apparemment toujours incapable de croiser son regard, et il était si content qu'elle ait décidé de reconnaître sa présence qu'il avait hésité à gâcher la fragile trêve entre eux en révélant l'étendue des transgressions d'Hezekiah. En effet, si regarder Dora les écouter en silence lui était douloureux, il a trouvé des plus inquiétant qu'elle ne bronche même pas lorsqu'il divulguait les circonstances épouvantables de la mort des frères Coombe, et l'arrivée du message a presque constitué un soulagement. *Venez maintenant*, disait-il, *il ne revient pas avant ce soir.* Ainsi, Dora a rassemblé ses affaires, fermant son carnet de croquis à l'aide d'une ficelle pour que ses pages ne s'envolent pas dans la tempête qui avait ouvert ses ailes féroces la nuit précédente, tandis qu'Edward et Cornelius allaient chercher leurs manteaux.

« Qu'est-ce que vous faites ? leur a-t-elle demandé alors qu'ils enfilaient leurs manches.

— Nous vous accompagnons, a répondu Edward, occupé à enrouler son écharpe autour de son cou. Après tout ce que je viens de dire, vous pensez honnêtement que nous vous laisserions y aller seule ? »

Dora a marqué une pause, perplexe. « Tous les deux ? Je ne préférerais pas.

— Nous venons, est alors intervenu Cornelius en relevant son col. Pas de discussion. »

Edward a observé les émotions qui traversaient le visage de Dora, vu comment elle bataillait pour trouver une excuse. Au bout d'un moment, elle a simplement fini par acquiescer, de sorte que Cornelius a appelé une calèche, et ils se sont retrouvés devant Blake's Emporium en moins d'une heure.

La corpulente gouvernante de Dora leur ouvre la porte. Edward note sa lèvre fendue, son œil au beurre noir. Ses bleus, déduit-il d'après leur vert moucheté sur les côtés, datent de quelques jours. L'œuvre d'Hezekiah, sans nul doute.

« Il est parti organiser les enchères, c'est tout ce que je sais, déclare-t-elle en prenant leurs manteaux et la cape de Dora. Il m'a dit de ne pas l'attendre avant ce soir. »

Edward la regarde. « Les enchères ?

— Il a fait prendre les plus petits articles ce matin.

— Savez-vous où ils devaient être livrés ? » s'enquiert Edward, soudain plein d'espoir. Si la gouvernante le sait, ils pourront peut-être finalement agir, mais ses espoirs sont anéantis quand Lottie fait un signe de dénégation.

« Il ne m'a jamais raconté ce genre de choses. Par contre, Coombe est au courant. Vous devriez le lui demander.

— Coombe est mort. »

Lottie se couvre la bouche.

Cornelius se tourne vers la femme. « Vous connaissiez bien cet homme, n'est-ce pas ? »

La gouvernante baisse ses mains, qu'elle se met à tordre dans son tablier.

« Pas très bien, mais assez pour que sa mort me touche. Comment c'est arrivé ? »

Les lèvres de Dora se serrent. « Hezekiah, bien sûr. »

Lottie pâlit, son menton charnu tremble.

« Maîtresse, je… je suis tellement désolée. Pour tout. J'aurais dû vous dire.

— Me dire quoi ? » Dora a pris une voix dure, et les yeux de Lottie se remplissent de larmes.

« Il cherchait quelque chose. Ce soir-là, dans votre chambre. Un mot. Il l'a trouvé dans la cage. »

Quelque chose change sur le visage de Dora. « Lottie, lance-t-elle d'un ton pincé. Parlez sans détour. »

Edward sent que la gouvernante est vraiment sur le point de pleurer.

« Je lui ai demandé pourquoi il n'avait pas vendu le vase. Il m'a dit qu'il y avait quelque chose dedans. »

Cornelius croise les bras. « Vous voyez ? Qu'est-ce que je vous disais ! »

Dora l'ignore. « Quelle chose ? » insiste-t-elle, et, voyant ses efforts pour se contrôler, Edward a peur de la voir craquer.

La gouvernante prend une respiration tremblante. « Il a dit que le vase contenait un mot. Un mot écrit par vos parents, au sujet de la fortune qu'ils vous ont laissée. Un mot qui expliquerait comment la récupérer. »

Edward souffle. « Seigneur ! »

Dora reste debout, immobile, le visage parfaitement vide. Très doucement, si doucement que les autres auraient dû tendre l'oreille s'ils avaient été dehors, elle demande : « Et il l'a trouvé ? Dans la cage d'Hermès ? »

Lottie opine.

« Mais comment ? »

Son front se plisse de confusion. Cornelius intervient.

« Et où est ce mot à présent ? »

Lottie se tourne vers lui. « Je ne sais pas. Honnêtement, je jure que je ne sais pas. »

L'espace d'un long moment pénible, Dora garde le silence. Edward observe le pouls qui bat à son cou. Il a envie de lui prendre la main, sachant pourtant d'instinct qu'elle ne le lui permettra pas, et il doit se contenter de suivre son regard qui oscille entre Cornelius et lui avant de revenir sur Lottie.

« Pourquoi me dites-vous ça ? Pourquoi nous aidez-vous ? »

La gouvernante secoue la tête, sa lèvre fendue tremble. « Je n'ai pas de bonne excuse pour la manière dont je vous ai traitée. J'ai connu Hezekiah bien avant qu'il rencontre votre mère. Je l'aimais, voyez-vous. Et quand j'ai vu combien il était dévasté au sujet d'Helen après qu'elle… Je vous détestais parce que je la détestais, elle. Mais c'était mal de ma part, je le sais à présent. »

Dora fixe le sol pendant un temps interminable. Finalement, elle expire un grand coup. « Ça ne fait rien, Lottie.

— Ah oui ? »

Dora a soudain l'air fatigué. « On devrait s'y mettre. Vous ne verriez pas d'inconvénient à nous apporter du thé ? »

Dora s'installe par terre devant le pithos. Dénoue la ficelle autour de son carnet de croquis avec une telle vigueur que Cornelius et Edward échangent un regard inquiet.

« Vous avez envie d'en parler ? tente Cornelius, mais elle l'interrompt d'un bref mouvement de tête irrité.

— Non. »

Edward ouvre la bouche pour réagir.

« Il vaut mieux que je me concentre, si vous voulez bien », dit-elle, crayon levé au-dessus d'une page vierge, et Edward referme la bouche à contrecœur.

Dora parlera quand elle sera prête. L'y forcer ne servira à rien ; il l'observe à regret tandis qu'elle dessine, sachant exactement ce que lui coûte sa concentration. Il ne comprend que trop bien le besoin de noyer sa douleur dans le travail.

En restant occupé, on ne souffre pas. En restant occupé… on n'a pas le temps de penser.

Cornelius, qui a commencé à tourner lentement autour du pithos, laisse échapper un long sifflement.

« Il est vraiment magnifique, non ? Je ne l'avais pas bien regardé l'autre fois, chez les Latimer. » Ensuite, il hésite, aperçoit le carnet de croquis de Dora. Il se penche par-dessus son épaule, pose ses mains sur ses genoux. « Edward avait raison, murmure-t-il. Vos dessins sont tout à fait spectaculaires. Vous êtes une artiste extraordinaire, miss Blake. »

Le crayon de Dora reste suspendu au-dessus de la page. Elle lève les yeux vers lui et s'empourpre.

« Merci, Mr. Ashmole. »

Edward les fixe, remarque les joues rosies de Dora, l'admiration si clairement visible sur le beau visage de Cornelius.

Il ne lui a pas échappé que l'attitude de son ami vis-à-vis de Dora a changé. Il sait qu'il n'avait pas le choix en la laissant séjourner chez Cornelius, qu'en logeant chez lui Dora aurait tout bonnement enfreint les règles de la bienséance. Quoi qu'il en soit, après leur différend, un tel arrangement aurait été intenable, mais, depuis que Dora habite à Clevendale, Cornelius s'est montré moins cinglant avec elle, plus accommodant à défaut d'être gentil, si bien qu'Edward ressent un élan de jalousie.

S'est-il passé quelque chose entre eux ? Cette pensée l'empêche de respirer.

« Que dépeint cette scène ? » demande maintenant Cornelius à Dora en désignant la partie du pithos qu'elle dessine, et l'estomac d'Edward commence à se tordre.

Par terre, Dora change de position.

« C'est une représentation d'Athéna gratifiant Pandore de tous les dons que Zeus a jugé nécessaire de lui donner. Il existe différentes versions du mythe : certaines disent que ces dons n'ont pas été le fait d'une déesse, mais de plusieurs. Octroyés par des dieux, aussi. » Dora change encore de position en soufflant de frustration. Elle s'allonge sur le côté pour examiner de plus près certains détails à la base du vase. « Apollon lui a appris à chanter et à jouer de la lyre, Athéna à filer, Déméter à s'occuper d'un jardin. Quant à Aphrodite, elle lui aurait enseigné comment danser sans bouger les jambes.

— Un exploit impressionnant, je dois dire.

— Presque impossible pour qui que ce soit, d'après mo… » Dora s'interrompt.

Cornelius fronce les sourcils. « Qu'y a-t-il ?

— Mon Dieu, murmure Dora. Regardez ça.

— Quoi donc ? s'enquiert Edward.

— Venez voir. »

Edward la rejoint sur le sol froid, contraint de s'allonger à plat ventre pour distinguer ce qu'elle pointe du doigt.

Une série de mots en grec :

εδώ βρίσκεται η τύχη των κόσμων

Cornelius s'accroupit à côté d'eux. « Qu'est-ce que ça dit ? »

Dora se passe la langue sur les lèvres. « *Edó vrísketai i týchi ton kósmon.* »

« Pardon ? »

Nouveau silence.

« C'est là que réside le destin des mondes. »

L'air palpite de manière presque palpable.

« Dora », souffle Edward, sa jalousie soudain oubliée.

Cornelius le regarde. « Il n'y a jamais d'inscription sur les poteries grecques. Si ?

— C'est rare, répond très vite Edward. Et même alors, jamais des phrases complètes.

— Que voulez-vous dire ? » demande Dora d'un ton dubitatif.

Edward inspire profondément. Est-ce vraiment possible ?

« Ne vous est-il pas venu à l'esprit que peut-être… » Il a du mal à trouver les mots. Peu importe ce qu'a dit Hamilton, c'est indiscutable.

« Quoi donc ? »

Il fait un nouvel essai.

« Ce pithos est si vieux que même les scientifiques de Gough n'ont pas su le dater. Il dépeint l'histoire de la création de Pandore. Tout ce qui s'est passé, qui *est en train de se passer…* » Edward énumère les événements : « … le naufrage du *Colossus*, la maladie de votre oncle, la mort des frères Coombe. Sans compter ce temps abominable. Même Bonaparte ! Les divisions en Europe, la pression sur l'économie, sur les routes commerciales… Nous sommes au bord de l'invasion, sir William l'a dit lui-même. Ne vous est-il pas venu tous deux à l'esprit que ces événements sont arrivés pour une raison précise ? Que ce pithos peut véritablement être la boîte de Pandore ? »

Cornelius le dévisage comme s'il était devenu fou.

« Oh, Edward, non. Tu as complètement perdu la tête ! La boîte de Pandore est une fable ! Une fable reste une fable, une simple histoire qu'on raconte pour divertir la compagnie.

— Sauf que tous les concepts fantaisistes découlent d'une réalité concrète ! »

Cornelius se lève en secouant la tête. Cette fois, Edward implore Dora.

« Vous pouvez le concevoir, non ? »

Dora a l'air sidérée.

« C'est de la folie. C'est impossible, forcément impossible. Mais… »

Cornelius croise les bras sur sa poitrine, baisse les yeux vers elle avec une frustration mal déguisée. « Vous n'allez pas vous y mettre aussi ? Honnêtement, je pensais que vous, au moins, vous aviez plus de plomb dans la cervelle. »

Cependant, Dora se mord la lèvre. « Si ma mère m'a appris quelque chose, c'est bien de toujours chercher les bases factuelles et historiques des mythes. Il est ridicule de penser que le pithos a été créé par un dieu. Par ailleurs, ajoute-t-elle en désignant les gravures tout autour du pithos, quel artefact mythique raconterait sa propre création ? C'est *vraiment* de la folie, conclut-elle d'une voix tendue. Il y a tant de façons d'expliquer tout ça à l'infini. Avec des explications *logiques*. Et malgré tout, Edward n'a pas complètement tort. » Dora pointe de nouveau le vase du doigt, et Edward est content qu'elle n'ait pas totalement écarté son idée. « Pourquoi ne se casse-t-il pas, comment est-il resté intact durant toutes ces années, pourquoi Hermès le craignait-il autant ? Les animaux savent, ils savent toujours. Quel pouvoir cet objet possède-t-il ? »

Cornelius lève les mains pour mimer la défaite. « Par pitié. Vous me décevez tous les deux. De toutes les histoires farfelues, ridicules… » Il se reprend quand la porte du sous-sol s'ouvre et que Lottie apparaît sur le seuil, chargée d'un plateau. Cornelius baisse la voix. Son regard va d'Edward à Dora, ses yeux sombres sont sérieux. « Nous aurons largement le temps de nous disputer à ce sujet plus tard. La dernière chose que je souhaite, c'est de débattre de théories sans queue ni tête. Je suis sûr que j'ai mieux à faire. »

CHAPITRE QUARANTE-TROIS

Durant les quatre jours qui ont passé depuis leur visite à la boutique, Dora s'est employée corps et âme à terminer les dessins du pithos. Il a plu, plu si fort que la gouttière fuit et que Mrs. Howe doit aller chercher un homme pour la réparer, et Dora, assise sur la banquette près de la fenêtre de sa nouvelle chambre qui jouit d'une agréable vue sur le jardin, regarde l'eau couler à flots le long de la vitre.

Comme elle n'est pas habillée, elle n'est pas descendue travailler. On lui a laissé un plateau devant sa porte pour le déjeuner, qui a remplacé celui du petit déjeuner de ce matin, celui du dîner de la veille ; tous sont revenus intacts à la cuisine.

Cornelius a déjà frappé trois fois à sa porte aujourd'hui, et Dora l'a ignoré trois fois.

Elle n'est pas encore prête à parler. N'est pas sûre d'en être capable. Elle replie ses doigts, serre plus fermement son crayon. Elle a besoin d'ajouter davantage de détails à ses premières esquisses des gravures individuelles, de recommencer à zéro le dessin du pithos entier ; sans compter qu'elle doit faire trois autres croquis pour montrer la précision des détails sur les côtés du vase. Et puis, il y a les mots. Dora se penche vers son carnet posé en équilibre sur ses genoux relevés, plissant les yeux derrière ses lunettes tandis qu'elle dessine l'inclinaison du *kappa* minuscule, ajoute les dernières lettres grecques à la formule.

C'est là que réside le destin des mondes.

Dora ne sait que croire. Comme elle l'a dit à Edward, tout ce qui s'est passé a une explication logique. Le *Colossus* – ou n'importe quel navire, d'ailleurs – est tributaire des éléments, tout particulièrement en décembre. La blessure d'Hezekiah provenait d'un clou rouillé, elle n'a pas été traitée. Après tout, les rues de Londres sont dégoûtantes : rien d'étonnant à ce que sa plaie se soit infectée. Dora se souvient des paroles de Matthew Coombe, le jour où ils ont emmené le pithos chez lady Latimer. *Ce qui est arrivé, c'est ce fichu chargement.* Enfin ! Sa blessure à lui peut, elle aussi, être expliquée à peu près comme celle d'Hezekiah, elle en est certaine.

Qu'Edward a-t-il mentionné d'autre ?

Les frères Coombe, morts tous les trois de la main de son oncle. Dora grimace. Non, le pithos ne peut pas en être rendu responsable. Napoléon Bonaparte ? Ses actes lui appartiennent. Tant de problèmes en Europe peuvent lui être imputés, et il menace depuis des années d'envahir l'Angleterre. Quant au temps… elle regarde de nouveau par la fenêtre. Neige, coups de vent, gelées mordantes. La pluie qui ne cesse de tomber. Mais, c'est l'hiver : on ne peut pas s'attendre à ce que les conditions météo soient clémentes. Dora songe brièvement aux invités de lady Latimer, à leur maladie le lendemain de la *soirée**. Il *se peut* que ce soit à cause du singe. Et cependant…

Pourquoi se surprend-elle à oser y croire ?

Qu'une poterie survive intacte sous terre pendant tant de milliers d'années ? C'est sans précédent. S'il n'a pas été affecté par la toxicité de l'air libre à l'époque de son utilisation, Dora suppose que le vase a pu être magnifiquement préservé. Pourtant, à l'origine, c'est une inondation qui l'a enseveli… Un miracle qu'il n'y ait pas eu de dégâts alors. Même s'il avait réchappé intact à l'inondation, ses parents avaient creusé assez profond pour le libérer de la terre qui le retenait. Au moment de l'éboulement, il aurait dû être abîmé. Et s'il ne l'avait pas été à ce moment-là, l'inondation et les fouilles suivantes auraient sûrement dû lui causer *quelques* dommages ? Et si ce n'avait pas été le cas, le naufrage y aurait certainement réussi, et si ce n'était *toujours pas le cas*…

Dora secoue la tête. Comment expliquer tout *cela* ?

Sans compter qu'il lui a parlé… non ? Elle a entendu des voix. Des pleurs. Peut-être l'a-t-elle imaginé, comme tout le reste.

En revanche, Hermès, Hermès ne l'a pas imaginé. Hermès a senti que quelque chose n'allait pas. Il ne voulait pas descendre au sous-sol la première nuit, il était inhabituellement agité. Elle pense à la façon dont il s'était enfui quand elle avait murmuré le nom de Pandore. Il était très occupé à picorer le couvercle av…

Dora abaisse son crayon.

C'était donc ça !

Le mot devait être dans le couvercle, roulé ou plié si petit qu'elle ne l'aurait pas remarqué à ce moment-là. C'est pour cette raison qu'Hermès était tellement sur la défensive lorsqu'elle s'approchait de sa cage et qu'il avait semé un tel désordre…

Dora ferme les yeux, pour réprimer les larmes qui ont commencé à perler au coin de ses yeux.

Hezekiah a tué son oiseau pour un bout de papier qui ne lui appartenait pas.

Le temps qu'elle se lave, s'habille et mange, il est six heures passées. La pluie a marqué une pause dans son offensive, aussi va-t-elle directement chez Edward, sachant qu'il doit être rentré depuis longtemps de l'atelier.

Sa propriétaire – une grosse dame avec trop de mentons – lui indique un palier exigu au premier étage, et Dora frappe fort à la porte, son carnet de croquis serré contre sa poitrine.

« Dora, s'exclame-t-il, surpris. Qu'est-ce que vous... »

Il rougit. Sa chemise n'est pas rentrée dans son pantalon, ni sa cravate serrée autour de son cou. Ses cheveux blonds sont humides aux tempes ; elle comprend qu'elle l'a dérangé dans sa toilette.

« Je... » Dora tente de reprendre contenance. Après les révélations de Cornelius sur le passé d'Edward, elle ne sait pas très bien comment se comporter avec lui, que ressentir. Sa colère initiale s'est désormais muée en une sorte de souffrance irritable, et le fait qu'elle en sache davantage sur lui... Eh bien, cela change les choses.

« Dora ?

— Je pensais que vous devriez être prévenu que mes croquis du pithos sont terminés. Pour votre... »

Les mots s'étranglent dans sa gorge. Edward semble se reprendre.

« Bien sûr ! S'il vous plaît, s'il vous plaît, entrez. »

Il s'efface pour la laisser passer. Dora baisse la tête sous le linteau.

C'est la première fois qu'elle voit le meublé d'Edward. Les pièces qu'il occupe, note-t-elle, ne sont pas beaucoup plus grandes que son ancien grenier, mais elles sont propres, chauffées et commodes, sans cadres de fenêtre écaillés, sans poutres vermoulues. Dora sent l'odeur de moisi des livres, un soupçon de cire de bougie. Elle regarde autour d'elle avec intérêt, la bibliothèque nichée dans l'alcôve près de l'étroite cheminée où un feu flamboie derrière sa grille, le bureau devant la fenêtre, jonché de papiers couverts de textes écrits serrés.

« Excusez le désordre. » Edward s'agite dans la pièce, ramassant chaussettes, chemises et chaussures abandonnées, qu'il empile dans ses bras d'un air profondément gêné et perturbé. « Pouvez-vous m'accorder un moment ? J'ai juste besoin de… » Sans finir sa phrase, il bat en retraite dans une chambre à coucher sur la gauche en emportant ses vêtements froissés.

Dora s'approche du bureau, sort ses croquis du pithos, les étale, déplaçant au passage l'un des papiers, qui attire son attention. Une phrase lui saute aux yeux, et elle écarte le reste de ses dessins pour mieux lire.

Il est facile de cacher de tels objets dans un établissement qui s'est fait son nom pour ses seuls articles contrefaits. Bien que fortement désapprouvées, les répliques ne sont pas rares dans les milieux commerciaux, de sorte que les autorités ont peu de chances de supposer que des articles authentiques sont cachés au milieu des scories d'une entreprise dont l'ensemble du catalogue est entièrement constitué de contrefaçons. Et c'est ainsi que fonctionne le marché noir – la tromperie au sein de la tromperie –, la plus vieille ruse de la terre.

« Je suis tellement content que vous soyez venue. » La voix d'Edward retentit derrière elle. « Je voulais… »

Il s'interrompt en voyant ce qu'elle est en train de lire. Ses mains retombent mollement sur ses flancs.

« Alors, dit doucement Dora. C'est donc ça. »

Le visage d'Edward est devenu d'une pâleur de porcelaine. Dora tourne la tête.

« Que des articles authentiques puissent être cachés au milieu des scories d'une entreprise dont l'ensemble du catalogue est entièrement constitué de contrefaçons », lit-elle à voix haute. Elle se retourne pour le regarder ; elle a beau s'être radoucie, cette trahison lui donne encore la sensation cuisante d'avoir reçu un coup de couteau dans la poitrine. « Y a-t-il d'autres établissements vendant des antiquités comme Blake's Emporium ? Honnêtement, comment pouvez-vous rester planté là à m'affirmer que ça n'a *rien* à voir avec moi ? »

Elle ne sait trop comment elle parvient à continuer à parler calmement, mais les mots tremblent dans sa gorge. On entend un *ploc ploc ploc* qui frappe sur la vitre, et la pluie se remet une fois de plus à tomber.

Edward se passe une main sur les yeux, pousse un profond soupir.

« Y a-t-il d'autres établissements comme Blake's ? Oui, probablement. Me suis-je inspiré de votre boutique ? Oui, bien sûr. Mais je ne vous mentionne pas nommément. Cette boutique pourrait appartenir à n'importe qui. »

Dora ravale un rire amer. « Pourtant, ce n'est pas le cas. »

Edward avance d'un pas, l'air implorant.

« Je vous ai promis de vous aider, vous ne vous en souvenez pas ? Je suis convaincu que c'est le seul moyen de le faire. Cet article me permettra d'être accepté par la Société, ce qui signifie qu'alors je pourrai vous employer pour dessiner. Vous pourriez être libérée de votre oncle, de la boutique. Cette indépendance dont vous rêvez serait à vous.

— Sauf que je n'ai pas besoin de votre aide ! s'écrie-t-elle. Ne l'ai-je pas prouvé ? La foi que lady Latimer a placée en moi, les clientes qu'elle m'a déjà envoyées. Je n'ai pas besoin de vous, Edward, je n'ai jamais eu besoin de vous !

— Vous avez raison, dit-il. Je m'en aperçois, maintenant. Je suis désolé. Mais je ne pouvais pas être certain de votre succès, et je pen... » Il s'interrompt, passe une main dans ses cheveux. « Vous devez découvrir la vérité de la bouche de votre oncle, une fois pour toutes. Au sujet de ses transactions, de vos parents... »

Le souffle coupé, Dora presse ses mains sur ses oreilles, et, frustré, Edward hausse le ton. « Vous ne pouvez pas l'ignorer éternellement ! Il faut que vous l'affrontiez, Dora, il le faut. »

C'en est trop. Bien trop. Edward ne l'a-t-il pas vue essayer de contenir ses émotions ces derniers jours ? Ne voit-il pas qu'elle n'est pas encore prête à faire face ? Dans un grognement, Dora secoue violemment la tête, et ce n'est qu'à ce moment-là qu'elle s'aperçoit qu'elle pleure.

« Non, crache-t-elle. Je refuse d'entendre ça. Je ne peux pas ! »

On dirait qu'une digue vient de rompre dans sa poitrine. La pluie cogne à grand bruit contre les fenêtres, et Dora baisse les mains, serre les poings sur ses flancs. Elle fait volte-face, regarde partout mais rien en particulier, tandis qu'Edward répète son nom à l'infini avant de traverser la pièce jusqu'à elle, sans qu'elle sache comment réagir.

« Vous vous êtes servi de moi, lâche-t-elle d'une voix étranglée. Vous vous êtes servi de moi depuis le début. »

À cette remarque, Edward s'arrête net.

« Non. Non, Dora, ce n'est pas vrai, en tout cas pas comme vous le pensez…

— Vous et Mr. Ashmole, vous étiez de mèche, n'est-ce pas ? Vous vous moquiez de moi derrière mon dos, pendant tout ce temps ! »

Elle sait qu'elle est irrationnelle, qu'ils n'ont rien fait de tel, mais son ancienne colère est revenue, et les mots ne s'arrêtent pas, visiblement déterminés à franchir ses lèvres tels des couteaux.

« Non ! Bon sang, non, jamais, jamais ! » Edward s'approche d'elle, pose fermement ses mains sur ses avant-bras pour la maintenir en place. « Comment pouvez-vous même penser une chose pareille ? Après tout ce que nous avons traversé ensemble ! Dora, j'ai des sentiments pour vous… »

Elle tente de se dégager. « Ce que vous ressentez pour moi n'est rien de plus que… »

Et ensuite, ensuite, il se retrouve en train de l'embrasser.

Le choc de sa bouche contre la sienne immobilise Dora. Alors que les lèvres d'Edward effleurent les siennes, elle les laisse s'entrouvrir, goûte l'arôme de la bière sur sa langue, et sent qu'elle s'abandonne à lui, pendant que la douleur et la colère se muent en autre chose. Il a une odeur de cuir, de savon, un mélange enivrant qui la remue, envoie des picotements dans des terminaisons nerveuses qu'elle ne se soupçonnait même pas de posséder. Le bas de la chemise d'Edward agace son poignet, Dora remonte sa main dessous, fait courir sa paume sur l'aplat de son ventre, caressant la peau lisse, fascinée par sa façon de frissonner quand elle le touche. En remontant, son ongle effleure son téton, il prend une grande inspiration, l'embrasse plus fort, et elle lui rend son baiser, se perdant dans cette sensation grisante.

« Dora, je…

— Chut », murmure-t-elle tout contre lui parce qu'elle a besoin de cela, d'être touchée, d'oublier juste un moment. Alors, d'une main, elle retrousse la chemise d'Edward, la passe par-dessus sa tête, et, une fois libéré, il la serre étroitement contre lui pour l'embrasser encore.

D'un bras, il encercle sa taille tandis que sa main libre épouse le contour de sa joue. Les mains de Dora sont coincées contre sa poitrine. Faute de mieux, elle recommence à caresser sa peau, à laisser ses doigts remonter, et ensuite, ensuite, la texture de sa peau change. Dora s'arrête. Les lèvres d'Edward sont toujours sur les siennes.

Il ne dit rien quand elle s'écarte de lui pour regarder.

Une cicatrice, profonde et plissée, s'étend en bas, à droite de sa clavicule. Dora entend la respiration d'Edward s'étrangler dans sa gorge au moment où elle explore doucement la cicatrice du bout du doigt.

Et dans ces ténèbres vertigineuses, où la pluie lave les rues de Londres, elle embrasse la peau froncée de sa poitrine, lui demande comment c'est arrivé, et il le lui raconte, alors que la nuit chasse peu à peu le crépuscule.

CHAPITRE QUARANTE-QUATRE

À son réveil, Edward découvre que Dora est partie.

Il s'étire dans son lit et se sent heureux pour la première fois, autant qu'il s'en souvienne. Il savoure un moment cette possibilité, adressant un grand sourire à l'oreiller moelleux.

Dehors, il entend les bruits de la ville qui vaque à ses occupations matinales, l'appel des colporteurs dans le vent fort. Il écoute le son des roues des calèches, le bruit mouillé de leur trajectoire à travers les flaques laissées par la pluie, mais l'absence de Dora lui envoie des ondes d'inquiétude dans l'estomac, et il s'assied, fronçant les sourcils dans la morne lumière du jour.

« Dora ? »

Peut-être est-elle dans l'autre pièce. Il se lève, sort de la chambre, nu, s'arrête sur le seuil de l'autre lorsqu'il la découvre vide.

Où est-elle ? Il se demande un court instant si elle est repartie à Clevendale, mais bizarrement, *bizarrement*, il n'arrive pas à se débarrasser du sentiment qu'elle n'est pas allée là-bas, et qu'en réalité elle a fait exactement ce qu'il lui a conseillé la veille au soir.

Vous devez découvrir la vérité de la bouche de votre oncle.

Il jure tout bas, se précipite pour ramasser ses vêtements par terre.

La porte est verrouillée. Pas de réponse quand il appelle. Ni d'Hezekiah, ni de Lottie, ni de Dora. Edward reste là quelques minutes, à scruter l'intérieur obscur de la boutique. Aucun signe de mouvement, aucune chandelle brûlant sur son bougeoir, et il sent ses picotements à l'estomac s'intensifier et se muer en une boule de peur.

Il ne peut pas rester là toute la matinée. Et si Dora était à l'intérieur et qu'Hezekiah lui avait fait du mal ? Et si… Néanmoins, Edward déglutit, refusant d'envisager cette idée.

Il regarde furtivement autour de lui. Personne ne fera attention, personne n'entendra rien sous le flot bruyant de la circulation qui descend Ludgate Street comme une rivière. Vite, avant qu'il ait le temps de changer d'avis, il donne un grand coup de coude dans un des panneaux vitrés de la porte. Tressaillant quand il entend le verre qui se brise, il regarde encore une fois autour de lui pour vérifier que personne n'a rien remarqué.

Personne n'a rien remarqué. Personne n'a même cillé.

Aussi vite que possible, il glisse sa main à travers le panneau vide, localise le verrou rouillé, le tourne et entre. La cloche au-dessus de lui tinte. Il referme la porte.

La boutique est sombre. Les yeux d'Edward mettent un moment à s'accoutumer à l'obscurité.

« Dora ? Lottie ? »

Ses cheveux se hérissent sur sa nuque.

Il prend une inspiration tremblante, avance lentement jusqu'au milieu de la pièce, jette un coup d'œil à travers les étagères aux portes du sous-sol, plus bas.

Il reste bouche bée. Elles sont grandes ouvertes, mais ce n'est pas ce qui le choque. Le plancher…

« Que diable ? »

Il recommence à avancer, puis s'arrête. Quelque chose agace ses narines, l'oblige à froncer le nez.

Une odeur. La même odeur que celle de la mansarde des Coombe.

Derrière lui, un craquement. Une douleur aveuglante.

Et puis, plus rien.

CHAPITRE QUARANTE-CINQ

Dora serre son réticule contre elle, s'émerveille de son poids dans ses mains.

Elle ne s'attendait pas à ce que Mr. Clements soit si généreux, mais, quand le bijoutier lui a ouvert ses portes – elle y est allée si tôt que même son valet de pied en livrée n'était pas encore arrivé –, il a paru tout à fait incapable de dissimuler sa stupeur et son excitation.

« Elles les ont tous pris, miss Blake ! J'en croyais à peine mes yeux. Elles sont venues dès lundi matin. Vous ne m'aviez laissé que quelques modèles, et lorsqu'ils ont été vendus, elles ont dévalisé tous mes étalages ! » Il l'a contemplée en clignant des yeux par-dessus ses lunettes. « Vous allez en créer davantage, n'est-ce pas ? »

Dora lui a assuré que oui, lui a parlé des commandes qui s'accumulaient déjà, expliqué que lady Latimer lui avait offert son parrainage, et Mr. Clements s'est excusé pour gagner l'arrière-boutique, dont il est revenu avec une bourse de la taille de son poing, remplie de billets de banque et de pièces.

Une fois dehors, Dora trouve la poche de sa robe, dans laquelle elle laisse tomber la bourse. Son poids l'oblige à marcher de guingois, mais peu importe… L'idée qu'on l'attaque pour la lui voler (bien que la probabilité d'une telle éventualité à cette heure de la journée soit des plus faibles) la rend d'une prudence excessive. Elle réfléchit longuement à la prochaine étape. Avisant un banc vide dans le jardin de la cathédrale St. Paul, elle s'en approche. Malgré l'humidité du siège, elle rassemble ses jupes, et s'assied.

Le temps menace encore de tourner à la pluie. Ce pays est si triste, songe-t-elle avant d'invoquer en pensée les cieux céruléens, la chaleur de la brise méditerranéenne, les océans turquoise et les montagnes plantées de cyprès. Toutes les joies de son enfance, perdues. Lentement, elle sort la plume noire et blanche qu'elle a glissée entre sa manche et la peau de son poignet, tourne le calamus entre son pouce et son index, observant, mélancolique, la manière dont la lumière rappelle les couleurs arc-en-ciel d'Hermès. *Vous ne pouvez pas l'ignorer éternellement*. Elle sait qu'Edward a raison : elle ne peut pas reculer plus longtemps. Elle se lève du banc et se met lentement en marche vers Blake's Emporium.

Elle pense à l'article d'Edward. Il l'a autorisée à le lire, les draps entortillés autour de leurs jambes nues. Ses joues se colorent à ce souvenir.

« Vous voyez », a-t-il murmuré tandis que ses doigts soulevaient une boucle sur sa nuque. Il a appuyé sa bouche sur la peau tendre qu'il venait d'exposer, déclenchant des frissons enchanteurs sur son crâne. « Votre nom n'y est pas. Ni le sien. Je ne vous ferais jamais de mal, Dora. Je ne pourrais pas. Ce serait comme me faire mal à moi-même. »

Ensuite, il l'a embrassée, et elle l'a attiré contre elle.

CHAPITRE QUARANTE-SIX

Quand Edward se réveille, tout est noir.

C'est une chose familière, qu'il pensait avoir laissée derrière lui depuis longtemps, et pourtant, elle est revenue. Il pensait l'avoir domptée, cette panique ancienne, cette peur irrationnelle du noir, mais elle a déjà commencé à monter, et il est pris de tremblements incontrôlables.

Et cette peur est bien irrationnelle. Il l'a lui-même appris après s'être habitué à la réserve de bois avec tous ses recoins et ses renfoncements, toutes ses odeurs et ses sons. Raisonne-toi, se dit-il à présent. Tu n'es pas là-bas, tu n'es pas à l'atelier, enfermé par Carrow. Tu es ici.

Mais où est-ce, ici ? Il lève les bras, pousse un cri de douleur quand ils heurtent quelque chose de dur, et tente d'endiguer la terreur vicieuse qui agace sa colonne vertébrale sur toute sa longueur.

Essaie encore.

Lentement, il lève une main. Elle effleure quelque chose. Du papier ? Ou du cuir ? En continuant, ses doigts rencontrent quelque chose de froid, de compact. Il cligne des yeux dans le noir, passe sa main tout du long. Une…

étagère ? Il lève de nouveau la main, sent ce qu'il pense être le même objet, en haut, toujours plus haut. Oui, une étagère. Beaucoup d'étagères. Et après ? Comme pour répondre à sa question, sa main heurte le plafond. Son cœur bat bruyamment la chamade dans sa poitrine.

Il lève l'autre main, répète le processus. Tâte derrière lui. Pareil.

Pareil. Il renifle, sent une forte odeur chimique, l'odeur caractéristique de l'huile. Il se lève avec lenteur et entend le bruit de sa tête qui cogne le métal.

Non, pas du métal.

Du fer.

Mon Dieu !

Il est dans le coffre-fort.

La panique arrive sans tarder, il se met à hurler encore et encore et encore, et, lorsqu'il est épuisé, il tend l'oreille, mais il n'y a que le silence, et c'est simplement trop à absorber. Son pouls s'emballe, il est envahi de sueurs froides, il appuie son crâne contre l'étendue de fer rigide devant lui, tente de respirer mais n'y arrive pas, et il se met à suffoquer, suffoquer, suffoquer…

CHAPITRE QUARANTE-SEPT

La botte de Dora fait voler le verre en éclats. Elle lève le pied, aperçoit les morceaux dessous. Son cœur commence à cogner par à-coups contre ses côtes.

Désormais aux aguets, elle avance lentement, posant avec précaution un pied devant l'autre, prenant bien garde à ne pas faire davantage de bruit. Ses yeux s'étrécissent quand elle reconnaît le grotesque poisson de fer d'Hezekiah, abandonné par terre. Elle s'en approche prudemment et se réprimande d'un petit rire. Il ne va pas bouger. Il ne va pas l'attaquer. Mais à ce moment, elle regarde plus attentivement. Elle se baisse, appuyant tout son poids sur la plante de ses pieds.

Du sang. C'est du sang qu'elle voit sur la courbe prononcée de la nageoire.

Dora avale sa salive, se relève. Elle se tourne vers le sous-sol. Écarquille les yeux.

Derrière les étagères, on dirait que quelque chose a surgi du plancher. Ses lattes sont fendues, certaines ont été complètement arrachées de leurs clous. Elle s'en approche. Planches cassées en deux, aux bords dentelés, pourries pour beaucoup. Dora regarde dessous et ne voit, bizarrement, que de la pierre.

Il se passe quelque chose de vraiment, vraiment grave, elle le sait. Elle se force à traverser la boutique dans toute sa longueur, se force à ouvrir la porte du sous-sol, se force à poser une main sur la balustrade.

Un nouveau bruit se fait entendre, et cette fois elle le reconnaît : de la terre qui roule, le claquement du métal sur la pierre, alors elle brave la première marche des escaliers.

Le sous-sol est envahi de lumière. De bougies, constate-t-elle. Au beau milieu, le pithos se dresse, royal, plus imposant que jamais, mais sa base est jonchée de briques et de mortier, petits ou gros, et elle sursaute quand un autre projectile atterrit dans la pièce, lancé depuis quelque part derrière les escaliers.

Elle entame sa descente. Elle l'entend haleter, sent l'odeur fétide de sa blessure, et, lorsqu'elle atteint le bas des marches, tout ce qu'elle peut faire, c'est contempler la scène, consternée.

Le sol est couvert de débris. Lottie est allongée sur le flanc contre le mur du fond, bras et jambes attachés avec de la ficelle d'emballage. En l'apercevant, la gouvernante gémit à travers son bâillon, lui signalant frénétiquement des yeux de regarder derrière elle, et Dora se retourne.

« Dieu du ciel, mon oncle, qu'avez-vous fait ? »

Le mur derrière lui est une ruine, mais encore entier ; Hezekiah se tient, à peine vertical sur sa jambe malade, au milieu d'un gros tas de gravats. Serrée entre ses mains aux jointures sanguinolentes, il brandit une pioche. Dora sent une autre odeur sur lui à présent – du gin, pense-t-elle – et elle se rend compte que son oncle en est couvert, et qu'il est dangereusement ivre. Il ne porte pas de perruque, sa peau est sale, sa chemise déchirée et noircie. Il dégouline de sueur ; en croisant son regard, elle s'aperçoit qu'il la dévisage avec une expression de haine pure.

« Alors, tu as fini par venir. »

Sa voix est un sifflement répugnant.

« Hezekiah », dit-elle, et le son de son nom dans la bouche de sa nièce paraît lui faire un choc.

Il traîne sa jambe, se rapproche de la lumière. Injectés de sang, ses yeux semblent incarner la folie. Avec difficulté, il lève la pioche, en pointe l'extrémité sur le visage de Dora.

« Tu oses me parler comme à un *égal* ?! crache-t-il. Tu ne vaux rien ! Exactement comme ta garce de mère. Regarde à quoi elle m'a réduit ! »

La pioche se balance ; Dora recule en trébuchant, mains levées pour se protéger. Elle comprend que, si elle veut obtenir la vérité, elle doit l'attendrir, l'amadouer.

Si elle veut en ressortir indemne aussi.

« Qu'a-t-elle donc fait ? demande-t-elle. Helen ?

— Ah, Helen », souffle-t-il.

Hezekiah la considère en clignant des yeux comme un enfant perdu et baisse sa pioche, dont la pointe menaçante érafle le sol.

« Je l'avais rencontrée le premier, tu sais. Je les ai présentés ! » Il éclate d'un rire amer. « Je voulais l'impressionner. Je la *couvrais* de cadeaux, vraiment. Seulement, au bout du compte, elle a choisi Elijah, et comme la putain qu'elle était, elle lui a ouvert les jambes avant même d'arriver à l'autel. »

Le vitriol dans sa voix. Dora réprime un mouvement de recul.

« Vous avez dû avoir de la peine.

— Oui. » Il a de nouveau l'air perdu. « Oui. Comment a-t-elle pu me trahir ainsi ? Après tout ce que j'ai fait pour elle ? »

Dora avale sa salive, prie pour rester calme.

« Qu'avez-vous fait pour elle ? »

L'expression d'Hezekiah devient mélancolique et, l'espace d'un bref instant, Dora voit le fantôme de l'homme qu'il a peut-être été toutes ces années auparavant : jeune, insouciant. Beau même.

« C'est moi qui ai retracé l'histoire géographique de son précieux mythe de Pandore. Mais je n'ai pas compris l'histoire *ancienne* qui aurait permis de faire concorder les preuves. Par contre, Elijah a toujours été très doué dans ce domaine. Et puis… » Sa voix s'éteint. Son regard s'assombrit. « Je l'aimais. Je l'aimais, mais elle l'a choisi, lui. As-tu la moindre idée de ce que j'ai ressenti ? D'être utilisé ainsi ? »

Dora fait signe que non. Elle ne trouve pas les mots.

« Elijah croyait être charitable en me laissant gérer la boutique. Un gagne-pain, me disait-il, pour me remercier de les avoir réunis. Comme si j'allais lui en être reconnaissant, alors qu'il me l'avait prise, elle, la seule chose que j'aie jamais vraiment voulue ! » Hezekiah éclate d'un rire de dépit. « Et ça ne les a pas empêchés de se servir de moi. *Elle* s'est servie de moi. De mes connaissances, de mes aptitudes. Sauf qu'ils m'ont sous-estimé, Dora. Ils n'avaient aucune idée de ce dont j'étais capable. J'aurais pu les rendre riches, s'ils n'avaient pas été aussi aveugles. »

Le venin dans la voix de son oncle suffit à délier la langue de Dora.

« Pourquoi les avez-vous tués ? » l'interroge-t-elle doucement.

Hezekiah ricane. « Ils n'avaient pas l'imagination nécessaire, ils ne comprenaient pas. Oh, ce qu'on aurait pu faire ! Tout l'argent qu'on aurait pu en tirer si on l'avait vendu à *ma* manière ! » Il regarde derrière elle, en direction du pithos, et Dora comprend qu'il est perdu dans ses souvenirs, coincé dans un rêve. « Je leur ai expliqué ce que j'avais fait, ici, à la boutique. Les ventes que j'avais réalisées. Je croyais qu'ils seraient contents, mais ils m'ont demandé de partir. Partir ! Alors que c'était *moi* qui, en premier lieu, les avais aidés à localiser ce satané vase ! »

Il secoue la tête. Quelque part derrière elle, Dora croit entendre un cri.

« Je suis descendu sur le site des fouilles, j'ai essayé de les raisonner, mais ils ne voulaient rien entendre, disant que si je tentais quoi que ce soit, ils me dénonceraient. Tu le crois ? » demande Hezekiah, le visage en sueur et l'air incrédule. « Menacer leur propre sang du gibet. C'était l'ultime insulte. J'ai pris une décision. Si je ne pouvais pas avoir le vase, alors eux non plus. »

Il la regarde encore une fois. Son expression devient méprisante.

« Ce n'était pas difficile de trouver les failles du site ; il comportait déjà des faiblesses. La terre s'affaissait. On avait prévu de le consolider, mais Elijah et Helen ont toujours été impatients. Hamilton avait affirmé qu'il était assez solide, qu'il tiendrait un peu plus longtemps, et ça aurait très bien pu être le cas… sans moi. » Sa bouche se tord. « Ce n'était rien d'abattre un mur de soutènement, une poutre ici et là. J'ai tout organisé, c'était prêt. Un petit coup de pied, un coup de marteau, et le tour serait joué. Malgré tout, je voulais leur laisser une autre chance. Je voulais leur faire entendre raison. Alors je suis redescendu dans les tunnels pendant qu'Hamilton dormait, sachant qu'ils travailleraient là, seuls. Ils se disputaient, le vase entre eux encore à moitié enterré. Je me suis caché. » Le regard d'Hezekiah se voile. « Helen avait compris, elle connaissait mes projets. Toujours maligne, celle-là. Hezekiah a l'intention de nous tuer, a-t-elle dit, et que deviendra Dora ? Elijah a tenté de la convaincre de quitter le site, mais Helen a refusé, protestant qu'ils n'avaient pas fait tout ce chemin pour abandonner le vase. Et ensuite. *Ensuite !* Ils ont parlé d'une collection privée qui valait une fortune à Londres, sans indiquer où elle se trouvait. J'ai vu qu'Helen sortait une feuille de papier de sa poche. Elijah lui a ordonné d'écrire. Des instructions. Pour toi, Dora. Il appelait ça un garde-fou. Une fortune ! Qu'ils m'avaient cachée pendant tout ce temps… J'ai perdu le contrôle. Me suis jeté sur eux. Helen a sorti un couteau. » Hezekiah lève un doigt vers la cicatrice sur sa joue.

Dégoûtée, Dora le regarde suivre la cicatrice avec son doigt, avale péniblement sa salive.

« Et après, que s'est-il passé ? »

Le visage de son oncle se fend d'un sourire sinistre. « Je lui ai arraché le papier et je me suis enfui. On était en fin d'après-midi. Nous avions engagé des autochtones, le site était vide. *Mesimeri*. Tout le monde dormait encore dans sa tente. Personne ne m'a vu. J'ai abattu un mur, quelques poutres… Le bruit était assourdissant. Tout s'est effondré si vite. »

Ils se regardent l'un l'autre. Dora, tremblante, prend une bouffée d'air.

« Comment saviez-vous qu'il y avait un mot dans le pithos ? Pourquoi vouloir le récupérer, après toutes ces années ? »

Soudain, Hezekiah lâche la pioche. Dora sursaute en l'entendant heurter le sol avec fracas.

« À l'époque, je me suis demandé pourquoi ils ne m'avaient pas poursuivi pour récupérer le papier. S'ils l'avaient fait, ils m'auraient rattrapé, j'en suis certain. Mais ils ne sont pas venus, et dans l'agitation qui a suivi, je ne l'ai pas regardé. C'est seulement plus tard, ce soir-là, que je me suis aperçu qu'il était déchiré, et que je n'avais que la partie vierge. Et lorsqu'on a récupéré les corps non loin de l'entrée du site et qu'on n'a pas trouvé de mot… j'ai compris ce qu'avait fait Helen. Au moment où les murs se sont effondrés autour d'eux, elle avait dû le cacher dans le vase, sachant qu'Hamilton se chargerait de l'excavation. Elle savait qu'autrement il me serait transmis. Néanmoins, ce qu'elle ne pouvait pas avoir anticipé, c'était le temps qu'il a fallu pour rouvrir les fouilles. Un garde-fou, en effet. » Hezekiah plonge la main dans sa poche de pantalon. « Il m'a fallu douze ans pour récupérer le vase. As-tu la moindre idée de combien j'ai souffert ? De savoir qu'une fortune existait, mais d'ignorer où elle se trouvait ? »

Elle n'en peut plus.

« Vous aviez prévu de me tuer ? » demande-t-elle d'une voix réduite à un murmure peiné.

Hezekiah penche la tête. « Honnêtement ? Non. Je n'avais même pas réalisé que tu étais en bas. C'est bien dommage qu'Hamilton ait pu te sortir de là, sauf qu'hélas il a réussi. Et tu as été une nuisance depuis lors.

— Pourquoi me garder en vie ? »

Quelque part derrière elle, un autre son étouffé.

« Oh, Dora ! » se moque Hezekiah. Il se tourne à moitié, attrape une chandelle sur l'un des bougeoirs dans son dos. « J'ai fait beaucoup de choses accablantes dans ma vie, mais l'idée d'assassiner un enfant de sang-froid ne me plaisait pas. De plus… » Ses yeux se réduisent à deux fentes. « Tu ne savais rien de tout ça. Tu n'aurais jamais appris l'existence de cette fortune sans moi. Non, te tuer n'aurait servi à tien. Après tout, tu m'as été utile à bien, bien des égards. » Il penche de nouveau la tête. « Tu te rends compte, Dora, que tu ne pourras rien prouver de ce que je viens de te dire ? »

Très lentement, Hezekiah sort sa main de sa poche. Elle renferme un bout de papier plié, déchiré en bas. Il est froissé, jauni par le temps, mais Dora sait ce que c'est.

« Le mot », murmure-t-elle.

Hezekiah baisse les yeux vers le morceau de papier, passe un pouce sale sur son bord jauni. « "Aux bons soins de sir William Hamilton, pour le compte de notre fille, Pandora Blake" », lit-il. Il déplie le papier et relève les yeux. « Dis-moi, Pandora, qu'est-ce que c'est que cette clé noir et or ? »

L'emphase qu'il met sur les quatre derniers mots la désarçonne. Elle le fixe, confuse.

« La clé noir et or ?

— Tu m'as bien entendu. »

Dora secoue la tête. « Je ne sais pas. Le coffre-fort est noir et or…

— Ce n'est pas ça. J'ai déjà essayé. »

Elle ne répond rien. Hezekiah la dévisage longuement.

« Ce mot t'était destiné. Helen t'a enjoint d'utiliser la clé noir et or. Elle a dû penser que ça te dirait quelque chose. »

Le cœur de Dora tambourine fort dans sa poitrine, elle ne comprend pas ce que son oncle attend d'elle. Elle regarde Lottie, si cruellement attachée derrière le pithos qui la domine, les gravats sur le sol, et secoue de plus belle la tête, déboussolée.

« Ça ne me dit rien », chuchote-t-elle.

Hezekiah continue à la fixer. Puis, il lève le bras, brandit le mot devant lui telle une prière.

« Bon, très bien. Si je ne peux pas avoir leur fortune, alors toi non plus. Après tout, j'ai encore le pithos. Pense à tout l'argent que je vais gagner rien qu'avec ça. »

Hezekiah sourit d'un air suffisant et entendu qui soulève le cœur de Dora, et elle met un moment à comprendre ses intentions. Mais ensuite, il approche la chandelle, pose un coin du papier contre la flamme…

« Non ! »

Le mot prend feu. Hezekiah sourit de toutes ses dents en regardant brûler le papier et se met à rire, surexcité. Très vite, son rire monte cependant dans les aigus et, à sa grande horreur, Dora s'aperçoit qu'il ne rit pas.

Il hurle.

Les flammes montent le long de son bras à une vitesse surnaturelle. Le feu gagne sa poitrine et rampe sur ses jambes. Avec l'énergie du désespoir, Hezekiah tire sur sa chemise, mais ses mains sont cernées par les flammes, et il ne parvient pas à trouver de prise. Il semble s'apercevoir de la futilité de ses efforts, essaie de courir, mais sa jambe blessée l'en empêche. Quand il s'effondre lourdement à genoux, Dora est incapable de détourner le regard.

Paralysée, elle observe le spectacle. La peau d'Hezekiah s'est mise à cloquer, et l'odeur de chair brûlée est si forte qu'elle en a des haut-le-cœur. La fumée commence à se dégager de lui en volutes ; tandis que les flammes lèchent son visage, Hezekiah tend vers elle une main calcinée et tremblante. L'espace d'une interminable seconde, leurs yeux se croisent. Mais alors les flammes le submergent complètement et il pousse d'interminables cris sauvages, telle une boule de feu gesticulante.

Derrière elle, Dora entend les cris étouffés de Lottie. Reprenant ses esprits, elle se détourne de l'atroce vision de son oncle agonisant et se rue vers la gouvernante, dont elle baisse le bâillon.

« Maîtresse !

— Chut, Lottie, je sais. Il faut que nous partions.

— Non, halète celle-ci tandis que Dora dénoue les liens à ses pieds. Votre bon ami. Il est dans le coffre-fort ! »

Dora la dévisage. Dans son dos, Hezekiah a cessé de hurler. Il n'y a plus que le crachotement et le craquement des flammes, l'odeur de chair brûlée mélangée à la fumée.

« Que voulez-vous dire ?

— Pas le temps d'expliquer ! s'écrie Lottie. Regardez ! »

Dora s'exécute. La balustrade en bois a pris feu.

« *Theé mou*[1]… » D'une main tremblante, Dora défait la corde autour des poignets de Lottie. « La clé, Lottie ! Où est la clé ?

— Encore dans la serrure ! »

Le cœur au bord des lèvres, Dora se précipite vers le coffre-fort Bramah, tourne la clé, et Edward s'effondre à l'extérieur, dans ses bras.

« Edward, je suis désolée ! Je ne savais pas, je… »

Dora tente de supporter son poids ; il est trop lourd, elle n'y arrivera pas seule.

« Lottie ! » Dora hurle par-dessus le grondement des flammes, mais la gouvernante est déjà à côté d'Edward.

« Je le tiens », souffle-t-elle, et, encadré par les deux femmes, le jeune homme reprend vie.

« Dora…

— Edward, réveillez-vous », le presse-t-elle en l'aidant à contourner le pithos avec Lottie. Soulagée, elle le voit tendre la main et s'appuyer sur le vase pour se redresser.

Au pied des escaliers du sous-sol, bien que les flammes menacent de les embraser, on ne sait trop comment – *on ne sait trop comment* – ils parviennent à les distancer, remontent les marches, sortent en trébuchant de la boutique, avant de s'effondrer ensemble dans Ludgate Street, suffoquant dans l'air frais du matin.

1. « Mon Dieu » en grec.

CHAPITRE QUARANTE-HUIT

Ils s'appuient contre le mur de l'échoppe d'un cordonnier en regardant six hommes sortir Hezekiah de la boutique. Les hommes ploient sous la charge du corps calciné, et Dora détourne la tête pour l'enfouir dans l'épaule réconfortante d'Edward.

Ce dernier prend la main de la jeune femme dans la sienne et embrasse ses doigts. De sa main libre, il tâte la blessure encore sensible à l'arrière de son crâne. Quand il baisse la main, ses doigts sont maculés de sang.

« Laissez-moi voir », murmure Lottie à côté de lui, et il autorise la gouvernante à lui pencher la tête pour lui palper le cuir chevelu. Elle le touche sans brusquerie ni douceur – un peu des deux – mais sans lui faire mal, puis le lâche avec un *tss* sonore.

« Le sang donne l'impression que c'est plus grave que ça ne l'est, juge-t-elle. C'est une petite coupure, qui cicatrisera plutôt bien. Vous aurez peut-être aussi une vilaine bosse pendant quelques jours. »

Il réussit à sourire. « Merci, Lottie. »

Lottie hésite. Edward observe son visage meurtri, sa lèvre fendue, la marque rouge laissée par le bâillon. « Ça va aller ?

— Ça ira très bien, monsieur. » Elle frotte son pouce sous son nez. « Je trouverai quelque chose. J'ai des endroits où aller. »

Dora lève la tête. « Non, Lottie, vous ne pouvez pas. »

Lottie détourne les yeux. « Pas la peine de vous inquiéter pour moi, maîtresse. »

Dora consulte Edward du regard. Il lui presse la main, comprend la question qu'elle n'a pas posée.

« Vous allez venir avec nous chez Mr. Ashmole. Au moins pour ce soir », ajoute-t-il avant qu'elle puisse objecter, et elle laisse échapper une longue bouffée d'air.

« Je vais chercher mes affaires, alors. Si vous êtes sûr.

— Est-ce vraiment sans danger d'y retourner ? » s'inquiète Dora.

Les hommes qui ont sorti le corps d'Hezekiah ont aussi arrêté le feu avant qu'il se répande. Bien qu'il ait noirci les escaliers du sous-sol, il ne les a pas détruits et, bizarrement, ne s'est pas propagé au-delà de ses portes.

« C'est sans danger », affirme Edward.

Dora et Lottie se regardent, puis la gouvernante opine, traverse tranquillement la rue et disparaît dans la boutique. Dora la suit des yeux, le front plissé d'une expression troublée.

« Qu'y a-t-il ? » demande Edward.

D'abord, elle ne répond pas.

« C'est un miracle, n'est-ce pas, que le feu n'ait pas emporté la boutique.

— Vous savez que je n'y crois pas.

— Non, en effet », répond Dora en reposant sa tête sur son épaule.

À ce moment précis, une calèche passe avec fracas, ses roues tressautant bruyamment sur leurs ressorts au contact des pavés. Edward lève les yeux, et suit la voiture du regard.

« Vous avez vu, Dora ? »

Mais la calèche est déjà loin, et Dora bâille dans sa main libre.

« Vu quoi, Edward ?

— Un vieil homme. À travers la vitre. »

Dora l'observe, concentré qu'il est sur cette calèche, et lui touche le bras pour le ramener à la réalité.

« Qu'y a-t-il, Edward ? »

Il hésite. « Vous souvenez-vous d'avoir jamais connu, vous ou vos parents, un vieil homme à la longue barbe blanche et aux yeux bleus ? D'un bleu saisissant ? »

Dora fronce les sourcils. Bien que quelque chose sur son visage indique à Edward que cet homme ne lui est pas étranger, elle se contente de soupirer en dodelinant de la tête.

« Je n'ai jamais connu quiconque de ce genre. Pas personnellement, en tout cas. Mes parents, peut-être, mais… » Elle lui lance un regard prudent. « Quand on s'est rencontrés, vous m'avez dit avoir conversé avec un monsieur qui prétendait me connaître.

— Oui.

— Est-ce de cet homme que vous parlez ?

— Oui.

— C'est bien ce que je pensais. »

Il l'entoure de ses bras, l'attire à lui. Ils restent assis ainsi quelque temps. Edward respire l'odeur de fumée sur les cheveux de Dora.

« Je veux savoir ce qu'il essayait de découvrir », dit-elle tout bas contre sa poitrine.

« Dora », tente Edward, mais elle se dégage déjà et l'entraîne par la main de l'autre côté de la rue, dans la boutique.

« J'ai besoin de savoir, Edward. »

À l'intérieur, elle le lâche. Elle se détourne et parcourt la pièce d'un pas décidé tandis qu'il la suit, passant devant la partie éventrée du plancher pour atteindre la porte du sous-sol.

« Faites attention, avertit-il.

— C'est sans danger, répond Dora en mettant un pied sur la première marche. Vous l'avez dit vous-même. »

Même s'il ne peut pas discuter ce point, Edward la suit de près, une main tendue au cas où elle tomberait ; cependant, les escaliers soutiennent leur poids, et, une fois en bas, ils regardent autour d'eux.

Les murs du sous-sol sont totalement noircis. Le bureau n'est plus qu'un tas de cendres, et le coffre-fort Bramah – Edward frissonne à sa vue – est recouvert de plaques de suie. Curieusement, les chandelles brûlent toujours sur leurs bougeoirs, et le pithos…

Il ne porte aucune marque.

Exactement comme l'avait prévu Edward.

Dora l'examine avec attention sans faire de commentaires, ayant apparemment accepté l'étonnante faculté de ce vase à rester indemne.

Elle lui tourne le dos.

« Par ici, Edward, lance-t-elle au jeune homme en l'entraînant vers le mur ravagé près duquel gît une pioche calcinée sur les gravats. Hezekiah essayait de percer ce mur. Pourquoi ? »

Edward examine le mur avec méfiance. « Parce qu'il y a derrière quelque chose qu'il voulait, je suppose. »

Dora acquiesce. « Il a dit avoir entendu mes parents parler d'une fortune sans préciser où elle se trouvait. Et s'ils l'avaient dissimulée juste sous son nez ? »

Edward sent un frisson lui remonter le long de la colonne vertébrale. « Une pièce cachée.

— Une pièce cachée, répète-t-elle. Où il n'a pas réussi à entrer.

— Pourquoi ?

— Pourquoi, en effet. Allons, aidez-moi.

— Vous aider ? »

Mais elle est déjà en train de passer ses mains sur le mur – du moins sur ses parties intactes – et, soudain, il comprend.

« Ma mère n'aurait pas rendu les choses si difficiles. Hezekiah a essayé la manière forte parce qu'il n'avait pas les moyens de l'ouvrir convenablement. »

Edward la rejoint devant le mur. « Alors, je cherche une serrure ?

— Hmm. Une serrure, oui, mais une serrure standard aurait été trop évidente. Non, c'est autre chose… »

Edward fait courir ses doigts le long du mur encore chaud, constellé de cratères, où ils laissent des traînées de suie. Il s'arrête. Puis commence à passer sa main dessus, essayant d'enlever autant de suie que possible. Dora l'observe, le souffle coupé par l'excitation.

« Oui, chuchote-t-elle. Continuez. » Il s'exécute, mais perd le rythme au bout de quelques minutes. Il ne fait sûrement que déplacer de la suie.

Sauf qu'alors…

« Edward ! »

Dora fixe la partie du mur au niveau des genoux du jeune homme. Ils se penchent ensemble. Ensemble, ils aperçoivent ce qui semble être un petit renfoncement ovale dans la pierre.

« Qu'est-ce que c'est ? »

Dora avance un doigt. Et, très lentement, elle en presse le bout dans le creux.

Là, sur la pulpe de son index, elle distingue les contours noirs d'un visage.

Un visage d'homme barbu.

« Impossible ! » souffle Edward.

Dora le regarde. Elle sourit. C'est, songe-t-il, la première fois qu'il la voit vraiment sourire.

« Savez-vous qui c'est ? »

— Le vieil homme », réplique-t-il, comme si c'était la seule réponse possible.

« Edward. C'est *Zeus* ! »

Il la dévisage en plissant les yeux. « Je ne comprends pas.

— C'est une clé ! » Devant son expression interdite, elle se relève. « Regardez », dit-elle en gagnant à grands pas le coffre-fort Bramah. Elle retire la clé de sa serrure et la lui rapporte.

« Mes parents ont fait installer ce coffre-fort il y a des années. Il est ignifugé et se bloque automatiquement, si bien qu'ils savaient que tout ce qu'ils mettraient dedans serait protégé. La clé qui l'ouvre est noir et or. Hezekiah m'a interrogée à propos d'une clé noir et or. Cette clé, ai-je pensé », dit-elle en la brandissant. Edward l'examine. En or, des détails en filigrane sur la tige, un disque ovale mobile en jais. « Et je parie n'importe quoi que c'est la clé qu'a essayée Hezekiah. Sauf qu'elle n'a pas fonctionné. Il n'avait pas essayé la bonne ! Il ne s'est pas aperçu qu'il y en avait deux, voilà. Il a dû tenter d'accéder à la cavité cachée par le haut, mais quand il a vu qu'elle était scellée dans la pierre…

— Il a tenté la manière forte.

— Exactement.

— Très bien, conclut Edward. Alors, où est la seconde clé ? »

Dora fait immédiatement volte-face pour disparaître en haut des escaliers.

« Où allez-vous ? crie-t-il dans son dos. Faites attention !

— Je l'ai trouvée, dit-elle du rez-de-chaussée. Il y a *des semaines*. Quand je cherchais d'anciens objets de mon père ! Une clé noir et or, une clé avec laquelle je jouais, petite. Au début, je ne m'en suis pas souvenue, je n'arrivais pas à penser clairement, je n'arrivais pas à comprendre à quoi mon oncle faisait référence… »

Il entend un cliquetis frénétique, un bruit d'objets qui roulent par terre, puis Dora réapparaît, sautant presque à pieds joints au bas des escaliers, et Edward la regarde, le cœur au bord des lèvres.

« Pour l'amour de Dieu, Dora, gronde-t-il. Atten… »

Elle tend la main.

Dans sa paume, une clé, presque identique à celle du coffre-fort qu'elle serre dans l'autre main. La seule différence… Edward prend une profonde inspiration.

Un visage d'homme barbu, gravé dans le jais.

Le visage de Zeus en personne.

La clé rentre parfaitement.

On entend un clic, une série de ronronnements, le lourd raclement des poulies et des poids. Puis une porte, imposante, de soixante centimètres d'épaisseur, coulisse vers l'arrière et latéralement avec un profond grondement au contact de la pierre.

Dora lève bien haut le candélabre, dont les bougies scintillent de mille feux. Elle fait un pas en avant, et Edward la suit, incapable d'en croire ses yeux.

La cavité est remplie à ras bord d'antiquités.

Elle contient une enfilade de rangées de poteries anciennes, d'urnes et d'amphores de toutes formes et tailles, des centaines d'assiettes décorées de rouge, blanc et noir. Minoennes, mycéniennes. Des statues en marbre, des calices en verre, des bustes en porcelaine, des figurines en terre cuite. Toutes les richesses dont on pourrait rêver, gardées en lieu sûr rien que pour Dora, dans cette unique pièce cachée.

« Juste Ciel », murmure Dora. Sa voix se brise. « Comment est-ce possible ? Tout ça m'appartient-il vraiment ? »

Edward secoue la tête, émerveillé. « Ils ont pensé à vous jusqu'à la fin. »

À ses côtés, Dora, tremblante, prend une grande respiration.

« On y va ? » lance Edward en lui prenant la main.

Et ensemble, comme s'ils ne faisaient qu'un, ils entrent dans la pièce.

Londres, juin 1799

Somerset Place, 19 juin 1799

Cher Mr. Lawrence,

En tant que directeur de la Société des Antiquaires, je vous adresse de la part du président ses remerciements pour la présentation de votre Estude d'un pithos grec *ce vendredi 14 juin au soir. Nous ne nous attendions pas à un article en plus de celui sur lequel nous nous étions initialement mis d'accord, et, bien que son sujet s'aventure en partie dans des spéculations fantaisistes, je suis ravi de vous informer que cet article, tout comme votre autre excellent opus qui l'accompagnait, intitulé* Contrefaçons et coutumes du marché noir dans le commerce des antiquités, *a été accepté, de sorte que votre entrée au sein de la Société est acquise, avec un score des plus solides de 30 voix contre 5. Je souhaite donc vous féliciter pour votre élection parmi nous en tant qu'estimé nouveau membre.*

Les dessins illustrant votre premier article sont particulièrement impressionnants. Nous vous encourageons à poursuivre votre partenariat avec votre fiancée, miss Pandora Blake, pour tous vos futurs travaux, et avons hâte de lire vos futures contributions à la Société durant ces prochaines années. La Société se sent très reconnaissante vis-à-vis de tous ceux qui aident à promouvoir le but louable de faire avancer la Science, raison même de son existence. Je reste, Monsieur, avec tout mon respect,

Votre plus obéissant et humble serviteur.

Richard Gough.

Blake et Lawrence

Emporium d'antiquités respectables

Ludgate Street,

Londres

Fournisseurs d'art, de meubles et d'objets décoratifs, offrant un sanctuaire académique aux savants et aux curieux. Petit musée sur site, restreint, mais au contenu soigneusement choisi et à la pièce maîtresse des plus impressionnantes.
Reliure et finition d'Estudes disponible à la demande.
Fouilles proposées sur commande sous tous les climats, locaux ou étrangers.
Prêt de décorations sur mesure pour tous vos besoins en matière de divertissement.

Pour les dames et les messieurs avisés

Élégants modèles de bijoux sur le mode antique, exécutés en or et en argent avec des pierres précieuses, de la marcassite et de la colle, sous le distingué parrainage de lady Isabelle Latimer.
Articles réalisés sur commande par l'honorable bijouterie Clements & Co.

Prière de bien vouloir sonner.

NOTE DE L'AUTEUR

Au départ, *Pandora* était une idée fugitive dont la formation ne découlait d'aucun événement historique. Je savais que je voulais écrire une œuvre de fiction se déroulant durant ma période favorite, l'époque georgienne. Je savais que je voulais avoir une dessinatrice de bijoux pour héroïne, et Hermès la pie a pris vie dans mon esprit, entièrement formé. Mais je savais aussi que je voulais explorer le mythe de la boîte de Pandore, sans autre raison sinon que cela m'a paru être une bonne idée à ce moment-là.

L'hypothèse selon laquelle la boîte de Pandore n'était en réalité pas une véritable boîte comme l'a affirmé le philosophe hollandais Érasme m'a fait réfléchir, et j'ai entrepris des recherches pour déterminer ce qu'elle aurait pu être sinon. Leurs résultats ont suggéré une jarre, un vase, un pithos : en fin de compte, j'étais confrontée à une poterie grecque. Seulement, comment insérer une poterie grecque dans un roman dont l'action se déroule dans le Londres georgien ?

Comme j'ai toujours mieux travaillé en ancrant ma fiction sur un événement historique, je me suis mise à en chercher un qui relie mes idées initiales entre elles. Imaginez mon euphorie quand je suis tombée sur le fragment d'une lettre écrite par un témoin oculaire anonyme et publié dans le tome I du périodique britannique *Naval News*, daté de décembre 1798. Il relatait en détail le naufrage du *HMS Colossus*, navire de guerre transportant à son bord une grande partie de la précieuse collection de poteries grecques du diplomate William Hamilton. Un extrait de cette lettre est consultable sur mon site Internet www.susanstokeschapman.com.

Pour les connaissances de Dora en matière de bijoux, j'ai trouvé inestimable *Georgian Jewellery 1714-1830*, de Ginny Redington et Olivia Collings. Sur le mythe de Pandore, je dois beaucoup à *Mythos*, à *Pandora's Box*, de Stephen Fry, et à *Pandora's Box : The Changing Aspects of Mythical Symbols*, de Dora et Erwin Panofsky. Pour recréer le Londres georgien, je me suis abondamment référée à *The Secret History of Georgian London*, de Dan Cruikshank, *Georgian London : Into the Streets*, de Lucy Inglis, et à *Dr. Johnson's London*, de Liza Picard. En écrivant les scènes d'Edward à l'atelier de reliure, je me suis référée à *The Guild of Theophilus* et à leurs formidables ressources en ligne.

La Société des Antiquaires est toujours un établissement florissant aujourd'hui, et *Visions of Antiquity : The Society of Antiquaries of London 1707-2007*, directement publié par ses soins, a considérablement aidé ma recherche. Parmi mes autres sources utiles, on trouve *A History of the Society of Antiquaries*, de Joan Evans,

Antiquaries : The Discovery of the Past in Eighteenth-Century Britain, de Rosemary Sweet, ainsi que les essais compilés dans *London and the Emergence of a European Art Market, 1780-1820*, publié par Susanna Avery-Quash et Christian Huemer.

En revanche, j'ai pris des libertés avec certains faits, ce qui constitue un travers inévitable de la fiction historique. Edward n'aurait pas pu vivre uniquement des articles qu'il écrivait pour la Société, pas plus qu'il n'aurait pu payer Dora pour les dessins qu'elle réalisait pour lui ; bien que la Société emploie et paie des dessinateurs pour effectuer des dessins détaillés d'objets destinés à ses publications, elle ne rémunérait pas ses membres pour les articles qu'ils écrivaient, pas plus qu'elle ne finançait les fouilles, du moins pas avant de nombreuses années. Quant à la datation des découvertes historiques, les antiquaires du XVIIIe siècle se fiaient à une méthode de datation relative essentiellement basée sur la typologie d'un objet, c'est-à-dire sa forme, son style, sa décoration, etc. (la méthode utilisée par Edward pour cataloguer la collection Blake). La datation relative utilise d'autres techniques ; la plus communément employée étant l'analyse de la stratigraphie des sols. On doit la première application à grande échelle de la stratigraphie au géologue William Smith dans les années 1790 et au début des années 1800, mais les fouilles stratigraphiques ne sont devenues une composante habituelle des études archéologiques que dans les années 1920. Il est peu probable que des membres de la Société et leurs homologues aient effectué des analyses stratigraphiques dans les années 1790, mais, comme ce n'est pas impossible, j'ai choisi d'appliquer ces méthodes ici. De plus, Richard Gough n'a été directeur de la Société des Antiquaires que de 1771 à 1791. Cependant, la propension de Gough à favoriser les antiquités britanniques au détriment des antiquités méditerranéennes, qu'il jugeait magnifiées et surfaites, était nécessaire pour l'arc narratif d'Edward, et j'ai donc décidé de maintenir Gough en poste pour cette raison. Je dois aussi souligner qu'Hamilton et son épouse Emma (ainsi que l'amant de celle-ci, Horatio Nelson) ne sont pas rentrés d'Italie avant 1801, mais j'invoque la licence poétique pour avoir avancé leur retour afin que sa date concorde avec la chronologie de ma narration.

J'ai pris une plus petite liberté en relatant le sauvetage de la caisse échouée sur les fonds marins par Matthew Coombe au début du roman. À la fin du XVIIIe siècle, le mécanicien Karl Heinrich Klingert a créé un dispositif qui, le premier, fut baptisé « combinaison de plongée ». Cette combinaison consistait en une veste et un pantalon en cuir imperméable, un casque doté d'un hublot pour les yeux, et d'une plaque de métal à l'avant. Elle était reliée à une tourelle, munie d'un réservoir d'air, et à une lanterne qui fonctionnait sous l'eau. Néanmoins, les modèles de Klingert n'ont jamais été fabriqués en dépit des descriptions détaillées qu'il en a faites dans deux de ses livres publiés respectivement en 1797 et 1822. On peut trouver des précisions sur cette combinaison de plongée dans *Description of a Diving Machine*, excellente publication qui comprend les deux livres de Klingert, publié en 2002 par la Historical Diving Society.

REMERCIEMENTS

Au moins 75 000 mots de ce roman ont été écrits durant la pandémie de covid en 2020. Si cette période a été extrêmement sombre pour beaucoup d'entre nous, elle m'a fourni le temps libre dont de nombreux d'écrivains rêvent pour se confronter à la page blanche et, de ce fait, je suis reconnaissante à ces mois étranges et pour moi souvent très solitaires. Ils m'ont enseigné une forme différente de discipline : j'écrivais différemment, je faisais mes recherches différemment, et je me demande si *Pandore* serait devenu le roman qu'il est sans ces différences. Malgré tout, je n'aurais pas pu en écrire une ligne sans le soutien de nombreuses personnes, que je vais donc énumérer de mon mieux ici, même si je ne peux que m'excuser auprès de celles que j'aurai oubliées en mettant cet oubli sur le compte d'un esprit quelque peu surmené et agité après le tourbillon qu'a représenté la publication du livre.

Merci à Michael Fardell de la Historical Diving Society pour ses explications sur la récupération d'épaves durant les premiers stades de ma recherche, ainsi qu'à Kate Bagnall et Dunia Garcia-Ontiveros de la Société des Antiquaires, qui ont répondu à tant de questions difficiles au sujet des procédures les plus particulières de la Société.

À mes premiers lecteurs d'extraits, William Gallagher, Mike Jennings, et les membres de mon groupe d'écrivains de Leamington, qui m'ont tous aidée à décider si je devais continuer ou non, tout comme à mes superbes testeuses Hayley Clarke, Heddwen Creaney, Sarah Penner et Carly Stevenson pour leurs commentaires sur ma première version, qui m'ont aidée à élaborer la seconde.

Je remercie également Elizabeth Mac Neal pour sa patience et sa générosité sans faille quand je lui demandais des conseils, de même que Jonathan Davidson, Emma Boniwell et Olivia Chapman de Writing West Midlands pour la constance de leurs encouragements et de leur aide.

Merci aux juges du Lucy Cavendish Fiction Prize et du Bath Novel Award d'avoir vu le potentiel de *Pandore* – je leur suis particulièrement reconnaissante de leur soutien et, sans ces distinctions, je ne doute pas que l'histoire de Dora et Edward aurait mis beaucoup plus de temps à trouver son foyer idéal.

Merci à mon formidable agent, Juliet Mushens : sans son enthousiasme absolu, son œil aiguisé et sa fougue professionnelle, rien de tout cela n'aurait même été possible. Pour tout ce que tu as fait pour moi et tout ce que tu feras pour moi à l'avenir, je ressens une gratitude des plus sincères, et j'en resterai longtemps sous le choc. Quelle chance j'ai de t'avoir dans mon camp !

Merci à ma tout aussi formidable éditrice, Liz Foley, qui avait souvent l'air de comprendre les nuances du roman bien mieux que moi et qui a ainsi rendu ce livre largement meilleur qu'il ne l'aurait été si j'étais restée livrée à moi-même. Je remercie également Mikaela Pedlow et Mary Chamberlain pour leurs yeux de lynx, Suzanne Dean, qui a dessiné les illustrations intérieures dans ce style georgien si magnifiquement adapté au roman, et le reste de l'incroyable équipe chez Harvill Secker et Vintage, qui a physiquement transformé *Pandore* en livre en s'appuyant sur une campagne marketing si phénoménale qu'elle en a dépassé toutes mes espérances. Merci également à Micalea Alcaino d'avoir créé une couverture aussi impressionnante. Quelle manière brillante de lancer *Pandore* dans le monde !

Je remercie du fond du cœur Barry Lambe, qui m'a encouragée depuis le tout début et m'a poussée dès que je commençais à faiblir, et Jean Grant, une femme vraiment adorable dont la passion pour les antiquités a en partie inspiré l'idée originale du livre, et dont je suis triste d'écrire qu'elle ne pourra jamais lire ce roman que je lui ai dédicacé.

Merci à Richard, toujours.

Et pour finir, merci à ma mère, Sally, qui n'a jamais (jamais) cessé d'y croire.